Lisa Jewell

Là où le bonheur s'est envolé

Traduit de l'anglais (Grande-Bretagne) par Claire Allouch

Hauteville

Hauteville est un label des éditions Bragelonne

Titre original : *The House We Grew Up In*

Directeur : Antoine Béon
Directrice de la publication : Claire Renault Deslandes
Directrice éditoriale : Julia Leloup
Directeur artistique : Fabrice Borio

ISBN : 978-2-38122-887-7

Bragelonne – Hauteville
60-62, rue d'Hauteville – 75010 Paris

E-mail : info@editions-hauteville.fr
Site Internet : www.editions-hauteville.fr

Ce livre est dédié à Guy et Celia Gordon,
avec tout mon amour.

Chapitre premier

Mardi 2 novembre 2010

Bonjour, Jim !

Eh bien, je dois avouer que je ne me serais jamais doutée que tu portais un prénom aussi terre à terre que Jim ! Avec ta veste Barbour et ton gilet élégant sur ta photo de profil, tu as plutôt une tête à t'appeler Rupert ou Henry, un prénom sérieux à deux syllabes, tu vois ! Et à ce propos, puisque tu me le demandes, non, je ne m'appelle pas vraiment Rainbowbelle. ÉVIDEMMENT ! Je m'appelle Lorelei, et mon prénom comporte trois ou quatre syllabes, selon ta façon de le prononcer. (Mes parents nous ont donné des prénoms de jeunes filles mythologiques. Ma sœur s'appelle Pandora. Ils ont eu aussi une Athena, mais elle était mort-née, juste pour que tu saches.) Bref. Lor-euh-lail-le. Ou Lor-euh-laï. Je ne me formalise pas.

J'ai soixante-cinq ans et je vis dans l'un des plus jolis villages des Cotswolds, dans une grande baraque un peu dingue, remplie de ce que je considère comme des TRÉSORS, et que mes proches qualifient de MERDOUILLES. On a sans doute TOUS raison. ☺

J'ai quatre enfants. Megan a quarante ans, Bethan trente-huit et les jumeaux, Rory et Rhys, trente-cinq. Ah, et comme ma fille aînée est une vraie lapine, j'ai aussi une flopée de petits-enfants ! Tu as des enfants ? Tu n'en as pas fait mention, donc j'imagine que non ? En général, c'est le premier truc dont les gens parlent, non ? Je ne les vois pas souvent, malheureusement, ils sont tous tellement occupés, et je suis, eh bien, je crois qu'on peut dire isolée, ces temps-ci. J'ai perdu la personne qui partageait ma vie il y a quatre ans environ, et les choses sont un peu parties en cacahouète ensuite.

Bref, que te raconter à mon sujet ? J'aime la nature, j'aime la campagne, j'aime les enfants, j'aime nager. Je suis en forme, pour mon âge. Je suis restée mince malgré les années, et j'en suis reconnaissante. J'ai vu des femmes que je connais se transformer en mammouths à poils laineux à la ménopause ! Et, comme tu peux le constater sur ma photo, j'ai toujours les cheveux longs. Rien ne vieillit autant une femme que de se couper les cheveux !!

Bref, assez parlé de moi. Dis-m'en plus sur toi ! Tu m'as écrit que tu étais veuf. Je suis vraiment désolée de l'apprendre. Et où habites-tu dans le Nord, précisément ? Je vois sur ta photo que tu as un chien. C'est un magnifique golden retriever ! Comment s'appelle-t-il ? Nous avions un chien quand les enfants étaient petits, mais depuis qu'ils sont partis, je ne vois plus trop l'intérêt d'avoir un animal.

Je vais regarder ce que je peux faire pour les photos. Les nouvelles technologies ne sont pas mon point fort, à part l'ordinateur. Mais je dois avoir autre chose en stock que je peux t'envoyer. Je vais chercher.

Eh bien, merci, Jim, de m'avoir contactée. C'est merveilleux Internet, surtout pour des vieux croûtons comme nous, tu ne penses pas ? Je serais perdue sans ça, vraiment. J'adorerais que tu m'écrives encore, mais surtout ne te sens pas obligé, si tu trouves que je suis affreuse !
Avec mes meilleurs sentiments,
Lorelei Bird

Avril 2011

La chaleur moite fut un choc après deux heures passées dans l'air climatisé de la voiture. Meg claqua la portière derrière elle, remonta les manches de son haut en coton, baissa ses lunettes de soleil et contempla la maison.

— Doux Jésus…

Molly la rejoignit sur le trottoir et demeura bouche bée derrière ses Ray-Ban vert citron.

— Oh, mon Dieu !

Elles restèrent plantées ensemble un moment, côte à côte. Elles faisaient la même taille désormais. Molly avait rattrapé Meg l'été précédent, à sa grande joie. Elles mesuraient maintenant toutes les deux un mètre soixante-treize. Molly, fine et élancée, comme une gravure de mode, ses jambes bronzées mises en valeur par un minishort en jean, sa chevelure miel remontée sur le haut du crâne en un chignon artistement négligé, des Havaianas blanches aux pieds, une chemise en chambray sur un débardeur rose, ses chevilles et poignets si minces recouverts de bracelets brésiliens et d'élastiques. Meg, de son côté, massive comme un footballeur américain, sage dans son pantacourt bleu marine et son tee-shirt à rayures. Ses tongs à sequins argentés et sa pédicure faite en hâte étaient sa seule concession à la vague de chaleur précoce. La mère et son unique fille, vivant les dernières étapes d'une crise d'adolescence cauchemardesque, qui avait duré plus de trois ans. Presque amies à présent. Presque. Un jour, quelqu'un avait dit à Meg que l'on retrouvait sa fille lorsqu'elle atteignait dix-neuf ans. Plus que quatre ans à patienter.

— C'est pire que ce à quoi je m'attendais. Mais vraiment, vraiment pire.

Meg secoua la tête et fit un pas hésitant vers la maison. Elle était là, exactement semblable, brique pour brique, à ce qu'elle était lors de sa naissance, quarante ans plus tôt. Au rez-de-chaussée, trois fenêtres sur la rue, quatre à l'étage, deux portes d'entrée, une de chaque côté. À droite de la porte principale, une plaque ovale, peinte par un artisan local depuis longtemps disparu, annonçant « La maison Bird » avec un couple de tourtereaux, les becs joints. La grille verte, à gauche de la maison, s'ouvrant sur une allée de gravier qui menait à la porte arrière, et des autocollants sur les vitres manifestant une appartenance aux Voisins vigilants (qu'étaient devenus les Voisins vigilants ? se demanda vaguement Meg), un soutien à la Société royale pour la protection des oiseaux, et une hostilité vis-à-vis des colporteurs.

Tout était là, semblable à ce qui avait toujours été.

Sauf que…

— C'est la pire maison que j'aie jamais vue, déclara Molly. C'est même pire que celles qu'on voit dans les émissions de télé.

— On n'est pas encore entrées, Moll, retiens ton jugement.

— Et ma respiration aussi, hein ?

— Oui, sans doute…

Meg soupira.

Les fenêtres, qui d'après ses souvenirs n'avaient jamais été nettoyées, étaient à présent si recouvertes de crasse qu'elles étaient entièrement opaques. En réalité, elles étaient noires. La brique de Gloucester, aux teintes jaune pastel, était décolorée et abîmée. La grille verte pendait à son poteau par un seul clou, et l'allée gravillonnée était jonchée d'objets hétéroclites : deux vieilles poussettes, un vélo rouillé, un sapin de Noël desséché dans un pot cassé, un carton de magazines gondolés et gonflés jusqu'à doubler de volume.

La maison avait une façade lisse qui signifiait que l'essentiel de sa personnalité s'exprimait à l'intérieur et derrière, mais même en voyant si peu de l'extérieur, il était évident qu'elle était malade. Le village n'avait cessé de se gentrifier au fil des décennies, et toutes les vieilles demeures avaient été ravalées. Elles étincelaient d'un jaune splendide, leurs huisseries toujours fraîchement repeintes, et là, coincée entre elles comme un chicot pourri, se dressait la maison Bird.

— Mon Dieu, c'est tellement gênant, commenta Molly en remontant ses lunettes sur son front, son petit nez plissé. Je préfère pas imaginer ce que disent les gens.

— Humm, répondit Meg avec un haussement de sourcils. À mon avis, vu notre réputation, personne dans le coin ne s'attendait à autre chose. Allez… On entre ? Une bonne fois pour toutes ?

Elle adressa un sourire nerveux à sa fille.

Molly le lui rendit, déterminée, et hocha la tête.

Avril 1981

Megan écarta le lierre et enfonça le bout des doigts dans une petite fente du mur.

— Encore un ! cria-t-elle à Bethan et aux jumeaux.

— Oh, bien joué, Meggy ! lança leur mère depuis les marches d'où elle observait la scène, souriante, dans son tablier aux motifs de fraises. Bravo !

Megan attrapa le petit œuf enveloppé d'aluminium et le laissa tomber dans son panier.

— Il est rose ! insista-t-elle auprès de sa petite sœur.

— Je m'en fiche, répondit Bethan. J'en ai déjà trois roses.

Megan regarda le ciel ; il était d'un bleu intense, sans l'ombre d'un nuage, aussi chaud qu'en juillet. Maman avait dit qu'il fallait se dépêcher de trouver les chocolats, sinon ils allaient fondre. Elle parcourut le jardin des yeux. Elle avait ramassé tous les œufs du tas de bois, les saisissant avec précaution parmi les larves d'insectes caoutchouteuses. Il y en avait d'autres dans les massifs de jonquilles et de jacinthes qui bordaient les allées autour de la serre, et elle en avait trouvé un gros doré sur les branches du cerisier, à côté de la porte de la cuisine. Elle compta ses œufs : elle en avait douze. Bethan et les jumeaux cherchaient encore près de la maison, mais elle estimait que le filon du haut du jardin était épuisé, et elle descendit en sautillant les marches d'ardoise vers le fond. Soudain, les voix de ses frères et sœur et de sa mère ne furent plus qu'un murmure. Il faisait plus chaud ici, doux et brumeux. On voyait des bandes dans le gazon, là où papa avait passé la tondeuse hier, et de petites piles d'herbe touffue qui pâlissaient déjà sous le soleil brûlant. Un buisson de camélia, désorienté par l'été précoce, avait fleuri et laissé tomber ses pétales épais sur le sol où ils traînaient, brunissant et repus, plus très loin de devenir laids. Megan se dirigea vers le cadran solaire tacheté de lichen au milieu de la pelouse. Trois œufs y étaient posés, et elle les fit glisser dans son panier.

Elle entendit Bethan descendre les marches en trébuchant dans ses chaussures de flamenco. Elle se tourna pour lui sourire. Parfois, en regardant sa petite sœur, elle était submergée d'amour. Sa pire ennemie et sa meilleure amie.

Meg et Beth se ressemblaient comme deux gouttes d'eau. Elles avaient toutes les deux ce que sa mère appelait « le visage Bird ». C'était celui de son père, de leur tatie Lorna et de mamie Bird. Des joues en pomme, le front haut et un grand sourire. La seule différence était que Megan avait les cheveux bruns et bouclés comme maman, et Bethan raides et noirs comme papa. Rory et Rhys, les jumeaux, ressemblaient à leur mère. Ils avaient « le visage Douglas ». Le front bas, le nez long, de jolies lèvres gonflées et de fins yeux bleus qui jetaient des regards curieux derrière un rideau de longs cheveux blonds.

Les gens disaient toujours : « Oh, quels charmants enfants ! », « Vous devez être si fière, madame Bird », ou : « Quels petits anges ! »

Et maman répondait : « Vous devriez les voir à la maison… », en levant les yeux au ciel, une main ébouriffant Rory et l'autre serrant celle de Rhys, la voix débordant d'amour.

— Tu en as combien ? demanda Meg à sa sœur.

— Onze. Et toi ?

— Quinze.

Leur mère apparut en bas des marches, les jumeaux à sa suite.

— Les garçons en ont neuf chacun, je crois que vous y êtes presque. Pensez *jaune*, ajouta-t-elle avec un clignement d'œil théâtral.

Les garçons lui lâchèrent la main et s'élancèrent vers le toboggan au fond du jardin qui avait des poignées jaunes. Bethan partit à toutes jambes vers un seau retourné qui était en réalité orange. Mais Megan savait exactement ce que voulait dire sa mère. Le millepertuis, juste devant eux. Elle s'en approcha et laissa son regard errer sur les nuages de fleurs jaunes, vibrantes de bourdons dodus, avant de le poser sur une rangée de pots de terre sous le buisson, qui débordaient d'œufs et de petits poussins en pompon avec des yeux fixés à la colle.

Elle allait faire main basse sur le butin lorsque sa mère lui toucha l'épaule. Sa main douce et sèche posée fermement sur la peau de sa fille que le soleil avait constellée de taches de rousseur.

— Partage avec les petits, chuchota-t-elle. Pour que ce soit juste.

Meg eut envie de se plaindre, mais elle respira un bon coup et acquiesça.

— Ici ! cria-t-elle à ses frères et sœur. Regardez ! Il y en a des millions.

Les trois autres accoururent vers le millepertuis, et leur mère répartit les œufs restants en quatre piles qu'elle distribua à chaque enfant.

— Ils commencent déjà à fondre, il faut les rentrer tout de suite, dit-elle en léchant une trace de chocolat sur le bord de son pouce.

La fraîcheur de la maison fut un choc après la chaleur du jardin. Elle se drapa sur la peau nue de Meg comme un gant de toilette froid. Papa était en train de verser du sirop dans des gobelets sur la table de la cuisine. Le chien somnolait sur la banquette devant la fenêtre. Les murs jaunes de la cuisine étaient entièrement couverts de dessins d'enfants. Megan passa le doigt sur le bord d'un dessin qu'elle avait fait à quatre ans. Elle était toujours étonnée d'imaginer qu'il était collé à ce même endroit, avec le même bout de scotch, depuis six longues années. Elle avait du mal à se rappeler cette époque. Elle ne se souvenait pas d'avoir dessiné ce double portrait intitulé « megn et mamman », composé de deux bonshommes bâtons avec les cheveux dans tous les sens, un sourire qui leur fendait le visage et les mains deux fois plus grandes que le corps, suspendus dans un monde sans gravité peuplé d'arbres bleus pointus et d'animaux flottants. L'exposition suscitait des questions de toute personne qui entrait dans la maison. Elle couvrait les trois murs, envahissait les façades des placards, les chambranles des portes, les coins de la pièce et même le cellier. De temps en temps, papa essayait d'en enlever quelques-uns. « Mettre le mur à jour », disait-il. Mais maman se contentait de lui adresser son sourire de petite fille espiègle et de répondre : « Jamais de la vie. » Si papa apercevait l'un de ses enfants en train de créer une œuvre d'art, il s'en emparait à la seconde où on la lui montrait et déclarait : « C'est tellement beau que je vais le ranger dans mon dossier spécial », et la faisait disparaître (parfois cachée dans ses vêtements) avant que maman la voie et l'accroche au mur.

— Alors, dit-elle en ramassant ses cheveux emmêlés en queue de cheval et en enlevant son tablier, vous pouvez manger autant d'œufs que vous voulez, à condition de me promettre de garder de la place pour le déjeuner. Et, souvenez-vous, conservez les emballages pour la boîte à bricolage !

La « boîte à bricolage » était une autre des bêtes noires de papa. Il s'était autrefois agi d'une petite boîte à outils en plastique, remplie proprement avec des sequins, des cure-dents et des plaques de feuille d'or. Au fil des années, c'était devenu une famille toujours plus nombreuse de gigantesques bacs en plastique qui avait élu domicile dans le placard de l'entrée, pleins d'un effroyable bazar de vieux bouts de ficelle, de nœuds de laine, de papiers de bonbons, de rouleaux vides de papier toilette, de vieilles culottes transformées en chiffons, de particules de calage et de papier cadeau froissé. Megan ne bricolait plus – elle avait bientôt onze ans maintenant –, et Bethan n'avait jamais été aussi créative que sa sœur ; quant aux garçons, ils préféraient évidemment courir dans le jardin ou faire les fous dans la maison que rester assis avec un tube de colle et une poignée de vieux bâtons d'esquimaux. Personne n'utilisait plus la boîte à bricolage, mais cela n'empêchait pas Lorelei de continuer à l'alimenter avec toutes sortes de détritus.

Elle prenait avidement des mains des enfants les emballages des œufs qu'ils jetaient, et les lissait du bout des doigts en feuilles délicates, le visage illuminé de satisfaction.

— C'est tellement beau, soupira-t-elle en les empilant, comme des petites tranches d'arc-en-ciel. Et, bien sûr, ça me rappellera toujours cette journée. Cette journée parfaite avec mes jolis enfants, quand le soleil brillait tant et plus et que tout allait bien dans le monde.

Elle regarda chacun des enfants tour à tour et leur adressa ce sourire bien à elle. Elle passa une main dans les cheveux de Rhys pour lui dégager les yeux.

— Mes jolis enfants, répéta-t-elle.

Si ses paroles les décrivaient tous, son regard plein d'amour était rivé sur son dernier-né.

Rhys était le plus petit des bébés de Lorelei. À leur naissance, Megan et Bethan pesaient toutes les deux plus de quatre kilos. Rory était le premier des jumeaux, avec un bon poids, pas loin de trois kilos. Et puis, comme sa mère le racontait bien souvent, le pauvre Rhys était sorti comme un bouchon, semblable à une caille plumée, à même pas deux kilos, bleu et tout fripé, à peine capable de respirer tout seul. Les médecins l'avaient mis sous des lampes – l'avaient « légèrement toasté », comme Lorelei aimait à le répéter, et ne l'avaient déclaré apte à rentrer à la maison qu'au bout de trois longues journées.

Lorelei continuait à s'inquiéter davantage pour lui que pour les trois autres. À six ans pile, il était plus petit que Rory, plus petit que la plupart de ses camarades de classe, avec un teint pâle et une tendance à attraper des rhumes et des gastros. Il s'agrippait à sa mère dès qu'ils étaient en public, pleurait comme un bébé s'il se faisait mal, et, contrairement à son frère, n'aimait pas jouer avec d'autres enfants. Il ne semblait heureux qu'ici, à la maison, entre son frère et sa mère. Megan ne savait que penser de lui. Parfois, elle aurait préféré qu'il ne soit pas né. Parfois, elle se disait vraiment qu'ils auraient été mieux sans lui. Il ne « collait » pas. Tous les Bird étaient grégaires et joyeux, foufous et pleins de vie. Rhys les tirait vers le bas.

Machinalement, Megan serra le poing autour du papier d'alu qu'elle venait de retirer du gros œuf qu'elle avait trouvé dans le cerisier, et sursauta quand sa mère lui donna une tape sur la main.

— Le papier ! cria-t-elle. Le papier !

Elle ouvrit aussitôt le poing, et sa mère prit l'emballage froissé avec un sourire.

— Merci, ma chérie, dit-elle gentiment, en contemplant l'aluminium. Regarde, c'est si joli, si brillant, si… plein de bonheur.

Les vacances de Pâques durèrent encore une semaine. La vague de chaleur se poursuivit, et les enfants Bird ne rentraient dans la maison que pour boire un gobelet de sirop, manger une tartine de pain beurré ou aller aux toilettes en catastrophe.

Les amis passaient, il y eut une journée à la mer à Weston-super-Mare, et, le dernier week-end des vacances, ils reçurent la visite de la sœur de Lorelei, Pandora, avec ses deux fils adolescents. Papa remplit la piscine, et les adultes burent des verres de Pimm's avec des glaçons en plastique en forme de fruits qui flottaient dedans. Tom, le cousin de Megan, joua des chansons de David Bowie sur sa guitare couverte d'autocollants. Rory creva la piscine avec un bâton, et l'eau inonda la pelouse, la laissant aussi détrempée qu'un marécage, et papa dit :

— Bon, ben tant pis…

Lorelei prit les vestiges souples de la structure percée dans ses bras comme un enfant blessé et les emporta dans le garage en murmurant « Papa va la réparer », et celui-ci répondit :

— Nous savons tous les deux que papa ne va pas la réparer. Je ne sais absolument pas comment réparer une piscine, et je ne me suis toujours pas occupé de celle qui a éclaté l'an dernier.

Et Lorelei sourit et lui envoya un baiser à travers le jardin.

Papa soupira et ajouta :

— Bon. Nous avons maintenant trois piscines hors d'usage dans le garage. Cette maison est une véritable décharge publique.

Et il leva les yeux au ciel.

Pandora sourit et expliqua :

— C'est comme notre père. Il ne pouvait rien jeter.

L'autre cousin de Megan, Ben, sourit et demanda :

— Raconte-nous encore ce que Lorelei collectionnait quand elle était petite...

Pandora commença par froncer les sourcils, puis elle s'exécuta.

— Des feuilles mortes. Des languettes de cannette. Les étiquettes des vêtements neufs. Des tickets de cinéma. Le papier d'alu des paquets de cigarettes de maman.

— Et des cheveux ! jubila Ben. N'oublie pas ça !

— Oui, renchérit Pandora, chaque fois qu'un membre de la famille se faisait couper les cheveux, Lorelei suppliait qu'on lui donne les mèches. Elle en avait tout un sac de courses sous son lit. C'était dégoûtant.

Les adultes et les ados éclatèrent de rire, et Megan les regarda avec curiosité. Ils en avaient déjà parlé – à chaque réunion de famille, lui semblait-il –, et chaque fois qu'ils parlaient de sa mère ainsi, cela sonnait différemment. Plus elle grandissait, moins elle trouvait ça drôle, et plus cela lui paraissait bizarre. Parce qu'elle avait à présent l'âge de sa mère au moment de ces étranges collections, et qu'elle ne s'imaginait pas plus garder de vieux cheveux que réclamer d'aller à l'école le samedi.

— Est-ce que vous vous moquez de moi ? demanda sa mère avec bonne humeur en revenant du garage.

— Non, non, non ! répondit Ben. Absolument pas. Nous étions juste en train de parler de toi avec affection.

— Humm, dit Lorelei en essuyant ses mains trempées sur sa longue jupe en denim. Je ne suis pas certaine de te croire.

Elle leva alors les bras, révélant des aisselles au naturel, avec de luxuriantes boucles brunes, et s'écria :

— Regardez-moi ce ciel, regardez-moi ça. Ce bleu ! Je voudrais en attraper de pleines poignées pour les mettre dans mes poches.

Megan vit une expression passer sur le visage de son père à ce moment. De l'amour et de l'inquiétude. Comme s'il brûlait de prononcer des paroles indicibles.

L'expression s'atténua, puis il sourit et dit :

— Si ma femme le pouvait, ses poches seraient pleines de morceaux du moindre élément de ce monde.

— Oh oui, s'extasia Lorelei. C'est vrai. Si pleines qu'elles seraient toutes *gonflées*.

Pandora avait apporté des gâteaux en forme de papillon faits maison, surmontés de chantilly et parsemés de minuscules poussins jaunes.

Lorelei les servit dans le jardin avec du thé, des scones et de la crème. Il y eut encore du Pimm's et un saladier en plastique débordant de fraises. Les jumeaux faisaient des allers-retours en courant, pieds nus, jusqu'au tuyau d'arrosage pour remplir leurs pistolets à eau. Après d'innombrables réprimandes, ils les utilisaient désormais pour s'arroser l'un l'autre uniquement. Tom et Ben s'étaient retirés au fond du jardin pour fumer des cigarettes dans le hamac et partager des blagues secrètes. Megan et Bethan étaient assises côte à côte et écoutaient les adultes parler.

Quand on questionnait une Megan devenue adulte à propos de son enfance, c'étaient des après-midi comme celui-ci qui la poussaient à dire : « J'ai eu une enfance idyllique. »

Et ça l'était. Idyllique.

Ils vivaient dans une maison couleur miel, construite tout près du trottoir dans un village de carte postale en Cornouailles, qui s'ouvrait derrière sur un jardin labyrinthique et mal entretenu de trois mille mètres carrés. Leur mère était une jolie hippie prénommée Lorelei, aux longs cheveux emmêlés et aux yeux verts brillants, qui traitait ses enfants comme des gemmes précieuses. Leur père était un adorable bonhomme dégingandé du nom de Colin, qui ressemblait toujours à un éternel adolescent avec ses cheveux au vent et ses lunettes rondes de hibou. Ils allaient tous à l'école du village, mangeaient chaque soir un repas fait maison tous ensemble, et leur famille élargie était chaleureuse et pleine d'intelligence ; ils avaient suffisamment d'argent pour organiser des fêtes et acheter de nouvelles piscines gonflables, mais pas assez pour voyager à l'étranger. C'était sans importance, car ils vivaient au paradis. Et, même enfant, Megan savait que c'était le paradis. Parce que, elle s'en rendrait compte en y repensant plus tard, sa mère le lui avait dit. Sa mère vivait entièrement dans le présent. Et elle faisait étinceler chaque moment. Personne dans la famille de Megan n'était autorisé à oublier quelle chance ils avaient. Même pas pendant une seconde.

Un nuage passa devant le soleil à cet instant précis, et Lorelei rit en le montrant du doigt.

— Regardez ! Regardez ce nuage ! N'est-il pas merveilleux ? Il ressemble *pile-poil* à un éléphant !

Avril 2011

Les clés se trouvaient là où Lorelei les avait toujours laissées, sous un pot de fleurs ébréché derrière un tuyau, sous la fenêtre de la cuisine. Meg les sortit et enleva les toiles d'araignées du bout des doigts.

— Beurk.

Depuis longtemps déjà, il était impossible de pénétrer dans la maison par ses deux portes d'entrée. La famille était toujours passée par celle de la cuisine, sur l'arrière, et ces dernières années Lorelei avait utilisé les deux halls d'entrée comme des « espaces de rangement » supplémentaires.

— OK, dit Meg en rejoignant Molly devant la porte du jardin, allons-y. On respire un grand coup.

Elle adressa à sa fille un sourire plein de courage et fut gratifiée de recevoir le même en retour.

— Tu vas bien, maman ?

Meg hocha la tête. Évidemment qu'elle allait bien. Elle allait toujours bien. Il fallait toujours une personne qui allait bien, et c'était le rôle qui lui était dévolu.

— Ça va, ma chérie, merci.

Molly l'observa avec curiosité, puis elle lui prit une main dans les siennes et la serra doucement. La puissante tendresse de ce geste faillit la faire sursauter. Le toucher de sa fille. Jusque récemment, le dernier souvenir qu'elle avait du contact de sa fille était la sensation cuisante de sa main en pleine figure, son pied dans le tibia, ses ongles sur le bras. Elles en étaient arrivées là. Pour de vrai. Tout ce contre quoi on l'avait mise en garde à propos des adolescentes, puissance dix. Mais, ces derniers temps, les choses avaient commencé à changer. Ces derniers temps, il semblait que sa fille avait recommencé à bien l'aimer.

— Merci, ma chérie, répéta-t-elle.

— Tu sais que tu peux m'en parler, hein ? Tu sais que je serai là pour t'écouter. Je suis là pour t'aider. Tu as perdu ta maman. Si je perdais ma maman, je...

Les larmes montèrent aux yeux de Molly, qui sourit avant de conclure.

— Bon ! bref, tu sais.

— Je sais, bébé, répondit Meg en riant. Je sais. Mais, pour de vrai, je vais bien. Sincèrement.

Molly lui pressa la main une dernière fois avant de la lâcher. Elle prit une inspiration théâtrale puis fit un signe de tête vers la clé, dans la main de Meg. Meg hocha la tête à son tour et enfonça la clé dans la serrure. La tourna. Ouvrit la porte.

Mars 1986

Le ciel était noir de nuages porteurs de pluie, et le tonnerre commençait à gronder au loin. Les dalles en pierre d'York étaient encore teintes en gris charbon par la dernière averse, et de grosses gouttes s'accrochaient de façon précaire au bord des feuilles et des fleurs de printemps. Derrière les nuages, on apercevait un coin de ciel bleu, et, à l'horizon, un début d'arc-en-ciel encore pâle. Lorelei se tenait pieds nus juste à l'extérieur de la porte de la cuisine, enveloppée dans un long gilet en angora multicolore. Ses cheveux, longs jusqu'à la taille, étaient entortillés et maintenus en couronne sur le haut de son crâne par trois gros peignes en écaille de tortue.

— Regarde, Meggy, dit-elle en passant la tête dans la pièce. Regarde. Un arc-en-ciel ! Vite !

Meg leva les yeux de ses révisions, étalées devant elle sur la table de la cuisine, et répondit par un sourire encourageant.

— Dans une minute.

— Non ! cria sa mère. Il ne sera plus là dans une minute. Viens voir maintenant !

Meg soupira et posa son stylo sur son bloc-notes.

— D'accord.

Elle rejoignit sa mère dehors, l'humidité des dalles transperçant ses pantoufles en peau de mouton.

— Beth ! appela sa mère à travers la cuisine. Les garçons ! Venez vite !

— Ils regardent la télé. Ils ne vont pas t'entendre.

— Va leur dire, alors, chérie, tu veux bien ?

— Ils ne vont pas venir.

— Bien sûr que si. Vite, ma chérie, cours leur dire.

Meg savait qu'il était inutile de protester. Elle soupira à nouveau et se dirigea vers le salon. Ses trois frères et sœur étaient assis en rang d'oignons sur le canapé sale, le chien avachi entre eux. Ils regardaient une émission pour enfants en grignotant des bâtonnets de carotte.

— Maman vous dit qu'il y a un arc-en-ciel. Elle veut que vous veniez le voir.

Personne ne réagit à sa présence, et elle retourna annoncer la mauvaise nouvelle à sa mère.

Lorelei poussa un soupir théâtral.

— Quel dommage, se désola-t-elle. Et regarde. Maintenant, il est parti. Parti pour de bon. Pour toujours…

Une larme roula le long de son nez, et elle l'essuya du poing, comme un petit enfant.

— Quel dommage, murmura-t-elle, de rater un arc-en-ciel…

Puis elle se força à sourire et conclut :

— Enfin, au moins, toi tu l'as vu. Tu pourras toujours le décrire aux autres.

Meg eut un sourire crispé. *Comme si,* se dit-elle, *j'allais m'asseoir avec mes frères et sœur pour les régaler d'une description du rouge, du jaune, du rose et du vert, de la magie et de la splendeur du violet et de l'orange et du bleu, du miracle de ces lointaines bandes colorées.*

— Oui, acquiesça-t-elle, peut-être, plus tard.

Le lendemain, il pleuvait toujours. Lorelei insista pour que la chasse aux œufs ait lieu quand même.

— On peut la faire à l'intérieur, chérie, proposa Colin avec douceur.

— Jamais de la vie ! protesta Lorelei. La chasse aux œufs de Pâques, c'est dans le jardin. Qu'il pleuve, qu'il neige ou qu'il vente. N'est-ce pas, les enfants ?

Meg regarda le jardin à travers les vitres couvertes de gouttes et pensa à ses cheveux, qu'elle avait peignés le matin avec amour en une superbe houppette, et fixés avec de la laque. Elle songea à la pelouse boueuse, à l'herbe froide mouillée et à ses chaussures en toile, elle pensa à son jean droit dans lequel elle avait eu bien du mal à entrer, et au rendez-vous qu'elle avait avec un garçon dans la semaine où elle avait prévu de porter ce même pantalon, sans parler de l'inquiétant bouton qui était en train de lui pousser sur le menton.

Les jumeaux sautèrent dans leurs bottes et leurs K-way pendant que Lorelei courait sous la pluie pour déposer les chocolats dans le jardin. Megan la regardait par la fenêtre. On aurait dit une apparition, mince et élancée, avec son corsage de mousseline crème, son jean délavé et son chapeau de paille mou, ses longs cheveux collés par l'eau dans son dos, ses seins menus devenant visibles à mesure que le tissu de son haut se détrempait. Elle avait le visage rayonnant de joie alors qu'elle sautillait d'un endroit à un autre, cueillant les œufs dans un panier d'osier accroché dans le creux de son bras.

Les garçons se tenaient sur le seuil, frétillants d'impatience. À onze ans tout juste passés, ils étaient encore captivés par l'enthousiasme de leur mère et son charme enfantin. Ses bébés, encore, mais plus pour longtemps.

— Trois, deux, un… *partez* ! cria-t-elle un moment plus tard.

Les jumeaux s'élancèrent comme des fusées sur la pelouse, suivis d'un pas plus calme par Bethan, vêtue d'un imperméable rose à pois et de bottes en caoutchouc.

— Meggy ? demanda sa mère avec un regard surpris. Tu ne veux pas d'œufs ?

— Je vais les laisser aux autres, répondit-elle.

Elle espérait que cette générosité envers ses frères et sœur lui épargnerait l'insistance maternelle.

— Il y en a plein. Des tonnes et des tonnes.

— Je ne veux pas me mouiller les cheveux, expliqua-t-elle avec un haussement d'épaules.

— Oh, pour l'amour du ciel ! Ce n'est pas une excuse. Mets un chapeau de pluie, tiens…

Elle sortit un foulard en plastique transparent d'un tiroir et le fourra dans les mains réticentes de Meg, qui le contempla avec horreur.

— Je ne vais pas mettre ça !

— Mais pourquoi pas ?

— Parce que c'est un truc de mémé !

— Pas du tout ! C'est à *moi* !

— C'est ce que je dis.

Lorelei partit d'un grand éclat de rire.

— Oh, ma chérie, un jour, si Dieu veut, tu auras quarante ans toi aussi, et je te promets que tu auras l'impression d'en avoir encore dix-huit. Pas un jour de plus. Maintenant, mets ce foulard et viens t'amuser avec les petits. Imagine…

Son visage se fit sérieux un moment.

— Imagine, reprit-elle, si quelque chose arrivait à l'un d'entre nous et qu'il n'y ait pas de chasse aux œufs l'an prochain, imagine si tout s'arrêtait d'être parfait… Tu regretterais tellement de ne pas avoir participé aujourd'hui…

Megan scruta les profondeurs des yeux bleu-vert de sa mère, ce réservoir de millions d'émotions. Ils l'observaient avec fermeté. Elle se força à sourire.

— D'accord…, céda-t-elle en étirant la deuxième syllabe pour bien montrer que ça lui coûtait.

Elle trouva onze œufs ce matin-là et les donna tous à ses frères et sœur.

Pandora et son mari, Laurence, arrivèrent à midi sans leurs deux fils, désormais adultes, mais avec un nouveau chiot. Peu après, Lorna, la sœur de Colin, débarqua avec un cabas plein d'œufs de Pâques. Ensuite vinrent des voisins, Bob et Jenny, avec leurs trois bambins. Lorelei fit rôtir un gigot d'agneau dans la cuisinière Aga et le servit avec beaucoup trop de carottes confites au miel (*« N'est-ce pas qu'elles sont d'un orange merveilleux ? »*) et pas assez de pommes de terre. Les enfants s'assirent à une table de pique-nique installée à l'extrémité de la cuisine, alors que les adultes prenaient place autour de la vieille table en bois blanc au milieu. Megan se sentait perdue entre les deux groupes, trop grande pour les enfants, trop jeune pour les adultes, personne dans la pièce pour apprécier son eye-liner appliqué à la perfection, son nouveau gilet irlandais avec ses boutons en cuir, ou le fait qu'elle ait enfin réussi à descendre à cinquante-quatre kilos. Elle n'aimait pas les carottes et caressait l'idée de devenir végétarienne, aussi picorait-elle l'unique pomme de terre que lui avait allouée sa mère (*« Les invités d'abord, chérie ! »*) et regardait-elle par la fenêtre, fantasmant son évasion.

Megan imaginait une splendide explosion de débris de verre alors qu'elle enfoncerait le poing dans les murs invisibles qui l'entouraient. Elle imaginait l'air frais, la lumière vive, et l'espace vertigineux qui s'offrirait à elle.

Elle voyait une pièce avec quatre murs plats et nus, un lit carré paré de draps blancs, une haute fenêtre encadrée d'une paire de rideaux assortis, tout simples, comme ceux de l'appartement où vivait Demi Moore dans *St. Elmo's Fire.* Elle voyait une cuisine étincelante, des casseroles rutilantes, une salle de bains immaculée et un homme taciturne aux ongles propres, avec une guitare argentée.

Puis elle contempla sa propre cuisine, avec les quinze ans d'œuvres d'enfants accrochées, punaisées et collées avec amour sur les murs, et l'idée de s'enfuir devint amère dans son cœur. Elle quitta la compagnie des petits pour aller s'asseoir sur les genoux de son père avec les adultes, en quête de la sensation des jours sucrés de son enfance. Il lui passa un bras dégingandé autour de la taille, et elle adressa un sourire à sa mère, de l'autre côté de la table.

—Tu sais, Lorrie, disait Jenny, leur voisine, ta cuisine est vraiment le refuge idéal par une journée pourrie comme celle-ci.

Lorelei sourit et enlaça les épaules de son amie.

—Non, c'est vrai. Elle est tellement chaleureuse. On s'y sent si bien ! Si un jour je me trouvais perdue à flanc de montagne dans la neige, à mourir de froid, je pense que c'est l'endroit que je verrais dans mes hallucinations. La merveilleuse cuisine de Lorrie.

—Merci, répondit Lorelei en l'embrassant sur la joue. Meggie pense que la maison est trop bordélique, n'est-ce pas, ma chérie ?

—Elle *est* trop bordélique.

—Chacun ses goûts, chérie, pas vrai ? répliqua Lorelei en riant.

Meg haussa les sourcils et leva les yeux au ciel.

—Je ne vois vraiment pas pourquoi tu as besoin de garder tout ça. Je veux dire, ça, je comprends, expliqua-t-elle en montrant les dessins. Mais, par exemple, pourquoi on a dix-neuf torchons ?

— On n'a pas dix-neuf torchons ! renifla sa mère.

— Bien sûr que si, maman. Je les ai comptés l'autre jour. C'était une expérience scientifique. Regarde !

Elle se redressa d'un bond et ouvrit le tiroir avec force. Elle se mit à sortir des exemplaires, les tendant à bout de bras comme des preuves.

— Nous avons des torchons troués, des torchons brûlés, des torchons tachés, des torchons élimés. Mais regarde ! Nous avons aussi des torchons tout neufs… regarde, des *beaux*.

Pandora rit.

— Je dois avouer, Lorrie… Celui-là, c'est moi qui te l'ai acheté parce que l'apparence déguenillée de ta collection m'a un peu inquiétée, la dernière fois que je suis venue.

— Pourtant, continua Megan d'un ton théâtral, à mesure qu'elle s'échauffait sur le sujet, est-ce que nous jetons les vieux torchons ? Que nenni ! Nous les lavons, et nous les séchons, et ensuite nous les *plions* et nous les remettons dans ce tiroir qui contient désormais *dix-neuf* torchons !

— Eh bien, ma chérie, répondit sa mère sèchement, je dois dire, sachant que tu passes des examens dans moins de trois mois, que j'aurais pensé que tu avais mieux à faire de ton temps que de compter des torchons.

— S'il te plaît, maman, laisse-moi en jeter un. S'il te plaît. Je t'en supplie. Celui-là, par exemple ?

Elle tendit un bout de tissu gris et mou déchiré de haut en bas.

— Non ! Certainement pas ! Il peut servir de chiffon !

— Maman ! On a un sac-poubelle sur le palier qui déborde de « chiffons ». Qui ne servent à rien. On n'a pas besoin d'avoir plus de *chiffons*.

— Repose-le, dit sa mère, alors qu'une ombre recouvrait ses yeux normalement si pleins de joie. S'il te plaît. Repose-le. Je ferai un tri un autre jour. Après les vacances.

— Sauf que tu ne le feras pas… Tu le sais très bien, et moi aussi. Si je reviens ici dans dix ans, il y aura trente torchons dans ce tiroir. *Y compris* celui-là.

Elle jeta le torchon sur les genoux de sa mère.

— Oh, allons, Megan, ça suffit, intervint Jenny avec nervosité. Arrête d'embêter ta gentille maman.

Meg soupira, grogna. Elle regarda autour de la pièce et prit conscience que tout le monde s'était tu et que tous les yeux étaient tournés vers elle avec des degrés divers de gêne. Beth la dévisageait d'un air accusateur depuis l'autre table, et son père contemplait ses chaussures. Puis Megan pivota de nouveau vers sa mère qui souriait avec anxiété en se frottant la pointe des coudes.

— C'est seulement des torchons, dit Rhys.

— Oui ! s'écria vivement Lorelei. C'est absolument ça, Rhys, ce sont seulement des torchons. Maintenant, qui veut encore des carottes ? Il en reste plein !

Megan retourna dans sa chambre pour écouter le Top 40 sur Radio One, et laissa la mélodie propre et douce de Simple Minds dénouer ses nerfs en pelote.

Avril 2011

Ce n'était pas une cuisine. Pas comme on l'entend traditionnellement, facilement reconnaissable. C'était une structure, une forme, une entité, comme les entrailles d'un être vivant. C'était obscur, au point d'être angoissant, sans rien de la belle journée de printemps qui filtrait, juste un rai de lumière blanche qui se faufilait par un interstice entre les piles qui masquaient les fenêtres.

Meg tâtonna le long du mur vers la gauche en quête de l'interrupteur. Les lampes refusèrent de s'allumer. Elle n'était pas surprise. Elle utilisa la torche de son téléphone et balaya la pièce de son faisceau.

— Doux Jésus…

Molly était debout derrière sa mère, une main sur la bouche, ses yeux excessivement soulignés de khôl agrandis d'horreur. Elle attrapa le bras de Meg de son autre main et s'y cramponna.

— Oh, maman…, soupira Meg.

Molly desserra son étreinte sur le bras de sa mère et laissa retomber la main qu'elle avait devant la bouche.

— Je me souviens d'avoir pris le petit déjeuner ici… Il y avait une grande table… Là… avec des bancs. Et les céréales étaient dans des bocaux, là-bas, avec des couvercles en liège. Et il y avait une vue, par la fenêtre. On voyait un arbre…

Elles se tournèrent toutes les deux vers l'endroit concerné. Mais c'était difficile de savoir, derrière le mur d'objets. Elles étaient désorientées. L'espace n'avait plus aucun sens.

Molly pivota vers sa mère.

— Comment on va accéder au reste de la maison ?

Meg soupira et éclaira la zone où aurait dû se trouver le fond de la pièce où une porte, théoriquement, devait donner sur un couloir desservant le rez-de-chaussée. Mais, sous le faisceau lumineux, d'autres murs se dressaient. Des murs entre les murs. Aucune visibilité sur le fond et aucun moyen de le localiser facilement. La lumière glissa et fit apparaître un interstice, de trente centimètres de large. Elle abaissa le faisceau vers le sol et vit des dalles. Les dalles de son enfance. Le seul élément familier jusqu'ici.

— Je crois, dit-elle en éclairant de nouveau le minuscule trou, qu'on va devoir emprunter ce chemin.

— Tu te moques de moi ? demanda Molly.

— Non, hélas.

— Je vais faire une crise d'angoisse si je dois passer par là.

— Oui. Moi aussi. Mais, bon sang, je ne suis même pas sûre d'y arriver. Je veux dire, regarde, c'est tellement étroit...

— Euh, je ne vais pas là-dedans toute seule. Jamais de la vie.

Meg s'étira. Elle avait perdu vingt kilos six ans plus tôt – adieu la taille 48 –, mais elle restait une femme bien en chair, pas une brindille comme sa mère et son adolescente de fille.

— Très bien, déclara-t-elle en rentrant le ventre. Très bien. Je passe la première.

— Oh, Seigneur..., gémit Molly en s'accrochant à l'arrière de sa marinière. Maman, j'ai peur.

— Ne sois pas sotte, répondit Meg en tenant à distance ses propres appréhensions. Il n'y a aucune raison de paniquer. C'est juste la maison de mamie. C'est tout.

— Mais on est les premières personnes à s'aventurer ici depuis des années. Je veux dire, merde, maman, il pourrait y avoir n'importe quoi là-dedans. Des rats ! Maman, et s'il y avait des rats ?

— Ça va aller, ma chérie. Il n'y a pas de rats. Mamie ne mangeait pas vraiment à la maison, ils n'auraient rien trouvé à se mettre sous la dent. Allez. Accroche-toi à moi, et respire.

Les murs comprimaient Meg fermement des deux côtés. Au toucher, ils paraissaient solides et uniformes, mais la lumière du téléphone faisait apparaître des détails :

une manchette de chemise, un morceau de filet, le coin d'un livre, le nœud en haut d'un sac-poubelle. Tout cela lissé en un couloir informe par le passage de Lorelei, pendant les jours interminables où elle avait vécu seule ici, refusant toute aide ou visite.

— Ça va, ma chérie ? chuchota-t-elle dans l'obscurité étouffée.

— Oui. Je crois. On est presque arrivées ?

Meg sentait son cœur se contracter douloureusement sous l'effet d'une gêne profonde.

— Oui, oui, répondit-elle gaiement.

— Y a quoi à l'autre bout ?

— Je ne sais pas encore. Une porte, j'espère.

Juste après, le couloir décrivit un angle à quarante-cinq degrés. Elle dirigea la torche devant elle et aperçut une ouverture.

— On est arrivées. On a réussi.

Alors qu'elle s'arrachait à l'écrasement claustrophobique du couloir de sa mère, elle s'attendait à une bouffée fraîche de lumière et de liberté ; elle s'attendait à pouvoir secouer ses membres et se sentir délivrée. Mais elle constata aussitôt que ce couloir débouchait directement dans un autre. Le seuil entre le fond de la cuisine et le hall d'entrée n'était qu'un point d'étape. Elle vit soudain la suite du trajet se dérouler dans son esprit. Elle s'imagina en train de se glisser difficilement dans des ouvertures de plus en plus petites, des coins de plus en plus reculés jusqu'à se retrouver recroquevillée en une boule et incapable de se retourner. Elle ravala un besoin de hurler et dit :

— Bon, au moins, il ne fait pas aussi noir ici.

La fenêtre du palier n'était que partiellement obscurcie et laissait passer une raie de lumière bleue poussiéreuse depuis le sommet des tours. D'ici, Meg pouvait évaluer la hauteur, la perspective. Devant elle se trouvait la porte du petit salon, à gauche celle du grand salon et, à droite, le pied de l'escalier. Elle ne le savait que de mémoire, car rien de tout ça n'était visible de là où elle se tenait. On lui avait dit que Lorelei vivait principalement dans sa chambre, et elle estima qu'elles devaient tenter de s'y rendre, que la pièce serait sans doute moins encombrée (*Ah ! Encombrée ! Quel euphémisme absolu !*) que le reste de la maison, et qu'elles risqueraient moins de se tuer en chemin.

— OK, dit-elle à sa fille d'un ton encourageant. On enchaîne ! Tu es prête ?

Molly acquiesça d'un air incertain et s'accrocha de nouveau au tee-shirt de Meg.

Elles se faufilèrent en crabe dans le tunnel qui, presque comme un système routier bien organisé, avait un embranchement à mi-parcours, où elles prirent à droite. Meg chercha du pied la première marche et monta précautionneusement. Elle comptait inconsciemment, comme elle l'avait fait d'innombrables fois dans son enfance. Onze marches jusqu'au palier intermédiaire. Puis douze autres jusqu'au premier étage.

Arrivée à destination, elle se tourna vers Molly et sourit.

— Il y a de la lumière, ici. Regarde, c'est le haut de la fenêtre du palier. On voit le jardin.

Molly la rejoignit, et elles burent la vue depuis la fenêtre comme de l'eau dans le désert. Des particules de poussière scintillaient dans le soleil de midi, formant des nuages de paillettes. Des toiles d'araignées duveteuses pendaient des poutres du plafond et des vieux abat-jour en papier. L'étage sentait davantage le moisi, la viande même. En bas flottait une odeur de journaux et de poussière ; ici, c'était plutôt la vieille chair et les affaires pas lavées.

Molly porta une nouvelle fois la main à sa bouche et frissonna.

— Beurk, dit-elle. Finalement, ça n'est pas plus mal qu'on n'ait pas les odeurs à la télé. Personne ne regarderait ces émissions, sinon. Sérieusement.

— Je m'attendais à pire. Sachant combien de temps elle a vécu comme ça.

— C'est dégoûtant.

Meg haussa les épaules. Elle ne pouvait pas la contredire.

— C'est un enfer…

— Pire que l'enfer.

— C'est l'enfer sur terre.

Il n'y avait pas de mots. Aucun langage ne pouvait retranscrire cette expérience. Pendant des années, Meg avait passé des nuits sans sommeil, à visualiser ça, à se le représenter, à en entendre parler indirectement par des travailleurs sociaux ou par la mairie : *« C'est peut-être bien le cas d'accumulation compulsive le plus extrême qu'on ait rencontré. Sa vie est en danger, à chaque instant de la journée »*, à écouter sa mère minimiser au téléphone : *« Oh, tu parles d'une tempête d*ans un verre d'eau ! Une tempête, pour quelques affaires. Je suis toute seule, maintenant. Je peux vivre comme j'en ai envie. »

Meg essayait d'argumenter : *« Tu vas te tuer. Tu vas être ensevelie. Il va falloir démolir la maison pour retrouver ton corps. »*

Et Lorelei riait avec légèreté et répondait : « Ça m'irait très bien. »

Mais jamais son imagination ne l'avait amenée jusqu'ici, jusqu'à la puanteur charnelle et toute son horreur gothique.

Un couloir bas constitué d'objets les conduisit à la chambre de Lorelei. Meg gardait un souvenir très précis de la dernière fois où elle était entrée dans la chambre de sa mère.

Six ans plus tôt. Sa dernière venue à Pâques. Elle était arrivée avec Molly et les garçons, et avait trouvé la maison déjà à mi-chemin de son état actuel. Sa mère était assise au beau milieu de cette pièce; des monceaux de détritus accumulés autour d'elle, comme une araignée dans sa toile. Elle était en train de se vernir les ongles de pied en bleu pervenche et souriait à Meg comme si tout était parfait dans le vaste monde.

Elle sentit sa gorge se nouer subitement à ce souvenir.

Elle se rappela sa colère en voyant sa mère ainsi, plongée jusqu'au cou dans son propre merdier, à laisser sa magnifique demeure tomber en ruine, à donner encore aux voisins des motifs d'inquiétude. Elle n'avait pas été loin de la détester.

Mais à présent, alors qu'elle se contorsionnait pour entrer dans la pièce, elle voyait le fauteuil où sa mère s'était tenue, une vieille chose dodue et fleurie, rembourrée de coussins bon marché, flanquée de tables de part et d'autre avec des flacons de vernis à ongles, des livres de poche, des galettes de riz, le casque énorme qu'elle utilisait pour écouter la radio, et, au lieu de toute cette saleté et ces ordures, elle ne fut plus consciente que de l'espace vide en plein centre.

Molly avança d'un pas incertain sur un sentier encombré d'objets bons à jeter qui crissaient sous ses pieds – emballages vides, vêtements sales, vieux journaux – pour rejoindre sa mère au milieu de la pièce.

— Je me souviens qu'elle était assise ici, quand on est venus cette fois-là, haleta-t-elle. Juste ici. Elle me faisait peur.

Meg se tourna vers sa fille.

— Peur? Vraiment?

— Oui… Elle avait l'air tellement bizarre, assise là, toute maigre, un vrai sac d'os, et elle avait les yeux, genre, *fous*. Je n'avais jamais vu quelqu'un comme ça avant.

— Pauvre maman, soupira Meg. Tu ne te souviens pas du chocolat chaud, alors ?

Molly répondit par un regard perplexe.

— Elle a fait des chocolats chauds pour vous tous. Avant d'aller au lit. Vous étiez tellement excités ! Tu ne te souviens pas ?

— Aucun souvenir, marmonna Molly avec un haussement d'épaules. Je me rappelle seulement ça, ajouta-t-elle en montrant le fauteuil. Elle. Là.

Meg sentit la tristesse la submerger.

— Je ne comprends toujours pas, reprit Molly. Je veux dire, tu es, genre, tellement normale. Tu es la personne la plus normale que je connaisse. Et tu es tellement maniaque et tout. Comment tu as pu devenir *toi* en partant de *ça* ?

Meg secoua la tête.

— Eh bien, évidemment, ça n'a pas toujours été comme ça. Autrefois, Moll, cet endroit était en fait relativement normal.

— Mais ta mère ? Mamie ? Est-ce qu'elle était normale ?

Meg esquissa un sourire triste.

— C'est une bonne question… Et je crois que, avec maman, tout était affaire de degrés.

Elle fit deux pas de plus vers le siège et le toucha, le moins possible, du bout des doigts. Puis, avant que la part la plus rationnelle de son être ait pu lui dire qu'elle allait *attraper des puces*, qu'elle n'arriverait jamais à *se débarrasser de l'odeur*, que c'était *d'une saleté repoussante* et *plein de microbes*, elle s'installa dedans, dans le fauteuil de sa mère.

Elle appuya la tête contre le tissu grisâtre, leva les yeux vers Molly et sourit.

— De tous petits degrés, minuscules…

Chapitre 2

Vendredi 5 novembre 2010

Encore bonjour, Jim !

Je suis ravie de constater que je ne t'ai pas fait fuir, et merci pour ta réponse. C'était fascinant d'en apprendre plus sur toi, et, bien sûr, ça ne m'étonne pas finalement que tu aies commencé par être un James. Tu as plus une tête à t'appeler James que Jim, mais je suis d'accord que Jim fait « plus sympa »... surtout là-haut à Gateshead. Tu n'as pas envie de trop détonner, j'imagine ! Est-ce que tu as un joli accent ? Je n'ai pas tellement d'accent. Je crois qu'on peut dire que je suis « snob ». J'ai grandi juste à côté d'Oxford, je suis allée à l'école des filles, papa et maman étaient tous deux auteurs, mon père écrivait des livres de médecine et ma mère de jardinage. La maison était à l'abandon, ça faisait très *middle class* de gauche, personne ne se regardait jamais dans le miroir, et personne ne passait jamais l'aspirateur non plus. Mais, au fond de tout ça, il y avait une tristesse très profonde. Sûrement à cause du bébé, Athena. Et d'autres choses qui s'étaient produites. Des choses dont je ne peux pas vraiment parler. Alors, même si ça aurait dû être une enfance heureuse, ça ne l'était absolument pas. Et ensuite ils sont tous les deux morts jeunes, mes parents, presque coup sur coup. J'avais vingt ans quand mon père est décédé, vingt-trois ans pour ma mère, et il y avait toutes ces choses, des choses dont on n'avait jamais parlé. Des choses dont je regrette beaucoup qu'on n'ait pas parlé. Mais tu sais ce que c'est quand on a cet âge-là, on croit qu'on a toute la vie devant soi, n'est-ce pas ? Je dirais que j'étais une enfant assez étrange, un peu comme ce que tu m'as dit de toi. J'étais très introvertie et je vivais une vie imaginaire très colorée. Je collectionnais des objets, de façon obsessionnelle, et j'ai fait pipi au lit jusqu'à l'adolescence. Par certains côtés, j'étais presque sauvage. Très libre, et en même temps d'une timidité maladive. On m'envoyait toujours chez des psys, mais aucun n'était capable de me comprendre. Puis, à dix-huit ans, j'ai quitté la maison, je suis allée à l'université, et je me suis complètement transformée et épanouie en devenant quelqu'un de tout à fait différent. C'était comme si mon enfance n'avait jamais eu lieu, comme si j'avais mué. Voilà, c'est la personne que je suis. Enfin, la personne que j'ai été dans mes premières années. Et je crois, d'une certaine façon, que d'avoir vécu une enfance si curieuse et inconfortable m'a conduite à être totalement, cent pour cent, déterminée à donner à mes enfants la meilleure des enfances possible.

Reste à savoir s'ils estiment que j'ai réussi ou non.

Alors, dis-m'en plus sur ton fils. Vis-tu avec lui ? Quel âge a-t-il ? Comment s'appelle-t-il ? Je suis contente que tu aies un enfant. Ça nous fera un sujet de conversation en plus.

Oh, BOUMBOUMBOUM ! Le feu d'artifice commence déjà ici, dans le village. J'espère que tu regardes un beau spectacle quelque part, bien emmitouflé et confortable. Je vais me contenter d'écouter, de mon fauteuil. Je n'arrive pas à me motiver à sortir pour rester debout dans le froid avec des inconnus !
Plein de bonnes choses, Jim, prends soin de toi,
Lorelei

Avril 1987

Bethan avait des seins. Énormes. C'était arrivé d'un coup, comme s'ils avaient surgi de nulle part. L'instant d'avant, c'était une petite créature tout en os avec une brassière de sport ; la seconde d'après, elle partait faire les magasins avec maman à la recherche d'un 85C. Megan était à la fois horrifiée (sa petite sœur !) et jalouse (sa petite sœur !), mais surtout fascinée que Bethan se trouve désormais propriétaire de la seule véritable poitrine de la famille.

— Allez, montre-moi, insista-t-elle alors que Lorelei et Beth s'engouffraient dans la maison par un sec après-midi d'avril, en plein milieu des vacances de printemps.

Beth eut l'air gênée quand Meg lui arracha le sac des mains.

— Ooh, dit-elle en caressant le dessous en dentelle crème avec ses grosses armatures et ses bonnets étonnamment profonds. Très joli… Tu as pris autre chose ?

Elle essayait de ne pas paraître envieuse.

— Non ! rétorqua Beth en reprenant vivement le soutien-gorge pour le fourrer dans le sac de la boutique avant que l'un de ses petits frères le voie.

— Moi si ! s'écria Lorelei, ses hautes pommettes toutes roses, ses yeux verts étincelants d'un éclat chimique et intense. Regarde ! Il y a un nouveau magasin qui a ouvert en ville. Comment il s'appelle, Beth ?

Beth leva les yeux au ciel avant de répondre :

— Poundstretcher.

— Oui ! Poundstretcher ! Tout est à une livre. Tu imagines ? Regarde !

Elle vida un sac de courses rempli à craquer sur la table pour caresser son butin des yeux avec une joie palpable.

— Regarde ! Des cintres. Dix pour une livre. Ils sont jolis, non ? J'ai craqué pour les couleurs, surtout ce bleu-là. Et des éponges métalliques, vingt pour une livre...

Meg aussi contemplait les articles sur la table.

— Pourquoi tu en as pris trois paquets ?

Le sourire de sa mère se figea une fraction de seconde. Puis elle rit :

— C'est toujours bien d'avoir du stock.

— Ah oui, siffla Meg, imagine comme on sera contents quand on vivra dans un monde post-apocalyptique et qu'on sera la seule famille du village à avoir des éponges métalliques.

Meg vit Beth se rembrunir et secouer la tête en un geste ténu, presque imperceptible. Elle claqua la langue et reprit :

— Soixante éponges à gratter, Beth. Nous avons soixante éponges à gratter.

Beth eut un sourire d'excuse, et Lorelei resta plantée là, les épaules un peu voûtées, la lumière éteinte dans ses prunelles.

— Pourquoi faut-il toujours que tu gâches tout, Meggy ? Pourquoi ?

Les yeux pleins de larmes, elle rangea en hâte ses trésors dans le sac avant de quitter la pièce.

— Quoi ? aboya Meg devant le visage accusateur de sa cadette.

— Oh, arrête, pourquoi tu es obligée d'être si dure avec elle ?

— Tu ne vois pas que c'est à cause de vous tous, tout le monde dans cette putain de famille, qu'elle est comme ça ? Vous l'encouragez !

— Mais c'est grave ? On s'en fout, que ce soit des drôles de trucs qui la rendent heureuse. Pourquoi ça te dérange autant ?

— Parce que je pense qu'elle est malade, expliqua Meg alors que sa colère retombait en miettes d'hypothèses qu'elle parvenait mieux à gérer.

Beth rit, puis s'arrêta d'un coup.

— Malade ?

— Oui. Malade mentale. Dans sa tête.

— Oh, ne sois pas ridicule.

— Je ne suis pas ridicule. Je suis sérieuse. Tout ça… ces collections et ces obsessions, les couleurs, les torchons et… les *arcs-en-ciel*.

Beth haussa les épaules.

— Et rappelle-toi comment elle était enfant. Tu sais, à collectionner les *cheveux*. Tout le monde fait comme si c'était normal. Ce n'est pas normal. C'est de la folie.

Rory passa près d'elles dans le couloir, cheveux blonds au ras des yeux, longues jambes – héritées de leur père – dans un jean baggy, le plus beau garçon de sa classe, apparemment. Non qu'il s'intéresse à ce que les filles pensaient de lui : il n'avait que douze ans.

— C'est quoi, vos messes basses ? demanda-t-il. Vous parlez des éponges, je parie.

Meg ne dit rien.

— Ne commence pas, souffla Beth.

— Je ne commence pas… Je trouve que c'est génial. On n'a jamais trop d'éponges métalliques.

— Où est Rhys ? s'enquit Beth pour changer discrètement de sujet.

— Dehors. En train de regarder le ciel.

Les trois enfants rirent de cette réponse si prévisible. Megan observa tour à tour Beth et Rory, ses frère et sœur, et, malgré toutes leurs différences, ses âmes sœurs. Puis elle pensa à Rhys. Le minuscule, l'inconnaissable, l'inexplicable Rhys, allongé dans le jardin, à contempler l'immensité bleue, tout seul. Elle songea, un moment, à aller le retrouver, lui demander à quoi il pensait. Mais le téléphone sonna dans l'entrée, c'était Andrew Smart qui voulait l'emmener à un concert samedi soir, et aussitôt cette idée lui sortit de l'esprit.

Le dimanche de Pâques arriva, doux et doré. Meg avait du mal à ouvrir les yeux devant l'éblouissante clarté du matin. Son réveil l'informa qu'il était 8 h 29. Elle cessa de lutter et referma les paupières. En attendant que le sommeil revienne, elle se remémora les événements agréables de la veille au soir : le crissement de pneus sur le bitume quand Andrew Smart et son ami Nick s'étaient garés devant la maison pour venir la chercher, l'odeur métallique de la vodka dans une flasque qui circulait entre eux trois, le soleil qui descendait derrière les hautes silhouettes des arbres alors que la campagne défilait à toute allure dans un flou aux teintes cuivrées, les doigts d'Andrew Smart qui lui chatouillaient machinalement la nuque, cette sensation merveilleusement adulte et détendue que ce n'était pas grand-chose, l'impression de s'évader de la maison et du village, la file d'attente excitée qui faisait tout le tour de la salle de concert, accroissant l'impatience, l'odeur de bière renversée, le contact d'inconnus en tee-shirt moite contre sa peau nue, le bras d'Andrew sur ses épaules, la musique, les pogos qui la portaient comme une vague, puis la fraîcheur de l'air sur sa peau alors qu'ils roulaient à nouveau vers la maison, trop vite, sur des routes tortueuses, les ombres déchiquetées des arbres projetées sur la chaussée par les phares, puis un baiser rapide, sur la bouche, devant la maison. Rien de plus – ce n'était pas un rendez-vous amoureux, pas vraiment. Nick avait regardé ça d'un œil attendri depuis la banquette arrière et commenté : « Ooh, trop mignon ! » Andrew lui avait jeté un sac en papier froissé pour le faire taire, et Megan était descendue de voiture pour se faufiler dans l'obscurité de la maison endormie, légère comme une plume, empestant la fumée de cigarette des autres, sourire aux lèvres.

Elle avait sursauté en le trouvant assis là.

— Rhys ! Merde, j'ai eu la frousse de ma vie. Qu'est-ce que tu fais debout si tard ?

Il était assis à la table de la cuisine, en pyjama, ses cheveux blonds et fins pendouillant autour de son visage. Il avait les mains étalées sur la table, baignées par la lumière bleutée de la lune qui entrait par la fenêtre.

Il haussa les épaules.

— J'arrive pas à dormir…

Meg fronça les sourcils.

— Tu ne pourrais pas, je sais pas, lire un livre, ou quelque chose comme ça ?

Il haussa de nouveau les épaules et ferma les poings.

— Viens. Je suis trop excitée pour dormir. Viens regarder la télé avec moi.

Le salon était plongé dans l'obscurité, à l'exception des braises dans l'âtre. Les traces de la soirée de ses parents étaient toujours éparpillées à travers la pièce : deux verres à vin vides, un bocal d'olives, le *Mail*, des pantoufles et un livre de cuisine ouvert à la page du poulet marsala. Le canapé avait gardé la forme des deux adultes et du chien. Personne n'avait retapé les coussins, débarrassé les détritus, comme si, au lieu de prendre la décision de monter se coucher, ils avaient simplement disparu.

Le film se terminait, un vieux truc américain tout en pattes d'éléphant extravagants et mises en plis, avec une bande-son dissonante. Megan apporta une brique de jus d'orange et deux gobelets.

— Meggy ! appela son père depuis l'étage. C'est toi ?

— Oui.

— Je voulais juste vérifier. Bonne nuit, chérie.

— Bonne nuit, papa.

Meg et Rhys se regardèrent et sourirent.

— Combien de temps tu es resté assis là ?

— Je sais pas, répondit Rhys avec un haussement d'épaules.

— Ça t'arrive souvent ?

— Pas trop.

Dans la télé, une dame américaine criait sur un monsieur américain qui portait des lunettes aviateur et un collier en or. Ils se tenaient sous un palmier.

En temps normal, Meg aurait renoncé. Mais elle avait l'esprit embrumé par la vodka et la musique et les discrets signes avant-coureurs d'un amour naissant, aussi elle se rapprocha de son frère, le dévisagea pensivement et demanda :

— Tu es heureux, Rhys ?

Il la regarda en biais.

— Bien sûr.

— Ça se passe bien au collège ?

— Ouais, ça va.

Elle se tut, puis reprit.

— C'est juste que, tu vois, Rory semble s'être fait plein de copains déjà, mais toi…

— Dans la vie, y a plus important que les copains, cingla-t-il.

Megan acquiesça.

— Bien sûr, mais est-ce que tu as quelqu'un au collège, quelqu'un avec qui tu traînes, tu sais, pendant la récré et tout ça ?

— Bien sûr. Des tas de gens.

— Les autres sont gentils avec toi ?

Rhys pivota vers elle pour lui adresser un regard noir.

— On regarde le film, OK ?

— Je n'ai pas envie de regarder le film. J'ai envie de parler avec toi. Je ne parle jamais avec toi.

— Parler, c'est surfait.

— Comment tu peux dire une chose pareille ?

Il se détourna et se réinstalla confortablement sur le canapé.

Megan le contempla un moment, ses traits délicats, ses bras filiformes sortant d'un tee-shirt gris informe, ses genoux osseux visibles à travers le tissu de son jean ringard. Il semblait tellement en colère, tellement triste.

Elle soupira, et, quand le film s'acheva cinq minutes plus tard, elle lui passa doucement une main sur la tête et monta à l'étage pour se coucher sans lui souhaiter bonne nuit.

Lorsque Megan se leva enfin, deux heures après s'être réveillée, elle trouva sa mère dans la cuisine, vêtue d'un pyjama à fleurs, ses longs cheveux tordus en chignon.

— Oh, parfait, rayonna-t-elle, tu es debout ! Bob et Jenny nous envoient leurs petits dans une demi-heure pour une chasse aux œufs. J'ai besoin de ton aide.

— Le concert était génial, merci de m'avoir posé la question, répliqua Meg. Andrew Smart m'a embrassée sur la bouche, et on a décidé de sortir encore jeudi.

Sa mère battit des paupières, surprise.

— Oh, dit-elle d'un air vague, très bien. C'est une bonne nouvelle, alors ?

— Évidemment que c'est une bonne nouvelle. Même si je ne m'attends pas à ce que tu t'y intéresses alors qu'il y a des choses aussi *vitales* à organiser qu'une *chasse aux œufs*.

— Oh, Meggy…, soupira sa mère, les bras croisés en faisant la moue. Personne n'a dit que c'était *vital*, c'est juste que… c'est nous ! Les Bird. On est comme ça. On fait une chasse aux œufs le dimanche de Pâques. Quelle que soit la météo. C'est une tradition.

— Oui, mais maman, tes plus jeunes enfants ont douze ans, maintenant. C'est une tradition qui doit *s'arrêter*.

— N'importe quoi.

— Franchement, Bob et Jenny ont aussi un jardin. Pourquoi ils ne font pas la chasse aux œufs *chez eux* ? Pour *leurs* enfants ?

Les yeux de sa mère s'emplirent de larmes.

— Parce que notre jardin est beaucoup mieux, il a plein de coins et de recoins. Chez eux, c'est juste de la pelouse… Tu sais, tout plat…

Meg hocha la tête d'un air sage.

— Ah oui. Tout plat. Les pauvres petits.

Sans relever le sarcasme, sa mère retrouva sa joie de vivre.

— Alors, il faut que je monte m'habiller. Je peux te laisser ouvrir les paquets ?

— Oui, OK…, soupira Megan.

— Parfait. Merci, ma chérie, conclut sa mère avec un sourire radieux.

Bob et Jenny arrivèrent avec leurs trois enfants juste après 11 heures. Rory et Rhys acceptèrent de se joindre aux petits et, à 11 h 30, tous les œufs avaient été trouvés. Lorelei avait les yeux qui brillaient de satisfaction, et, Megan était bien obligée de le voir, également de panique alors que les enfants tendaient les chocolats à leur mère pour qu'elle les leur « garde pour après le déjeuner ».

— N'oubliez pas de conserver les emballages ! s'écria-t-elle vivement. Toutes ces jolies, jolies couleurs !

Megan fit claquer sa langue et marmonna quelque chose que, par chance, sa mère n'entendit pas.

— Quel dommage que vous ne puissiez pas rester manger, dit Lorelei alors que leurs voisins prenaient congé une demi-heure plus tard.

— Oui, mais bon, la mère de Bob est venue d'Irlande, donc c'est une grosse réunion de clan.

Pandora était aux Bahamas avec Laurence, et Lorna dans le Devon avec des amis. C'était la première fois de mémoire d'homme que la famille Bird était seule le dimanche de Pâques.

— Alors, dit Colin en reposant ses couverts et froissant sa serviette en papier après le repas. J'ai eu une idée. Un peu dingue. Mais écoutez… et si, à Pâques l'année prochaine, comme ça sera peut-être la dernière fois que tout le monde habite encore ici, et si on allait quelque part ? On n'est pas partis en vacances tous ensemble depuis avant la naissance des jumeaux. Il y a des offres tout compris à des tarifs fous, maintenant. Et j'ai toujours rêvé d'aller en Grèce.

Megan n'eut même pas besoin de regarder Lorelei pour sentir son expression changer. C'était comme si un morceau de banquise dérivait à travers la pièce, imperturbable, en apportant de mauvais présages.

Elle commença par rire, comme Megan s'y était attendue, d'un rire de petite fille légèrement menaçant. Puis elle dit :

— Quelle idée stupide, Colin. Comment est-ce qu'on pourrait se payer une chose pareille, avec quatre enfants ?

Son mari se mit à empiler les assiettes d'un air un peu nerveux.

— Eh bien, je me disais, maintenant que les filles grandissent, on n'a plus vraiment besoin d'une grosse voiture. Franchement, c'est quand la dernière fois qu'on s'est déplacés tous les six ? Alors on pourrait la vendre…

— Oh, arrête ! Qui voudrait acheter notre vieille auto toute dégoûtante ?

— On pourrait la vendre aux Miller, continua-t-il avec patience. Ils attendent leur quatrième enfant d'un jour à l'autre. Ils m'en ont proposé mille cinq cents livres.

— Ah ! Ils ont de l'argent, mais ils ne sont pas futés, ces Miller.

— Et alors, avec seulement un véhicule, on n'aurait plus besoin du double garage. Et je viens de parler à Bob, il m'a dit qu'il nous achèterait l'autre moitié de notre garage pour cinq mille livres…

Cela faisait trente secondes que Megan retenait son souffle, regardant se dérouler cette conversation tellement vouée à l'échec que c'en était presque comique.

— Cinq mille livres ? Ah ! C'est grotesque !

— Oui, je suis d'accord, mais il veut construire une extension sur l'arrière, et utiliser le garage comme atelier, donc pour eux ça les vaut.

— Mais toutes nos *affaires*. Je veux dire, on a tellement de choses rangées là-dedans.

— Oui, euh, justement. Par exemple, plusieurs piscines crevées, ma chérie. Il y a longtemps qu'on aurait dû faire du tri.

N'ayant aucune réponse sensée à apporter, Lorelei se contenta d'agiter ses mains osseuses avant de rétorquer :

— Ah, tu dis des bêtises. Et un voyage tout compris en Grèce, quelle horreur…

Colin arbora un sourire doux et se tourna vers ses quatre enfants.

— Les enfants ? Qu'en pensez-vous ? Pâques au soleil ? Des beignets de calamar et des frites pour déjeuner ? Des piscines avec toboggan ? Une discothèque dans l'hôtel ?

Ce dernier point visait Megan et Bethan.

Lorelei rit encore, de ce rire aigu d'écolière qui lui était propre.

— Eh ben ! On dirait que tu as bien préparé ton coup, Colin !

— J'ai juste lu des brochures, provenant des agences de voyages sur la grande route. Vous voulez les feuilleter ?

Il sourit et regarda chacun des enfants tour à tour.

— Oh, Colin, franchement, s'offusqua Lorelei en empilant à son tour les assiettes de son côté de la table. Je n'ai jamais entendu de projet aussi idiot. Et même si on peut se le payer… qui nous dit que les Miller et Bob ne vont pas changer d'avis et nous laisser avec une énorme dette auprès d'une agence de voyages minable… Si ce doit être la dernière fois qu'on fête Pâques tous ensemble, alors il faut que ça ait lieu ici ! Dans la maison Bird. Pas vrai, les enfants ?

Un silence terrible s'abattit sur la tablée. Rory baissa les yeux vers ses genoux. Bethan se mit à se ronger les ongles, et Rhys contempla le plafond. Megan fixait avec intensité une pie qui sautillait sur la branche d'un arbre devant la fenêtre de la cuisine, et essayait de ne pas voir trop de symbolisme dans sa présence en cet instant précis.

— *Moi*, j'aimerais bien y aller, dit-elle, prenant la tête en tant qu'aînée. Enfin, je sais que je pourrai toujours revenir ici dans les prochaines années, mais une fois que j'aurai quitté la maison, qui sait si on aura l'occasion de partir en vacances tous ensemble ?

Elle haussa les épaules et laissa son propos en suspens.

Il s'ensuivit un petit silence, pendant lequel Colin fit un hochement de tête encourageant, et Lorelei fronça les sourcils d'un air exaspéré.

— Et toi ? demanda leur père à Beth.

Elle se fendit d'un sourire d'excuse et bredouilla :

— Moi, ce que je veux, c'est ce que tout le monde voudra.

— Rory ?

— Cool. Ouais. Super, répondit-il.

Il eut aussitôt l'air un peu gêné de sa trahison et se détourna.

— Rhys ?

Rhys rougit et haussa les épaules.

— M'en fous, marmonna-t-il de façon presque inaudible.

— Eh bien, tu vois, conclut Lorelei d'un ton triomphant, en tenant la pile d'assiettes devant elle. On dirait bien que personne n'est très motivé. Et je suis sûre qu'on peut trouver de meilleures façons de dépenser tout cet argent. Par exemple, Meggy part à l'université en septembre prochain. Ce sera cher, cette aventure.

Colin fronça les sourcils.

— Tu sais bien que ma mère a proposé de nous aider, donc ce n'est pas un problème, chérie.

— Eh bien, rétorqua-t-elle en déposant la pile d'assiettes dans l'évier de service avec un fracas assourdissant, je ne comprends toujours pas l'intérêt de dépenser des sommes pareilles pour des vacances qui ne passionnent vraiment personne.

Meg contemplait la silhouette de sa mère, raide et trop mince, devant l'évier, ses omoplates saillant à travers le chambray de sa tunique à smocks, et elle dut ravaler l'envie de se lever pour la frapper avec ses couverts, très fort, derrière la tête. Elle inspira profondément et déclara :

— Euh, il me semble avoir dit que, *moi*, j'avais envie de partir, maman ?

— Et moi aussi, renchérit Rory.

Lorelei courba les épaules et soupira. Ensuite, de façon très lente et délibérée, elle sortit de la cuisine en sanglotant doucement.

Le 25 juillet de la même année, alors que Lorelei était partie faire les courses et que Megan était occupée à embrasser fougueusement Andrew Smart sur une couverture, dans un champ au milieu de nulle part, et que les jumeaux et Bethan étaient seuls à la maison, deux garçons de seize ans encapuchonnés y entrèrent par effraction. Après une exploration tranquille, ils emportèrent le magnétoscope, deux télés, une montre, des bijoux, ainsi qu'un gigot d'agneau et un rôti de bœuf qu'ils trouvèrent dans le congélateur du cellier.

Ils agirent sans alerter les trois enfants présents dans la maison, et ce n'est que lorsqu'ils laissèrent claquer la porte de la cuisine derrière eux que Rhys regarda par au-dessus son appui de fenêtre et les vit s'enfuir par le sentier à travers le jardin et jusque dans la rue. Il se précipita à une fenêtre qui donnait de l'autre côté et les vit s'engouffrer dans une Ford Escort noire et démarrer en faisant crisser leurs pneus à travers le village, vitres ouvertes, avec force cris de joie et hurlements, comme s'ils se croyaient à Harlem.

Rhys trouva toute cette affaire incroyablement excitante. Il appela les secours avant même de prévenir son frère et sa sœur, par crainte que quelqu'un d'autre ne le fasse avant lui. Et, pendant les jours qui suivirent, il ne parla que de ça, au point d'en être casse-pieds. Mais Lorelei ne voyait pas cette intrusion comme un petit événement sans gravité. Elle la considérait comme « une violation semblable à un viol ». Elle errait sans cesse à travers la maison d'un air accablé, regardant dans les coins et touchant chaque objet. Et le moindre bruit de pas sur le trottoir devant la fenêtre, ou le rugissement d'une voiture qui roulait trop vite, le vrombissement d'une voiture qui roulait trop lentement, le craquement d'une brindille sous les pattes d'un écureuil, le bruissement du vent dans les feuilles, la faisaient haleter et courir vers la fenêtre la plus proche, les bras croisés comme pour se protéger.

— C'étaient juste des gamins, répétait Megan, juste deux ados boutonneux, des débiles…

Mais Lorelei refusait de se laisser consoler.

— Eh bien, vous pouvez tous aller en Grèce l'an prochain si vous voulez, déclara-t-elle d'un air vertueux, *moi*, je reste ici pour surveiller notre maison.

Et ainsi, évidemment, personne ne partit en Grèce.

Avril 2011

Le téléphone de Meg sonna. Elle le prit sur l'accoudoir du fauteuil de Lorelei, pensant que c'était Bill qui l'appelait pour lui dire qu'il était bien arrivé avec les garçons, que tout se passait comme prévu. Mais c'était un numéro inconnu. Elle le contempla un instant.

— C'est qui ? demanda Molly en se rongeant un ongle avec nervosité.

— Ne mets pas tes doigts dans ta bouche, siffla Meg. Sérieusement, tu ne sais pas ce que tu as touché !

Molly enleva son index de la bouche et l'essuya machinalement sur son mini-short en jean.

— C'est qui ? répéta-t-elle.

Meg appuya sur « Refuser ».

— Numéro inconnu. Je ne sais pas si j'ai la force de parler à un être humain normal, en ce moment. Peut-être qu'ils laisseront un message.

— Tu as l'air bizarre, assise ici, dit Molly.

— Et je me *sens* bizarre, assise ici.

— Je peux essayer ?

— Bien sûr.

Meg se redressa et se glissa dans un coin pour laisser la place à Molly.

La jeune fille appuya la tête avec précaution sur le dossier du siège et posa ses mains délicates sur les accoudoirs. Elle leva les yeux vers sa mère.

— Alors c'est là qu'elle passait, genre, tout son temps ? Juste là. Dans ce fauteuil ?

— Plus ou moins, oui. D'après l'assistante sociale, elle se rendait au village deux fois par semaine environ, mangeait un morceau, bavardait avec les voisins, allait au magasin associatif, achetait un ou deux journaux. Parfois, elle allait à la piscine en ville, surtout pour se doucher, j'imagine. Et, tous les week-ends, elle allait au magasin de gros pour « prendre des bricoles ».

Elle grommela. *Prendre des bricoles*. Quelle femme ridicule, insupportable.

— Ensuite, elle rentrait à la maison, se hissait à travers des mètres de couloirs noirs comme de la poix et émergeait ici, comme un rat qui sort d'une canalisation.

— Ah, ne parle pas de rats !

— Et Dieu sait ce qu'elle faisait après.

Meg regarda autour d'elle, cherchant des traces d'activités. Elle vit l'ordinateur de sa mère. Il était tout petit, dernier cri, et avait dû coûter une fortune. Elle n'avait aucune idée d'où il venait. Elle savait que sa mère, malgré ses deux passions pour Internet et le shopping, n'avait jamais pris l'habitude de faire des achats en ligne, surtout parce qu'il lui aurait fallu trop de temps pour aller jusqu'à la porte récupérer un colis. Aussi avait-elle dû l'acheter dans un magasin. Elle n'arrivait pas à se représenter sa mère dans un magasin, en train d'acheter un ordinateur portable. Pourtant, il était là, recouvert d'une fine couche de poussière, inutilisé depuis les quatre jours qui s'étaient écoulés depuis le décès de Lorelei. On lui avait parlé d'un amoureux en ligne. Un homme de Gateshead prénommé Jim, qu'elle n'avait jamais rencontré, mais dont elle était, avait-elle déclaré de façon théâtrale, « folle amoureuse ». D'après ce que Meg avait pu comprendre des propos totalement biaisés de sa mère, il semblait que Jim ait lui aussi son lot de problèmes. Elle se demanda s'il était au courant que Lorelei était morte. Et elle prit conscience que non, bien sûr, il ne pouvait pas savoir. Il pensait sûrement qu'il s'était fait larguer. Larguer par Lorelei des Cotswolds. Sans sommation.

Pauvre Jim.

Son téléphone sonna de nouveau. Toujours un numéro inconnu. Cette fois, elle appuya sur « Répondre ».

— Allô ?

— Meg ?

Meg sentit toute sa chair frémir en entendant le timbre familier qui s'adressait à elle.

— Elle-même.

— C'est moi. Beth.

Meg respira une fois dans l'appareil, puis deux.

— Allô ?

Elle raccrocha.

Mars 1991

Megan et Beth étaient assises côte à côte dans un sous-sol en béton, dans Shaftesbury Avenue. C'était un bar appelé *Freuds* ; quelqu'un avait affirmé à Megan que c'était *the place to be*, et ça ne ressemblait en effet à rien de ce qu'elle avait pu voir auparavant. *Industriel*, c'est ainsi qu'on disait. Des murs pas terminés, un comptoir en cuivre martelé, des sièges cubistes, des menus à la craie sur des ardoises, le tout sombre et inconfortable à souhait.

Elle avait du mal à se concentrer sur sa sœur, accroupie à ses côtés, en train de boire une limonade avec une paille noire ; elle était perturbée par l'impression que quelque chose de follement excitant allait se produire juste à côté d'elle. Ce n'était pas le cas, bien sûr. Tous les autres clients étaient comme elle : dans la vingtaine, avec un emploi de bureau, un salaire de misère, à la recherche de l'amour et persuadés que tout était plus passionnant que ça ne l'était en réalité.

Megan était fière d'être assise là avec Beth. Sa petite sœur mesurait cinq bons centimètres de plus qu'elle, et elle était, pensait-elle, si belle qu'on se retournait sur son passage dans la rue. Megan n'était pourtant pas quelconque. Bien loin de là. Mais c'était Bethan qui avait la longue crinière noire et soyeuse, la bouche à croquer, les joues qui rosissaient et des jambes interminables. Et puis cette paire de seins. C'était Bethan qui avait les seins. Quelqu'un avait un jour dit à Megan que les sœurs se sentent toujours plus belles quand elles sont ensemble, et, depuis, Megan s'était aperçue que c'était vrai. Sans Beth, Meg se sentait correcte. Avec elle, elle se sentait exceptionnelle.

Beth portait une tenue noire. Jean foncé. Cardigan en angora, les manches remontées sur les bras. Débardeur en dentelle assorti. Ruban noir dans ses cheveux de jais.

— Tu te souviens de ton imperméable à pois ? demanda Megan.

Elles en revenaient toujours à parler des souvenirs de leur enfance.

— Le rose ? Comment pourrais-je l'oublier ? C'était littéralement la chose la plus importante au monde pour moi. Elle l'a toujours, tu sais ?

— Évidemment qu'elle l'a gardé, maugréa Megan avec un soupir. Je crois que c'est le cas de n'importe quel vêtement qui pourrait te passer par la tête.

— Alors, reprit sa cadette, soudain sérieuse, tu viens ?

Meg gémit. Pâques. Elle avait dit à sa mère qu'elle la tiendrait au courant, qu'elle n'était pas encore décidée. Sa mère avait essayé de faire comme si les deux solutions lui convenaient – alors que ce serait la première fois que Megan ne passerait pas le week-end de Pâques à la maison, et donc un événement dont la seule idée suffisait à traumatiser Lorelei.

— Je ne sais pas…, c'est tellement loin.

— Je sais, répondit Beth, mais viens, s'il te plaît. Ça sera pourri si t'es pas là.

— Mais non, souffla Meg. Ça sera exactement comme chaque année, excepté qu'il y aura une personne de moins autour de la table.

— Oui, absolument. Sauf que tu es la seule personne normale de la famille.

— Et papa ?

— Ouais, bon, admettons, même si je pense que vingt-cinq ans de vie commune avec maman sont en train de le rendre zinzin aussi. Il n'est plus lui-même, ces temps-ci.

— Comment ça ?

— Je ne sais pas. Il a l'air ailleurs. Et il a maigri. Il est vraiment squelettique.

Meg songea à son père, avec son mètre quatre-vingt-deux, ses cheveux au vent, son visage de lutin, sa patience presque absurde envers son épouse si émotive et immature. Il ne pouvait pas se permettre d'être absent, ou amaigri. Il avait besoin d'être solide, raisonnable, et pleinement engagé, sinon tout allait s'écrouler.

— Comment vont les jumeaux ?

— Humm…

— Humm… ?

— Oh, ils vont bien… mais Rory s'est fait des nouveaux copains pas très recommandables.

— Mais il a *toujours* eu des copains pas très recommandables, non ?

— Ben, oui, mais ceux-là sont encore moins recommandables que les précédents.

— Drogués ?

Beth haussa les épaules.

— Probablement…

— Oh, Seigneur…, soupira Meg en passant les mains dans ses boucles brunes. Et Rhys ?

— Semblable à lui-même. Pas d'amis peu recommandables en vue. Pas d'amis du tout, autant que je puisse savoir. Il passe son temps enfermé dans sa chambre à écouter de la musique grunge très fort, jusque très tard.

— Ce garçon ne dort pas assez.

— Je sais, et ça impacte ses résultats scolaires. Tu sais, Rory n'a qu'à survoler ses révisions en une demi-heure, et c'est bon, mais Rhys a besoin de vraiment se concentrer, et comme il ne dort pas beaucoup, eh ben, papa pense qu'il n'aura la moyenne nulle part… Et il est un peu, tu sais… bizarre.

— Comment ça ? Encore plus bizarre que d'habitude, tu veux dire ?

— Oui, un peu. L'autre jour, il s'est retrouvé convoqué chez la directrice parce qu'il s'était fait surprendre du côté des vestiaires des filles.

— Non ?!

— Si… C'était horrible. Et on l'a su seulement parce que papa connaît le prof de géographie, et que tout le bahut en parlait. Ils n'ont rien pu prouver, du coup il n'a pas été puni, mais apparemment toutes les filles le détestent, et le traitent de tordu, de pervers…

Elle frissonna avant d'ajouter dans un murmure à peine audible :

— C'est affreux…

— Seigneur… Et maman, qu'est-ce qu'elle en dit ?

— Oh, ben, tu sais, elle a pris parti pour lui évidemment, elle le défend, son précieux bébé, et cetera, et cetera. Et, comme elle le répète, il n'y a pas de preuves, c'est juste la parole d'une fille contre la sienne. Mais pour être parfaitement honnête, confia Beth en baissant la voix, je ne serais pas étonnée que ce soit vrai. Je ne connais aucun garçon aussi étrange que lui.

— Viens vivre avec moi, proposa Meg.

Soudain, elle avait peur pour sa petite sœur au cœur tendre, qui n'avait quasiment jamais passé une nuit loin de la maison depuis sa naissance, et qui traitait les autres membres de la famille comme s'ils étaient les personnages principaux et elle une malheureuse figurante.

— Viens habiter à Londres. Je suis sérieuse. J'ai la place pour rajouter un lit dans ma chambre, et on pourrait partager les factures et tout. Je pourrais demander un job pour toi à mon travail, ils ont toujours des postes libres.

Beth sourit.

— Ouais, c'est ça.

— Quoi ?

— Tu me vois annoncer ça à maman ?

— Pourquoi pas ?

— Parce que…

Beth eut subitement l'air un peu affolée.

— Je ne sais pas… peut-être que je pourrais…

Elle sourit.

— Mais bien sûr, que tu pourrais ! Tu finis la fac en juin. Tu auras ton diplôme de secrétaire. Londres n'attend que toi !

L'expression de Beth passa de l'incertitude à une douce excitation.

— Oui ! Je veux dire, ça serait sympa, non ?

— Super sympa !

— Et maman aurait toujours les jumeaux…

— Arrête de t'inquiéter pour maman !

— Je sais, je sais, tu as raison. C'est juste que, parfois, je n'arrive pas à m'en empêcher.

— C'est pour ton bien. Il faut que tu t'éloignes d'elle. De tout ça. Sinon, tu vas te faire bouffer tout entière.

Je le pense sincèrement. C'est vrai. Et, quand tu t'en rendras compte, ce sera trop tard.

Deux jours après, Beth quitta Londres pour rentrer au village. La maison Bird était calme et poussiéreuse, emplie de soleil et de sons lointains. Elle posa sa valise au pied des escaliers et appela une ou deux fois. N'obtenant pas de réponse, elle se crut seule. Elle se sentait couverte de la saleté de la grande ville, bien qu'elle ait pris une douche dans l'impeccable petite salle d'eau attenante à la chambre de Meg le matin même. Elle se prépara un mug de thé et l'emporta dans sa chambre. Elle resta debout un moment au milieu de la pièce, imaginant ne plus y être, habiter à la place dans le logement de sa sœur à Wood Green, avec sa chambre au plafond haut et sa vue sur une ribambelle de boutiques, sa cuisine partagée et ses colocataires des quatre coins du monde.

Ça ne semblait pas possible, pourtant, matériellement, bien sûr que ça l'était. Elle s'approcha de la fenêtre et observa le jardin labyrinthique, le vieux hamac vert tout au fond et les champs au-delà. Des souvenirs voletaient dans son esprit, de jours qui étaient passés, révolus, et ne reviendraient jamais. Mais, lorsqu'elle tourna ses pensées vers l'avenir, il n'y avait rien, juste le vide. Elle soupira et s'assit sur le rebord de fenêtre, contemplant son manque d'ambition, d'élan vers l'avant. Si elle s'était inscrite à la formation de secrétaire, c'était uniquement parce que l'université n'était qu'à dix minutes, et qu'elle savait qu'elle n'échouerait pas. Elle supposait que, bientôt, elle finirait sans doute secrétaire. Mais plus par fatalisme que par dessein.

Elle commença à se déshabiller, et sentit le doux soulagement de retirer le soutien-gorge mal ajusté qu'elle portait depuis vendredi matin. Elle observa son corps dans le miroir piqueté de taches à l'intérieur de son placard. Elle en vit la beauté et pâlit légèrement, resongeant aux choses qu'elles n'avaient pas dites à Meg dans le bar, ce soir-là. Les regards de son frère. La sensation de quelqu'un devant la porte de la salle de bains.

Elle avait vu Rory commencer à s'intéresser aux femmes, mais chez lui, c'était comme l'éclosion d'un bourgeon : un phénomène naturel, irrépressible, presque adorable, quelque chose de séparé, sans aucune connexion avec elle. Mais, chez Rhys, c'était comme une ombre noire qui se déversait sur tout ce qu'il touchait. Elle comprise.

Elle enroula son corps dans une serviette, rentra ses cheveux sous une charlotte de douche, et se dirigea vers la salle de bains. Un son étrange la fit s'arrêter devant la chambre de ses parents.

— Maman ?

Elle serra le tissu plus fort sur sa poitrine et poussa doucement la porte. Rhys était allongé dans le lit de leurs parents, l'édredon de satin tiré jusque sous ses bras, nu autant que pouvait en juger Beth.

— Bon Dieu ! s'écria-t-il, surpris de la voir, tu es rentrée quand ?

Elle tenait la porte contre elle, comme un bouclier contre le regard bizarre, furieux, de son frère.

— Ça doit faire dix minutes. Qu'est-ce que tu fous, Rhys ?

Il haussa les épaules.

— Je dors.

— Mais pourquoi tu dors dans le lit de papa et maman ?

— À cause de la couverture chauffante.

Elle commença par acquiescer, puis elle grimaça.

— Mais pourquoi tu as besoin d'une couverture chauffante ? Il fait seize degrés, dehors…

— J'aime bien.

Elle hocha de nouveau la tête.

— Pourquoi tu es à poil ?

— Je ne suis pas à poil, objecta-t-il en repoussant l'édredon pour montrer son corps pâle et son caleçon trop grand.

Elle se détourna avec une grimace.

— Très bien… Je vais prendre une douche.

— C'était comment, Londres ? demanda-t-il avant qu'elle ait pu s'éloigner.

— C'était cool.

Il hocha à son tour la tête. Elle détourna de nouveau le regard de son corps.

— Bref…

— Comment va Meg ?

— Bien. Elle va bien.

Elle voulait vraiment s'en aller. Elle ne voulait pas discuter avec son frère alors qu'il était allongé en caleçon dans le lit de leurs parents. Elle verrouilla la porte de la salle de bains derrière elle et s'y appuya un moment, écoutant les pas de Rhys qui s'approchaient d'elle, dans le couloir. Ils ralentirent devant le battant, et elle l'entendit respirer. Puis il fit demi-tour et repartit, et la porte de sa chambre se referma avec un cliquètement doux.

Meg vint bien pour Pâques. Elle dormit sur un matelas par terre dans la chambre de Beth : la sienne avait été rendue plus ou moins inhabitable, depuis sa dernière visite, par de nouvelles piles de livres de poche et des cartons de produits d'entretien achetés en grandes quantités dans un nouveau magasin de gros où Lorelei s'était enregistrée comme cliente.

— Ce n'est pas si grave que ça, avait déclaré Lorelei en jetant un coup d'œil dans la pièce par-dessus l'épaule de Meg. Tu as plein de place.

— Pas si grave ? Seigneur ! Maman, pourquoi est-ce que tu fais des stocks de…

Elle regarda le carton le plus proche de ses pieds.

— …de répulsif anti-insectes ?

Sa mère leva les yeux au ciel.

— On habite à la campagne, répliqua-t-elle d'un ton appuyé, comme si Megan ne faisait plus partie de ce clan très chic qui vivait au vert. On a des tas d'insectes.

— Franchement, c'est dangereux, non ? Tu imagines si tout ça prenait feu ? Ça arracherait le toit de la maison. Seigneur !

— C'est pour faire des économies, ma chérie, mentit sa mère d'une voix chantante. Je veille à *l'argent* de la famille.

— OK, d'accord, mais la famille n'aura plus *besoin* d'argent si on finit tous brûlés vifs dans un énorme incendie.

— J'en utilise beaucoup ! s'emporta sa mère. Et il n'y aura pas d'incendie.

— Maman, la maison tout entière est inflammable. Elle est à moitié remplie de papier.

Sa mère fit claquer sa langue.

— Tu sais, je trouve ça très intéressant que je sois parfaitement heureuse de vivre ici jusqu'à ce que *tu* rentres à la maison et te mettes à tout critiquer.

— C'est parce que je suis objective, maman. Je vois des choses que vous ne percevez pas. Je vois ce que tu es en train de faire ici.

— Et qu'est-ce que je fais ici, exactement, Megan, à part m'occuper de tout le monde et faire de mon mieux pour entretenir notre jolie maison ?

Megan ne se donna pas la peine de répondre. Ç'aurait été trop cruel.

Bob et Jenny avaient déménagé l'été précédent, et la maison d'à côté était à présent occupée par un jeune couple avec un bébé qui avait préféré ce cottage de carte postale dans les Cotswolds à son appartement à Clapham. Ils s'appelaient Vicky et Tim, et leur fille, Madeleine, et, bien entendu, Lorelei les avait conviés au repas de Pâques. Meg s'imaginait volontiers que l'invitation les avait pris de court et laissés incapables de trouver une excuse polie. Elle voyait la scène dans son esprit, Vicky bégayant, une main sur la gorge, avant de bredouiller « Euh, ah, bon, oui, ça serait *un plaisir* » avec un sourire terriblement forcé et un bruit de déglutition. Le bébé n'avait que six mois, mais ça n'avait pas empêché Lorelei de cacher des œufs et de sortir les paniers en osier décrépits. Ils suivirent Vicky et sa famille dans tout le jardin, poussant des « oh » et des « ah » chaque fois que quelqu'un trouvait un œuf. Dans les bras de sa mère, le bébé avait l'air très perplexe.

On cuisit et découpa l'agneau, on mangea les œufs, on lissa les emballages, les commenta et les rangea, le soleil brillait, il y eut trop de carottes et pas assez de pommes de terre, les murs jaunes souffrirent sous le poids de tous ces dessins d'enfants, la conversation souffrit qu'on n'ait plus rien à se dire, et Megan regretta de ne pas être restée à Londres. À 16 heures, Vicky et Tom emmenèrent leur bébé endormi chez eux pour le coucher. À la surprise générale, Vicky réapparut cinq minutes plus tard avec une bouteille de beaujolais. Les deux femmes allèrent s'enfermer dans le salon où elles restèrent à boire, rire et bavarder pendant trois bonnes heures.

Meg et Beth se regardaient en haussant les sourcils en entendant ces grands éclats de rire leur parvenir dans le jardin où elles savouraient les derniers rayons du soleil vespéral.

— Tu vois, dit Beth, tout le monde ne trouve pas maman aussi horrible que toi.

— Je ne la trouve pas horrible. Je pense juste qu'elle est malade.

Beth émit un claquement de langue réprobateur.

— Elle est excentrique, c'est tout.

— Mouais.

— Ben si, c'est vrai, rit Beth. En toute honnêteté. Elle est adorable…, elle a tellement d'énergie, de caractère. Elle a bon fond.

— Non, elle n'a *pas* bon fond. Tu sais qu'elle ne m'a pas posé une seule question sur mon boulot depuis que je suis rentrée ? Elle n'a même pas remarqué que je me suis coupé les cheveux.

— Peut-être qu'elle t'en veut d'être partie de la maison.

— Ben, c'est pas normal, ça, si ? Quelle mère en voudrait à sa fille de vingt ans de quitter le nid ?

— OK, peut-être pas d'être partie, mais de t'être installée à Londres.

— C'est quoi, le rapport avec Londres ? La moitié des jeunes d'ici partent là-bas. C'est ce que font les gens *normaux*. Et puis Rhys ?

— Quoi, Rhys ?

— Bah, elle a l'air d'avoir complètement baissé les bras. Elle ne l'a même pas fait descendre pour le déjeuner. On dirait qu'elle s'en fiche.

— Si, elle a essayé, je l'ai entendue. Il n'a pas voulu venir.

— Eh ben, si c'était mon gamin, je ne pourrais pas rester à table avec des quasi-inconnus à faire « Bla-bla-bla, chasse aux œufs, chasse aux œufs » comme si de rien n'était. Je l'aurais sorti de sa chambre de force. Franchement, il n'a même pas mangé. Et il est…

Elle regarda sa montre.

— Il est bientôt 19 heures. Bientôt 19 heures, et elle est assise là, à se bourrer la gueule avec une femme qu'elle connaît à peine, alors que son fils est resté seul toute la journée, et qu'elle n'est même pas allée le voir.

Elle se leva, agacée, et se dirigea vers la maison.

— Je vais lui préparer un sandwich.

Elle empila des morceaux d'agneau froid nappés de sauce à la menthe entre deux grosses tranches de pain de campagne et noya le tout sous la mayonnaise, puis elle dénicha un sachet de chips, une cannette de Coca et disposa l'ensemble sur un plateau. Elle était furieuse de se retrouver à materner son petit frère pendant que la vraie mère de ce garçon était en train de siffler du vin rouge et de se délecter de l'attention d'une nouvelle admiratrice innocente. En traversant la maison, elle grimaça devant les cartons alignés de part et d'autre de l'escalier et du couloir, les piles de courrier pas ouvert, les tableaux qui attendaient qu'on les accroche et le linge sale. Rien n'était à sa place, tout était à moitié fait, sans ordre, sans logique, sans organisation. Tous les visiteurs – y compris Tim et Vicky – s'extasiaient et roucoulaient sur le charme des lieux – « *C'est tellement douillet ! Tellement accueillant !* » –, mais ils ne voyaient pas la réalité, cette maison était le fruit d'un esprit dérangé et de toutes les personnes complaisantes qui vivaient avec elle.

Megan s'arrêta un moment sur le palier pour regarder les oiseaux dans les arbres du jardin : un groupe de mésanges et de moineaux qui se bousculaient pour se faire une place. Elle déposa le plateau sur le rebord de fenêtre et s'assit.

D'en bas, elle entendait sa mère et sa nouvelle amie glousser et hurler. De l'étage lui parvenait Alice in Chains à fond dans la chambre de son frère sous les combles. Mais, dehors, il n'y avait que les sons de la nature ; le gazouillis d'oiseaux minuscules, le grondement d'un tracteur au loin qui rentrait après une journée dans les champs, un chien qui aboyait quelque part hors de vue. Elle inspira profondément et retint son souffle. Ça lui manquait, quand elle était à Londres. Pas cette maison bordélique, qui la rendait claustrophobe avec ses piles de bazar, pas sa folle de mère ni son père si passif, ses frères perturbés et sa sœur trop gentille, mais ça : la sérénité et la pureté de la vie devant ces fenêtres. De nouveau, elle inspira profondément. Puis elle reprit le plateau et franchit les dernières huit marches qui l'amenaient devant la porte de la chambre de son petit frère. Huit petites marches entre *maintenant* et *après*. Entre ce qu'elle savait et ce qu'elle finirait par regretter d'avoir vu. Entre le passé et l'avenir, entre un fugace instant de paix et le pire moment de sa vie. Quand son frère ne réagit pas au quatrième coup, Megan sentit son ventre se nouer, un mauvais pressentiment la submergea comme une vague. Elle posa le plateau par terre et ouvrit la porte d'un coup de pied. Le battant céda assez facilement ; la targette avait été fixée maladroitement par Rhys lui-même, car Lorelei n'était pas fan des verrous sur les portes des enfants.

La musique était si forte que Megan la sentait à travers ses pieds, à travers les lattes gondolées clouées trois siècles plus tôt par des artisans qui n'auraient rien compris à cette cacophonie, qui l'auraient prise pour une invention du diable. Et il était là. Son petit frère. Celui dont elle n'avait jamais eu l'impression qu'il était à sa place. Celui auquel elle en voulait, avec lequel elle n'arrivait pas à créer de lien.

Le petit dernier. Celui qui l'inquiétait. Celui auquel elle ne pouvait parler. Il était là, pendu par son cou mince et pâle loin au-dessus de son lit, mort depuis longtemps d'après son allure, sa langue sortie gonflée et obscène, l'entrejambe de son pantalon taché et humide, les yeux grands ouverts.

Chapitre 3

Mercredi 24 novembre 2010

Coucou, Jim !

Quelle folie, la météo en ce moment ! Il y a des alertes inondation dans certains coins près de chez moi ! Et à Gateshead, ça va ? Maintenant, je fais toujours attention aux prévisions chez toi quand j'écoute la radio. On dirait que vous avez de l'eau jusqu'aux chevilles, vous aussi. Beurk ! Par chance, nous ne sommes pas dans une zone à risque, et on n'a jamais eu d'inondation ici (JE TOUCHE DU BOIS) ! Mon Dieu, rien que l'idée de cette maison envahie par les flots, avec toutes mes affaires dedans, argh ! J'ai énormément de journaux (Oh là là, est-ce que ça me donne un air de vieille harpie ?), et ils se mettraient à gonfler comme un bouchon en liège et me coinceraient là-dedans, non ? Oh, bref, ça ne sert à rien d'y penser…

J'étais désolée d'apprendre pour ton fils. Bordel de merde, Jim. C'est tellement horrible, même s'il se droguait depuis des années. Trente et un ans, c'est BEAUCOUP TROP JEUNE, et ce vieux cliché sur les parents qui survivent à leurs enfants est l'un des plus vrais. Ça pervertit la nature de toute chose, et plus rien n'a de sens, pas vrai ? Et, tu vois, je sais de quoi je parle. Notre conversation est devenue très intime, très vite, et du coup je me sens prête à te l'avouer maintenant, mais moi aussi j'ai perdu un fils. Mon petit dernier. Mon bébé, Rhys. Il est mort juste après son seizième anniversaire. Il s'est pendu, dans sa chambre. Un dimanche de Pâques.

Désolée. J'ai dû faire une pause. Tu sais, je n'en ai jamais vraiment parlé à personne. Mais, d'un autre côté, je n'ai jamais rencontré personne qui ait perdu un fils, non plus (à part mon mari, mais ça ne compte pas, évidemment). J'ai tellement bien géré la chose sur le moment que j'ai toujours été terrifiée à l'idée de rouvrir la blessure, en fait. Tu vois ce que je veux dire ? Je ne m'attends pas à ce que tu dises oui. J'imagine que tu as été plus « normal » sur le sujet, tu t'es débattu, tu as crié et pleuré, etc. ? Bref, donc, oui, voilà, on a encore plus en commun que ce qu'on pensait. Et, au cas où tu te poserais la question, non, Rhys n'a pas laissé de lettre d'explication. C'est un mystère sans fin. Un mystère affreux. Même si… bon, je n'ai jamais raconté ça à personne avant, Jim, mais je crois que je sais pourquoi il s'est tué. Et si je ne l'ai dit à personne, c'est parce qu'il n'aurait pas voulu que ça se sache. Et moi non plus. Mais bref ! Je ne peux pas te déverser mes secrets les plus profonds trop tôt, sinon tu vas partir en courant !

Alors, pour parler de sujets moins éprouvants… Tu t'intéresses aux horoscopes ? Si oui, je suis Cancer. Et ça se voit : femme d'intérieur, attentionnée, sensible, créative, etc., etc. Et toi, Jim ? Tu es quel signe ? Je dirais… VIERGE ! J'ai bien deviné ?

Plein de bonnes choses,

Bisous,

Lorelei

Avril 2011

— Alors, est-ce que mamie, genre, elle *dormait* ici aussi ? demanda Molly en caressant les accoudoirs bosselés du fauteuil.

Meg regarda la pièce. Le lit de Lorelei était entièrement enseveli sous un monceau de vêtements et de sacs. Une couette gisait par terre au pied du fauteuil, avec des rayures fuchsia et lavande, et un oreiller assorti.

— J'imagine que oui.

— Mon Dieu…

Meg acquiesça. S'il y avait bien un luxe qu'elle ne tenait jamais pour acquis, c'était la sensation de s'allonger à la fin de chaque journée sur un matelas king-size, d'étirer ses membres, de frotter la plante de ses pieds sur des draps soyeux (lavés, repassés, vaporisés d'une onéreuse eau parfumée, changés tous les cinq jours, pas une minute de plus), d'embrasser son oreiller, de s'y abandonner tout entière. Lorsqu'elle voyait des sans-abri, c'était ça, la pauvreté et la solitude, plus que la violence à laquelle ils étaient toujours exposés qui lui déchirait le cœur. *Pas de lit.* Et voilà que sa propre mère, dans une maison de cinq chambres, se blottissait chaque soir, petite et recroquevillée, le dos voûté, le cou tordu à angle droit, dans ce siège miteux et déformé, là où elle était déjà restée assise toute la journée. Sans jamais s'allonger. Sans jamais s'étirer. *Mon Dieu,* se dit-elle, *est-ce qu'elle se haïssait à ce point ?*

— Bon, allons voir ce qui s'est passé d'autre par ici.

Elle tendit la main pour aider Molly à s'extraire des profondeurs du fauteuil dans lequel elle était enfoncée.

— On peut voir ta chambre ?

Meg répondit par un grommellement. Il avait fallu environ une semaine après son départ de la maison à vingt ans pour que « sa chambre » cesse d'exister. Sa mère l'avait transformée en espace de rangement pour merdouilles avant même que Meg rentre pour la première fois en vacances.

— Pour ce que ça vaut, répondit-elle.

Elle tourna à gauche en sortant de la chambre de Lorelei et se démena pour traverser un nouveau couloir rempli de détritus jusqu'à la porte de son ancienne chambre. Elle poussa, puis se tourna vers Molly en grimaçant.

— Bon Dieu, je crois que celle-ci est carrément bloquée.

— Laisse-moi essayer.

Molly appuya son corps mince contre le battant. Elle s'escrima avec son dos, avec ses flancs, puis avec ses bras. Finalement, elle regarda Meg.

— C'est bloqué. Comment c'est possible ? Je veux dire, comment elle a fait entrer tout ce bazar alors qu'on ne peut même pas ouvrir la porte ?

Meg haussa les épaules.

— Rien de tout ça n'est compréhensible avec une logique rationnelle. Rien. Ta grand-mère était une femme très étrange.

— C'est laquelle, la chambre de Beth ?

— Par là, après le tournant.

Elle chercha son chemin à tâtons, passant le bout des doigts sur le papier peint humide. Un superbe motif de feuilles vert pâle sur fond magnolia de chez Laura Ashley, qui montrait encore les marques des enfances vécues ici : traces de feutre, autocollants à moitié déchirés, et là, la porte de Beth, qui portait toujours sa plaque en plastique achetée dans un magasin de souvenirs de Weston-super-Mare. *CHAMBRE DE BETH.* Elles en avaient une chacune. Les deux filles. Meg se souvenait encore de son excitation alors qu'elles faisaient tourner le carrousel de la boutique jusqu'à découvrir que – *Oui !* – il y avait *Megan* ! (Mais pas Rory ni Rhys. Heureusement, les jumeaux étaient trop petits pour se sentir lésés.) Elles les avaient accrochées sur leurs portes avec des carrés de feutrine autocollante. Meg avait fini par décrocher la sienne à l'adolescence, et elle était tombée en morceaux dans ses mains. Elle l'avait mise à la poubelle et n'y avait plus jamais songé. Jusqu'à maintenant. Un soudain et brûlant rappel qu'ils avaient autrefois été heureux. Tous. Même Rhys.

Impossible, pensa-t-elle. *Impossible.*

Beth n'avait jamais retiré sa plaque, coincée si longtemps dans le passé, à moitié formée et amorphe, comme un embryon dans un bocal. La porte était entrebâillée, et Meg vit encore, sans grande surprise, des piles informes de bric-à-brac. Les rideaux étaient tirés, sales, pendant de la tringle d'un côté, et laissant entrer une demi-lune de lumière du jour. L'armoire se trouvait à gauche de la porte. Elle était grande ouverte, révélant les habits de Beth : ses vieux habits, ceux qu'elle portait quand elle était encore une personne que Meg pouvait comprendre. Quand elle était encore sa sœur.

Le téléphone de Meg sonna de nouveau. Elle consulta l'écran. BILL. Dieu merci.

— Coucou, chéri.

— On est arrivés !

Megan raya une ligne de sa liste de frayeurs. L'autre moitié de la famille n'était pas morte dans un accident d'avion Air France Gatwick-Berne.

— Ah, super ! approuva-t-elle. Comment s'est passé le voyage ?

— C'était bien, parfait.

— Comment vont les garçons ?

— Les garçons ! cria son mari. Maman veut savoir comment vous allez !

Meg sourit en entendant le son étrangement aigu de ses trois fils qui s'exclamaient bruyamment qu'ils allaient bien.

— On a eu une petite scène à la réception des objets encombrants. On n'a récupéré que trois paires de skis. Du coup, il a fallu attendre une demi-heure. J'ai dû *crier* sur des gens, tu imagines.

— Oh, Seigneur, tu n'as quand même pas engueulé des Suisses ! Il ne faut pas, tu sais ? Ils n'aiment pas ça.

Bill éclata de rire. Ce son calma le cœur de Meg. Comme tout cela lui semblait loin en ce moment : Bill, si doux, si chaud, et si rouspéteur, ses trois petits rouquins turbulents avec leurs taches de rousseur et leurs câlins, la blancheur et la luminosité d'un aéroport suisse, quatre valises faites à la perfection, pleines de vêtements qui sentaient la maison. *Sa* maison.

— Tu veux parler à papa ? articula-t-elle à voix basse pour Molly.

L'adolescente haussa les épaules avant de répondre :

— Ouais, d'accord.

— Molly veut te dire coucou. Ne quitte pas. Non, je te raconterai plus tard ; oui, on est là. Je te raconterai tout plus tard. Je t'aime. Je vous aime tous. Je vous appelle quand on arrive à l'hôtel. Oui. Oui. Je t'aime. À tout à l'heure.

Elle tendit le téléphone à Molly et fut choquée par la transition d'un monde à l'autre, de la propreté, de l'amour et du chaos bruyant, à la crasse, la solitude et la mort. Elle en eut les oreilles qui sifflent, et le silence la rongea. Pas seulement le silence de la campagne, mais celui, perturbant et étouffé, de cette maison, où chaque mur était caché et chaque surface couverte. C'était le silence d'un oreiller sur la tête.

Avril 1995

Quelque part, une alarme retentit. Meg ne la reconnut pas. La sienne faisait une vibration aiguë. Celle-ci était plus sourde. Elle ouvrit les yeux et vit flou. Des cartons. Des dizaines de cartons. Un drap punaisé devant la fenêtre parce qu'ils n'avaient pas encore de rideaux. Un grand miroir biseauté qui n'était pas à elle, appuyé contre le mur le plus éloigné, dans lequel se reflétait le tableau de deux personnes sur un canapé-lit flambant neuf, l'une assise, qui lui rendait son regard, l'autre encore endormie. La jeune femme qui la regardait était hirsute et désorientée. Megan se lissa les cheveux et bâilla.

Le bourdonnement du réveil semblait se renforcer à mesure qu'il se prolongeait. Ce n'était pas celui de Megan. C'était le sien. Celui de Bill. Elle donna un coup de coude à l'homme assoupi à ses côtés.

— Bill. C'est le matin. Ton réveil sonne. Il faut que tu le déballes pour l'éteindre.

Bill ouvrit un œil et le referma. Il sourit et se blottit contre Megan.

— Bill ! Ça me rend dingue ! Fais quelque chose, s'il te plaît !

Il poussa un grognement et se détacha d'elle à regret.

— Tu es sûre que c'est le mien ? demanda-t-il d'une voix rauque.

— Oui. Bien sûr que c'est le tien. Je le saurais, si c'était le mien. Ça m'étonne que tu ne le reconnaisses pas.

— Je suis certain que le mien est réglé sur radio. Je ne l'ai jamais entendu vibrer avant.

Il posa les pieds par terre, et Meg le regarda tituber, nu, à travers la ville de cartons fermés qui entourait le lit. Elle souriait, amusée, en le voyant coller l'oreille sur chaque boîte tour à tour.

— Tu as l'air complètement fou.

— Je n'en doute pas. Tu pourrais m'aider…

Meg repoussa la couette et montra son ventre rond.

— Je suis dispensée de tout pendant encore deux mois et demi.

— De tout ?

— Oui. D'absolument tout.

Le bébé n'était pas prévu. Vraiment pas. Elle n'avait que vingt-quatre ans. Bill et elle n'étaient ensemble que depuis six mois. C'était ridicule.

Mais Megan avait toujours voulu une famille nombreuse. Au moins quatre enfants. Commencer tôt était une bonne chose.

Et dès l'instant où elle avait vu le résultat du test dans sa main tremblante, dans un box des toilettes du travail, cela lui avait semblé juste. À vingt-quatre ans, Meg n'était plus une jeune fille. Elle avait fait la fête à fond pendant son adolescence, avait eu deux relations longues et dix amants en tout. Elle avait touché à la drogue et estimé qu'elle préférait l'alcool. Elle s'était soûlée à en être malade et conclu qu'elle préférait la modération. Elle savait cuisiner un repas du dimanche, écrire à son conseiller bancaire, conduire sa propre voiture et rouler sur l'autoroute. Elle n'avait pas de découvert, et la plupart de ses amis étaient plus âgés qu'elle. Et puis il y avait Bill.

Bill avait trente-deux ans. Bill dirigeait une galerie d'art. Il avait une ex-femme. Et un emprunt immobilier.

Dans certains contextes, vingt-quatre ans, cela paraît jeune pour avoir un enfant. Mais, dans le cas de Megan et Bill, c'était juste parfait. Alors Bill avait vendu sa petite garçonnière post-divorce aux murs rouge sang et au mobilier à motif de zèbre, située au-dessus d'un barbier dans Chalk Farm Road, et acheté, pour eux deux, un trois-pièces dans le quartier de Tufnell Park, avec un jardin. Il l'avait fait sans se poser de questions, avec bonheur. Et ce matin, un dimanche de Pâques ensoleillé, ils se réveillaient ici, ensemble, pour la toute première fois.

Bill se redressa, triomphant.

—Ah, ah, dit-il en imitant l'accent russe. J'ai localisé l'appareil. J'ai trente secondes pour le désamorcer, faute de quoi il va exploser.

Il enleva le scotch du carton et en sortit le réveil. Il appuya sur un bouton et ramena aussitôt dans la pièce une paix et un silence qui résonna comme un tintement aigu.

—Voilà. Désolé.

—Ce n'est pas ta faute, sourit Megan.

—Ah, voilà ! Tu vois, mon ex-femme m'aurait accablé de reproches. Tu es merveilleusement saine et raisonnable. Je t'en prie, ne change jamais.

Megan aimait quand Bill évoquait son ex-femme, car il n'avait jamais un mot gentil pour elle. Elle ne l'avait jamais rencontrée, mais dans son esprit elle ressemblait à Cruella. Elle s'appelait Michelle. Elle avait épousé son patron et vivait en Espagne, aussi avait-elle peu d'importance dans le monde de Megan.

Le téléphone sonna. Bill et Meg échangèrent un regard.

—Notre premier appel ! s'écria-t-elle en passant par-dessus Bill pour décrocher. Et je parie que je sais qui c'est.

—Joyeuses Pâques !

— Joyeuses Pâques ! souhaita Meg en se rallongeant sur le matelas, le téléphone coincé sous l'oreille. C'est Beth, articula-t-elle pour Bill qui hocha la tête et se dirigea vers la salle de bains. Comment vas-tu ? reprit-elle à l'adresse de sa sœur.

— Très bien ! répondit Beth d'une voix chantante qui imitait tant celle de leur mère que c'en était vaguement agaçant. Et toi ?

— Nous allons à merveille, dit Meg en caressant son gros ventre et en étirant les orteils.

— Ça s'est bien passé, le déménagement ?

— Super. Je suis restée assise sur mes grosses fesses et j'ai laissé les autres faire tout le boulot. Il ne nous reste plus qu'à déballer les cartons. Mettre des rideaux. Tondre la pelouse. Arracher la moquette. Poncer le parquet. Redécorer. Et accoucher.

— Oh, j'ai tellement hâte de vous voir…, soupira Beth avec nostalgie.

— Eh bien, tu sais, tu peux venir *quand tu veux*, répliqua Meg sèchement.

Il lui semblait que Beth n'arriverait jamais à quitter le nid. Elle était aussi attachée à la maison Bird que leur mère.

— Oui ! Oui. Peut-être le mois prochain.

— Oui, répéta Megan, peut-être le mois prochain… Comment va maman ?

— Elle va bien. Tu la connais. Tu veux lui parler ?

Meg soupira.

— Ouais… OK. Passe-la-moi.

Le son de l'appel devint étouffé pendant un moment, et elle entendit sa mère, à travers la main de Beth, qui se plaignait doucement de quelque chose. Un instant plus tard, elle était au bout du fil.

— Coucou, ma chérie !

— Coucou, maman.

— Joyeuses Pâques ! On va sortir dans le jardin pour la chasse aux œufs. Maddy est là. Et la petite Sophie. Et Vicky, bien sûr. Dis bonjour, Vicky !

Meg leva les yeux au ciel et entendit Vicky dans le lointain qui criait : « Bonjour, Meggy ! » Après le terrible dimanche de Pâques 1991, Lorelei et Vicky étaient devenues inséparables.

Il s'était avéré que le premier amour de Vicky s'était pendu à dix-huit ans, et qu'elles avaient donc davantage en commun qu'un goût partagé pour les maisons des Cotswolds. D'après Beth, Vicky « se ramenait » chaque jour aux environs de 10 h 30 avec ses deux petites et passait tout le reste de la journée chez Lorelei. Elle gloussait devant un verre de chardonnay quand le soleil se couchait, et ce n'est que lorsqu'elle entendait la voiture de son mari se garer sur le trottoir qu'elle se hâtait de finir son vin et de rentrer à côté pour l'accueillir. « C'est chouette, disait Beth. Je suis contente qu'elle ait une amie. » Et Meg répondait : « C'est super bizarre, si tu veux mon avis », ce que Beth se gardait de commenter.

— Quand vas-tu voir Rhys ? s'agaça-t-elle.

— Oh, soupira Lorelei, eh bien, je ne suis pas sûre que nous ayons le temps aujourd'hui, n'est-ce pas ?

La question semblait s'adresser plutôt aux autres personnes présentes dans la pièce avec elle qu'à Megan, allongée sur son nouveau lit à Tufnell Park.

— Tu peux me repasser Beth ?

— D'accord, ma chérie.

Sa mère paraissait soulagée et heureuse de mettre un terme à la conversation avec l'aînée de ses enfants.

— Beth ! cingla Meg lorsque sa sœur reprit le téléphone. Qu'est-ce qui se passe ? Pourquoi maman ne va pas voir Rhys ?

Beth soupira.

— Je ne sais pas. Elle dit qu'elle est en train de tourner la page.

— Tourner la page ? Ça fait seulement quatre ans ! On ne « tourne pas la page » en arrêtant de se rendre sur la tombe de son fils à la date anniversaire de son décès.

— Mais, rétorqua Beth, nerveuse, toi non plus tu n'iras pas le voir, si ?

— Non, répondit Meg sèchement, bien sûr que non ! Je suis presque à sept mois de grossesse, je me trouve à cent cinquante kilomètres et je viens juste d'emménager dans un nouvel appartement. J'adorerais aller voir Rhys. J'y suis allée chaque fois que j'ai pu ces quatre dernières années. Je t'en prie, dis-moi que papa et Rory iront ?

Il s'ensuivit un bref silence à l'autre bout de la ligne, suffisant pour avertir Megan que tout n'était pas rose dans la maison Bird, loin de là.

— Dis-moi, Beth, dis-moi que vous y allez tous, à part maman ?

— Ce qu'il y a, c'est que papa n'est pas là.

— Où est-il ?

— Je ne sais pas.

— Et Rory ?

— Je ne crois pas qu'il soit rentré cette nuit. Pour autant que je sache.

Meg gémit de colère.

— Vous êtes nuls, putain ! cria-t-elle. Mais tellement nuls !

Et elle raccrocha.

Il lui acheta un œuf. Bon marché. Emballage violet et rempli de petites pastilles de chocolat. Et ensuite il cueillit des jonquilles dans une jardinière bien fournie devant chez quelqu'un. Le soleil brillait haut dans le ciel, et c'était comme si tout commençait. Pour la première fois de sa vie, Rory Bird était amoureux.

Elle s'appelait Kayleigh et elle l'attendait en ce moment même, dans son meublé. Il l'avait rencontrée trois soirs plus tôt, au pub près de chez lui. C'était la cousine de l'un de ses amis, et elle venait de s'installer en Angleterre ; deux ans de plus que lui, des cheveux peroxydés coupés au carré, l'accent irlandais, une guitare à elle, un tatouage sur le sein gauche, et une cicatrice pâle sur le poignet dont elle lui parlerait un jour, quand elle « lui ferait confiance ».

Depuis cette soirée, il ne l'avait pas encore quittée. Elle l'avait envoyé acheter du lait et des cigarettes, et à présent il marchait à toute allure dans les rues matinales de Cirencester, brûlant de la retrouver. C'était le plus étrange des sentiments. Il était resté engourdi les quatre dernières années.

— Je suis de retour ! cria-t-il en montant les marches vers la porte d'entrée quatre à quatre.

Elle était toujours au lit, étendue, très étirée et nue. Elle avait une peau d'une blancheur mortuaire, les yeux rivés sur un minuscule téléviseur portatif posé sur la commode au pied du lit. Elle lui sourit et se souleva sur un coude.

— Tu m'as manqué, dit-elle.

Avec un grand sourire, il sortit l'œuf et les jonquilles de son sac de courses.

— Joyeuses Pâques, lança-t-il en la rejoignant sur le matelas pour les lui offrir.

— Oh, mon crétin, souffla-t-elle en prenant l'œuf avant de respirer le parfum des fleurs. Je n'aurais pas cru que tu étais du genre religieux.

— C'est quoi le rapport entre la religion et les œufs de Pâques ?

— De là où je viens, tout.

Elle sourit et se mit à déchirer le carton du chocolat.

— J'aimerais bien une tasse de thé, reprit-elle, pour accompagner mon… mon œuf de Pâques *laïc*.

Il lui prit le visage dans les mains et déposa un baiser sur ses lèvres douces.

— Tout de suite.

Elle sortit l'œuf de sa boîte et le déballa. Rory, qui la regardait, dut résister à la tentation de dire : « *Garde le papier d'alu.* » L'idée le fit sourire.

— Pourquoi tu fais cette tête ? demanda Kayleigh, attendrie.

— Rien. C'est juste…

Ils avaient parlé de sa mère, de sa famille, de Rhys. Évidemment. On ne se met pas à tomber amoureux des gens si l'on n'a pas parlé des choses qui comptent.

— Ma mère a toujours eu une passion pour les emballages en papier d'alu. Chaque dimanche de Pâques, c'était toujours, tu sais… « Garde le papier d'alu ! Garde le papier d'alu ! »

— Ta mère a l'air d'avoir un grain…

Il fit une grimace et remplit la bouilloire.

— Oui, approuva-t-il, songeur. Un peu. Mais un joli grain, cela dit.

— J'adorerais la rencontrer. Un jour.

— Je peux te la présenter aujourd'hui, répondit-il précipitamment. Si tu veux.

— Nan, rit-elle. Mais merci pour la proposition.

Il acquiesça, soulagé. Ces moments n'appartenaient qu'à lui. Il voulait les garder pour lui seul, aussi longtemps que possible. Malgré tout, cela lui semblait mal de ne pas être à la maison aujourd'hui. Megan ne rentrait pas pour Pâques – elle déménageait, un truc du genre –, et son père était à un de ses mystérieux « stages d'écriture créative », alors il n'y aurait que sa mère, Beth, et le pot de colle d'à côté. Sa mère avait insisté pour que Pâques reste Pâques, une journée tout en amusement, en chocolat, en gigot d'agneau et en famille. Elle avait dit : « *Rhys n'aurait pas voulu* que Pâques soit gâché pour tout le monde. Rhys aurait voulu qu'on continue. »

Rory n'avait aucune idée de ce qu'avait pensé Rhys ce jour-là, mais il n'imaginait pas une seconde que ça ait un lien avec ce qui se passerait à Pâques quand il ne serait plus là. Ce petit con n'avait même pas écrit de lettre. Rory se disait qu'il y avait peut-être un indice dans les paroles de la chanson d'Alice in Chains que Rhys avait laissée tourner en boucle, mais impossible de trouver lequel. Il avait cessé de comprendre les motivations de son jumeau bien avant son suicide.

Kayleigh planta les dents dans un éclat de chocolat et ferma les yeux de plaisir.

— Humm… Miam, miam…

Il suffisait de regarder Kayleigh pour savoir qu'elle ne mangeait pas beaucoup de chocolat. C'était le genre de personne qui oublie de se nourrir, qui se contente de tartines au dîner, qui perd du poids sans y prêter attention.

— Tu en veux ? reprit-elle en agitant l'œuf dans sa direction.

— Non, merci.

Il avait l'intuition que jamais plus il ne mangerait d'œuf de Pâques. Le goût particulier du chocolat moulé en une fine coque – oui, il a une saveur unique – l'aurait plongé dans un gouffre d'associations d'idées négatives, comme une madeleine de Proust maléfique.

— Tu me ferais une faveur ? demanda-t-il, nerveux. Aujourd'hui ?

Elle le regarda, les yeux plissés.

— Ça dépend vraiment de quoi il s'agit.

— Tu m'accompagnerais sur sa tombe ?

— Celle de ton frère ?

Il acquiesça d'un hochement de tête.

— Tu veux que je vienne avec toi sur la tombe de ton frère, le jour anniversaire de sa mort ?

Nouveau hochement de tête.

— Je veux dire, désolé, je sais que c'est macabre, et que tu ne l'as jamais rencontré, je sais que c'est beaucoup te demander, c'est…

— J'aimerais beaucoup venir avec toi, dit-elle simplement. Ce serait un honneur.

Le cimetière était ombragé de fleurs de cerisier roses et blanches. Le ciel était d'un bleu de cobalt. Le soleil brillait.

Kayleigh portait un débardeur noir, un jean déchiré, des Ray-Ban et arborait une expression tragique. Elle tenait d'une main le creux du bras de Rory, et, de l'autre, un petit bouquet de fleurs sauvages cueillies entre les tombes. Elle était dans son élément.

— Ça me rappelle des souvenirs, soupira-t-elle.

Elle regardait autour d'elle alors qu'ils se dirigeaient vers un coin sombre du cimetière où les cendres de Rhys avaient été ensevelies presque quatre ans auparavant. Après un nouveau soupir de sa part, Rory se sentit obligé de demander.

— Quoi comme souvenirs ?

— Oh, rien. Tu sais, juste la *mort*, quoi. Ma mamie. Mon grand-père. La dame d'à côté qui s'est pris une cheminée sur la tête.

Elle poussa encore un soupir dramatique, et Rory essaya de ne pas s'appesantir sur cette allusion pas très convaincante à une expérience commune. Avec tout le mélo qu'elle déployait et ses mystérieuses cicatrices, Rory fut momentanément frappé par l'idée qu'elle faisait peut-être un peu de cinéma. Ce qui, bizarrement, le rendit encore plus amoureux. Il pressa la main de Kayleigh dans la sienne.

— Voilà, dit-il.

Un petit bloc de granit marquait l'endroit. Il portait une inscription gravée :

RHYS ARTHUR BIRD
1ER MARS 1975 – 31 MARS 1991
PETIT ANGE SI DOUX DE SEIZE ANS

Lorelei avait choisi l'épitaphe sans consulter personne dans la famille. Rory l'avait toujours jugée stupide. Rhys était tout sauf doux. Il était piquant comme du vinaigre, tout en angoisse existentielle. Tout en « C'est pas juste », « C'est pas moi » et « Foutez-moi la paix ».

Ils avaient commencé à s'éloigner lorsqu'ils étaient entrés au collège. Avant cela, ils avaient toujours été dans la même classe, ce qui leur imposait une certaine intimité. Mais, ensuite, ils avaient été séparés, et, pour dire les choses crûment, Rory était dans la classe des gens cool et Rhys dans celle des binoclards, et Rory n'avait pas envie de franchir ce fossé. Il était bien, là où il était. Dans sa classe se trouvaient les filles les plus jolies, les garçons avec qui il était ami encore aujourd'hui. Des gens comme lui, pour le résumer simplement. Pour la première fois de sa vie, il avait un peu de distance vis-à-vis de Rhys et, soudain, il avait la possibilité de voir son frère objectivement. Et, objectivement, c'était un loseur.

Cela ne signifiait pas qu'il n'aimait pas son frère avec ferveur, avec passion. Ni que son petit frère ne manquait pas à Rory avec une douleur atroce, chaque minute de chaque jour. Son jumeau. Ils avaient partagé un utérus, puis un lit, puis une chambre. Jamais il ne serait aussi proche de quelqu'un d'autre, jamais plus. Mais quand même. Rhys était bizarre. Enfin, il l'était autrefois. Bizarre. Et Rory n'était pas bizarre. Et ça, franchement, c'était la vie.

— Alors c'est ton anniversaire ? Le 1er mars ?

Il hocha la tête.

— Tu es Poissons ?

Il acquiesça de nouveau.

— Moi aussi, dit-elle en s'accroupissant devant la tombe de Rhys. Vous étiez pareils, alors, tous les deux ?

Il haussa les épaules et se baissa à sa hauteur.

— Pas vraiment. Quand on était petits, si, mais on s'est éloignés ensuite.

— J'ai déjà entendu des histoires comme ça... Mais c'était des filles. Inséparables petites, ennemies jurées en grandissant. C'est tellement triste, tu vois ce que je veux dire ?

— C'est plus que triste...

— Ouais.

Ils s'assirent côte à côte sur la pente herbeuse. Il faisait encore si chaud... Cela rappelait à Rory un dimanche de Pâques des années auparavant, quand il avait cinq ou six ans. Il avait fait assez beau pour sortir la piscine gonflable et les pistolets à eau. En y repensant, il lui semblait, peut-être de façon erronée, que c'était le dernier dimanche de Pâques vraiment heureux à la maison. Le dernier avant que Megan devienne ado et grincheuse, avant qu'il pleuve, quand Ben et Tom étaient encore assez jeunes pour être de la fête, quand ses parents avaient l'air de s'apprécier, avant que la bonne femme d'à côté soit venue les envahir. Et avant, bien sûr, que Rhys gâche Pâques à tout jamais.

Rory sentit la colère le traverser comme un grondement de tonnerre. Il inspira profondément pour la faire taire.

—Alors, s'enquit Kayleigh en roulant un joint, les mains sur ses genoux maigres, et le reste de ta famille ? Vous ne venez pas ici tous ensemble, d'habitude ?

Il soupira.

—« D'habitude », ça ne veut rien dire dans ma famille. Plus maintenant. Rhys a en quelque sorte cassé la notion d'habitude.

Kayleigh hocha la tête d'un air sagace. Rory voyait bien que ça ne lui arrivait pas souvent de rencontrer des gens qui avaient à leur actif plus de tragédies et d'expérience de la vie qu'elle. Il voyait aussi que ça la captivait. Mais qu'elle n'allait pas s'abaisser à le montrer.

—Quand mon papi est mort, ma mamie a porté du noir jusqu'à la fin de sa vie. Elle a pris le deuil pour de vrai, tu sais. La Veuve Doherty, c'est comme ça que tout le monde l'appelait. Elle allait sur sa tombe tous les jours, la faisait briller, changeait les fleurs. Tout le tralala. C'était presque comme si c'était son travail, tu sais, son activité professionnelle…

Elle se tut, et ils contemplèrent tous deux un moment la tombe mal entretenue.

—Alors, l'anniversaire de sa mort, en fait, c'était il y a deux semaines ?

— Oui, mais on vient toujours ici le dimanche de Pâques, ça fait comme un vrai anniversaire, pas juste une date arbitraire. Enfin, tu vois, quoi.

— Eh bien, répondit-elle d'un ton appuyé, on dirait bien que personne n'est venu le 31 mars non plus.

Elle finit de rouler le pétard puis l'alluma, fiché au coin de sa bouche, les yeux plissés pour se protéger de la première fumée. Ensuite, elle le passa à Rory, se leva, retira les fleurs fanées de la tombe et déposa le bouquet sauvage à la place. Elle essuya de la terre avec ses mains avant de les frotter sur son débardeur noir.

— Tu aurais un mouchoir ? demanda-t-elle en pivotant vers Rory.

— Euh…

Il tapota ses vêtements.

— Euh oui, j'en ai un.

C'était une serviette en papier d'une chaîne de restaurants de patates. Il n'avait aucune idée de la façon dont elle s'était retrouvée dans sa poche de jean, ce qui en disait long sur la nature de son existence ces dernières années. Kayleigh utilisa la serviette pour nettoyer le granit de la pierre tombale jusqu'à ce qu'il étincelle. Puis elle se rassit à côté de Rory dans l'herbe, et lui reprit le joint.

— Voilà. C'est beaucoup mieux.

Rory se tourna pour la regarder du coin de l'œil. Il était frappé, comme il l'avait été plus ou moins toutes les trente secondes depuis qu'il avait posé les yeux sur elle au pub trois jours plus tôt, par sa beauté extrême et presque vulgaire, mais à présent il était frappé par un autre détail. Elle l'aimait. Il le voyait. C'était aveuglant et incroyable.

Il la contempla, plein d'émerveillement et d'admiration.

— Quoi ?

— Rien.

Il sourit.

— Non, pas « rien ». Pourquoi tu me dévisages comme ça ?

Du bout des doigts, il toucha l'extrémité de ses cheveux qu'elle avait coupés elle-même, puis lui caressa le creux de la pommette.

— Parce que je t'aime.

— Oh, espèce de crétin !

— Et tu m'aimes aussi.

Elle se mit une main sur la gorge et le regarda en feignant l'horreur.

— N'importe quoi ! protesta-t-elle.

— N'empêche que c'est vrai.

Elle changea d'attitude, les épaules détendues, et tint la main de Rory contre sa joue.

— Tu as tout compris, souffla-t-elle.

Il sourit et l'attira vers lui pour poser sa bouche sur la sienne.

— Pour toujours, dit-il.

— Pour toujours.

La semaine suivante, il l'amena à la maison.

C'était un moment qu'il avait à la fois attendu et redouté. Il était impatient de faire se rencontrer ces deux éléments si importants de sa vie, mais craignait que cela ne le force à ouvrir les yeux. Il ne voulait pas savoir ce que quelqu'un qui n'était pas démentiellement amoureux de Kayleigh pensait d'elle. Ni ce que quelqu'un qui n'avait pas grandi dans son étrange maison et vu les choses évoluer vers leur état actuel penserait de sa famille. Il sentait déjà des excuses se former dans son inconscient. *Je sais qu'elle a l'air un peu brute, mais c'est un amour, je te jure… Je sais que ma mère paraît un peu lointaine et démissionnaire, mais au fond elle nous aime vraiment… Je sais que notre maison ressemble un peu à une décharge, mais c'est propre, en fait…*

C'était le dernier jour des vacances, et Vicky était là avec ses petites. *Évidemment.* Elle leur tomba dessus dans le couloir, tout en cheveux peroxydés et joues toutes rouges, ses hanches larges moulées par un jean en stretch, ses seins énormes engoncés dans un tee-shirt trop étroit.

— Rory ! Un revenant. Tu nous as manqué.

Elle l'embrassa sur les deux joues de façon extravagante, l'étouffant dans une nappe de parfum laiteux. Elle observa Kayleigh qui se tenait derrière lui, les mains fourrées dans les poches d'une veste en jean serrée, ses jambes fluettes d'un blanc bleuté, soulignées par sa minijupe assortie. Avec son chewing-gum, on aurait pu la prendre pour une call-girl qu'il aurait ramassée à l'instant au coin d'une rue.

— Tu dois être Kayleigh ! Moi, c'est Vicky. Bonjour ! Entre. On est toutes dans la cuisine. On était en train de faire un gâteau à la banane. C'est un peu le bazar, désolée…

Rory et Kayleigh échangèrent un regard avant de lui emboîter le pas. Il l'avait déjà prévenue au sujet de la sempiternelle Vicky.

— Coucou, maman.

Il fit la bise à sa mère qui sourit avec délice.

— Bonjour, mon chéri, répondit-elle en lui agrippant le bras, cherchant dans ses yeux un indice de changement. Et ce… ce doit être…

Elle avait oublié son prénom. Soit parce qu'elle avait une tête de linotte, soit à cause d'un profond manque d'intérêt.

— Kayleigh, dit-il en prenant sa petite amie par la main pour l'attirer en avant. Je te présente Kayleigh. Kayleigh, voici ma mère, Lorelei.

— Appelle-moi Lorrie ! Tout le monde m'appelle Lorrie.

Ce n'était pas tout à fait vrai. Seule Vicky l'appelait ainsi. Pour tous les autres, c'était maman. Ou Lorelei.

— Enchantée, répondit Kayleigh, les mains toujours fermement enfoncées dans les poches de sa veste.

Rory scruta le visage de sa mère alors qu'elle observait en détail son amoureuse si brute de décoffrage. Elle eut d'abord l'air surprise, puis légèrement amusée.

— De même, répliqua-t-elle avant de se détourner pour aider l'une des filles de Vicky à couper une banane en rondelles avec un couteau d'enfant.

Rory pâlit. C'était une pique. À peine perceptible, mais le doute n'était pas permis. Il priait pour que Kayleigh ne s'en soit pas aperçue.

— Waouh, s'exclama Kayleigh, regardez-moi ça ! C'est complètement fou.

Elle était plantée, splendide, au milieu de la pièce et contemplait les murs couverts de dessins, les yeux écarquillés.

— C'est toi qui as fait tout ça ? demanda-t-elle à Rory.

— Non, pas tout, rit-il. C'est nous tous. Tous les quatre.

— Oh, regarde…

Elle s'avança pour examiner le dessin d'un Dalek, décoré d'un collage de papier d'alu et de vieux boutons. En dessous était écrit « eksteminer », et au-dessus « rory bird ».

— Admire-moi un peu cette création, espèce de petit choupinou ! s'écria-t-elle en l'attrapant par le creux du coude pour se presser contre lui. Je ne savais pas que tu étais un *artiste.*

Il lui sourit, et Lorelei se tourna.

— C'est leur cas à tous. Mes enfants. Des artistes dans l'âme.

Rory la regarda toiser Kayleigh collée à lui, et vit passer dans ses yeux une expression apeurée.

— Je peux te servir quelque chose, Kayleigh ? proposa Vicky, puisque Lorelei manquait à ses devoirs d'hôtesse.

— Oui, avec plaisir. Vous avez de la grenadine ?

— Non, on a seulement du jus de cassis, répondit Vicky d'un ton désolé.

— J'adore ça ! sourit Kayleigh en mâchant son chewing-gum.

Vicky lui rendit son sourire et lui servit un verre.

— Alors, comme ça, tu es irlandaise ? demanda-t-elle en le lui tendant.

— Comment tu as deviné ?

Le sourire de Vicky chancela pendant que son cerveau tentait de saisir l'humour de Kayleigh.

— Ah, ah, finit-elle par bredouiller, les joues en feu. Et tu es de quelle région, alors ?

— Du comté de Clare, expliqua Kayleigh en retirant son chewing-gum de sa bouche pour le jeter dans la corbeille à papier. Ça fait moins d'un mois que je suis là. Ce n'est pas évident de s'habituer, pour être honnête.

— Oh, souffla Vicky, les yeux ronds. Je comprends. Et qu'est-ce qui t'a amenée ici, du coup ?

Kayleigh avala bruyamment la moitié de son jus de cassis avant de s'essuyer les lèvres.

— J'avais trop d'ennemis. Tout le monde me détestait, là-bas. J'ai eu envie d'un nouveau départ.

Vicky la dévisagea d'un air incertain, sans parvenir à la cerner. Elle rit de nouveau, puis resta le visage totalement vide.

— Et toi, c'est quoi ton histoire ?

Les traits de Vicky s'adoucirent alors qu'une sorte d'ordre normal reprenait cours dans la conversation.

— Oh, l'histoire classique. J'ai grandi à la campagne, fui vers la ville, rencontré l'amour, fait un bébé, et décidé de l'élever à la campagne.

Kayleigh la regarda d'un air morne. De toute évidence, l'histoire n'avait rien de classique pour elle.

— Et Rory m'a dit que tu vivais pratiquement ici.

Le jeune homme se raidit et lui lança un regard, mais Vicky s'esclaffa.

— Ah, ce n'est pas tout à fait vrai, quand même. C'est plutôt que j'ai trouvé une nouvelle amie, je pense.

— Mais c'est quoi le problème de ta maison, alors ?

Rory se prit le front et baissa la tête. Il s'était douté que ça se passerait ainsi, mais pas si vite.

— Eh bien, il n'y a aucun problème avec ma maison. C'est juste que, quand on a des enfants en bas âge, c'est agréable de sortir avec eux, tu vois. Ça rend un peu zinzin d'être enfermé chez soi toute la journée. Et je sais, enfin du moins je *pense* que Lorrie apprécie la compagnie. N'est-ce pas, Lorrie ?

Lorelei leva les yeux du saladier dans lequel l'une des fillettes était en train de mélanger de la pâte à gâteau avec son aide et répondit :

— Humm ?

— J'étais juste en train de dire à Kayleigh, je crois que tu apprécies la compagnie, tu sais, quand j'amène les petites.

— Oh oui, approuva Lorelei avec une caresse sur les cheveux de l'enfant. Oui, c'est indéniable. Je ne sais pas ce que je ferais sans elles. Je serais perdue. Complètement perdue.

— Oh, très bien alors, commenta Kayleigh, c'est super.

Son expression en disait long, mais personne d'autre que Rory ne la regardait.

— Ah, reprit-elle d'un ton affairé, comme si elle venait de se rappeler un détail, au fait, Rory et moi, on a rendu visite à Rhys à Pâques. Vous voyez, au cimetière.

Lorelei eut un léger spasme au niveau des épaules, mais elle ne se retourna pas.

— C'est chouette, déclara Vicky avec enthousiasme.

— Oui, continua Kayleigh. On a fait un peu de ménage, vous voyez, on a dit une petite prière, on a mis des fleurs. Elle était un peu tristounette, cette tombe, vous savez, on aurait dit que ça faisait un moment que personne n'était venu…

La voix de Vicky était bien différente lorsqu'elle répondit. Elle avait perdu son éclat et sa gaieté pour devenir grave et menaçante.

— Eh bien, c'est difficile pour Lorrie. C'est difficile pour nous tous.

Elle se força à lui adresser un sourire, amère.

— Oui, rétorqua Kayleigh d'un timbre dégoulinant d'empathie surjouée. J'en suis sûre. Je n'en doute pas.

Puis elle changea de sujet avec enjouement :

— Vous avez une bien jolie maison. Ça me rappelle chez moi, à la différence que, rit-elle en anticipant la suite de sa remarque, ma mère est maniaque, vous voyez, la cuisine est un vrai bloc opératoire, il n'y a pas un grain de poussière. Et tout est toujours rangé, elle vous arrache votre mug avant même que vous ayez fini de boire.

Elle émit un petit claquement de langue attendri, puis contempla de nouveau la pièce.

— Ici, c'est plutôt le contraire. Vous avez beaucoup d'affaires, Lorrie.

— Oui, s'interposa à nouveau Vicky. Lorrie aime le shopping.

— La vache, je crois que, de toute ma vie, je n'avais jamais vu autant d'assiettes dans une seule maison.

Rory observa les étagères qui ployaient sous le poids de leur charge. Il balaya du regard les assiettes : il devait y en avoir une centaine. Ensuite, il examina les bols : des piles désordonnées de toutes les couleurs de l'arc-en-ciel, en mélamine, en porcelaine, en argile, beaux à leur manière, mais, ça devenait soudain évident à ses yeux, en nombre excessif. Il y avait trois étagères de gobelets et de verres colorés qui prenaient la lumière de l'après-midi comme des veilleuses d'église, et d'autres étagères couvertes de pichets, carafes, vases, pots, boîtes, bocaux, ramequins, sauciers et sets à condiments. Rory prit subitement conscience qu'il y avait dix moulins à poivre. Et, probablement, davantage enfouis dans les placards.

— Je peux voir le reste ?

Vicky regarda Lorelei, qui semblait soit ignorer Kayleigh, soit ne pas l'avoir entendue.

— Je suis sûre que ça ne pose pas de problème, n'est-ce pas, Lorrie ?

— Quoi ?

— Kayleigh veut visiter le reste de la maison.

Lorelei se fendit d'un grand sourire qui dévoilait ses dents en mauvais état.

— Bien sûr ! Mais ne fais pas attention au désordre !

Elle avait la joue tachée de pâte à gâteau et l'air légèrement contrariée.

— Seigneur, dit Kayleigh en suivant Rory dans le dédale, cet endroit est un pur *chaos*. Comment vous faites pour vivre là-dedans ?

Rory regarda autour de lui et soupira. Le voile, fin comme un mouchoir en papier, qui lui permettait de fermer les yeux sur l'état réel de sa maison était en train de se déchirer, exactement comme il s'y était attendu.

— On s'habitue.

Il enjamba une pile de sacs-poubelle marqués « à donner » qui traînaient en bas de l'escalier depuis deux ans environ.

— Je veux dire, ça a son charme, poursuivit-elle en lui prenant la main pour enjamber les sacs à son tour. C'est une jolie maison. Mais, tu vois, c'est un peu dingue. Tu ne trouves pas ?

— Ma mère, commença-t-il sans trop savoir où ça allait le mener, elle est excessivement nostalgique, tu sais, sentimentale. Depuis toujours. On dirait qu'elle a peur, si elle jette les choses, de ne plus jamais y repenser. Et que, si elle n'y repense pas, cela voudrait dire qu'elles étaient en quelque sorte *sans valeur*.

— Humm, répondit Kayleigh en le rejoignant en haut de la première volée de marches, pourtant…

Elle se tut, songeuse.

— Pourtant quoi ?

— Eh bien, pourtant elle ne se rend pas sur la tombe de son malheureux enfant décédé, pour l'anniversaire de sa mort.

La phrase resta suspendue entre eux, comme une balle arrêtée au milieu de sa trajectoire. Ils se tournèrent tous deux pour regarder le jardin par la fenêtre du demi-palier.

— C'est joli, déclara Kayleigh en appuyant une main sur la vitre pour mieux voir. Très joli.

Rory lui montra sa chambre, puis celles de ses parents, de Beth et, enfin, de Megan, désormais transformée en espace de stockage pour des piles de livres et de documents. C'est alors qu'elle demanda :

— Tu me fais voir sa chambre ? Celle de Rhys ?

Rory frissonna. Il n'entrait jamais dans la chambre de Rhys.

— OK, si tu veux, céda-t-il avec un haussement d'épaules.

Il resta sur le seuil et regarda Kayleigh y pénétrer.

— Tu viens ?

Il secoua la tête, s'attirant un regard attendri.

— Allez, c'est juste une chambre.

Il secoua de nouveau la tête et sourit.

Elle s'immobilisa au milieu de la pièce et leva les yeux.

— Alors c'est ici que ça s'est passé, c'est ça ?

Il fit « oui » et sourit, gêné. C'était la première fois qu'il en parlait.

— Seigneur, c'est putain de tragique ! s'exclama-t-elle en désignant les poutres. Il a laissé une lettre ?

— Non, pas de lettre. Pas d'indices. Rien du tout. Connard d'égoïste !

— Mais oui, c'est tellement vrai. C'est fondamentalement égoïste.

Rory esquissa un sourire de soulagement. C'était la première fois qu'il s'autorisait à le dire, et la première personne à l'entendre validait son propos.

— Mais, tu sais, c'est une maladie, hein ? reprit-elle. Tu ne peux pas essayer de coller une logique rationnelle dessus. Quand quelqu'un se passe une corde autour du cou, c'est qu'il a oublié tout ça depuis longtemps.

— Ouais, je sais. Je sais bien.

Il soupira. Cela faisait quatre ans qu'il se demandait ce qui s'était réellement passé dans cette pièce lorsqu'ils avaient seize ans tous les deux, et il n'avait toujours pas le début d'une réponse.

— Alors, qui est-ce qui l'a trouvé ? Toi ?

— Non. Meg.

— Ah, la tristement célèbre Meg. Elle avait quel âge, à l'époque ?

— Vingt ans.

— Doux Jésus, quelle merde.

Elle sortit de la pièce et rejoignit Rory sur le palier.

— Heureusement que c'est elle qu'il l'a découvert. C'est la plus saine d'esprit de la famille. On serait sûrement parti en cacahouète, nous. Mais Meg a super bien géré.

Kayleigh haussa ses sourcils trop épilés.

— Eh bien, elle ne semble pas être la seule à avoir bien géré.

Il l'interrogea du regard avant de deviner.

— Aaah.

Elle parlait de sa mère. Il s'apprêta à prendre sa défense et renonça. Ça ne servait à rien. C'était impossible d'expliquer la personnalité de sa mère par de simples mots. Sa mère était une expérience qu'il fallait vivre, respirer. Et, même ainsi, on ne la comprenait pas toujours.

— Allez, viens, dit-il en passant un bras sur les épaules de Kayleigh, on va voir l'extérieur, d'accord ?

Ils firent l'amour contre le mur tout au fond du jardin. C'était facile, techniquement, étant donné la longueur de sa jupe. Dans le champ voisin, un mouton s'approcha pour voir ce qu'ils faisaient.

— Eh, le mouton, tu veux un plan à trois ? lança Kayleigh en riant. Faudra d'abord que tu te laves le cul, il est plein de merde.

Rory joignit son rire au sien. Il ignorait jusque-là qu'on avait le droit de plaisanter pendant le sexe ; il avait toujours cru que c'était une affaire sérieuse. Ils traînèrent ensuite dans le hamac, partageant un joint, les jambes entremêlées. Ils entendaient les enfants de Vicky rire et crier près de la maison. Rory sentit l'âcreté de la fumée dans ses poumons, la moiteur collante de son bas-ventre dans son pantalon et l'amour de la femme dans ses bras, et il sourit. Sa jeunesse était derrière lui. Kayleigh était entrée dans sa maison d'enfance une heure et demie plus tôt et avait dénoué tous les liens qui le maintenaient à cet endroit depuis si longtemps.

— On devrait partir, déclara-t-il brusquement.

— Où ça ? demanda-t-elle du tac au tac.

— Je ne sais pas, haleta-t-il. J'ai jamais bougé. Je n'ai même pas de passeport.

Elle resta bouche bée à le dévisager avant d'éclater de rire.

— Tu rigoles ?

— Aucun d'entre nous n'en a, expliqua-t-il en secouant la tête.

— Mais c'est…

Elle se tut, le temps de chercher le terme exact.

— C'est *diabolique*.

Il haussa les épaules avant de glousser à son tour.

— On a failli aller en Grèce une fois.

— Vous avez *failli* aller en Grèce. Seigneur ! commenta-t-elle en levant les yeux au ciel.

— Je veux me faire faire un passeport, annonça-t-il en s'asseyant et en lui prenant les mains. Je veux aller quelque part, avec toi.

Elle sourit.

— C'est un projet splendide, vraiment, mais on n'a pas une thune, ni toi ni moi.

— Je peux trouver de l'argent.

— Comment ça ? s'enquit-elle avec un regard suspicieux.

— Je ne sais pas. Je vendrai quelque chose. Je demanderai à mon père si je peux lui en emprunter. Je chercherai un travail. Ou les trois en même temps. Sérieusement. Je veux aller quelque part. Je veux vraiment, vraiment me barrer !

C'est à ce moment-là, sans s'y attendre et comme une lame de fond, que Rory se mit à pleurer. Il pleura pour son frère disparu, sa mère folle, son père distant, ses sœurs si douces. Mais surtout il pleura pour lui-même, pour tout le temps qu'il avait passé, suspendu, à culpabiliser de vouloir partir.

Kayleigh le tint serré entre ses bras maigres, lui embrassa le dessus de la tête et lui assura que tout irait bien. Et il la crut.

Une semaine plus tard, Lorelei se tenait les mains sur les hanches au milieu de l'ancienne chambre de Megan, et regardait à gauche et à droite.

— Mon Dieu… Alors, bon… c'est compliqué.

Rory poussa un grognement. Cette femme avait dix moulins à poivre, elle avait gardé la moindre trace faite sur un papier par quatre enfants pendant plus de quinze ans, elle ne jetait jamais rien de coloré, d'étonnant ni de brillant, elle achetait en grande quantité des produits d'entretien et des gadgets pour la maison, elle accumulait à une échelle gigantesque, presque pharaonique, et pourtant elle était incapable de retrouver un simple certificat de naissance.

— Mais, maman, je ne comprends pas, comment tu peux perdre un certificat de naissance ?

— Je ne l'ai pas *perdu*, chéri, je ne l'ai juste pas encore trouvé ! Donne-moi une minute. S'il te plaît.

Lorelei appelait à présent la vieille chambre de Meg son « bureau ». Ce n'était pas un bureau. C'était une pièce remplie de piles. Principalement des livres de poche que Lorelei achetait dans des bouquineries caritatives ou des vide-greniers, sans jamais prendre le temps de les lire (elle était incapable de rester assise suffisamment longtemps pour cela), ainsi que des boîtes à dossiers, des gros classeurs et des pochettes, et des monceaux de feuilles volantes. Rory avait le vertige rien qu'à regarder tout ça, en se demandant ce qui se cachait dessous. Le lit de Meg lui-même était désormais invisible, enseveli sous des tas de vieux manteaux et de sacs-poubelle remplis de vêtements, très vaguement destinés à être déposés dans une friperie associative. La vieille coiffeuse de Meg, autrefois la prunelle de ses yeux, un meuble blanc avec un triptyque de miroirs et des dorures (il semblait à Rory que sa sœur l'avait reçu comme cadeau d'anniversaire spécial, ou pour la récompenser de ses résultats brillants à l'école), servait à présent de bureau à Lorelei. Là encore, il était quasiment invisible sous les piles de paperasse, de peluches sélectionnées au hasard, de boules à neige, de mugs, de presse-papiers et aussi, pour une raison inconnue, de ballons roses dégonflés, toujours attachés avec un ruban de nylon bouclé.

Deux ans plus tôt, Lorelei avait acheté deux armoires à dossiers chez Ryman, dans le but de classer ses documents, mais elles étaient désormais tellement trop pleines que les tiroirs bâillaient et recrachaient leur contenu.

— Mais je veux dire, comment tu peux t'y retrouver là-dedans ? C'est un cauchemar.

— Oh, je sais, soupira Lorelei en passant une main dans ses cheveux toujours longs. Je vais ranger, promis. Vicky dit qu'elle va m'aider.

— Quand ?

— Oh, je ne sais pas. J'ai l'impression de ne jamais avoir assez de temps.

— C'est ridicule, maman, bien sûr que tu as le temps. Tu ne travailles pas, tous tes enfants sont adultes…

— Oui, bon, il y a les petites. Elles sont tellement chronophages…

— Ce ne sont pas tes filles. Ce n'est pas ta responsabilité. Elles sont à Vicky. Il suffit de leur demander de ne pas venir pendant quelques jours. Tu pourrais facilement vider cette pièce. Je peux t'aider… Par exemple, ce tas de vieux magazines, on pourrait les jeter tout de suite, qu'en penses-tu ?

— Eh bien, oui, évidemment qu'on pourrait. Sauf qu'il faudrait d'abord qu'on les fouille, qu'on s'assure que rien d'important n'est glissé entre deux numéros.

— Comme les certificats de naissance de tes enfants, tu veux dire ?

— Exactement, mon chéri, souffla-t-elle d'un ton presque soulagé. Tu comprends ? Tu vois mon problème ?

Rory hocha la tête. Il voyait beaucoup de problèmes.

— OK. On commence à chercher ? proposa-t-il en tapant dans ses mains.

Sa mère lui adressa un sourire d'excuse.

— Peut-être qu'on pourrait attendre que papa rentre à la maison.

— Non, maman, gémit Rory. J'en ai besoin maintenant. J'aurais déjà dû déposer mon dossier, genre, hier. On a réservé nos billets d'avion. On part dans deux mois.

— Vous partez ? demanda-t-elle d'un ton distrait.

— En Espagne. Je te l'ai dit. Kayleigh et moi. On part en Espagne, un mois.

— Ah oui, bien sûr.

Elle fit claquer sa langue très fort.

— Pourquoi tu claques la langue ?

— Oh…, répondit-elle en se posant une main sur la nuque. Je ne comprends pas, c'est tout. Je ne vois pas où est le plaisir. *Partir.*

Elle fit de nouveau claquer sa langue et rit doucement, comme si voyager était un passe-temps vraiment bizarre.

— Tout le monde fait ça, tu sais ? C'est tout à fait normal.

— Oh, *je sais* ça, idiot. Bien sûr que c'est normal. C'est juste que quand tu as tout ça, expliqua-t-elle en faisant un geste vers la fenêtre et un autre englobant la pièce, et que tu es entouré de toutes les personnes que tu aimes, pourquoi vouloir aller ailleurs ? Toute cette agitation, boucler ses valises, dormir dans un autre lit, ne pas voir de visages connus en faisant les courses…

Elle eut un frisson délicat. Puis elle contempla de nouveau la pièce et reprit :

— Bon, mon chéri, tu peux tenter de voir ce que tu déterres par ici, mais franchement, je préfère attendre le retour de papa. Il est beaucoup plus organisé que moi. Et tu sais, si ça se trouve, le certificat n'est même pas dans cette pièce. Il pourrait être n'importe où. Absolument n'importe où. Et je dois vraiment aller m'occuper des petites maintenant. On était en train de faire des colliers de pâtes.

Tout son langage corporel était dirigé loin de Rory et loin de cette pièce horrible. Il était sur le point de s'écarter pour la laisser passer lorsqu'il sentit quelque chose monter en lui, une question qu'il n'avait jamais eu conscience de vouloir poser avant, mais qui lui semblait soudain cruciale.

— Pourquoi tu ne veux jamais parler du passé ?

— Quoi ?

— Toi. Tu ne parles jamais du passé. Ni de l'avenir.

— Je vis dans l'instant présent, chéri, tu ne savais pas ça ? C'est le secret du vrai bonheur.

— Oui, mais… Mais tu n'es pas heureuse, insista-t-il après un silence.

— Je ne suis pas heureuse ?

Elle cligna des yeux comme un hibou.

— Non. Tu n'es pas heureuse.

— Mais qu'est-ce que tu racontes, mon chéri ? Je suis follement heureuse.

— Comment tu peux ? demanda-t-il avec une pointe de colère. Comment tu peux être heureuse ?

— Grâce à tout ce que j'ai. Autant de bénédictions.

— Mais… *Rhys*.

Le sourire de Lorelei se figea.

— C'était ton bébé. Ton préféré. Tu n'as pas pleuré à son enterrement. Tu ne vas pas sur sa tombe. Tu n'as même pas de photo de lui exposée. C'est comme… c'est comme s'il n'avait jamais existé.

Elle le regarda en plissant les yeux et gronda.

— C'est *elle*, pas vrai ? C'est cette fille.

— Kayleigh ?

— Oui, elle. Elle t'a changé.

— Oui. En mieux.

— Non, je veux dire, elle t'a rendu dur, comme elle.

— Elle n'est pas dure.

— Oh, chéri, mon petit garçon, bien sûr que si.

— Quoi, à cause de son look, c'est ça ?

— Eh bien, entre autres, oui, mais c'est son aura, également. Il n'y a rien de rond en elle. Rien du tout. Vicky aussi a remarqué…

— Argh. Vicky, Vicky, cette putain de *Vicky* !

— Mon chéri, quelle affreuse façon de parler. Je pensais qu'on avait une conversation civilisée. Ne sois pas vulgaire. J'imagine que ça aussi, c'est *son* influence.

— Non. J'ai toujours dit des gros mots. Juste pas devant toi. Parce que j'avais trop de respect pour toi.

— Et maintenant ?

Il haussa les épaules.

— Je ne peux pas respecter quelqu'un qui ne respecte pas la mémoire de son enfant décédé.

Elle le regarda alors, d'un regard terrible et hanté, un regard dont Rory se souviendrait toute sa vie.

— Ne me parle plus *jamais* comme ça.

Pendant un moment, il crut qu'elle allait le gifler. Mais elle n'en fit rien. Elle le poussa sans ménagement pour l'écarter de son chemin et quitta la pièce.

Le père de Rory trouva le certificat de naissance deux jours plus tard. Il était dans un sac de courses rempli de pailles en plastique fluo que Lorelei avait achetées en grande quantité à Poundstretcher. Le ticket de caisse datait de 1989.

— Oh ! s'écria-t-elle avec plaisir en prenant les pailles des mains de son mari. Je me demandais où elles étaient passées. Les petites vont les *adorer*.

Les quatre certificats de naissance étaient ensemble, dans un dossier bleu ciel marqué « Enfants ». Il y avait d'autres choses dans la pochette : des documents médicaux sur les premiers jours de vie de Rhys, des carnets de vaccination et quatre minuscules bracelets en plastique avec le nom « Bébé Bird », qui parurent plutôt charmants à Rory.

Son père lui proposa d'aller au pub. Il disait que ça lui ferait du bien de changer de décor. Rory n'était encore jamais allé au pub avec son père. Il ne l'avait même jamais imaginé.

— Eh bien, déclara Colin en lui tendant le certificat, je suis vraiment, vraiment content que tu fasses ça. Ça a pris le temps. J'ai l'impression qu'on a tous été mis en bocal ces dernières années, condamnés à mariner dans notre chagrin. Et maman n'aurait jamais voulu qu'on parte quand vous étiez gamins, alors, c'est chouette pour toi.

— Tu te souviens de la Grèce ? demanda Rory en prenant sa pinte.

Son père lâcha un rire désabusé, les yeux au ciel.

— Comment oublier ? Ça m'a pris des années pour trouver le courage de le proposer, déjà. Et ensuite, ces saletés de cambrioleurs…

— Maman la déteste.

— Qui ? Kayleigh ?

Rory acquiesça.

— Oh, j'en doute, répliqua Colin avec légèreté. J'en doute fort. Elle t'en veut simplement d'ouvrir tes ailes, de trouver du charme à quelque chose en dehors de son petit monde bien contrôlé. Et c'est plus facile de rejeter la faute sur une personne extérieure.

Rory hocha de nouveau la tête. Son père avait probablement raison.

— Et toi, tu l'aimes bien ?

— Je la connais à peine.

— Non. Je sais. Mais d'après ce que tu en as vu ?

Son père le regarda, les yeux plissés, puis enleva ses lunettes.

— Je crois, commença-t-il en frottant les verres sur l'ourlet de sa chemise, qu'elle correspond exactement à ce dont tu as besoin. En ce moment. Mais…

— Quoi ?

— Mais peut-être pas à ce dont tu as besoin pour ta vie entière.

— Pourquoi pas ?

— Parce que c'est une drama queen. Et que les drama queens sont difficiles à vivre. Elles n'ont pas envie d'une petite existence tranquille. Elle va te laisser pantelant.

Rory absorba cette déclaration. Il y avait quelque chose d'excitant à être laissé pantelant. Ça semblait mieux qu'être « en bocal » ou de « mariner dans le chagrin », en tout cas.

— Comment était maman, quand tu l'as rencontrée ?

Colin remit ses lunettes, prit son verre de vin et sourit.

— Incroyable. Joyeuse. Glamour. On aurait dit un mannequin, avec ses cheveux longs jusqu'à la taille. Toujours souriante. Des centaines d'amis. Toujours en train de danser, de faire des sauts périlleux ou la roue, les cheveux dans tous les sens, à rire, à vibrer. C'était comme de sortir avec… avec *l'été.*

Rory s'était arrêté de respirer. Le visage de son père rayonnait. Il ne l'avait encore jamais vu ainsi.

— Et ensuite, continua Colin, eh bien, tu sais, des bébés, et encore des bébés… ça enlève un peu le piment.

— Elle croit qu'elle est toujours heureuse, tu sais ?

— Oui, je sais.

— Qu'est-ce qu'on va faire à ce sujet ?

Colin le regarda avec curiosité.

— Aucune idée. Comment on peut aider une personne qui se persuade qu'elle est heureuse ?

Il gonfla ses joues avant de pousser un nouveau soupir.

— Pour être franc, pour être totalement, absolument franc…

Il se tut, puis regarda Rory dans les yeux.

— … J'ai un peu baissé les bras.

Il détourna aussitôt le visage, très vite, pas assez toutefois pour que Rory ne voie pas une expression de culpabilité et de regret passer sur ses traits.

Deux mois plus tard, Colin les emmena tous les deux à l'aéroport en voiture. Lorelei avait décrété être beaucoup trop débordée pour les accompagner. Rory n'avait même pas voulu savoir pourquoi. La dernière fois qu'il l'avait vue, elle l'avait serré très fort en lui disant de passer des moments formidables, qu'elle l'aimait, qu'il allait lui manquer, qu'elle mourait d'impatience qu'il lui raconte toutes ses aventures. C'était une scène d'au revoir entre une mère et son fils tout à fait raisonnable. N'importe qui, en les voyant, aurait soupiré et trouvé ça touchant. Mais Rory avait ressenti la distance dans son langage corporel, son besoin de s'activer, d'être ailleurs, occupée autrement. *Dépêche-toi,* disait tout son corps, *dépêche-toi de partir.*

Kayleigh et Colin étaient assis à l'avant du véhicule, parlant de l'Andalousie, et la jeune femme feuilletait son guide en lui montrant des passages. Elle avait les cheveux courts, à présent, et d'un blond presque blanc. Elle ressemblait à un magnifique petit garçon. De derrière, il eut soudain la désagréable impression qu'elle ressemblait à Rhys.

Il se tourna vers la vitre et regarda la campagne défiler. C'était le milieu de l'été. Le paysage était d'un vert luxuriant, que de larges bandes de colza éclairaient de jaune. Tout lui était tellement familier : la douce couleur caramel des briques du Gloucestershire, les noms évocateurs des villages, l'odeur de tourbe dans l'air, la sensation stable du macadam britannique sous les pneus de la voiture paternelle. Il n'avait jamais rien connu d'autre.

—Ah, au fait, dit son père en pivotant vers lui, n'oublie pas d'appeler pour l'anniversaire de ta mère, d'accord ? Et celui de Beth, si tu arrives à y penser.

—Ah, mon Dieu, oui, c'est quand déjà ?

—Le 19 juillet. Elle aura vingt-trois ans.

—La pauvre…, soupira Rory à voix basse.

—Quoi ? demanda Kayleigh, aussitôt consciente de la minuscule bulle de discorde familiale qui enflait.

— Oh, rien. Je suis juste désolé pour elle. Coincée à la maison pour son anniversaire. Ça me semble une façon un peu pitoyable d'avoir vingt-trois ans, c'est tout.

— J'aurai vingt-trois ans l'année prochaine, renchérit Kayleigh, et je suis partie de chez moi depuis mes seize ans. Il faut qu'elle coupe le cordon. Tu vois ce que je veux dire ?

— Et n'oublie pas de nous donner un numéro où te joindre. Comme ça, on pourra te prévenir quand Meg aura son bébé.

— Je ne pense pas qu'on aura le téléphone là-bas, expliqua Kayleigh. C'est toute l'idée, à mon avis. Tu sais, c'est une retraite.

Ils allaient séjourner chez un type du nom de Ken avec qui Kayleigh avait perdu sa virginité quand elle avait dix-sept ans et lui quarante-neuf. Elle l'avait rencontré dans un festival à Limerick et avait toujours gardé contact. Elle l'appelait, de façon plutôt charmante, son « correspondant ». Il vivait à présent dans une sorte de communauté informelle en Andalousie avec trois petites amies, des chèvres, des ânes et une poignée d'enfants. Il semblait aussi hideux que fascinant. Mais il leur offrait le gîte et le couvert en échange de quelques travaux d'agriculture, de construction, de rénovation et de garde d'enfants, et sachant que Rory avait très exactement deux cents livres pour tenir le mois, c'était une proposition qu'il ne pouvait se permettre de refuser.

« Tu es toujours amoureuse de lui ? » avait-il demandé. Kayleigh lui avait lancé un regard furibond en répliquant : « Tu es tombé sur la tête, Rory Bird ? Tu crois que je t'emmènerais à des milliers de kilomètres pour séjourner chez un homme dont je serais amoureuse ? Tu me prends pour quel genre de personne ? On peut me reprocher bien des choses, mais je ne suis pas polygame ! », ce qui était rassurant à entendre.

— Eh bien, dans ce cas, répondit Colin, fais en sorte de trouver un téléphone si tu peux, vers la date du terme. Meg sera folle de rage si tu ne te débrouilles pas pour prendre des nouvelles.

— Fais-moi confiance, Colin, dit Kayleigh en lui touchant doucement le bras. Je m'assurerai que ton fils fera ce qu'il a à faire. Je te le promets.

Colin se tourna pour lui sourire.

— Ça, c'est une fille gentille !

Rory voyait toujours des petits Rhys fantômes partout. Il avait du mal à se souvenir de son frère en tant qu'adolescent, mais se le rappelait très bien à l'âge de neuf ans, dévalant la colline en roue libre sur son BMX. Il revoyait Rhys à six ans, courant de toutes ses forces pour rester à sa hauteur alors qu'ils exploraient ces bois parce que quelqu'un à l'école leur avait dit qu'il y avait des cochons sauvages. Il voyait Rhys assis à côté de lui sur les marches de la pharmacie dans High Street, le menton dans les mains, attendant que leur mère et leurs sœurs arrivent avec des sacs d'emplettes sans aucun intérêt pour eux deux. Et il se souvenait de Rhys assis ici, dans le coffre de la voiture où il adorait s'installer, dos à la route, les jambes tendues et le chien sur les genoux.

Et à présent Rory partait dans un endroit où Rhys n'était jamais allé. Il se demanda si les fantômes l'y suivraient. Et, si ce n'était pas le cas, s'ils lui manqueraient.

Chapitre 4

Avril 2011

La chambre de Rhys n'avait pas bougé.

Le simple volume d'espace vide devant elle suffisait à couper le souffle de Meg.

— Mon Dieu, marmonna-t-elle, elle l'a conservée. Elle l'a conservée en l'état.

— C'est flippant, déclara Molly. Complètement flippant.

— On est bien d'accord. Je veux dire, comment a-t-elle fait pour contrôler ses pulsions ? C'est genre… Je ne sais pas, si elle était capable de s'arrêter d'accumuler dans cette pièce, pourquoi n'a-t-elle pas pu le faire dans les autres ? Si elle pouvait maîtriser une part d'elle-même, pourquoi pas le reste ?

Les vieilles lattes du parquet craquaient et gémissaient sous leurs pieds. Le lit de Rhys, sans draps, se trouvait dans le coin éloigné de la chambre, son armoire vide, son bureau couvert de quelques objets seulement : une encyclopédie, un pot à crayons, des pochettes, une bombe de déodorant rouillée au design des années 1990. Il y avait sa chaîne hi-fi, un énorme appareil destiné aux CD et aux disques, qui n'avait jamais connu les MP3 ni iTunes. Et des posters aux murs. Des dizaines de posters. Pearl Jam. Nirvana. NWA. Alice in Chains. Courtney Love.

— On dirait, genre, un musée des années 1990, dit Molly.

Meg hocha la tête et sourit. C'était vrai. Tout était intact, seuls les vêtements et les draps avaient été enlevés. Le reste était demeuré comme elle l'avait trouvé ce jour-là, lorsqu'elle avait posé le plateau-repas et forcé la porte d'un coup de pied. Elle passa la main sur l'intérieur du chambranle et sentit le verrou qui pendait toujours par ses clous arrachés.

— Et c'est ici que… tu sais… il a fait ça ? demanda Molly avec un signe de tête vers les poutres porteuses du plafond, très haut.

— Oui…

— Avec une corde ?

— Oui. Une corde très longue.

— Il l'avait eue où ?

— Quoi ?

— La corde. Comment il s'est procuré une aussi longue corde ?

— Seigneur. Je ne sais pas.

— Mais, genre, au magasin de bricolage du village ?

Meg lança à sa fille un regard un peu outragé, mais pas tant que ça.

— Et comment il a fait pour l'attacher tout là-haut ? insista-t-elle avec un nouveau geste vers les poutres.

Meg montra une section plus basse de la charpente. L'image lui revenait, aussi nette que le moment présent.

— C'était ici. Il est monté sur une chaise. Cette chaise-là.

Molly traversa la pièce, les bras tendus. Elle posa une main sur le dossier.

— Le même âge que moi. Presque.

Elle laissa retomber sa main et se tourna vers sa mère.

— Tu ne trouves pas ça dingue ? Il avait le même âge que moi. Je veux dire, il était comment ? Est-ce qu'il m'aurait plu ?

Meg esquissa un sourire triste.

— Non. Il ne t'aurait pas plu. Tu aurais pensé qu'il était bizarre, que c'était un loseur, et tu l'aurais toisé avec pitié chaque fois que tu l'aurais croisé au lycée. À supposer que tu aies remarqué son existence, déjà.

Un instant, Molly eut l'air vexée, puis son visage s'adoucit.

— C'est vraiment tragique.

— Exactement. C'était un garçon tragique. Une *mort* tragique. Je me souviens quand Alfie est entré au collège, mon Dieu, j'étais terrifiée pour lui…

— Et moi ?

— Toi ? Oh, je savais que ça irait. Tu es bien intégrée. Depuis toujours. Mais Alfie, il me fait parfois penser à Rhys. Il est tellement discret, tu sais, avec si peu d'amis. Et c'est le moment où tout est parti en vrille pour Rhys, le jour où il est entré au collège. C'était le début de la fin…

— Mais pour Alfie, ça s'est bien passé.

— Oui, pour Alfie, ça s'est bien passé. Heureusement.

— C'est le meilleur, approuva Molly en rougissant.

Meg la regarda, surprise.

— C'est vrai ? Tu penses ça ?

— Ben. Ouais. Alfie est super. Il est génial.

Meg sentit son ventre se serrer de joie.

— Tant mieux. Ça me plaît beaucoup, ce que tu dis.

Elle absorba avec émerveillement la déclaration de Molly, la prit comme un compliment sur son éducation, sa maternité, comme un certificat d'excellence. Mais ensuite elle sentit sa fierté s'évanouir en songeant que, si Rhys avait eu une grande sœur comme Molly, peut-être qu'il aurait pensé valoir plus que seize années d'existence.

Son téléphone sonna de nouveau, et elle soupira. Encore le numéro inconnu. C'était peut-être elle. D'un autre côté, il y avait sans doute beaucoup de gens qui avaient besoin de lui parler à la suite du décès de la pire accumulatrice de la région. Elle inspira.

— Allô ?

— Meg, s'il te plaît, c'est moi. S'il te plaît, ne raccroche pas.

Elle attendit juste un instant, écouta la respiration saccadée, paniquée, de sa sœur au bout du fil, et ensuite elle mit fin à l'appel.

Mars 1997

Beth s'écroula dans le canapé et reprit son souffle.

— Tu es super douée, déclara Meg en ramassant des blocs de bois dans un sac en filet.

— C'est complètement *faux*, répliqua-t-elle. Je ne sais pas comment tu fais ça. Et dans ton état, en plus, ajouta-t-elle en montrant l'énorme ventre de Meg, qui distendait son tee-shirt.

— Eh bien, répondit Meg en se levant péniblement pour jeter le sac de briques de construction dans un bac en plastique, je n'ai pas vraiment le choix.

— Assieds-toi, pour l'amour du ciel, supplia Beth en tapotant le coussin près d'elle.

— C'est pas pour tout de suite, malheureusement. J'ai une lessive à étendre. Et une chemise à repasser. Et, ensuite, je pourrai m'asseoir. Tiens, profite, dit-elle en lançant la télécommande à sa sœur.

Beth regarda Meg sortir de la pièce. De dos, on ne voyait pas son ventre. Elle portait entièrement vers l'avant. Mais sa démarche en canard indiquait qu'elle était enceinte jusqu'aux yeux. Son deuxième bébé aurait dû naître quatre jours plus tôt. Beth était venue pour s'occuper de Molly pendant que Meg serait à la maternité. Mais le bébé n'arrivait pas, et Beth commençait à se demander avec inquiétude si elle serait à la maison pour Pâques. Rory et Kayleigh habitaient toujours en Espagne. Leurs vacances d'un mois s'étaient étirées peu à peu, et ils vivaient dans une communauté hippie avec un dénommé Ken depuis maintenant près de deux ans. Après être rentrés à la maison pour Pâques l'année précédente avec Molly, Meg et Bill étaient de nouveau dispensés pour cause d'accouchement imminent, et Colin serait absent à cause du travail. Une fois de plus. Donc tout reposait sur les épaules de Beth. Elle avait promis à sa mère d'être là. Et elle n'avait aucune intention de la décevoir. *Bonne vieille Beth.*

Elle entendit la clé tourner dans la serrure et se raidit légèrement. Elle se toucha les cheveux, se racla la gorge. Puis elle bougea les jambes, les croisa, les décroisa de nouveau.

— Coucou, dit-elle alors que Bill pénétrait dans la pièce, tout en cheveux épais et hirsutes, baskets branchées et visage doux, souriant et creusé par les soucis.

— Salut, Beth, fit-il en laissant tomber sa sacoche sur la table à manger avant de parcourir une pile de lettres. Où est Meg ?

— Elle étend une lessive. Et elle repasse une chemise.

Bill grimaça.

— Elle est folle. Qu'est-ce qui lui prend de s'activer dans son état ?

— Tu sais comment elle est. Elle ne sait pas rester sans rien faire.

— Humm, c'est vrai, répondit-il d'un ton distrait en passant le doigt sous le rabat d'une enveloppe, mais parfois on n'a pas le choix. Molly est couchée ? demanda-t-il en levant les yeux pour contempler la pièce.

Beth acquiesça.

— Oh, soupira-t-il, déçu. Il doit être plus tard que ce que je pensais. Je vais juste aller la regarder.

La voix de Meg leur parvint depuis la cuisine.

— Certainement pas ! Tu risques de la réveiller.

Il sourit avec indulgence.

— Non, je ferai attention, chérie. Promis.

— Eh bien, cria Meg, si tu la réveilles, c'est toi qui devras la rendormir.

— Entendu.

Bill lança à Beth un regard complice qui la fit fondre. Puis il posa le courrier et s'éloigna dans le couloir.

Beth s'autorisa à se détendre. C'était horrible. Vraiment, vraiment horrible. Cette attirance pour le compagnon de Meg. Ça lui était tombé dessus comme ça. Sans prévenir. Pendant deux ans, il était seulement « Bill ». Ce gars gentil qui vivait avec sa sœur. Cet aimable bonhomme ébouriffé, au sourire facile et aux yeux pétillants. Elle était certaine que le changement était venu de lui. Elle était sûre que c'était lui qui avait commencé. Elle n'avait même pas emporté de jolis vêtements pour son séjour. Si elle s'était déjà doutée qu'elle nourrissait des sentiments, même subliminaux, pour lui, elle aurait emporté de belles tenues. Un pyjama présentable. Ce genre d'accessoires. Mais ce n'était pas le cas. Donc clairement *ceci*, quoi que ce soit, n'avait pas été initié par elle. Non. C'était lui le responsable. C'était sa façon de la regarder, cette complicité qui s'était développée entre eux deux. Lui et Beth contre Meg. En quelque sorte. Vaguement. Enfin, il était clair aux yeux de Beth, d'une clarté *aveuglante*, que Bill adorait Meg. Il adorait Meg, il adorait Molly, il adorait son appartement, sa famille et sa vie. Mais, pourtant, il y avait quelque chose dans ses yeux quand il la regardait. Un éclat qui n'était absolument pas là avant. Et, Beth en était presque certaine, cette lueur, c'était du désir.

Meg ressentit les premières contractions le lendemain matin. Meg et Bill laissèrent Beth à la maison avec Molly qui dormait encore, et des instructions pour la déposer chez sa nourrice à 9 heures. C'était la première fois que Beth se trouvait seule dans leur appartement. Elle resta assise devant le comptoir à petit-déjeuner dans son affreux pyjama, et but une tasse de thé en observant l'horloge sur le mur de la cuisine, tandis que l'aiguille passait avec un tic-tac de 6 h 32 à 6 h 33. Tout était tellement silencieux. Elle songea à appeler la maison, pour informer sa mère, mais ensuite elle l'imagina se précipiter, mal réveillée, sur le téléphone du palier. Elle savait, de toute façon, que sa mère n'aurait qu'un intérêt fugace pour quelque chose qui pouvait, en théorie, n'aboutir que dans un jour ou deux, et qu'elle serait sans doute un peu irritée d'avoir été tirée du lit. Alors elle décida de patienter soit jusqu'à 9 heures, soit jusqu'à ce qu'elle reçoive des nouvelles, si la naissance se produisait avant.

En attendant, elle contemplait la pièce silencieuse, remarquant les détails auxquels elle n'avait jusque-là pas prêté attention, quand l'endroit était peuplé par Meg, Bill, Molly et tout leur bruit qui faisait diversion. La cuisine était construite dans l'angle d'un vaste salon, et composée d'unités d'un blanc brillant, avec des poignées en acier brossé. Il n'y avait pas la moindre trace de saleté, pas une empreinte de doigt. Un petit pêle-mêle de photos de famille arrangées avec soin était accroché au mur dans un cadre blanc, un vase en verre avec des gerberas jaunes posé sur le rebord de fenêtre immaculé ; les couteaux, les fourchettes et les cuillères étaient rangés en ordre militaire dans le tiroir à couverts, et il y avait exactement huit assiettes blanches, huit bols blancs, huit assiettes à dessert blanches, huit coquetiers blancs, et un ensemble salière-poivrier. Même alors que l'accouchement avait commencé, Megan avait laissé la maison impeccable : les coussins étaient retapés, les jouets rangés, les télécommandes bien alignées sur une table basse vide de tout désordre, les chaussures propres en paires dans le couloir, une lessive mise à sécher sur un étendoir en plastique, les manteaux classés par taille sur les patères au mur, pas un grain de poussière en vue, pas même sur les cimaises ou les ampoules.

Comme une maison témoin.

Lorelei détesterait.

Beth soupira et déposa sa tasse dans le lave-vaisselle étincelant, avec soin, presque avec révérence. Puis elle s'approcha sur la pointe des pieds de la chambre de Molly et regarda dedans. La pièce était aussi immaculée que le reste du foyer. La seule chose qui manquait d'ordre était Molly elle-même, enfouie sous sa petite couette enroulée autour d'elle en masses entortillées. Ses cheveux brun-roux étaient emmêlés sur son visage et en travers de sa bouche, et l'un de ses bras potelés pendait entre les barreaux, ses doigts dodus effleurant la moquette crème sans tache. Beth se sentit un instant submergée d'amour pour sa nièce et son insistance à subvertir les lignes du monde strictement ordonné de Meg. *Ça, c'est une bonne fille,* pensa-t-elle, *une très bonne fille.*

Non que Beth blâme Meg le moins du monde d'être ainsi. Comment aurait-il pu en être autrement, sachant combien elle avait toujours tempêté contre les habitudes de leur mère ? Mais un peu de souplesse, un peu de flexibilité n'auraient pas fait de mal. Elle le voyait parfois dans les coups d'œil de Bill, le léger frémissement de ses sourcils, ses demi-sourires ou ses débuts de grimace. Bill n'avait pas signé pour ça. Il n'avait pas signé pour ne pas avoir le droit de se débarrasser de ses baskets d'un coup de talon ou de laisser tomber la télécommande distraitement à côté du canapé. Il n'avait pas signé pour qu'il y ait une bonne et une mauvaise façon d'accrocher un torchon, ou d'ouvrir une brique de jus d'orange. Il n'avait pas signé pour les petits aspirateurs à main agressifs qui venaient manger les miettes avant même qu'il les ait vues, ni pour que les journaux soient pliés et jetés avant qu'il ait eu le temps de les lire, et que les paquets de biscuits entamés partent à la poubelle parce qu'un nouveau paquet avait été acheté. Il n'avait vraiment, vraiment pas signé pour ça. Mais il était sympa. Ça ne lui plaisait pas, mais il faisait contre mauvaise fortune bon cœur. Parce que Meg était ainsi, et qu'il l'aimait.

Beth s'éloigna de la chambre de Molly sur la pointe des pieds et regarda ensuite dans le minuscule cagibi qui avait autrefois fait fonction de bureau et accueillait désormais une étagère remplie d'affaires de bébé disposées avec soin : une pile de couches minuscules, déjà sorties de leur emballage et parfaitement alignées, une pile de langes d'un blanc éclatant, des coussinets d'allaitement et des grenouillères, des peluches, des bocaux de crème et des serviettes moelleuses. Ils ne connaissaient pas le sexe du bébé, une attitude étonnamment décontractée imputable principalement à Bill, qui de toute évidence aurait apprécié un peu plus de surprises dans sa vie. Tout le monde pensait que ce serait un garçon. Pour la simple raison que c'est le schéma classique. Mais Beth pariait que ce serait une deuxième fille. Elle le voyait à la fraîcheur du teint de Meg.

L'horloge avança jusqu'à 6 h 37. Beth décida de prendre une douche ultrarapide. La seule douche de l'appartement se trouvait dans la salle de bains attenante à la chambre de Meg et Bill, aussi ne l'avait-elle pas encore utilisée jusqu'ici.

Elle prit la serviette bleue toute douce qui avait été déposée bien pliée pour elle au pied du petit canapé-lit dans le cagibi, et vérifia une fois de plus que Molly dormait, puis elle traversa la chambre de Meg et Bill – lit fait, pantoufles par paires, coussins coordonnés – vers leur salle de douche. Elle se lava en vitesse, surtout parce qu'elle ne voulait pas que Molly se réveille et se trouve seule, mais aussi parce qu'il lui semblait qu'elle ne devrait pas être là, dans leur petit sanctuaire, dans le lieu où Bill et Megan enlevaient leurs vêtements, dans le lieu où ils se brossaient les dents ensemble tous les soirs, et avaient des conversations intimes et faisaient des projets pour l'avenir. Elle n'utilisa aucun de leurs produits de peur de déranger quoi que ce soit, et, après sa douche, elle vaporisa l'intérieur de la cabine avec le spray laissé là à cet effet, puis nettoya les parois de verre avec la raclette. Ensuite, elle s'enroula dans la serviette bleue et retourna précipitamment dans le cagibi où elle s'habilla et mit une imperceptible touche de maquillage.

Il était maintenant bientôt 7 heures. Elle se demanda s'ils étaient arrivés à l'hôpital. Elle se demanda ce qu'ils faisaient. Elle se demanda comment la journée allait se dérouler. Et les prochains jours. Le bébé serait dans un couffin dans leur chambre les premiers temps, et Meg avait dit qu'elle pouvait dormir dans le cagibi aussi longtemps qu'elle voulait. En réalité, elle l'avait suppliée : *« S'il te plaît, s'il te plaît, j'ai besoin de toi ! »*

Mais il fallait penser à Pâques, et à leur mère. Il y avait aussi le manque d'espace dans cet appartement minuscule, et le stress de cohabiter avec un nouveau-né, et, surtout, il y avait cette *chose* entre elle et Bill. Si le bébé rentrait à la maison demain, elle pourrait rester vingt-quatre heures de plus et être quand même revenue à temps pour le déjeuner de Pâques. Beth savait au fond d'elle-même que sa sœur avait davantage besoin de son soutien que sa mère. Et que le déjeuner de Pâques n'était pas aussi important, tout bien considéré, que de passer du temps avec sa nouvelle nièce ou son nouveau neveu, mais la pure observance, inculquée en elle, des besoins émotionnels de sa mère était quasiment impossible à ignorer.

— Maman ? dit une petite voix dans le couloir devant sa chambre. Maman ?

— Coucou, ma chérie.

Elle se leva d'un bond pour aller rejoindre Molly.

— Maman où ?

Elle semblait échevelée, presque néanderthalienne. Ses cheveux n'étaient qu'une boule de boucles emmêlées, et elle avait les joues marbrées de sommeil.

— Comment tu es descendue de ton lit, ma chérie ?

— Maman ?

— Maman est partie parce que le bébé va sortir de son ventre. À l'hôpital. Avec papa.

— Bébé ventre maman ? demanda-t-elle d'un air songeur.

— Oui. À l'hôpital.

— Beth fait tartine ?

— Oui !

Beth soupira de soulagement en constatant que les nouvelles ne suscitaient ni larmes ni anxiété.

— Beth va faire une tartine. Viens, ma puce.

Elle prit la petite main de sa nièce dans la sienne et l'emmena dans la cuisine pour l'installer dans sa chaise haute. Molly ressemblait trait pour trait à Meg, à Beth elle-même, à leur père et à leur tante Lorna. Elle avait le visage Bird. Beth continuait d'être étonnée que cette enfant existe. Il lui semblait qu'il y a quelques minutes à peine ils étaient encore tous enfants eux-mêmes. Et en réalité, par bien des aspects, Beth l'était toujours. Elle vivait toujours chez ses parents, dormait toujours dans un lit simple, utilisait toujours le même gant de toilette, et le miroir, dans la même salle de bains, lui renvoyait toujours le reflet du même visage. Elle prenait toujours le petit déjeuner avec ses parents chaque matin, conduisait la voiture de son père et mangeait les repas achetés et préparés par sa mère. Dans les faits, c'était comme si elle avait dix-sept ans. Sauf que ce n'était pas le cas. Elle en avait vingt-quatre. C'était une femme de vingt-quatre ans. Vingt-cinq au mois de juillet.

Elle n'avait pas la moindre idée de pourquoi elle était toujours à la maison. Elle avait un petit ami. Ils étaient ensemble depuis quatre ans. Il s'appelait Simon et préparait un master de sciences combinées à York. Elle ne le voyait que toutes les deux semaines environ, et, dans ces moments-là, il était trop préoccupé et stressé pour imaginer avoir une discussion sur leur avenir. Non qu'elle en ait envie, d'ailleurs. Elle ne savait pas encore ce qu'elle voulait. N'en avait même aucune idée. Elle avait fait des études de secrétariat qui s'étaient finies un peu moins de six ans auparavant. Elle savait taper un courrier en une minute trente, prendre en note une conversation décousue et programmer un traitement de texte pour imprimer des adresses sur des enveloppes. Elle travaillait comme assistante personnelle du directeur général d'une entreprise locale du bâtiment. Son patron affirmait qu'elle était la meilleure secrétaire qu'il ait jamais eue et lui avait déjà donné trois augmentations. Elle était belle (les autres le lui disaient tout le temps, parfois même de parfaits inconnus), elle était jeune, travailleuse, intelligente, consciencieuse, et pourtant…

Elle contempla à nouveau sa nièce, qui poussait un petit morceau de banane tout autour du plateau de sa chaise haute avec un doigt potelé. L'enfant que sa sœur et son conjoint avaient faite ensemble; que sa sœur avait fabriquée dans son ventre, dans son utérus, qu'elle avait mise au monde, nourrie et choyée, et amenée à l'âge de bientôt deux ans sans qu'il lui arrive aucun mal. Le tout non sans, en parallèle, laver des tas de vêtements, retaper des tas de coussins, acheter des tas de fruits frais et travailler dans une école à temps partiel et concevoir un autre bébé de la tête aux pieds. Elle était incapable, tout bonnement incapable, de s'imaginer tout ça. Comment un humain prenait-il toutes ces décisions? Les grandes, et les petites? Comment savait-on qu'on agissait bien? Comment se faisait-on confiance à soi-même? Beth ne s'estimait pas le moins du monde. Elle se sentait bien plus en sécurité à répéter les mêmes schémas, aux mêmes endroits, avec les mêmes personnes.

Elle repensait à l'année de la mort de Rhys. Elle se souvenait d'être sortie dans un étrange bar à vins près de Covent Garden avec Megan qui n'avait pas encore rencontré Bill, quand elle avait dix-huit ans et Meg vingt, et qu'elles étaient encore plus ou moins au même niveau. Et elle se souvint que Meg lui avait proposé de venir habiter à Londres avec elle. De partager sa chambre. Elle avait été à moitié tentée. Cela lui avait semblé une entrée en douceur dans le monde des adultes. Sa sœur à ses côtés pour lui tenir la main. Mais ensuite Rhys avait commis l'irréparable, et comment aurait-elle pu ? Comment aurait-elle pu les laisser tous là-bas ? Alors elle était restée. Restée longtemps. Très longtemps. Et la seule erreur qu'elle risquait de faire, elle s'en rendait compte, était de partir bien trop tard.

Meg accouchait dans un hôpital appelé le Whittington à Highgate. Il était grand, victorien, et d'aspect terrifiant ; c'était difficile de croire que quelque chose d'aussi sain et joyeux que la naissance de bébés se produisait entre ces vieux murs décrépis.

Beth fut dirigée vers une salle de travail (ce qui fit apparaître dans son esprit l'image d'une pièce pleine d'hommes en salopette avec des fourches, des burins, et le dos en sueur) où elle trouva Meg et Bill en train de feuilleter des magazines en mangeant des tortillas.

— Ça s'est bien passé ? s'enquit Meg à la seconde où Beth entra dans la chambre.

— Nickel. Pour de vrai. Elle est super cool. Elle ne m'a même pas dit au revoir.

— Ah, Dieu merci, répondit Meg, la main sur le cœur. C'est la première fois que quelqu'un d'autre que Bill ou moi la dépose… Je pensais qu'elle allait paniquer un peu.

— Non, elle a été adorable. Elle a mangé tout son petit déjeuner, m'a laissée lui changer sa couche… elle n'était pas trop ravie d'aller dans la poussette, mais on a fini par y arriver.

Beth était tout sourires. Elle se sentait étrangement puissante. Non seulement elle s'était occupée de sa nièce comme une cheffe, mais elle avait circulé dans les terrifiantes rues du cœur de Londres avec une enfant en poussette, et ensuite elle avait pris les transports en commun jusqu'à l'hôpital, sans se perdre.

— Comment tu vas ? demanda-t-elle, les yeux rivés sur le ventre de Meg.

— Eh bien, apparemment, je ne suis dilatée qu'à cinq centimètres, et les contractions se sont espacées, alors il semblerait qu'on soit là pour un bon moment.

— La nounou…

— Danielle ?

— Oui, Danielle. Elle a dit que Molly pouvait rester plus tard. Elle peut la garder jusqu'à 18 heures si tu veux ?

Meg sourit.

— Oh, se réjouit-elle, c'est génial. J'aime cette femme. Tu as prévenu maman ?

Beth haleta.

— Mon Dieu ! Je suis vraiment désolée ! J'ai complètement oublié. J'allais le faire plus tôt, mais je ne voulais pas la réveiller, et ensuite Molly s'est levée, et j'étais tellement occupée rien que pour la préparer et tout et…

Meg leva les yeux au ciel et soupira.

— Ma famille est invraisemblable. Vraiment.

— Il y a des cabines téléphoniques au coin de la rue. Je vais l'appeler tout de suite.

Bill sortit des pièces de la poche de son jean et adressa à Beth un sourire complice qui lui coupa le souffle.

Mais personne ne décrocha à la maison, et Beth retourna dans la chambre de Meg.

— Tu sais, dit Meg, dans d'autres familles, dans des familles *normales*, la mère aurait été ici en ce moment, à me tenir la main, à aider. Et, je t'en prie, ne va pas penser que je ne te suis pas reconnaissante, parce que je le suis infiniment, mais tu ne devrais pas avoir à faire ça. Tu as ta vie. C'est maman qui devrait être là. Et sinon, elle devrait appeler toutes les heures pour prendre des nouvelles. Tu sais, elle ne m'a pas appelée une seule fois depuis la date du terme, pas une seule fois, depuis… *aaaah, mon Dieu, aaaah !*

Elle agrippa les côtés du lit et se redressa, toute raide, les dents serrées et les yeux fermés. Bill se leva d'un bond pour lui prendre la main.

— Encore une ? demanda-t-il.

— *Aaaah ! Mon Dieu !*

Beth contemplait sa sœur, les yeux écarquillés. Elle n'avait encore jamais vu un autre être humain faire cette tête, ni entendu un son pareil. C'était *horrible*.

— J'appelle l'infirmière ? proposa-t-elle en se dirigeant vers la porte.

Meg se détendit et quitta son masque de souffrance.

— Non, ne sois pas bête. C'est juste une contraction. Ça va aller.

Une contraction ? se demanda Beth. *C'est quoi, une contraction ?* Ce mot ne signifiait rien pour elle au-delà d'un vague lien avec la mécanique de l'accouchement.

— Ça fait quoi ? questionna-t-elle.

— Ça fait comme si un énorme poing de métal venait écraser, tordre et tirer tous tes organes jusqu'à ce que tu croies t'évanouir. C'est la sensation la plus abjecte que tu puisses imaginer. Et tu sais, même si je pense que notre mère est totalement et complètement à la ramasse sur presque tous les plans, j'aurai toujours la plus grande admiration pour le fait que, lorsqu'elle a eu les jumeaux, elle a dû subir ça deux fois. Le *même jour*.

Beth sourit. Meg avait dit la même chose la fois précédente, après la naissance de Molly, et avait été terrifiée, pendant ses deux grossesses, à l'idée que l'échographie fasse apparaître deux bébés sur l'écran.

— Ça va faire six ans, ajouta-t-elle, songeant à Rhys. J'ai du mal à le croire.

Meg hocha la tête.

— Vingt-deux ans, soupira-t-elle. Je me demande ce qu'il ferait en ce moment…

— Rhys ? s'enquit Bill en levant les yeux par-dessus le haut de son magazine.

Elles acquiescèrent.

— Pauvre âme…, commenta-t-il.

— Est-ce que maman est allée sur sa tombe, récemment ? voulut savoir Meg.

Beth se mordit la lèvre et secoua la tête.

— Et toi ?

Elle haussa les épaules. Elle avait toujours l'intention de le faire.

— Pas vraiment.

— Pas vraiment ? Je veux dire : soit tu y es allée, soit tu n'y es pas allée.

— Eh bien, dans ce cas-là, non, je n'y suis pas allée.

— Oh, Seigneur, Beth…

— Je sais, répondit-elle, sur la défensive. C'est juste que… c'est tellement angoissant, là-bas. Je n'aime pas y aller toute seule. J'ai toujours l'impression que je vais me faire agresser ou quelque chose.

— Tu ne pourrais pas y aller avec papa ?

— J'imagine que si… C'est juste qu'il n'est presque jamais là. Et quand il est là, il est… *occupé*.

— Occupé à faire *quoi* ?

— Mon Dieu, je n'en sais rien, il fait des trucs. Il écrit ses mémoires, apparemment, bien qu'il ne m'ait jamais rien montré. Et il rattrape son courrier en retard. N'importe quoi pour rester loin de maman et Vicky.

Elle soupira. Elle détestait parler de la maison. Ça paraissait toujours affreux, alors que, quand elle y était, qu'elle y habitait, qu'elle vivait sa vie, tout semblait parfaitement raisonnable.

Mais la suite de cette conversation inconfortable fut épargnée à Beth par l'arrivée d'une nouvelle contraction et la vue de son aînée qui se rejetait en arrière sur les oreillers en hurlant : « Putain de Jésus-Christ sa mère, achevez-moi ! »

Meg avait toujours des contractions irrégulières lorsque Beth dut quitter l'hôpital pour aller chercher Molly chez la nourrice. Il était question de faire quelque chose pour accélérer le processus, pour *diriger le travail*. Mais il semblait à Beth que le bébé n'était pas près de sortir, et qu'elle allait devoir rester la nuit avec Molly et répéter le lendemain tout ce qu'elle avait accompli ce jour-là. Ce qui lui convenait très bien.

Elle avait finalement réussi à joindre Lorelei vers midi, et celle-ci avait déclaré : « Oh, comme c'est merveilleux, dis-lui que je vais croiser les doigts pour elle toute la journée. Et Vicky aussi, n'est-ce pas, Vi ? »

Elle avait entendu Vicky répondre par l'affirmative d'une voix gazouillante et s'était promis de ne pas partager ses bons vœux avec sa sœur. « Bon, je dois te laisser, chérie, avait conclu sa mère un moment plus tard. C'est l'heure d'aller chercher Sophie à la crèche. Et ensuite on l'emmène acheter des nouvelles chaussures. Informe-moi à la minute où il y a du nouveau, n'est-ce pas, ma chérie ? Et un gros câlin à Meggy et Bill. »

On aurait cru qu'elle avait appelé pour lui annoncer que la voiture de Meg était au garage ou que son chat se faisait opérer, mais elle repoussa l'idée sans lui laisser le temps de prendre racine. C'était juste la façon d'être de leur mère. Lorelei se remplissait la tête avec les choses les plus proches, l'ici et maintenant, pas le là-bas ni le ensuite. Elle était ainsi.

Ça ne signifiait pas que c'était une mauvaise personne. Pourtant, Beth avait attendu cinq bonnes minutes avant de retourner auprès de Meg. Elle s'était collé un sourire joyeux sur la figure et n'avait pas mentionné les nouvelles chaussures de Sophie.

Sur le chemin de la maison, elle avait emmené Molly dans une aire de jeux. Une vieille dame avait admiré la fillette et dit : « C'est votre portrait craché. » Beth avait souri et répondu : « Elle n'est pas à moi, en réalité. C'est ma nièce. Je m'occupe juste d'elle pendant que ma sœur est à l'hôpital pour son deuxième bébé. »

La vieille dame lui avait rendu son sourire avant d'ajouter : « Un jour, vous aurez les vôtres, alors ? »

Et c'est avec inconfort que Beth avait continué à sourire en convenant : « Oui, j'en suis sûre. Oui. Je viens d'une famille de quatre enfants, alors vous savez… »

« Oui. Quand on vient d'une grande fratrie, on aspire à la même chose pour soi, pas vrai ? Mais vous ne devriez pas attendre trop longtemps, si vous voulez que vos enfants soient rapprochés avec leurs cousins. »

Elle avait dit cela d'un ton sévère, avec une pointe de sagacité, comme si elle *savait*. Comme si elle avait regardé Beth et vu à l'intérieur de son âme, vu une ligne claire vers son avenir. Mais alors son sourire s'était adouci, et elle avait repris : « Mais vous êtes encore jeune. Il n'y a pas d'urgence, n'est-ce pas ? »

Beth avait ri nerveusement, avec politesse. « Non. Aucune urgence. » Mais elle savait pourtant que si. Et que ça n'avait rien à voir avec des bébés. Avant qu'elle puisse ne serait-ce que commencer à songer à fonder une famille, elle devait d'abord trouver son chemin vers les starting-blocks de sa vie.

Elle lisait *Le Journal de Bridget Jones*. Elle l'avait emprunté dans la bibliothèque de sa sœur, classée par ordre alphabétique. Il était sorti l'année précédente, et tout le monde en avait parlé et lui avait conseillé de le lire, mais Beth n'était pas vraiment une lectrice assidue. La plupart du temps, elle regardait la télé avec sa mère jusqu'au moment où elle était si fatiguée qu'elle pouvait à peine marcher, et se laissait tomber sur son lit. Mais Molly s'était enfin endormie après une soirée longue et assez mouvementée, et Beth n'avait personne avec qui regarder la télé. D'où le livre. Il était plutôt drôle, bien qu'elle ait du mal à s'identifier à tout ce discours sur la prise de poids (elle ne prenait jamais un gramme) et l'alcool (elle ne buvait pas) et les copines fêlées et mal embouchées (elle n'avait pas de copines de ce genre). Mais elle appréciait les passages sur le désir de l'héroïne pour un homme inaccessible et plus âgé.

Même si, non, elle n'aurait pas employé le mot *désir* pour décrire ce qu'elle était en train de vivre, non, ce n'était pas un béguin, c'était un... *frisson*. Juste une sorte de phénomène électrique, invisible à l'œil nu, comme une étincelle. C'était dans sa façon de la regarder sans raison. Sa façon de lui agripper la taille quand il lui disait bonjour ou au revoir. Et elle n'avait toujours pas décidé si elle était flattée ou horrifiée.

Elle allait corner la page quand elle prit conscience que ce geste figurait sans doute sur la longue liste des « Entorses domestiques mineures » aux yeux de Meg. Elle préféra donc insérer une barrette à cheveux entre les pages, et s'apprêtait à éteindre la lampe de chevet lorsqu'elle perçut un bruit qui lui fit battre le cœur violemment. C'était la porte d'entrée. Elle l'entendit d'abord s'ouvrir, puis se refermer tout doucement. Elle retint sa respiration, une main sur sa poitrine affolée. Elle imagina des bandits, elle vit des couteaux et des pistolets. On allait lui faire subir un viol collectif, la tuer sauvagement. Elle se représenta toutes ces choses dramatiques qui ne lui traversaient jamais l'esprit quand elle était à la maison dans les Cotswolds. Elle n'était pas à sa place ici, en ville. Ce n'était pas un endroit pour elle. Elle voulait rentrer chez elle, à la campagne, en sécurité dans sa chambre, dans la maison de ses parents, si sûre et si confortable. Pourquoi Meg vivait-elle ici ? Pourquoi élevait-elle des enfants ici, dans ce lieu affreux ? Elle parcourut la pièce des yeux, à la recherche d'un objet lourd, ou coupant, ou les deux. Mais elle ne vit que des couches et des ours en peluche. Elle ravala un cri étranglé et n'était pas loin de gémir de terreur lorsqu'elle entendit un homme se racler la gorge devant la porte de sa chambre.

Bill.

Elle relâcha son souffle et sourit.

Elle ouvrit la porte et regarda dans le couloir. Bill était en train de baisser la fermeture Éclair de son manteau. Il se tourna en l'entendant, et son visage s'adoucit.

— Coucou, désolé, je t'ai réveillée ?

— Non, pas du tout. Je ne dormais pas. Je t'ai pris pour des cambrioleurs.

— Des cambrioleurs, au pluriel ?

— Oui, tout un gang.

Il sourit.

— Pardon. Je ne suis clairement pas aussi furtif que ce que je pensais.

— Alors, des nouvelles ?

— Eh bien, si tu considères un petit garçon de quatre kilos trois avec des cheveux roux flamboyant comme des nouvelles, alors oui, on a des nouvelles.

Beth poussa un cri de joie avant de se couvrir la bouche de ses mains. Puis, incapable de trouver une alternative moins bruyante, elle parcourut le couloir en dansant pour se jeter dans les bras de Bill.

— Oh, waouh, lui chuchota-t-elle très fort à l'oreille. Waouh ! *Félicitations !* Un garçon. C'est fantastique.

Il ne lui caressa pas la taille cette fois. Il ne la serra pas une fraction de seconde de plus que nécessaire. Il n'y avait rien d'autre dans leur étreinte qu'une folle joie. Logique, il venait de voir sa femme chérie expulser un énorme bébé de ses entrailles.

— Viens prendre un verre avec moi, proposa-t-il avec un regard vers le salon.

Elle acquiesça, sourit, et lui emboîta le pas. Elle s'assit en tailleur sur le canapé pendant que Bill leur cherchait quelque chose à boire dans le réfrigérateur.

— Elle va bien ? Ils vont bien tous les deux ?

— Ils vont très bien tous les deux, confirma-t-il. Quand les contractions ont commencé à devenir régulières, c'est allé très vite. Pif, paf, pouf, il est sorti comme un bouchon de champagne. Et en parlant de champagne… on a ça qui traîne dans le frigo depuis la naissance de Molly, en attendant une occasion. Tu en penses quoi ? demanda-t-il en agitant une bouteille verte.

Instinctivement, elle aurait dit « non ». Elle ne buvait quasiment jamais une goutte. L'alcool allait lui monter directement à la tête, et elle n'aurait plus qu'à aller se coucher. C'était du gâchis. Mais d'un autre côté… Un garçon. Une naissance sans complications. Ce serait grossier de refuser.

— Je pense que c'est une excellente idée. Mais juste un verre. Peut-être qu'on peut garder le reste de la bouteille pour Meg demain ?

— Bien vu. Je ferais mieux de ne pas abuser moi non plus. Demain, c'est le grand jour.

— À quelle heure les médecins la laissent-ils sortir ?

— Dès le réveil, je pense. On attendait la pédiatre, mais elle n'est pas passée. Alors j'ai décidé de rentrer et m'offrir une nuit décente avant que le massacre commence… Ou plutôt avant qu'il reprenne, dit-il avec un sourire désabusé.

— C'est plus facile la deuxième fois, non ? Tu sais ce que tu fais.

Il haussa les sourcils d'un air sardonique.

— Tu crois ça ?

Il apporta la bouteille et deux flûtes, puis s'assit à côté d'elle sur le canapé.

— J'ai appelé ta mère pour lui annoncer.

— Ah, c'est bien. Elle s'est montrée convenablement enthousiaste ?

— Raisonnablement charmée, répondit-il avec un haussement d'épaules. Je crois. Elle a parlé d'un lot de trois grenouillères qu'elle avait vues la semaine dernière et qu'elle avait achetées en rose *et* en bleu au cas où, et qu'elle garderait les roses au cas où, et peut-être qu'elle en achèterait d'autres et bla-bla-bla. Mais elle s'est un peu ragaillardie quand je lui ai annoncé le prénom.

— Alors, comment s'appelle mon neveu ?

— Alfie. Ou Alfred Rhys Liddington Bird pour l'état civil.

— Oh, souffla Beth. C'est adorable. Maman devait être folle de joie. Et papa aussi. *Alfred Rhys…*

Elle goûta le son sur sa langue. Pendant un moment, elle se sentit envieuse que Meg ait franchi cette étape la première, qu'elle ait eu le petit garçon pour remplacer celui qu'ils avaient perdu, qu'elle ait pu lui donner ce prénom, rasséréner et rendre le sourire à tout le monde quelque temps. Elle esquissa un sourire triste.

— C'est un prénom magnifique. Vraiment magnifique. Et d'où lui viennent les cheveux roux ?

Bill leva la main.

— Bon, ça doit être de mon côté. Je suis le seul de toute ma famille à ne pas être roux. Je suis sérieux. Quand j'étais petit, je me sentais comme le personnage que joue Steve Martin dans ce film… comment il s'appelle déjà ? Où il est le seul enfant blanc de la famille. *Un vrai schnock*. Ouais. Ma mère a les cheveux auburn, mon père carotte, et mes deux frères, d'un roux flamboyant. Donc… on courait un risque.

— J'adore le roux, dit Beth. J'ai hâte de le voir !

Il lui passa une flûte de champagne et prit l'autre pour lui.

— À Alfie…

— Et à Megan, renchérit Beth.

— Absolument ! approuva-t-il en gonflant les joues d'admiration devant les épreuves qu'elle venait d'endurer. À notre remarquable Megan.

— Et à toi, compléta Beth pour des raisons qu'elle n'aurait pas su expliquer.

— Ah ! Je ne sais pas ce que j'ai fait pour mériter un toast.

— Eh bien, tu sais, c'est ce que tu as fait il y a neuf mois…

Il éclata de rire et leva son verre.

— Oh, eh bien, oui, évidemment. À mon incroyable faculté de féconder des femmes fertiles. Santé !

Beth rit à son tour. Elle était aussi ravie que gênée.

— Et à toi, un grand merci pour aujourd'hui, pour t'être occupée de Moll, avoir tout géré et tenu la maison à la hauteur des standards inatteignables de ta sœur.

— Ah, mon Dieu, ne m'en parle pas. Ç'a été un enfer. Chaque fois que Molly touche ou déplace quelque chose, je suis dans un état de terreur total, au cas où je le rangerais au mauvais endroit ou dans le sens inverse. Je suis obligée de passer mon temps à mémoriser la place des objets.

Il rit de nouveau.

— Ah, oui, je vois très bien de quoi tu parles. Même si elle sera sûrement indulgente avec toi, vu que tu es sa sœur et tout.

— J'ai clairement plutôt hérité de l'approche de ma mère en termes de tâches domestiques.

— Ah, toi aussi, tu es une accumulatrice ?

— Ben, non, non. Pas comme ça. Je n'achète pas vraiment beaucoup. Je ne collectionne pas non plus comme elle. Mais, d'un autre côté, je ne jette pas grand-chose non plus. Je ne classe pas les trucs. Tout est en vrac. Rien ne va avec rien. Je veux dire, ça se voit sûrement à ma façon de m'habiller que je ne me prends pas trop la tête pour… ben, tu sais, être bien assortie.

— J'adore comment tu t'habilles, déclara Bill, un peu trop vite.

— Oh, merci.

— Oui, tu es toujours très féminine.

— Oh, répéta-t-elle, je n'ai jamais vraiment pensé… Je veux dire, je mélange juste des trucs, genre, des trucs qui me plaisent. C'est…

— …instinctif, finit-il à sa place.

— Je suppose.

Elle se surprit à se représenter Megan, dans l'une de ses tenues soigneusement assorties, le plus souvent en pantalon pour cacher ses genoux massifs, noir, gris, blanc ou crème, d'allure légèrement masculine pour l'école, plus doux à la maison, en jean et tee-shirts qui mettaient en valeur le haut de son corps, athlétique, sa poitrine menue et sa taille fine. Les tee-shirts paraissaient toujours flambants neufs, surtout parce qu'elle les repassait (Beth avait partagé, hilare, cette anecdote avec sa mère lorsqu'elle était rentrée de sa première visite dans l'appartement de Meg, juste avant la naissance de Molly. « Elle repasse les tee-shirts ! Et les culottes ! Non, je ne plaisante pas. Elle repasse tout ! »), et ses jeans étaient toujours d'une impeccable couleur indigo, sans une trace d'usure ni d'effilochement. Meg paraissait toujours sortir de la douche, du salon de coiffure, d'une boutique de vêtements, elle sentait toujours le savon (parce qu'elle passait son temps à se laver les mains) et le parfum qu'elle s'offrait de chez Space NK. Elle avait toujours les ongles coupés et brossés, ses baskets étaient propres et sans odeur. Elle était le genre de femme sculpturale, immaculée, compétente, qui arrive à intimider toutes celles qu'elle croise sans même ouvrir la bouche. Beth était restée dans son ombre toute sa vie. Elle aimait s'y trouver. Elle n'avait jamais désiré être mise en lumière. Ça ne lui convenait pas. Beth laissait Meg et sa mère frimer, faire du bruit et attirer les regards, pendant que son père et elle vaquaient à leurs occupations en toute discrétion. Ça marchait ainsi. C'était bien.

Mais Beth ressentait à présent un changement subtil en elle, comme l'imperceptible mouvement de plaques tectoniques. Juste un millimètre ici ou là. Juste assez pour ouvrir son esprit à la possibilité de plus. Plus de vie, plus d'amour, plus d'attention.

Elle sourit à Bill.

— Je veux dire, continua-t-elle d'un air légèrement ingénu, je n'accorde pas beaucoup d'attention aux vêtements. Tu vois. Ce n'est pas une priorité. Du moment que c'est à peu près propre et pas complètement démodé, je me fiche un peu de la marque ou de savoir si, par exemple, ça va avec mon tee-shirt.

— Je sais, répondit Bill exactement comme elle s'y attendait, et c'est quelque chose qui me plaît vraiment, vraiment beaucoup chez toi. Tu es tellement… *naturelle.*

Bethan rentra à la maison Bird à midi le dimanche de Pâques. Elle avait deux pellicules pleines dans son sac, qu'elle irait déposer chez Boots le mardi pour les faire développer, contenant des photos de Molly, Megan, Bill, et d'un magnifique Alfie potelé, avec son épaisse crinière rousse et son air vaguement surpris.

Bill avait ramené Meg et Alfie à l'appartement le lendemain du soir où ils avaient bu du champagne, elle et lui. Meg paraissait en état de choc, mais aussi euphorique avec son énorme bébé sur le sein et son ventre qui ressemblait à un ballon percé sous son haut en lycra rayé. Molly avait écarquillé les yeux d'horreur, mais elle s'était vite désintéressée et avait insisté pour que Beth vienne jouer au mini-croquet avec elle dans le jardin. Ensuite, ils s'étaient agréablement posés à quatre autour d'une table. Deux parents, deux enfants, tout était frais, nouveau et excitant. Beth s'était rapidement sentie en trop, et avait pris son billet de train pour rentrer, avec soulagement. Meg avait insisté pour que Bill la conduise à la gare, et leur conversation avait été douce et insipide. À part pendant un moment ténu quand elle sortait de la voiture, où il avait dit : « Tu vas nous manquer. » Elle avait répondu : « Non, pas du tout, vous êtes ensemble. » À quoi il avait répliqué : « Ben, oui, mais c'est toujours chouette quand tu es là. » Et son intonation était aussi paternaliste que pensive, avec une délicate dentelle de séduction sur les bords. Elle avait choisi de ne pas en tenir compte et s'était éloignée, s'engouffrant dans la gare sans un regard en arrière. Mais ce souvenir était resté imprimé dans sa conscience comme une main chaude et tentatrice pendant tout le trajet de retour vers le village.

Vicky était dans le jardin avec les filles. Elle soufflait des bulles de savon à l'aide d'un petit flacon, et les enfants leurs couraient après en levant les bras. Elle leur coupait les cheveux court, Bethan n'avait jamais su pourquoi. Avec leurs pantalons en velours, leurs pulls rayés et leurs bottes en caoutchouc bleu, elles ressemblaient à deux petits garçons. Vicky, quant à elle, était vêtue d'une de ses robes élastiques avec un imprimé tribal flashy qu'elle achetait dans un catalogue qui paraissait ne rien vendre d'autre que des imprimés tribaux flashy pour dames extraverties et un peu en surpoids qui ne devraient pas porter ce genre d'imprimés, mais qui s'en fichaient et le faisaient quand même. Ses épais cheveux blonds étaient coupés en un carré sévère au niveau de la mâchoire et semblaient gris et délavés dans le soleil vif de midi. Ses seins se balançaient de part et d'autre alors qu'elle courait en rond comme une gamine avec son flacon de liquide à bulles.

Elle se fendit d'un grand sourire en voyant Bethan et s'écria :

— Hourra ! Tu es rentrée !

Elle prit Beth dans l'une de ses étreintes qui empestaient le parfum et ajouta :

— Les filles ! Les filles ! Regardez qui est là ! Beth est rentrée !

Les petites agitèrent la main d'un air timide. Maddy lui montra son butin aux couleurs pastel, et Beth remarqua une prépondérance d'œufs roses.

— Tu aimes le rose, Maddy ?

— C'est ma couleur préférée, acquiesça Maddy.

— Oui, renchérit Sophie, et ce n'est pas la mienne. Ma couleur préférée, c'est le *bleu*.

— Ah oui, répondit Beth en regardant le panier de Sophie, je vois. On peut dire que ça tombe bien, alors, pas vrai ?

Elle esquissa un sourire crispé. Elle avait l'impression de nager dans une vague soudaine d'émotion perturbante. Elle repensait à elle, à l'âge de Maddy, si pleine d'un amour inconditionnel pour sa famille, pour le monde qui l'entourait, pour les œufs roses et les imperméables roses et le glaçage rose. Elle se rappela combien elle adorait sa grande sœur, lui enviait ses cheveux bouclés et son physique puissant, sa position d'autorité dans la famille, plus proche de Beth en âge, mais presque au même niveau que leurs parents. Elle ferma les yeux pour lutter contre le courant, et se retrouva devant la chambre de Rhys, six ans plus tôt ce jour-là, le dimanche de Pâques. Elle revit son père essayer de baisser le bouton du volume de la chaîne de Rhys, s'arrachant ses cheveux fins en pestant : « *Comment on éteint ce truc, bordel ?* » C'était la première fois que Beth entendait son père jurer. Et ensuite le silence lorsqu'il avait enfin réussi, et le craquement surnaturel de la corde qui se balançait contre les poutres, sa mère debout sur une chaise, en train de défaire frénétiquement le nœud avec ses longs doigts maigres, Megan qui tentait d'aider en poussant sur ses pieds froids par en dessous. Elle se souvenait d'avoir enroulé les doigts autour du chambranle, de s'être agrippée pour s'empêcher de tomber. Et de Vicky, derrière elle, cette inconnue avec son odeur de renfermé, son haleine rendue aigre par le vin et ses gros bras, ses mots gentils, qui disait : « *Viens, viens avec moi, ma belle. Ne reste pas ici.* »

De s'être tournée pour regarder cette femme qu'elle n'avait rencontrée que le jour même et d'avoir balbutié : *« D'accord, merci. »* De s'être retournée juste encore une fois pour les voir tous les trois, maman, papa et Meg, déposer enfin le corps minuscule sur le sol où il avait atterri avec un bruit doux, et soudain Rory était là, montant les marches quatre à quatre derrière elles en hurlant : *« Quoi ? Quoi ? Qu'est-ce qui se passe ? »* et Vicky qui lui répondait : *« Viens avec nous, mon lapin, viens avec nous »*, en vain, et le dernier souvenir de Beth alors qu'elle commençait à descendre l'escalier, le bras de Vicky pesant lourdement sur son épaule, était le son de Rory découvrant son frère mort gisant sur le parquet de sa chambre, le rugissement torturé d'indignation et de fureur, d'impuissante incompréhension.

Elle posa la main sur les cheveux doux de Sophie, coupés court, et les caressa.

— Vous avez de la chance, toutes les deux, dit-elle d'une voix que les larmes refoulées venaient fêler. D'avoir l'autre. D'avoir la vie devant vous. Beaucoup de chance.

Elle pivota vers Vicky et lui adressa un sourire tendu.

— Où est maman ?

Pendant une seconde, elle espéra bêtement que Vicky lui répondrait : « Elle est allée voir Rhys. »

Mais elle n'en fit rien. Évidemment.

— Elle est allée racheter des carottes. Elle a dit qu'il n'y en avait pas assez, expliqua-t-elle en levant les yeux au ciel avec attendrissement. Elle devrait être là d'une minute à l'autre.

— Et papa ?

— Oh, ils sont partis au pub avec Tim, pour prendre une pinte ou deux avant le déjeuner, comme d'habitude. J'imagine qu'ils ne vont pas tarder non plus.

Beth la regarda avec curiosité. Elle décelait quelque chose de cassant dans sa voix. Un plissement de ses yeux. Son attitude d'ordinaire si calme semblait fuyante. On aurait cru, s'étonna Beth, qu'elle mentait.

Mais cette impression se dissipa. Pourquoi mentirait-elle ? Et à quel propos ? Une seconde plus tard, Vicky se reprit et changea de sujet :

— Quelle merveilleuse nouvelle, ce bébé. C'est tellement excitant !

Et il s'ensuivit un échange plutôt strident sur ses cheveux roux, sa taille, la joie qu'il ait reçu le prénom Rhys, et la possibilité d'une jalousie entre frère et sœur ; puis la mère de Beth rentra à la maison, précédant Tim et son père de peu, et avant longtemps l'agneau était sur la table, les carottes étaient beurrées, le vin rouge débouché, et c'était le dimanche de Pâques.

Une fois de plus.

Beth caressa l'idée de lever son verre pour porter un toast à Rhys. Elle saisit le récipient du bout des doigts et inspira. Elle s'entendait prononcer les mots, se les répétait en boucle. Elle s'imaginait être Megan. Megan l'aurait fait. Elle le ferait. Megan ne s'arrêterait même pas pour souffler avant.

Mais plus elle y pensait, moins elle s'en sentait capable. Elle ne pouvait pas être celle qui amènerait la conversation sur lui aujourd'hui, qui transformerait l'atmosphère, mettrait tout le monde mal à l'aise. Trinquer à la mémoire de Rhys était un job d'adulte. Et Beth n'était pas encore adulte. Alors elle desserra son étreinte sur le pied du verre, sourit, et, à la place, elle proposa de boire à Alfie Rhys Liddington Bird.

Chapitre 5

Avril 2011

— Et Rory ? demanda Molly, assise sur le rebord du lit de Rhys, les doigts agrippés sur le matelas fin et taché. Qu'a-t-il pensé, quand Rhys est mort ? Je veux dire, c'était, genre, son jumeau. Il a dû être anéanti.

— Il était très en colère. Vraiment, vraiment furieux. Il pleurait. Beaucoup. Mais toujours avec un visage comme un orage. Toujours avec ces joues rouges et ces yeux pleins de rage. Comme s'il avait envie de cogner quelqu'un. Pour être honnête, je gardais mes distances. Et il s'est en quelque sorte replié sur ses amis. Ses copains avaient toujours été plus importants pour lui que la famille. Ses amis, c'étaient sa vie.

— Et ensuite il a rencontré Kayleigh ?

— Oui. Ensuite, il a rencontré Kayleigh.

— Et la suite, on la connaît, souffla Molly en levant les yeux au ciel.

— Ah oui, ça, on peut le dire…

— Tu crois qu'il va venir ? Maintenant qu'il sait que votre maman est morte ?

Meg haussa les épaules. Il avait fallu plusieurs jours pour réussir à le localiser. Ses appels et ses e-mails avaient rebondi aux quatre coins de l'Asie, de la Thaïlande au Vietnam, des Philippines à l'Indonésie, jusqu'à ce qu'elle parvienne enfin à l'acculer dans un cybercafé de Chiang Mai où ils avaient eu une conversation Skype totalement surréaliste. La webcam ne cessait de glisser, si bien que le visage de Rory descendait dans l'écran jusqu'à ce qu'elle se retrouve à parler à sa casquette, puis elle lui demandait de la remettre en place, et tout recommençait. Derrière lui, un petit homme colérique criait sur son écran, et la connexion Internet avait complètement lâché juste quand elle finissait par lui demander s'il comptait rentrer à la maison. Il lui avait paru maigre et basané, sauvage. Il avait un accent bizarre, quelque chose entre l'Essex et Los Angeles. Il semblait fuyant, déplaisant. Un étranger pour elle. Étranger à sa famille.

— Dieu seul le sait. Je lui ai proposé de lui payer le billet. Qui sait ? Et qui s'en soucie ?

— Moi, je m'en soucie, répondit Molly en balançant ses longues jambes. Ça me plairait de le rencontrer.

Megan songea à l'homme abîmé par la vie qu'elle avait vu à travers l'ordinateur deux soirs plus tôt, et elle secoua la tête.

— Je ne suis pas certaine que ça te plairait vraiment, ma chérie.

— Mais c'est mon oncle. J'ai, genre, presque seize ans et je ne l'ai jamais rencontré.

— Si, en fait, tu l'as déjà rencontré. Une fois. Quand tu avais trois ou quatre ans. Quand Alfie était encore bébé. Ici. Tu l'as vu ici.

— Tu es sûre ?

— Ha ! Évidemment, que je suis sûre ! Certaine, même. Jamais je ne pourrais oublier ça. Parce que je ne l'ai plus jamais revu depuis.

Avril 1999

Vicky écarta les rideaux et sourit.

— Chérie, dit-elle avec un regard vers la silhouette endormie dans le lit, il fait un temps magnifique. Absolument splendide.

Lorelei souleva une paupière lourde et regarda pardessus la couette.

— Dans une minute, Vick. Pas tout de suite.

Elle ferma les yeux et se retourna.

Vicky la contempla un moment. Sa beauté. Son amour. Elle avait toujours du mal à croire qu'elle était sienne. Qu'après toutes ces années à brûler, à espérer et désirer, Lorrie lui appartenait maintenant, à elle et à elle seule. Que c'était elle qui se réveillait à ses côtés le matin, se couchait à ses côtés le soir. Qu'elles ne faisaient qu'une. Lorrie et Vick. Vicky et Lorelei.

Les longs cheveux de Lorrie, qui lui arrivaient à la taille, zébrés de gris, étaient étalés autour de sa tête sur l'oreiller, un bras mince et ciselé pendant au bord du lit, ses épaules osseuses drapées dans la nuisette à fines bretelles qu'elle portait pour dormir. Qui aurait deviné, pendant toutes ces années à ne pas savoir, à se demander avec passion, que Lorrie Bird portait ce genre de vêtements au lit ? Pêche, ivoire, dentelle et soie, minuscules boutons de nacre et petits rubans. Tout ça gaspillé devant cet absurde mari dégingandé qu'elle avait.

Vicky l'avait vu tout de suite, dès qu'elle avait franchi le seuil de leur maison. Ces deux-là arboraient un certain air : cendreux, cloîtré, abandonné. Et c'était avant que leur garçon commette l'irréparable, qu'il rende impensable que le couple se touche encore l'un l'autre sous ce toit.

Et Vicky avait su, dès le premier instant où elle avait mis le pied dans cette maison, que c'était ici sa place, dans ce charmant capharnaüm, avec cette adorable et étrange femme, ses piles, ses tas, sa couleur et sa fougue. Personne ne l'appréciait à sa juste valeur. Sa fille aînée, Megan, si sévère et rigide, si résolue dans le dédain qu'elle éprouvait envers sa mère et tout ce qui comptait pour elle. Rory, paumé et sans attaches, déloyal et indifférent, parti avec sa princesse irlandaise au visage dur sans un regard en arrière. Il n'appelait jamais, sauf pour emprunter de l'argent. Et même la gentille Beth, cette jolie petite chose, douce et malléable, n'était là que parce qu'elle n'avait pas le courage d'être ailleurs. Parce qu'elle se sentait comme le dernier invité d'une fête ratée, trop écrasée de culpabilité pour prendre congé.

Vicky les aimait tous, vraiment, presque autant que s'ils étaient ses enfants. Mais elle les détestait, aussi, pour le manque d'amour qu'ils témoignaient à leur mère, pour les regards qu'ils échangeaient au-dessus de sa tête, dans son dos, les chuchotements et les gloussements complices. Elle était si désespérément navrée pour Lorrie, échouée au milieu de ce naufrage, cherchant des arcs-en-ciel et ne trouvant que dénigrement et mépris.

Cela faisait juste un peu plus de deux ans, leur premier baiser.

Ça s'était produit quand Beth était partie à Londres pour séjourner chez Meg, au moment de la naissance d'Alfie. Elle avait déposé Sophie à la crèche, acheté des viennoiseries à Sainsbury comme tous les mardis – noix de pécan pour Lorrie, raisins secs pour elle – et était entrée avec la clé que son amie lui avait donnée des années auparavant. Elles étaient là, juste toutes les deux dans la maison déserte (Colin était quelque part, Dieu sait où – Lorrie ne se posait plus la question depuis une éternité) ; elles s'étaient assises dans le jardin sous le soleil printanier, buvant du thé dans des mugs, observant les fleurs qui venaient d'éclore, discutant des enfants – ses filles, et les trois de Lorrie – comme toujours, et Lorrie s'était mise à pleurer. C'était peut-être bizarre qu'après toutes ces années à admirer la philosophie joyeuse de Lorrie, son attitude solaire, sa capacité à effleurer la surface boueuse de la vie en retenant uniquement les petits bouts qui brillent, ce soient ses larmes qui la poussent à la désirer plus que tout. Elle lui avait passé un bras autour des épaules, comme elle l'aurait fait pour toute âme en peine sanglotant en sa compagnie, et Lorrie avait appuyé la tête sur la poitrine souple de Vicky, et ce fut à cet instant, un sentiment que Vicky avait totalement refoulé pendant toutes ces années de mariage avec Tim et de maternité, à être ce que tout le monde s'attendait à ce qu'elle soit. C'était de nouveau là, comme un joli objet oublié qu'on retrouve au fond d'un tiroir.

Lorrie avait été étonnamment peu surprise. De toute évidence, le moment était parfaitement choisi – Vicky ne se rappelait même plus pourquoi elle pleurait, et Lorrie non plus. De cet après-midi, à présent, elle ne se souvenait plus que du ravissement de se trouver enfin l'une l'autre.

Bon, c'était difficile à imaginer désormais, deux ans plus tard, comme cela avait été horrible à l'époque, de l'annoncer à Tim, à Colin, aux enfants (seulement les plus grands – les plus jeunes comprendraient d'elles-mêmes tôt ou tard). Oh, les cris et les voix terribles, remplies de rage, le dégoût tangible, le venin, la brutalité de tout ça. Affreux. Pire qu'affreux. Tim résidait maintenant dans le village d'à côté dans une petite maison à deux chambres. Il n'adressait toujours pas la parole à Vicky lorsqu'ils échangeaient les enfants. « *Tu es morte pour moi.* » Il lui avait réellement dit ça. Comme un personnage de film. Vicky ne se serait jamais doutée qu'il pouvait être si théâtral. Colin s'était révélé plus conciliant. Il avait quitté Lorrie depuis des années, en réalité, et il avait feint d'être très fâché, mais dans le fond Vicky pensait qu'il était soulagé. Il vivait toujours dans la maison – ils l'avaient séparée en deux et fait installer une seconde porte d'entrée (la maison était constituée à l'origine de deux cottages, ça n'avait donc pas été difficile), et il allait et venait, assez poli.

Mais Bethan, la petite Bethan avec ses grands yeux, eh bien, elle en avait été malade. Pas au sens figuré, mais pour de vrai, authentiquement, elle avait vomi dans l'évier. C'était assez dégoûtant, certes, mais aussi très triste. Une femme adulte de, quoi, vingt-quatre, vingt-cinq ans à l'époque ? Encore tellement figée dans l'enfance qu'elle évacuait physiquement le contenu de son estomac à l'idée que sa mère ait une amante. Jamais Vicky ne se serait permis de parler en ces termes à Beth. Elle se montrait toujours prudente avec elle, s'efforçant de respecter sa nature sensible, de lui rendre aussi tolérable que possible le fait de vivre avec elles. Pas de démonstrations d'affection en sa présence. Elle essayait de ne pas trop étaler ses sentiments pour Lorrie. Elle essayait de se comporter comme avant, autant qu'il était raisonnablement possible.

Mais ici, dans le refuge de leur chambre (oui, la chambre que Lorrie avait autrefois partagée avec Colin, le lit même où elle avait couché avec son mari, mais cela leur semblait sans importance à toutes les deux, ce n'était qu'un meuble après tout), elles pouvaient être exactement ce qu'elles étaient. Sans honte ni gêne. Vicky et Lorelei. Lorrie et Vick. Elle s'assit sur le bord du matelas et embrassa doucement sa bien-aimée sur les lèvres.

Le dernier dimanche de Pâques du millénaire renfermait des secrets. Des secrets et son lot de surprises. Vicky les conservait comme des petits présents pour Lorrie. Le premier invité était en chemin, il allait se manifester exactement – elle consulta sa montre une fois de plus –, exactement *maintenant*. Pandora dans une voiture de location, arrivée directement de l'aéroport, une visite surprise depuis Corfou où elle habitait, avec Ben et son fils Oscar. Le deuxième invité n'était pas encore confirmé. Il était presque impossible de joindre la ferme en Andalousie et le type bizarre, Ken, qui répondait parfois au bar situé au bout de son terrain et promettait sans conviction de transmettre un message à Rory et Kayleigh, dont le modem semblait marcher à la pisse d'âne ou quelque chose dans le genre, vu sa fiabilité. (« *Je t'ai envoyé un* e-mail mercredi, tu l'as reçu ? » « Non, notre modem est un peu capricieux en ce moment. ») Mais, si tout allait bien, Rory et Kayleigh étaient également en chemin vers la maison. Qui sait à quelle heure ils allaient débarquer ? Pas Vicky, en tout cas. Meg et Bill étaient déjà là. Ils étaient arrivés la veille au soir et s'étaient installés à côté, chez Colin. Vicky n'aurait pu le leur reprocher. Son logement était moins encombré, il avait une grande chambre avec quatre lits et une salle de bains attenante, parfaite pour héberger une famille. Rien de personnel dans ce choix, Vicky le savait. Meg, étant l'aînée et la plus pragmatique des enfants Bird, n'avait aucun problème avec le fait que Lorrie et Vicky soient ensemble. Une fois qu'elle s'était assurée que son père n'allait pas se déliter comme un gâteau trop cuit, ça ne l'avait pas gênée. Vicky pensait même que Megan approuvait leur relation, un mal pour un bien. Comment avait-elle dit, déjà ? Ah oui, voilà : *« Je suis contente qu'elle soit avec quelqu'un qui se soucie d'elle. »*

Précisément.

Colin n'était pas un mauvais mari, il ne buvait pas, ne mentait pas, ne provoquait pas de disputes et n'essayait pas de la dominer, mais, il fallait bien l'admettre, il ne se préoccupait pas des masses de Lorelei.

Vicky entendait les petits de l'autre côté, à travers la mince cloison de séparation. Quelqu'un faisait un gros caprice. Elle ne saisissait pas les détails, mais la forme générale était celle d'une rage apoplectique. Elle reconnut la voix d'Alfie. Elle sourit, sans arrogance, mais avec satisfaction, d'être sortie de cette phase. Maddy et Sophie avaient huit et presque six ans. Elle était dans cette douce étape de l'éducation qu'on appelle « le milieu de l'enfance ». Ses filles étaient calmes, prévisibles, sécures. Elles ne lui faisaient plus de frayeurs à redouter toujours une colère en public, une nuit interrompue, une échappée vers la chaussée, un caca inopiné dans la piscine municipale. Et elle n'avait pas encore les peurs à venir : les examens ratés, les mauvaises fréquentations, les soirées et les retours dans un taxi sans licence. Maintenant, elle pouvait souffler un moment, s'arrêter pour admirer le paysage, penser avec tendresse à ses filles bébés, en sachant qu'elle n'aurait plus jamais à repasser par là.

Pauvre Meg, encore dans les starting-blocks. Molly, grincheuse et autoritaire, Alfie hyperactif et, maintenant, un troisième en route ; une véritable machine à gosses, à croire qu'elle aimait se faire du mal. Elle entendit la porte d'entrée du cottage de Colin s'ouvrir puis se refermer, et ensuite le bruit de petits coups sur la leur. Elle regarda de nouveau l'heure. Il était 7 h 25. Ses filles dormaient encore à poings fermés. De vraies marmottes. Non, elle n'aurait pas voulu retourner en arrière, pas pour tout l'or du monde.

Elle se força à sourire et ouvrit la porte.

— Bonjour, mes chéris, roucoula-t-elle non sans remarquer le visage orageux de Meg derrière eux, vous êtes là pour le petit déjeuner ? J'ai des yaourts à la fraise… Ils ont droit aux laitages ?

Il valait toujours mieux vérifier, surtout, Vicky s'en était aperçue, avec Megan qui avait des règles très strictes sur ce que sa progéniture ingérait.

— Parfait, acquiesça Meg avec une grimace. Tout me va. Juste, s'il te plaît, ça ne t'embête pas de garder un œil sur eux quelques minutes pendant que j'essaie de dormir un peu ?

Le sourire de Vicky se figea. *Et Bill,* s'offusqua-t-elle sans le dire, *ton compagnon ? Ou ton père ? Ils sont tous les deux morts dans leur sommeil ?* Elle s'efforça de conserver un visage avenant – c'était vital de rester charmante en toute circonstance quand elle avait affaire à la famille de Lorrie – et répondit :

— Bien sûr ! Pas de problème. Entrez, mes mignons petits, entrez.

Et elle pensa, en silence : *Par pitié, ne réveillez pas mes filles qui dorment profondément et qui, si on ne les dérange pas, pourraient bien émerger à 9 heures du matin, me laissant encore une heure et demie pour me préparer en vue de l'énorme réunion de famille que j'ai si témérairement décidé d'organiser cet après-midi.*

Les enfants de Meg étaient encore en pyjama, celui d'Alfie déjà un peu taché par quelque chose qui devait provenir du jardin, Molly avait une tenue très jolie, sans doute chère, en coton blanc bordé de dentelle. Les yeux d'Alfie étaient rougis par sa récente colère, et Molly semblait ne pas du tout apprécier son sort. Meg portait un haut de grossesse élastique qui lui avait de toute évidence fait ses deux précédentes maternités, et un legging qui moulait ses jambes, longues, mais plutôt informes. Elle avait coupé ses cheveux bruns bien plus court que d'habitude et avait les yeux éteints par le manque de sommeil.

—Merci, Vick. Je te suis infiniment reconnaissante. Je reviens dans une heure.

—Non, non. Prends tout le temps dont tu as besoin. Repose-toi. On va très bien s'en sortir.

Alfie traversa la maison en courant vers le jardin. Molly la dévisagea, de ses grands yeux bleus, avec tristesse. Puis elle se tourna d'un air suppliant vers sa mère.

—J'ai aussi de la pâte à tartiner, compléta Vicky en évitant de regarder Meg pour ne pas lui laisser l'occasion de déclarer : « En fait, je ne leur autorise pas les pâtes à tartiner sucrées. Tiens, voilà un pot de tartinade au chou. » Tu peux en avoir sur une tartine, ou même sur un crumpet ! lança-t-elle d'un ton espiègle.

L'attitude de Molly s'adoucit – si facile de l'acheter –, et Vicky prit sa petite main impatiente pour l'emmener vers la cuisine.

La bouche de Molly se décrispait avec chaque bouchée de toast au chocolat. Vicky se prépara une tranche également, et elles s'assirent côte à côte sur le perron du jardin pour regarder Alfie chercher des escargots. En bonne camaraderie, presque comme si elles partageaient une bouteille de rosé.

—Alors, dit Vicky, tu es pressée d'avoir ton petit frère ou ta petite sœur ?

Molly plissa son joli minois, réfléchit à la question un moment, et répondit :

—Non, pas vraiment.

—Oh là là… Pourquoi ?

Molly haussa ses minuscules épaules d'un mouvement appuyé.

— Je ne sais pas. Je n'ai pas hâte, c'est tout. J'ai déjà un petit frère.

— Certes, oui, commenta Vicky avec empathie. Un frère, c'est déjà plus qu'assez.

Molly hocha la tête et mordit dans sa tartine. Elle avait une moustache de chocolat qui contrastait de façon incongrue avec son air sérieux.

— Pourquoi la maison de mamie est tellement encombrée ? demanda-t-elle après un moment.

Vicky sourit.

— Ah, bien, tu comprends, ta grand-mère est une dame très spéciale… elle est vraiment unique, tu sais… et quand elle regarde le monde, elle le voit d'une façon très particulière, comme une pochette-surprise, ou un magasin de jouets, et elle aime en garder des petits bouts. Et quand elle jette quelque chose, ça la rend malheureuse.

Molly hocha de nouveau la tête.

— Maman jette *tout*.

Et elle leva les yeux au ciel.

— Oui, il paraît.

— Vraiment, insista-t-elle. *Tout.* C'est très énervant.

— Oh, j'imagine bien.

— Mais, reprit Molly d'un ton pensif, je crois que je préfère vivre dans une maison rangée que dans une maison en désordre. Comme celle de mamie.

— Oh, souffla Vicky avec une pointe de tristesse, eh bien, tout le monde est différent. Certaines personnes aiment avoir beaucoup d'objets autour d'elles, d'autres préfèrent que tout soit bien rangé.

— Je crois que je préfère que tout soit bien rangé. Mais pas *jeté*. Quand je serai grande, je serai ordonnée, mais je ne jetterai pas les affaires. Surtout pas mes *jouets*.

— Ça me semble un excellent compromis. Très raisonnable.

Vicky n'était jamais allée chez Meg. Lorrie refusait toujours de passer une nuit loin de la maison, même douze ans après le cambriolage. Mais elle en avait beaucoup entendu parler par Beth. Elle savait tout des étincelantes surfaces antibactériennes et des placards pleins de sprays, des boîtes de rangement étiquetées avec des autocollants et de la multitude de sous-verre. Il était évident aux yeux de Vicky que la maniaquerie de Meg n'était pas génétique, mais l'expression directe de ce qu'elle ressentait envers sa mère. Meg était dégoûtée par sa mère, elle méprisait ses manières enfantines, sa façon de penser rêveuse, son amour des choses, du bric-à-brac. Tout ce que Vicky aimait en elle. Lorrie était un savant mélange de votre grand-mère préférée, de la fille originale du lycée et de la prof qui ne vous donnait pas de devoirs le jour de son anniversaire. Vivre avec elle, c'était comme de vivre avec les personnes les plus colorées, les meilleures que vous ayez jamais rencontrées, toutes réunies en une seule. Mais, d'un autre côté, Vicky avait toujours aimé les gens bizarres. Elle avait toujours été ravie de discuter avec des ivrognes dans le métro, de bavarder avec le type étrange que tout le monde évitait dans une soirée, d'apprivoiser les vieilles dames confuses aux arrêts de bus et de faire connaissance avec le SDF qui entendait des voix dans sa tête et traînait devant son bureau. Rien ne la mettait mal à l'aise. Elle n'avait peur de rien. La seule personne qui l'effrayait était Meg.

Meg la terrifiait.

Vicky avait quarante-cinq ans.

Meg en avait vingt-huit.

Toutes deux étaient grandes, pas loin d'un mètre quatre-vingts, une ossature forte. Toutes deux avaient une voix puissante et des opinions arrêtées. Toutes deux étaient autoritaires, des matriarches.

Et pourtant, quand Vicky était en compagnie de Meg, elle avait l'impression d'être une crevette.

Absolument ridicule.

Cette peur se manifestait en cet instant par la quête effrénée d'un gant de toilette alors qu'elle entendait Meg arriver à la porte d'entrée, et un débarbouillage assez rude de la moustache de chocolat que s'était faite Molly. Comme annoncé, Meg avait dormi exactement une heure, pas une minute de plus, ni de moins. Vicky ne voyait pas trop l'intérêt de faire une sieste si c'était pour rester à regarder le réveil.

— Entre, entre !

Vicky installa les petits devant une vidéo des *Télétubbies* dans le salon. Meg en parut momentanément agacée puis, l'air soudain très fatigué et résigné, elle les laissa devant l'écran et suivit Vicky dans la cuisine.

Tout le monde dormait encore : Lorrie, les filles et Bethan. Donc, en attendant que l'une d'entre elles les rejoigne, elles n'étaient que toutes les deux. Vicky et Meg. Elle refit une théière et ouvrit un paquet de croissants.

Megan les examina d'un air suspicieux.

— Ils datent de quand ?

Vicky eut un sourire patient. Meg s'imaginait toujours que leur nourriture était périmée, couverte d'une couche de moisissure indétectable, grouillante d'asticots invisibles, empoisonnée par des bactéries léthales.

— D'hier, répondit-elle avec bonhomie.

Meg hocha la tête et en prit un.

— Cette maison…, commença-t-elle en regardant autour d'elle avec gêne. Seigneur ! C'est pire à chaque fois que je viens.

— Bon, répliqua Vicky de la voix la plus lisse qu'elle réussit à produire. C'est depuis qu'elle a été partagée en deux. Tu sais. On a moins d'espace maintenant, et tu connais ta mère, elle n'acceptera jamais de…

Elle laissa la phrase en suspens, muselée comme d'habitude par sa loyauté qui remontait comme une bulle à la surface.

— Mais je dois préciser, pour sa défense, qu'elle a laissé partir quelques sacs. Récemment. Beaucoup de vêtements. Pour une friperie caritative.

Elle se frotta les coudes avec nervosité. Évidemment, elle ne disait pas la stricte vérité. Elle l'avait fait de sa propre initiative, pendant que Lorrie était chez le médecin pour son alopécie (une pelade de la taille d'une pièce de dix pence était apparue quasiment du jour au lendemain au sommet de son crâne). Et elle s'était sentie terriblement anxieuse en agissant, comme si elle était en train de commettre un crime atroce, comme si une dizaine de caméras de surveillance étaient braquées sur elle et retransmettaient ses faits et gestes directement dans la tête de Lorrie. Peut-être en passant par la zone chauve.

Mais bon, il n'avait été question que d'un pull, une écharpe, des vieilles chemises de travail de Colin et une pile de livres de poche vraiment, vraiment illisibles. Pas grand-chose. Juste ce qui passerait sous les radars.

— Bon, dit Meg, c'est mieux que rien, j'imagine. Et comment elle va ? De façon générale ?

Meg tira les poignets de son haut de grossesse et lissa ses boucles brunes derrière ses oreilles, ornées de petits diamants, discrets au point d'en être agaçants.

Vicky, pas encore douchée, toujours dans son pyjama à motif de bananes assorti à la couleur de ses cheveux, hocha la tête avec enthousiasme et répondit :

— À merveille. Sincèrement.

— Elle m'a semblé très maigre, hier soir, insista Meg en arrachant des petits morceaux à son croissant pour les mettre délicatement dans sa bouche. Et c'est quoi, cette calvitie ?

— Ah, mon Dieu. Je ne sais pas. Ça arrive, tu vois ? Tu sais, ces deux années ont été difficiles pour elle…

— Elle a connu pire.

La remarque était appuyée. Meg n'avait jamais pardonné à Lorrie de ne pas se montrer plus effondrée au sujet de Rhys. Et Vicky ne pouvait le lui reprocher. C'est la chose, vraiment, de toutes les excentricités de Lorrie, qu'elle ne parvenait pas à comprendre. Elle était là. Ce soir-là. Oh, même encore aujourd'hui, huit ans plus tard, elle ne pouvait repenser à ce moment sans, vous savez, s'y trouver réellement *projetée*. Elle sentait encore son haleine de vin rouge et éprouvait la splendeur de l'intimité partagée, elle et Lorrie dans le salon, devant la cheminée, à refaire le monde. Elle nourrissait une sorte de culpabilité rétrospective de ne pas avoir demandé à sa nouvelle amie : « Où est ton petit dernier ? J'aimerais le rencontrer », de ne pas s'être intéressée à la personne qui manquait à la table du déjeuner. Mais c'était seulement maintenant, maintenant qu'elle les connaissait tous, maintenant que c'était sa famille et que cette maison était devenue son foyer, qu'elle ressentait cela. À l'époque, pourquoi s'en serait-elle souciée ?

Et, même à présent, elle sentait son estomac se contracter puis se détendre, et ainsi de suite, au souvenir de cette pauvre créature qui pendait au plafond de sa chambre comme une décoration de Noël oubliée, la panique de devoir éloigner les autres, les faire descendre au rez-de-chaussée, les ramener dans leur enfance parfaite. Et la soudaine, horrible exhumation de ce drame enfoui, son premier amour – non pas un garçon, comme elle le leur avait raconté parce qu'elle ne les connaissait pas encore et voulait qu'ils la croient conventionnelle, mais une fille du nom de Hazel, aux yeux bleus et aux cheveux noirs, qui n'arrivait pas à accepter que tout le monde la déteste parce qu'elle était lesbienne.

C'était le baptême du feu, la plus rapide des façons pour pénétrer l'intimité d'une autre famille. Un instant, elle n'était que la voisine ; le suivant, elle était une composante centrale de leur histoire personnelle. Atroce, toute l'affaire était absolument atroce. Elle s'était attendue à ce que Lorrie fasse ce qu'elle imaginait qu'elle-même aurait fait si l'un de ses précieux enfants avait mis fin à ses jours ; elle s'attendait à ce qu'elle craque, qu'elle hurle, souffre, donne des coups, griffe et pleure et meure un peu. Mais elle ne l'avait jamais fait. Elle s'en était en quelque sorte *tirée*. C'était surnaturel. Perturbant. Mais aussi, peut-être, selon le point de vue, purement et simplement merveilleux.

Vicky n'avait toujours pas vraiment tranché.

La dernière remarque de Meg la fit acquiescer d'un air songeur. Autant aurait-elle aimé la contredire sur beaucoup de points, sur ce sujet elle ne pouvait décemment pas.

— Je continue à penser qu'elle a besoin d'aide, poursuivit Meg. Franchement. Ça dure depuis trop longtemps maintenant. Il faut qu'elle voie un psy. Elle a besoin de parler à quelqu'un. Elle a cinquante-trois ans. Elle est encore relativement jeune. Elle a encore trente, quarante ans devant elle, si Dieu veut, et je n'imagine pas tout ça s'arranger comme par magie.

Elle désigna agressivement l'espace autour d'elle (même la cuisine commençait à montrer des signes des achats compulsifs rampants de Lorrie, et de son refus de jeter quoi que ce soit).

— Et concernant Rhys. Je veux dire, c'est le genre d'événement qui peut te donner un cancer, tu sais, rester avec une blessure pareille, ne pas la *traiter*…

— Bonjour, les filles !

Elle se tenait juste derrière elles. Elle ne questionna pas la conversation laissée en suspens et qu'elle avait forcément entendue. Elle se contenta de sourire et de caresser les cheveux de Vicky. Maddy et Sophie apparurent à sa suite, les yeux bouffis et les cheveux emmêlés. Lorrie prit un mug et commença à se servir avec la théière, puis fit une moue enfantine quand elle remarqua qu'elle était vide, attendit que Vicky se lève pour remplir la bouilloire, et ensuite, seulement, se tourna vers les enfants et dit, comme chaque matin de Pâques depuis que Vicky la connaissait, et, sans nul doute, depuis bien plus longtemps que ça :

— Alors, qui est impatient de faire une chasse aux œufs ?

Rory et Kayleigh arrivèrent peu après 10 heures. Ils séjournaient à Cirencester, chez le cousin de Kayleigh, celui-là même qui les avait présentés des années auparavant. La seule chambre libre dans la maison Bird était celle de Rhys, et personne n'y dormait. Jamais. C'était mieux, de toute façon, pensait Vicky. La première et unique rencontre de Lorelei avec Kayleigh avait été particulièrement gênante ; Lorrie ne l'aimait pas, et, sincèrement, Vicky non plus. Et qui sait dans quel état se trouvait Rory maintenant, après quatre ans passés dans cette communauté bizarre.

Il était assis dans la cuisine à présent, un bras noué autour de la taille de sa mère. Il était, évidemment, très bronzé. Brun comme une baie, disait toujours sa mère, bien que Vicky n'ait jamais vu une baie d'une telle couleur. Il était devenu mince et musculeux, et arborait trois tatouages sur différentes parties du bras droit. Ses dents avaient jauni.

Il s'était mis à chiquer du tabac, comme un vieux cow-boy décrépit. Et à boire du vin rouge à cinquante pesetas, servi dans des bouteilles sans étiquette, comme un vieil Espagnol décrépit. Mais ses cheveux, c'était un rêve. Le soleil constant lui avait rendu la blondeur de son enfance.

— On dirait une pub Timotei, dit Kayleigh en ébouriffant sa brillante tignasse d'un geste espiègle. Vous devriez voir la sensation qu'il provoque là-bas. Je crois que les gens le prennent pour une star du cinéma, vous savez, la réincarnation de Robert Redford.

Elle haussa les sourcils d'un air sardonique.

Kayleigh elle-même avait fière allure. Elle s'était laissé repousser les cheveux jusqu'à la moitié du dos et les avait teints en rouge. Elle avait un très léger hâle, bien qu'il soit évident que sa peau n'avait pas la propension à réellement brunir, et elle semblait bien nourrie, ou, du moins, mieux que quatre ans plus tôt. Elle portait une robe en lycra délavée et de grosses bottines, ainsi qu'un tatouage sur le bras droit identique à l'un de ceux de Rory. (Vicky n'avait pas la moindre idée de ce qu'ils étaient censés représenter ; plus personne ne se faisait tatouer de roses ni d'ancre, de nos jours, c'étaient plutôt des machins sanskrits et des bidules celtiques.)

Ça s'était passé exactement comme Vicky l'avait espéré, comme dans une série télé, quand Lorrie avait vu son garçon debout dans l'entrée une demi-heure plus tôt, avec un bouquet de jonquilles et un œuf en chocolat de la taille d'une tête.

Meg, Bill et les petits étaient à côté, à faire une sieste ou prendre une douche tardive. Colin arpentait le jardin, en train d'enlever les toiles d'araignées en prévision de la chasse aux œufs (Maddy avait la phobie des toiles d'araignées), et Beth était assise auprès de Vicky, Sophie sur les genoux, et souriait rêveusement à son frère prodigue. Le four était en train de préchauffer, l'agneau sur le plan de travail couvert de brins de romarin du jardin, les œufs en chocolat aux couleurs pastel étaient dans un saladier, prêts à être distribués, le soleil tentait de filtrer à travers des nuages noirs et denses. La scène était presque installée pour le premier vrai déjeuner de Pâques depuis, eh bien, depuis que Rhys était mort.

— Alors, dit Lorrie en souriant à son garçon, les yeux étincelants, quels sont vos projets, vous deux ? Est-ce que vous êtes rentrés pour de bon ?

Rory et Kayleigh échangèrent un regard. De toute évidence, c'était un sujet de tension.

— Pour le moment, répondit Rory.

— Enfin, protesta Kayleigh, pour une petite période. Peut-être une semaine ou deux.

— Peut-être plus…

— Peut-être. Et ensuite. *Qui sait ?* conclut-elle avec un haussement d'épaules.

— Ben nous, on sait *un peu*, quand même…

Le bruit de Meg et sa famille qui arrivaient leur épargna l'effort de se mettre d'accord. Mais Vicky commençait à se faire une idée. Ça tenait à la façon dont Kayleigh s'arrachait la peau autour des ongles, au nouvel éclat de sa peau.

— Bonjour, bonjour !

Elle se leva pour saluer Bill, qu'elle n'avait pas encore vu ce matin. Elle adorait le compagnon de Meg. C'était le genre d'homme qu'elle souhaiterait pour l'une de ses filles. Stable et drôle, et sexy juste ce qu'il faut. Il flirtait avec Vicky, comme les hommes pensaient pouvoir le faire maintenant qu'ils savaient qu'elle ne les prendrait pas au sérieux. Ils étaient sur la même longueur d'onde,

Vicky et Bill : pragmatiques, bruyants, chaleureux, centrés sur la famille et aimant rire. Ils s'étaient toujours bien entendus.

Il portait un de ses habituels polos aux couleurs vives avec le col rayé, un Levi's 501, des baskets. Il avait encore les cheveux mouillés au sortir de la douche, et tenait Alfie dans les bras, tourné vers l'extérieur, comme Vicky avait remarqué que les pères tiennent toujours leurs bébés, comme des trophées de foot, pour que le monde entier les admire.

— Bonjour tout le monde ! tonna-t-il avec son accent distingué qui s'effritait un peu après des années à s'occuper d'artistes dans les coins les moins reluisants de Londres.

Meg entra à sa suite, avec un sac rempli d'œufs de Pâques et des oreilles de lapin. Elle ouvrit grand la bouche en découvrant son petit frère assis à la table et poussa un cri, lâcha le sac d'œufs et contourna la table en courant pour se jeter sur lui. Vicky sentit son cœur se gonfler de joie. Les familles devraient toujours être réunies, pensait-elle, surtout celles qui avaient traversé une telle épreuve.

— Bill, appela Meg en tenant les mains de Rory dans les siennes. Bill ! C'est Rory ! Regarde. C'est vraiment Rory, pour de vrai. Molly ! C'est ton oncle, c'est tonton Rory. Tu sais, il vit en Espagne.

— Tonton Rory, répéta Rory, l'air un peu dérouté par le concept.

— Ça fait vieux pervers, commenta Kayleigh. « Allez, viens t'asseoir sur les genoux de tonton Rory, mon petit, j'ai quelque chose pour toi dans ma poche », chevrota-t-elle avec une voix de vieillard.

Vicky éclata de rire. Elle s'en sentait l'obligation, car elle savait que personne d'autre ne le ferait.

Molly dévisagea Rory, horrifiée, et se cacha le visage entre les jambes rassurantes de Bill.

— Regarde ce que tu as fait, maintenant, Kayleigh ! taquina Rory en riant.

— C'est sans doute mieux, plaisanta-t-elle, tu sais, *à long terme*. Vu que tu es pédophile et tout.

Vicky s'esclaffa de nouveau, si fort qu'elle faillit se faire sursauter elle-même.

— Kayleigh, dit Rory en lui prenant la main, je te présente ma grande sœur, Meg.

— J'ai *beaucoup* entendu parler de toi, déclara Kayleigh sans se lever pour la saluer, mais en lui offrant distraitement une main molle, comme on tendrait une chaussette sale à une servante.

— Pareillement, répondit Meg en la lui serrant d'un geste ferme, avec un sourire un peu impérieux, il faut bien le reconnaître.

Vicky retint son souffle. Meg et Kayleigh. Les deux reines de la ruche. Un combat à ne pas manquer.

— Et regarde-toi ! s'écria Kayleigh en couvant le ventre de Meg d'un regard étrangement vorace. Tu as sorti toute la voilure, sans rire.

Meg se glissa auprès de Rory, et Vicky vit Bethan se décaler pour faire de la place à Bill de son côté de la table avec un sourire timide. Bill se pencha par-dessus la table, la main tendue. Rory l'imita.

— Enchanté de faire ta connaissance, dit Bill. Après toutes ces années.

— Pareil. On s'était ratés, pas vrai, en… c'était quand, déjà… ?

— En 1995, coupa Meg. 1995. Juste avant la naissance de Molly. C'est là que tu es parti. *Littéralement* trois semaines avant la date de mon terme.

Elle lui adressa un sourire crispé. Kayleigh fit une grimace.

— Oh, oh, on va avoir des ennuis…

Meg rit.

— Mais non ! assura-t-elle. C'est juste dommage, c'est tout, d'avoir raté la naissance de ta première nièce à trois semaines près.

— Ah bon ? fit Kayleigh, répondant une fois de plus à la place de son petit ami. Tu sais, ils sont tous tout minus quand ils viennent de naître, vraiment riquiqui, mais ils sont beaucoup plus intéressants à cet âge-là. Les grandes filles, c'est bien plus cool que les petits bébés embêtants. Tout ce que font les nouveau-nés, c'est pisser, chier et gueuler. J'ai raison, ou pas, Molly ?

Molly la dévisagea puis dévisagea sa mère, en quête d'indices, qui ne vinrent pas. Meg était incapable de proférer un son.

— Ah, quelle choupinette, s'extasia Kayleigh, elle est adorable. Pas vrai, Rory ?

Les traits de Meg s'adoucirent, et Rory hocha la tête. Vicky pensa qu'il était temps de reprendre les rênes de la conversation.

— Alors ! s'exclama-t-elle d'un ton gai en faisant claquer ses paumes sur ses genoux. Qui est partant pour une chasse aux œufs ?

Elle croisa le regard de Lorrie de l'autre côté de la table. Elle y vit une pointe de ressentiment très vif. Elle reprit son souffle. Elle était allée trop loin, avait franchi une limite. Avec Lorrie, il fallait toujours avancer comme une funambule, entre prendre soin d'elle, pallier son laisser-aller, et risquer de lui couper les ailes, et elle se trompait *constamment, constamment*.

— Lorrie, ma chérie, tempéra-t-elle. C'est l'heure de la chasse aux œufs ! Je te passe le relais.

Le regard noir de Lorrie diminua d'intensité, et elle eut un sourire de petite fille, ravie. *Clap, clap*, elle frappa dans ses mains osseuses, *clap, clap*, et soudain le soleil apparut, pas au sens figuré, mais au sens propre. Il sortit de derrière un épais mur de nuages, projetant sa bonne humeur en travers de la pièce, de la famille, de Pâques.

Beth, allongée dans le hamac, contemplait ses pieds. Jamais jusque-là elle n'avait considéré ses pieds comme attirants d'aucune façon. En fait, elle n'avait jamais considéré ses pieds du tout. Ils avaient juste vécu leur vie en toute discrétion au bout de ses jambes. Fins, pointus… un peu osseux, parfois avec les ongles vernis et parfois pas. Mais elle observait à présent ses orteils et tentait de voir ce qu'il voyait lui, de les voir comme des objets de sensualité, d'un remarquable érotisme. Il lui avait dit qu'elle avait de beaux pieds. Et c'était peut-être vrai. Elle voulait croire chacun de ses mots.

Elle tourna la tête pour regarder la maison. Elle entendait le tintement des objets que l'on dispose dans le lave-vaisselle, d'autres que l'on plaçait sur les étagères, des disputes d'enfants, des rires d'adultes. Elle entendit sa mère crier :

— Oh, Meg, ce n'était pas du tout comme ça, rien à voir !

Elle entendit la porte du jardin s'ouvrir et se refermer, puis la voix de Bill.

— Je vais en griller une, Meg, surveille les enfants.

Elle sourit. Les enfants de Bill ne savaient pas qu'il fumait.

Elle leva de nouveau les yeux, vers le ciel. Il était couleur lilas, rayé de traînées d'avion et de nuages effilochés. Puis elle regarda en bas, vers sa robe, souleva son soutien-gorge pour examiner ses seins. Ses jolis seins, fermes et jeunes (il avait dit ça aussi). Elle pensa à sa façon de les pétrir, de les lécher, de les remonter pour se glisser entre eux. Elle frissonna légèrement, avec une sorte de dégoût affreux. Et ensuite elle entendit ses pas sur l'herbe, légers et puissants, et il fut là, debout à ses côtés, à extraire un paquet de Camel de la poche arrière de son jean. Il lui tendit le paquet sans un mot, un sourcil arqué.

Elle en sortit une et le laissa la redresser.

— Eh bien, soupira-t-il en prenant doucement place à côté d'elle sur le hamac. C'était… *quelque chose.*

— Kayleigh, tu veux dire ?

— Quel numéro, hein !

— C'est vrai, rit Beth.

— Pauvre Rory, compatit-il en allumant la cigarette de Beth. Elle le tient par les couilles.

Beth sourit et ne répondit pas. *Comme toutes les femmes.*

Ils fumèrent en silence pendant un moment, savourant la proximité de leurs corps, sachant qu'ils ne partageraient rien de plus que ceci, fumer des cigarettes, bavarder dans le crépuscule. Il y avait d'autres lieux pour le reste. Pas ici.

— Il est très différent, non ? demanda Bill en se penchant pour écraser son mégot dans la pelouse. Différent de vous ?

Beth passa la main sous son polo pour lui effleurer le bas du dos, toucher sa peau satinée, les crêtes de ses vertèbres. Il se cambra sous sa caresse.

— On est *tous* différents. On est comme des invités mal assortis dans un dîner.

Elle arrondit les doigts pour le gratter du bout des ongles.

— Ooh, oui, dit-il, juste ici, juste *ici*, non, ici, ici, juste un peu plus à gauche, à droite, juste au milieu… Ooh, oui, oui, juste là, juste là !

Se gratter le dos, c'était un de leurs trucs. De même qu'embrasser les pieds et sucer les tétons, ou faire l'amour dans une position particulière qu'ils pensaient sincèrement avoir inventée parce qu'ils avaient parcouru le *Kama-sutra*, plus d'une fois, sans jamais l'y trouver. Beth avait toujours estimé ne pas aimer le sexe. Bill s'évertuait à lui prouver que si. Elle n'était toujours qu'à moitié convaincue. Elle avait encore du mal à comprendre l'intérêt. Mais ça rendait Bill heureux et, du moment qu'elle rendait Bill heureux, Beth était heureuse aussi.

Elle retira vivement sa main de sous son polo en entendant une voix dans le haut du jardin. Ils s'assirent tous deux très droit, l'air pas du tout naturel.

C'était Vicky.

Elle sourit en les apercevant.

— Coucou, vous deux ! tonna-t-elle, bien emmitouflée dans un gilet violet, en balançant ses bras puissants le long de son corps. Qu'est-ce que vous fabriquez là dans la pénombre ?

— Nous *disséquons*, dit Bill.

Le regard de Vicky passa de Bill à Beth, et vice versa. Celle-ci avait la gorge serrée et la peau qui picotait de culpabilité. Bill était si doué pour mentir, si blasé.

— C'est une emmerdeuse, ça c'est sûr, confia Vicky en s'appuyant contre un tronc d'arbre, les mains dans les poches. Elle vient juste de me dire que je n'étais pas une vraie lesbienne.

— Quoi ?!

— Oui, et… je ne vais pas essayer de vous répéter ça avec son accent… Elle a dit : « Tu as juste décidé d'être homo parce que tu voulais pouvoir mettre les pieds sous la table dans cette maison. » Non mais, vraiment ! Cette fille ne me connaît ni d'Ève ni d'Adam ! s'écria-t-elle avec un ululement.

Beth esquissa un sourire crispé. Elle ignorait si Vicky était une vraie lesbienne ou pas, et elle était toujours beaucoup trop mal à l'aise assise ici, écrasée contre le compagnon de sa sœur dans un hamac à la nuit tombée pour simplement prendre part à cette conversation.

— Ça n'a pas de sens de parler de « vraie lesbienne », de toute façon, affirma Bill. Ce sont seulement des nuances de gris.

— Bah oui, exactement. Qui peut le dire ? Enfin, est-ce qu'on décréterait qu'une personne n'est pas une « bonne » hétéro parce qu'elle a eu un jour un béguin pour la déléguée de classe ? renchérit Vicky avec un claquement de langue et un soupir. Bref, mon sentiment, c'est que je suis bien contente qu'elle ne soit pas là pour toujours. Elle ajoute une certaine couleur, certes, mais aussi un goût désagréable, si vous voyez ce que je veux dire.

Elle sortit les mains de ses poches et les fit claquer sur ses jambes.

— Bon, je ferais mieux de rentrer, voir si Lorrie va bien. Vous venez ?

Elle les regarda à nouveau tour à tour, puis leva les yeux pour observer le ciel. Une expression passa sur son visage, comme si elle effectuait une longue division dans sa tête. Beth tressaillit.

— Pas tout de suite, Vick, répondit Bill. Dans une minute.

— OK, bien, sourit-elle. Oui, à très bientôt, vous deux.

Ils restèrent à la regarder traverser le jardin en direction de la maison.

— Elle sait, balbutia Beth en s'extrayant du hamac pour se remettre sur ses pieds avec difficulté.

— Ne dis pas n'importe quoi, objecta Bill en s'allongeant à la place qu'elle avait libérée, les mains derrière la tête pour admirer le ciel où les étoiles commençaient à se révéler lentement comme des ombres sur un Polaroid. Bien sûr que non.

— Sérieusement, sa façon de nous regarder à l'instant. Tu n'as pas remarqué ? Elle sait. Elle sait tout. Ou alors elle *soupçonne*.

— Et puis ? demanda Bill avec un haussement d'épaules.

Les poings sur les hanches, Beth le scruta d'un air perplexe.

— Eh bien, si elle *soupçonne*, qu'est-ce qu'elle va faire ? À moins de nous prendre *en flagrant délit*, elle peut bien soupçonner tant qu'elle veut.

— Tu es d'une zénitude invraisemblable, monsieur Liddington. Je me demande vraiment comment tu fais. C'est flippant.

— C'est génétique. Toute ma famille est comme ça.

— Mais comment tu fais ? Comment tu rentres la rejoindre à la maison en faisant semblant d'avoir juste travaillé tard ? Si je devais mentir à quelqu'un tout le temps...

Elle frissonna. Le soleil avait disparu à présent, derrière l'horizon, emportant avec lui la dernière caresse de chaleur.

— Je rentre, annonça-t-elle, soudain énervée contre lui.

Elle ne pouvait pas trouver de raison spécifique à son agacement, il était juste posé là sur sa poitrine comme un livre pesant.

— Qu'est-ce qui se passe ?

— Chut ! siffla-t-elle.

— Quoi ?

— Rien, rien.

Elle remonta la pelouse à grands pas, vers les lumières de la maison. Sur le gazon devant le bâtiment, sa mère était en train de faire la roue. Ses longs cheveux grisonnants balayaient l'extrémité des brins d'herbe alors qu'elle virevoltait. En se redressant, elle vit Beth et sourit. De loin, à cette distance, elle semblait avoir quatorze ans.

— Où donc étais-tu, ma chérie ?

— Je fumais une cigarette, haleta-t-elle. Avec Bill.

Ce n'était pas un mensonge. C'était la stricte vérité, en fait.

— Je n'arrive toujours pas à croire que tu te sois mise à fumer à vingt-six ans.

Lorelei avait énoncé ça avec tristesse.

Beth sourit.

— Je sais. Je suis une sacrée idiote. Je vais arrêter bientôt. Promis.

— Plus facile à dire qu'à faire, déclara une voix dans son dos.

Elle sursauta. Elle se croyait seule avec sa mère. Kayleigh était accroupie en bas du toboggan, et fixait sur Beth des yeux plissés et interrogateurs.

— Une mauvaise habitude. Une *très* mauvaise habitude. Il faut que tu arrêtes ça. *Tout de suite.*

Elle lui lança un regard d'intelligence pénétrant.

— Tu entends ce que je te dis ? Il faut que tu arrêtes ça. Tout de suite. Tue le truc dans l'œuf. Pour le bien de tout le monde.

La gorge nouée, Beth hocha la tête.

— Oui, acquiesça-t-elle d'une voix qu'elle s'efforça de maîtriser. Oui. Je t'entends. Et je le ferai.

— Parfait.

— Kayleigh a absolument raison, intervint Lorelei en toute innocence. Merci, Kayleigh. Est-ce que tu fumes ?

Kayleigh se redressa et sourit.

— Non, pas en ce moment. Mais j'ai fumé. Alors je sais, expliqua-t-elle en pivotant vers Beth, à quel point c'est difficile d'arrêter.

Beth hocha de nouveau la tête et se détourna. Elle rentra d'un pas lourd dans la cuisine, ignora la scène de gaieté familiale qui s'étalait sous ses yeux : Colin, Pandora, Meg et Ben exubérants finissant leur bouteille de vin rouge, parlant très fort, les coudes sur la table, les bols du dessert bien raclés qui attendaient d'être débarrassés, les enfants en pyjama filant en tous sens comme des poissons, Rory devant l'évier qui faisait la vaisselle et riait à une blague ; elle ignora tout cela et courut dans sa chambre. La pièce qui était toujours sa chambre. Vingt-six ans, et encore ici. Les rares moments où elle n'était pas ici, c'était quand elle était là-bas. À Londres. À faire l'amour avec Bill dans son bureau, à la galerie. À dîner avec Bill dans des restaurants ringards où il ne risquait pas de rencontrer des connaissances. À faire l'amour avec Bill dans les toilettes de ces restaurants ringards. Bill était un homme de famille. Il n'y avait pas de nuits partagées, de réveils à deux – il était inébranlable sur ce point. Il hélait un taxi, déposait Beth à la gare pour le dernier train, puis rentrait à la maison. Il dormait dans son lit, aux côtés de Megan. Un voyage de cinq heures pour deux heures avec lui.

Comment les gens peuvent-ils faire ça ? songea-t-elle. Et pourtant le monde semblait peuplé de conjoints adultères. Chaque fois qu'on allumait la télé ou ouvrait un journal, quelqu'un avait une liaison avec un homme marié. Pour eux, ça paraissait tellement facile. Pour Bill, aussi. Mais ce n'était pas facile. Et maintenant : Kayleigh.

Elle se rejeta sur son lit à plat dos et articula le mot « putain ». Puis elle le répéta. *Putain, putain, putain, putain, putain.* En silence. Il y avait trop de monde dans cette maison, trop d'oreilles indiscrètes. Elle frappa le matelas des deux poings.

Seigneur.

Kayleigh, là, dans le noir, qui écoutait. Qui savait. Cette femme dont elle ignorait tout. Le dirait-elle à Rory ? Le dirait-elle à Meg ? Elle avait parlé d'un ton amical, comme un conseil, pas une menace. Qu'avait-elle entendu exactement, de toute façon ? Beth n'arrivait pas à se souvenir de leurs propos. Elle avait chuchoté, mais Bill était incapable de baisser la voix. Qu'avait-il dit ? Elle grimaça en se rappelant qu'il avait employé l'expression « flagrant délit ».

Si elle arrêtait tout de suite, ce serait presque comme si ça ne s'était jamais produit. Ils n'avaient entretenu une liaison que pendant deux mois. Elle n'avait couché avec lui qu'une poignée de fois. S'ils arrivaient à s'arrêter maintenant, à laisser repousser une épaisse couche de peau sur le souvenir… il n'y avait pas de trace écrite, pas de preuve matérielle, ils pourraient faire comme si ça ne s'était jamais passé. Personne n'aurait à en souffrir.

Mais elle savait déjà qu'elle n'en était pas capable.

Elle ne pouvait pas arrêter maintenant. Après tout, ils venaient juste de commencer.

Chapitre 6

Mercredi 1er décembre 2010

Cher Jim,

Oh, mon Dieu, je dois t'avouer que je n'ai pas pensé à Noël du tout. Non. Je dirais même que j'ai tendance à flotter sans grand but à travers les semaines et les mois, ces temps-ci. Comme le ballon perdu d'un enfant. Dérivant vers l'horizon. Pour n'être plus jamais revu. Ha, ha ! Mes enfants vivent tous trop loin. (Et, bien entendu, je pourrais aller chez eux, mais je crois que j'ai déjà mentionné ma crainte un peu idiote de m'absenter de chez moi. La dernière fois que j'ai dormi dans un lit qui n'était pas le mien, c'était à l'hôpital, lors des derniers jours et nuits de ma moitié. Avant ça, c'était la nuit après la naissance des jumeaux. Et avant, c'était, MON DIEU, avant qu'aucun des enfants ne soit né, je crois. Donc, oui, je suis un peu coincée ici maintenant. Et très heureuse comme ça !) Mes parents, comme je te l'écrivais, nous ont quittés depuis longtemps, ma sœur vit à Corfou, donc voilà. Je suis une solitaire ! Cela dit, les enfants de la personne qui partageait mon existence habitent toujours dans les parages, la plus jeune en particulier est très attachée à moi, alors je peux encore recevoir une invitation. Mais franchement, Jim, ça m'est un peu égal. C'est juste un jour ordinaire pour moi maintenant. Et les autres aussi. J'espère que ça ne me fait pas passer pour une affreuse vieille femme dépressive ! Je ne suis pas du tout comme ça. Vraiment. Compte tenu de certaines choses que j'ai traversées, compte tenu de ma situation actuelle, je suis au contraire quelqu'un de très joyeux ! Et toi ? Comment vas-tu fêter Noël ? Est-ce que tu as de la famille dans ta région ? Des amis ? Ou peut-être que tu vas déjeuner au pub ? Je dois dire que ce que tu me racontes de ton pub me plaît. J'ai l'impression que j'ai fait une erreur dans ma vie en ne me dégottant pas un charmant QG local, un endroit douillet où aller retrouver des amis et boire un verre de vin, pour me faire sortir de la maison tous les jours ! Mais je crois que c'est trop tard maintenant. Les pubs des environs sont tous devenus d'horribles bistros gastronomiques, pleins de Londoniens snobinards qui parlent fort, avec leurs grosses voitures. Et, la moitié du temps, il n'y a même pas d'endroit où s'asseoir pour une consommation si on ne veut pas manger.

Dans tous les cas, je devrais sortir davantage, la question ne se pose même pas. Mais plus je vieillis, plus le temps passe, moins j'ai l'impression qu'il y a quelque chose pour moi dehors. C'est comme si tout appartenait aux autres, tu sais, le petit visage crasseux collé derrière la vitre du restaurant chic. C'est comme ça que ça m'apparaît. Et ici, dans ma maison, avec mes affaires, je suis la reine ! Dans mon palais ! Je suis à ma place. Aah… ☺

Enfin, je suppose qu'à notre âge on est tous un peu bizarres, pas vrai ? Comment va ta chienne, et sa patte, au fait ? J'espère qu'elle se remet bien de l'opération.

De tout mon cœur,

Bisous, Lorrie

Avril 2011

— Comment ça se fait que tu aies du réseau, toi ? demanda Molly en agitant son téléphone avant de le tendre vers la fenêtre.

— Aucune idée, répondit Meg. Partons d'ici, d'accord ? Partons et allons prendre possession de la chambre d'hôtel.

— Oh oui, s'il te plaît !

Le choix de l'hôtel avait compté pour moitié dans le désir de Molly de venir ici. Elle détestait le ski et préférait rester à Londres avec Georgia, sa meilleure amie. Meg n'avait pas été ravie à l'idée de passer quatorze jours et quatorze nuits à s'inquiéter pour son adolescente, et n'avait cessé de cogiter pour savoir si sa grande fille était prête à rester seule ou non. Puis ils avaient reçu le coup de téléphone au sujet de Lorelei. Bill avait dit qu'il emmènerait les garçons au ski tout seul, et Molly avait marmonné : « Humm, je ne sais pas » quand Meg lui avait proposé de l'accompagner. Aussi, Meg avait déniché le plus mignon, le plus feutré, le plus chic des petits hôtels de luxe sur le site Mr & Mrs Smith et dit : « Regarde, je vais dormir là, tu es sûre que tu ne veux pas venir ? », et Molly avait répondu : « Cool ! Oui ! Je viens avec toi ! »

Molly avait toujours adoré les « beaux hôtels » – ainsi qu'elle les appelait lorsqu'elle était petite. À huit ans, elle avait décrété qu'elle travaillerait dans l'hôtellerie quand elle serait grande. Elle dessinait des plans très détaillés de son futur établissement ; il y aurait des palmiers dans les chambres, il suffirait d'appuyer sur un bouton pour que du champagne sorte du mur, et l'on choisirait la couleur exacte de sa serviette de bain sur un menu. Désormais, ses ambitions portaient sur « quelque chose dans la télévision, peut-être productrice, ou réalisatrice, ou un truc comme ça, tu vois ».

Le trajet pour s'extirper de la maison, comme tous les retours, parut plus court et moins sinueux. La sensation de connaître la longueur des tunnels et l'endroit où ils débouchaient était rassurante, et, pendant un moment, Meg put presque éprouver la sécurité que devait ressentir sa mère en passant dans les couloirs tièdes de ce terrier qu'elle avait elle-même créé.

Meg verrouilla la porte du jardin derrière elles et enfonça la clé dans sa poche. Elle contempla la façade pensivement pendant un instant, puis pivota pour observer les alentours. Cette douce étendue d'espace avec son odeur de campagne et ses bruits de circulation, où tout était comme il fallait. Molly agita de nouveau son téléphone :

— Toujours pas de réseau.

— Je suis sûre que tu en auras, dès qu'on sera sur la route.

Meg se réjouissait qu'il n'y ait pas de réseau. Avec, Molly serait perdue pour elle, la voiture serait emplie de ce bruit – si agaçant qu'il lui en donnait mal aux dents – d'adolescentes pas si futées en train de se raconter des conneries, ou du son des notifications de messages toutes les dix secondes. Sans réseau, elles pouvaient être là, côte à côte, à profiter du paysage et peut-être même parler.

Meg mit le moteur en marche, et Molly regarda la maison à travers ses Ray-Ban.

— C'est tellement bizarre. De penser que vous avez vécu là, tous, que vous étiez tous juste, genre, des enfants normaux, qui vont à l'école et tout ça, qui ont des amis. Et ensuite, vous êtes partis les uns après les autres, et elle est morte, tu sais, complètement seule dans, genre, la « Pire maison de Grande-Bretagne », ou je sais pas quoi.

Elle secoua la tête avec solennité.

— Bizarre, répéta-t-elle. Enfin, tu peux imaginer que ça nous arrive à nous ? Sérieusement ? Que tous les quatre on te laisse juste là et qu'on ne se parle plus, et que papa se barre avec une cinglée et que toi tu deviennes complètement folle et que tu ne laisses personne rentrer et que tu construises, genre, des *tunnels* avec, genre, des *journaux*. Imagine notre maison. Notre jolie maison, avec toutes ses belles affaires dedans, et ouais, OK, c'est un peu trop bien rangé à mon goût, mais, tu sais, c'est vraiment une maison agréable, et on y habite tous et on est tellement heureux et tout. Et quand je serai adulte, je veux voir mes frères tout le temps, tu sais, je veux aller chez eux et que mes enfants jouent avec les leurs. Je veux dire, tu n'as pas vu ton frère et ta sœur depuis, genre, *cinq ans*. Ton frère et ta sœur, quoi. Avec qui tu vivais autrefois. Et que tu voyais tous les jours. Bref, je ne comprends pas. Comme les choses peuvent, genre… tourner aussi *mal* ?

Elle pivota pour dévisager sa mère avec de grands yeux bleus.

Meg actionna le clignotant et regarda dans le rétroviseur extérieur, les mains bien symétriques sur le volant.

— Parfois, chérie, commença-t-elle en engageant le monospace sur la route, je n'ai tout simplement pas de réponse.

Avril 2000

Meg déposa de la crème solaire sur le bout de ses doigts et l'étala sur les bras, les épaules, le nez et les genoux des trois jeunes enfants alignés devant elle près de la piscine. Molly reçut l'application de crème solaire comme si c'était un soin au spa. Elle se tenait calme et droite, les doigts écartés, les yeux fermés, se tournant quand on le lui demandait. Alfie la perçut davantage comme une punition vicieuse, se tortillant, grimaçant et gémissant : « Pourquoi, maman ? Pourquoi ? » Stanley, le bébé (qui marchait, déjà, à dix mois ! Ce n'était pas prévu quand ils avaient réservé ces vacances six mois plus tôt. Il était censé être encore un nourrisson, portable et immobile, pas cet humain miniature qui courait partout avec de vraies chaussures en cuir), la prenait plus comme un jeu, et adressait des sourires coquets à sa mère en essayant d'éviter sa main.

Avec trois enfants à la suite, une de quatre ans, un de tout juste trois ans, et le dernier qui approchait d'un an, Meg avait une approche militaire de ce genre de tâches. Bill, civil autodécrété, était allongé en face d'eux sur un transat, un livre de poche ouvert devant la figure pour se protéger des rayons brûlants du soleil grec.

— Tu as besoin d'aide ? s'enquit-il à l'instant précis où elle remettait le bouchon sur le tube de crème.

Avec un sourire doux-amer, elle répondit :

— Non, chéri, je m'en sors, détends-toi.

Il savait que c'était une taquinerie, mais aussi que s'il voulait rester tranquille à lire son bouquin, il devait feindre de ne pas comprendre.

— Je peux me baigner maintenant ? demanda Molly.

— Non, ma puce, tu dois attendre que la crème soit absorbée.

Molly fit claquer sa langue et leva les yeux au ciel.

— Combien de temps ça va prendre ?

— Une dizaine de minutes, répondit Meg avec un sourire épuisé.

Molly claqua de nouveau la langue, les yeux au ciel.

Meg s'accroupit à côté de la piscine et plongea les brassards gonflables d'Alfie et de Stanley dans l'eau avant de les leur passer aux bras.

— OK, dit-elle, allons acheter une glace. Quand vous l'aurez mangée, ce sera bon pour aller dans la piscine. OK ?

Ils acquiescèrent tous, trois petites têtes, les boucles châtains de sa fille et les casques roux ambré de ses fils.

— Je peux avoir de l'argent ? demanda-t-elle en se tournant vers Bill.

— Humm ?

Il leva le nez de son livre comme s'il venait seulement de se souvenir qu'elle était là.

— De l'argent. J'ai besoin d'argent. Pour les glaces.

— Oh, oui, bien sûr. Dans la poche de mon bermuda, là-bas.

Elle sortit une poignée de pièces des profondeurs tièdes du bermuda abandonné de Bill et emmena les enfants au kiosque, de l'autre côté de la piscine de l'hôtel-club.

— Tu peux me prendre un expresso ?

Meg le dévisagea avec stupeur. Il fallait qu'ils travaillent là-dessus, songea-t-elle, ils avaient besoin d'admettre le fait qu'ils avaient trois enfants en bas âge, qu'il n'y avait pas un réseau de fées et d'elfes qui voletaient en coulisse pour tout préparer comme Bill semblait le croire, et instaurer une sorte de planning. Une sorte d'emploi du temps afin que Meg puisse peut-être, juste peut-être, décompresser elle aussi.

Le choix des glaces les transforma momentanément en une troupe de cirque ambulant. Molly n'arrivait pas à se décider et en voulait à sa mère, Alfie se décida trop vite et changea d'avis à l'instant où Meg avait retiré l'emballage, et Stanley fit tomber la sienne par terre et se mit à hurler. Une femme apparut derrière eux dans la queue, une créature sereine en robe blanche, suivie par ses deux filles impeccables qui ressemblaient à des sylphides, toutes blondes, toutes en jambes. Meg leur jeta un coup d'œil avant de regarder son tohu-bohu d'enfants qui s'époumonaient : Molly toujours dans son maillot de l'année précédente décoloré par le chlore parce que les magasins n'avaient pas mis en vente les nouvelles collections, les garçons dans des trucs bleus bon marché de chez Woolworths, le dos couvert de taches de rousseur et la figure barbouillée de chocolat. Elle pensa à elle-même, qui portait désormais du 42-44. *Du 42-44.* Et tout dans les hanches et les cuisses, pas un gramme de plus sur les seins. Elle songea à l'épilation du maillot qu'elle n'avait pas faite (elle n'avait simplement pas eu le temps, et avait donc dû se raser à la place, ce qui lui avait flanqué une irritation), son maillot de bain discret, sa nouvelle coupe de cheveux qui ne lui allait pas trop (elle avait le bébé sur les genoux et ne s'était pas bien concentrée sur ce que lui disait la coiffeuse – c'était très court). Elle pensa aux cinq nuits sans sommeil qu'ils venaient de passer entassés dans ce qui avait été décrit comme une « suite familiale » (c'était risible), mais n'était en réalité qu'une chambre d'hôtel normale avec un lit parapluie et deux lits de camp rajoutés.

Puis elle adressa un sourire crispé à la mère derrière elle.

— Désolée pour ce vacarme, on vous cède la place dans une minute.

La femme blonde avec ses traits félins, ses longs cheveux et ses chevilles galbées lui rendit son sourire.

— Ne vous inquiétez pas, ce n'est pas un problème, on est tous passés par là.

Meg émit un rire désabusé.

Non, on n'est pas « tous passés par là », songea-t-elle. *Ou alors, certains d'entre nous ont emprunté une route très différente pour cette traversée.*

Elle prit Stanley dans ses bras et l'aida à tenir sa nouvelle glace. Il était tout glissant de crème solaire et faillit lui échapper. Mais elle parvint tout de même à le garder, lui et sa glace, et les rapporta, ainsi que le putain d'expresso de Bill, de l'autre côté de la piscine, devant les transats pleins de gens allongés, qui lisaient des livres et sirotaient des cocktails, et qui, encore plus énervant, dormaient. *Les salauds.*

Elle atterrit sans grâce sur son siège qui faillit se plier en deux sous son poids et celui de son imposant nourrisson. Molly s'était finalement décidée – au grand dégoût de Meg, mais en vérité, s'il y avait bien une chose que Meg avait apprise au sujet des enfants, c'est qu'on ne pouvait pas se battre sur tous les fronts – pour une substance d'un vert criard dans un tube en papier qu'elle ne savait pas utiliser.

— Maman, pleurnicha-t-elle, je n'arrive pas à l'ouvrir. Maman !

Meg laissa tomber le minuscule gobelet de café avec bruit, d'un air contrarié, sur la table entre leurs transats et attrapa la chose des mains de Molly en sifflant :

— Pour l'amour du ciel, donne-moi ça !

Bill lui lança un regard de reproche.

— Quoi ? aboya-t-elle.

Il posa son livre – *enfin* – et dévisagea Meg, apparemment horrifié.

— Allons, cajola-t-il, on est censés être en vacances. Tu ne peux pas te détendre un peu ?

Il avait dit ça de sa voix de « gentil Bill ». Celle qu'il prenait pour lui rappeler que lui, au moins, était toujours le mec bien du début. Même si elle n'était plus la fille charmante d'autrefois.

— Non, répondit-elle doucement. Je ne peux pas me détendre. Comment je pourrais ?

Bill regarda les trois enfants, à présent calmes et heureux, bien alignés devant lui avec leurs glaces.

— Profite d'eux. Ça file si vite. Levez la main, ceux qui passent les meilleures vacances de leur vie ?

Ils levèrent tous les trois la main. Puis Molly baissa la sienne et énonça :

— En réalité, ce ne sont pas les meilleures vacances de ma vie.

— Ah bon ? répliqua Bill. D'accord, alors c'étaient lesquelles ?

— Celles qu'on n'a pas encore eues.

Elle semblait contente d'elle-même après son propos inattendu. Bill et Meg se regardèrent, leurs enfants entre eux, et éclatèrent de rire.

— Ah oui, approuva Bill, j'aime ton point de vue, Molly-Moo. J'aime beaucoup ton point de vue.

Il lui caressa les cheveux et but son expresso. Il sourit à Meg.

— Je t'aime, déclara-t-il d'un ton appuyé.

Meg lui rendit son sourire.

— Je t'aime aussi.

— Embrasse-moi, alors.

Il se redressa d'un bond, exhibant son corps qui approchait de l'âge moyen, mais restait relativement tonique dans son short de surf ample. Avoir des enfants avait réduit l'écart d'âge entre eux. À présent, Meg avait souvent l'impression d'être la plus vieille des deux. Vingt-neuf ans, ressenti trente-neuf.

— Qui vient se baigner ?

Ils le suivirent, tout excités, en sautillant et criant. Il prit les garçons chacun par une main, les faisant bondir à chaque pas, leurs petits corps légers papillonnant à ses côtés. Ils disparurent derrière un palmier et réapparurent au niveau du petit bain. Meg les dévorait des yeux, les savourant de loin, un peu inquiète que Bill soit distrait par les garçons et laisse Molly se noyer, mais les voir tous ensemble la remplissait de fierté. Comment avait-elle pu ressentir cette fugace bouffée de honte à l'instant, devant la buvette ? *Regarde-moi ça,* songea-t-elle, *regarde-moi ces jolis enfants. Regarde mon homme, si beau.*

Elle vit l'élégante dame blonde avec ses préadolescentes élancées. Elle était en train d'étaler de la crème dans le dos de la plus jeune. Il n'y avait pas de papa. Une maman solo. Qui se débrouillait toute seule. Personne avec qui partager un pichet de vin sur le balcon une fois les enfants endormis. Meg sourit. Elle se sentait de mieux en mieux à mesure que les minutes passaient.

Elle entendit le téléphone de Bill vibrer et localisa l'origine du bruit dans l'autre poche de son bermuda. Elle sortit l'appareil et vit le prénom BETH. Elle sourit – sa petite sœur –, puis fronça les sourcils. Pourquoi appelait-elle sur le portable de Bill ?

— Allô ?

— Oh, coucou, Meg, c'est moi.

— Oui, je sais que c'est toi, ton prénom s'affiche sur le téléphone de Bill.

— Ah, c'est pratique. C'est à toi que je voulais parler, en fait.

— Ah, d'accord. Pourquoi tu ne m'as pas appelée directement, alors ?

— Oh, euh, Bill m'a dit de faire ça, il a des meilleurs tarifs à l'international, je crois.

— Il t'a dit ça ? Quand ?

— L'autre jour. Quand je t'ai appelée sur le fixe. Tu n'étais pas là.

— Ah bon ?

— Oui. Bref. Comment vas-tu ?

Meg changea le téléphone d'oreille et plissa les yeux pour observer l'autre bout de la piscine. Bill était en train de plonger le bébé sous l'eau avant de le remonter à la surface. Stanley était fou de joie, mais c'était de la torture pour Meg.

— On va bien, merci. On passe des bons moments.

— Comment est la météo ?

— Magnifique. Une vraie fournaise.

— Les enfants ?

— Ils s'éclatent.

— Tant mieux. C'est super.

Meg décela une pointe de tristesse dans la voix de sa cadette.

— Du coup… ?

— Ah, oui, je t'appelais juste parce que c'est Pâques aujourd'hui.

— Ah merde, vraiment ?

Meg sentit son estomac se tordre de colère envers elle-même. Elle avait oublié. Pour la première fois depuis neuf ans, elle avait oublié l'anniversaire du décès de leur frère.

— Oh, Seigneur, oui, bien sûr, on est dimanche. C'est juste, tu sais, ici, on a tendance à perdre la notion du temps.

— Oui, je sais, je sais. Ça arrive.

— Ce n'est pas une excuse. Je m'en veux terriblement. Je ne vaux guère mieux que maman.

— Ne dis pas de bêtises. Bien sûr que non. Et tout va bien. Tu te souviens, maintenant.

— Uniquement parce que tu me l'as rappelé. Vous allez au cimetière ?

— Oui. Papa, Vicky et moi, on y va tout à l'heure, après le déjeuner.

— Et maman ?

— Non, répondit Beth d'une voix traînante pour souligner le caractère prévisible du comportement maternel. Elle dit qu'elle va plutôt « penser à lui ».

Meg soupira. Ce n'était même plus vraiment la peine d'en parler.

— Il y a du monde qui vient, aujourd'hui ?

— Non, on sera juste nous. Papa. Les filles. J'aimerais que tu sois là, ajouta-t-elle.

— Oui, bon, j'allais dire « Moi aussi », mais en vérité, ça fait une éternité que j'attendais ces fameuses vacances en Grèce.

Elle rit, et Beth l'imita.

— Je sais, répondit-elle. C'est juste que… c'est tellement bizarre ici, maintenant. Tout a changé. Je déteste vivre dans cette maison, parfois, vraiment…

Meg reprit son souffle. Elle entendait les larmes dans la voix de sa sœur. Elle voyait aussi Molly courir vers elle, apparemment avec un gros chagrin.

— Maman ! Alfie m'a poussée, et papa a dit que ce n'était pas sa faute alors que *c'était* sa faute, il l'a fait *exprès*, mais tout le monde pense toujours que c'est *ma faute*.

Meg coinça le téléphone entre sa joue et son épaule, et ouvrit les bras pour consoler sa première-née.

— Je vais avoir vingt-huit ans cette année. Je n'ai pas de copain. Je n'ai pas d'appartement. Je n'ai même pas de meilleure amie. Je suis une ratée totale…

— Oh, c'est ridicule, Beth. Allons ! Tu es la meilleure assistante personnelle de la région. Tu es belle, tu es…

— Regarde, maman, regarde ! J'ai un bobo là où Alfie m'a poussée, regarde, il faut me mettre un pansement !

Elle fit distraitement un bisou sur le bobo et serra Molly contre elle en changeant encore une fois le téléphone d'oreille.

— Eh bien, oui, mais tu ne crois pas, à bientôt trente ans, que je devrais aspirer à plus que juste être une bonne secrétaire et une jolie femme ? Je me sens tellement enfermée, Meggy. Je me sens comme Gulliver, attachée de partout avec des petites cordes, genre, elles sont toutes minuscules, mais il y en a tellement que je ne peux pas bouger. Tu vois ce que je veux dire ? Et, pour la plupart, elles sont seulement dans ma tête parce que…

— Viens dans la piscine, maman. S'il te plaît, maman, viens dans la piscine avec moi. Je ne veux pas y aller avec papa. Je n'aime pas papa. Je t'aime toi. S'il te plaît, maman. S'il te plaît !

— …en vrai, il n'y a rien qui m'aurait empêchée d'être comme toi, pas vrai ? De partir, de me marier, de faire quelque chose de ma vie.

— S'il te plaît, maman, s'il te plaît, maman, s'il te plaît, maman, *s'il te plaît, maman…*

— OK ! cria-t-elle. OK !

— Quoi ?

— Pas toi, Beth. Pas toi. Molly. Elle veut que je l'emmène se baigner. Pardon.

Beth soupira.

— Ne sois pas désolée. C'est ma faute, c'est moi qui suis désolée. Je ne devrais pas t'embêter pendant tes vacances. Je ne devrais pas déverser tous mes petits problèmes sur toi.

— Je te rappelle dans quelques minutes. Ça te va ?

— Non, pas besoin. Vraiment. Ça va aller. C'est juste, tu sais… Pâques… Vieillir. Ça doit être juste… comment ça s'appelle ? La crise de la trentaine ?

— Eh bien, oui, peut-être que c'est ça. Et ce n'est peut-être pas si mal. Tu sais, moi aussi je voudrais que tu aies une vie plus riche. Sincèrement. Tu vaux mieux que ça. Je te rappelle dans cinq minutes. Ça ira ?

Elle emmena Molly dans la piscine et passa un petit moment à lui courir après, la chatouiller, la faire sourire, puis elle retourna vers le transat, sans serviette, dégoulinant sur le livre de Bill.

Elle prit le téléphone de Bill et ralluma l'écran. Elle trouva le numéro de Beth dans son répertoire et appuya sur « Appeler ». Mais, au lieu de composer le numéro de Beth, son geste fit apparaître un historique d'appels. Meg le regarda, les yeux plissés. *Curieux*, pensa-t-elle. *Vraiment curieux*. Beaucoup d'appels, passés et reçus, vers le téléphone de Beth.

Elle contempla l'appareil pendant plusieurs minutes. Les échanges entre les deux numéros remontaient presque jusqu'au jour où Bill avait acheté ce nouveau téléphone, trois mois plus tôt. Il y avait de longs intervalles entre les coups de fil, mais quand il y en avait, c'était trois ou quatre par jour. Elle tenta de formuler des hypothèses raisonnables pour expliquer ce phénomène. S'agissait-il d'une autre Beth ? Ou était-ce sa sœur, qui ne parvenait pas à la joindre ? *Ou une liaison ?* L'idée la fit rire. Puis elle sourit.

Bien sûr.

C'était évident.

L'anniversaire de Meg arrivait le mois suivant.

Ils étaient en train d'organiser une soirée surprise pour elle. De parler de ses cadeaux.

Elle recomposa le numéro de Beth, mais celle-ci ne décrocha pas.

Beth avait les yeux rivés sur le téléphone posé sur son lit.

BILL, disait-il, BILL.

Comme pour la narguer.

Elle n'arrivait pas à croire qu'elle l'avait appelé. Pendant ses vacances. Un geste vraiment stupide. Mais quand même. Deux semaines entières. Comment avait-il pu s'imaginer qu'elle pouvait passer deux semaines entières sans entendre sa voix ?

Le coup de fil avait été une véritable torture. Elle n'entendait rien d'autre que les bruits de la vie qu'elle désirait. Des enfants hurlant de joie. Les éclaboussures d'une piscine. Le ressac des vagues lointaines sur le sable. Le brouhaha de l'étranger. D'autres vies en train d'être vécues par d'autres personnes.

Rory en Espagne.

Meg et Bill en Grèce.

Et Beth, toujours ici. Baby-sitter gratuite, secrétaire vieillissante, compagne de deux dames excentriques d'âge moyen, dernier vestige d'une famille auprès d'un vieux père solitaire, croupissant et amer.

Elle attrapa le téléphone et le glissa sous son oreiller.

Elle avait bien géré la situation, songeait-elle. Et c'était vrai, Bill lui avait dit d'utiliser son numéro si elle avait besoin de les joindre pendant qu'ils étaient absents. Donc elle n'avait pas réellement menti.

Menti à sa sœur.

Elle se dégoûtait parfois, pour de vrai. Mais Bill – c'était lui qui la maintenait à distance de cette contradiction. Sans Bill, sans son approbation (et elle devait bien supposer qu'il l'approuvait pour mettre en péril son bonheur futur chaque fois qu'il passait du temps avec elle), elle ne pourrait pas se supporter. Elle aurait pu se tuer en avalant des médicaments. S'ouvrir les veines. Ou – que Dieu garde en paix sa belle petite âme – se pendre aux poutres dans la chambre de Rhys. Car aussi longtemps que Bill voulait d'elle, alors il y avait une chance, une minuscule, infinitésimale chance, qu'elle soit peut-être normale.

Une odeur d'agneau et de romarin remontait du rez-de-chaussée, franchissait le palier et filtrait sous la porte de sa chambre. Elle entendit quelqu'un déboucher une bouteille de vin. Elle soupira. *Et c'est reparti.*

Puis elle se dit à elle-même : *À cette époque l'année prochaine, soit je serai morte, soit je serai autre part.*

Rory essuya la sueur de son front et poussa la porte du bar. Il salua Ramon, le barman, en espagnol et se dirigea vers le téléphone au fond de la pièce.

— *No está funcionando*, l'informa Ramon.

— Quoi ? Tu plaisantes !

Il tapa dans le bas du comptoir avec son pied droit. Il avait promis à sa mère de l'appeler aujourd'hui. Elle avait dit qu'elle attendrait son coup de fil. C'était une longue marche pour rejoindre le bar de Ramon depuis la ferme, et juste après midi, par près de trente degrés, il n'y avait pris aucun plaisir.

— *¿Una cerveza?*

Rory accepta avec un haussement d'épaules, et Ramon lui versa une petite bière. Il la siffla cul sec. Par cette chaleur, la bière semblait parfois une substance vitale.

— *Gracias*, dit-il d'un ton las.
— *De nada. Feliz Pascua.*
— Ouais, acquiesça Rory. *Feliz Pascua.*
Il passa son verre vide au barman. Puis il parcourut en sens inverse tout le chemin vers la ferme.
Kayleigh était assise sur la marche devant leur gîte. Le bébé était sur son sein, à demi couvert par un drap de mousseline.
— Chuuut, dit-elle, un index sur les lèvres, en fronçant les sourcils.
Puis elle précisa en silence : « Elle dort. »
Rory sourit. *Très bien*, pensa-t-il.
Il pointa du doigt vers la gauche et articula : « Owen ». Puis il mima l'action de fumer un gros joint. Kayleigh leva les yeux au ciel avec un claquement de langue.
Owen était arrivé à la ferme trois semaines plus tôt. C'était un maçon et constructeur d'échafaudages originaire de l'Essex. Encore un mois auparavant, il était marié avec une mannequin, vivait dans une grande maison tape-à-l'œil avec deux voitures et toute une collection de chiens de race ; un matin, il s'était réveillé et dit qu'il ne voulait plus rien de tout ça. Il avait tout laissé à sa femme, et s'était pointé ici avec un sac à dos et l'adresse de Ken notée sur un bout de papier. Ken lui avait permis de dormir dans le fourgon aménagé. En échange, il retapait l'endroit : il bâtissait des murs, réparait les fuites, toutes ces activités que Rory associait aux vrais hommes.
Il toqua à la porte du van et recula d'un pas.
Owen apparut sur le seuil un moment plus tard, plus d'un mètre quatre-vingts, torse nu, bronzage acajou, le corps massif comme une planche, ciselé et intimidant. Il se gratta le crâne – rasé –, bâilla largement en montrant ses grandes dents pleines de plombages et dit :

— Ça va ?

Rory était conscient de prendre un étrange accent cockney chaque fois qu'il était avec Owen, mais il n'arrivait pas à s'en empêcher.

— Ouaip. Tu viens de te réveiller ?

— Ouaip, il est quelle heure ? s'enquit Owen avec un nouveau bâillement.

— Une heure, environ.

— Merde. Bon sang…

Owen se gratta encore la tête.

— Un joint, ça te tente ?

Rory acquiesça et monta dans le véhicule.

À l'intérieur, c'était un véritable merdier. Ça sentait la sellerie poussiéreuse, la mousse pourrissante, les vieux joints et les baskets d'Owen.

Kayleigh et Rory avaient passé leurs deux premières semaines à la ferme dans ce van. Ils s'étaient ensuite installés dans la caravane. Depuis la naissance du bébé, ils avaient été surclassés pour le gîte, ce qui se faisait de mieux après la maison de Ken. Ce qui représentait, aux yeux de Rory, le seul bénéfice d'avoir un enfant.

— Mauvaise nuit ? demanda Owen en regardant Rory tout en collant deux feuilles ensemble avec sa salive.

— L'enfer ! Le bébé s'est réveillé toutes les deux heures.

Owen siffla, les yeux plissés.

Le bébé s'appelait Tia. Rory n'avait pas été consulté sur le choix du prénom. Exactement comme il n'avait pas été consulté sur le fait d'avoir un bébé. À cette époque un an plus tôt, ils étaient au Royaume-Uni, officiellement pour voir sa famille, mais en réalité pour avorter. Jusqu'à ce que Kayleigh décide à la dernière minute, littéralement, vingt-quatre heures avant leur vol retour, qu'elle voulait le garder. Et ils avaient dû repartir jusqu'en Espagne. Avec le fœtus qui devenait de plus en plus viable dans son ventre.

Rory avait vingt-quatre ans quand le bébé était né. Il avait eu l'impression de devenir fou. Comment diable avait-il pu se retrouver avec un gosse à vingt-quatre ans ?

Le bébé avait des problèmes. Reflux. Coliques. Et otite séreuse. Des petits problèmes de santé avec un peu de recul, mais qui la faisaient pleurer. Beaucoup. Des problèmes qui les entraînaient chez le médecin en ville plus que de raison. Qui nécessitaient l'administration de médicaments, d'antibiotiques. Des problèmes qui rendaient encore plus difficile pour Rory d'accepter l'arrivée de ce bébé dans sa vie.

Il voyait bien que les autres n'appréciaient pas non plus. Ils n'appréciaient pas les cris perçants qui émanaient du gîte sept, huit fois par nuit. Le constant arrière-fond de plaintes et de vagissements. Et le stress qui allait avec. La ferme de Ken était un endroit où les gens venaient pour vivre dans le calme, la douceur, égoïstement. Rory et Kayleigh ne remplissaient plus vraiment le contrat. Ils aboyaient et grognaient, se lançaient des piques et créaient une mauvaise atmosphère. Et leur bébé hurlait sans relâche, ses cris de désespoir étouffant la bande-son aimée des cigales, de la guitare grattée en amateur, des conversations profondes sur la vie et ses nombreuses significations. Ils cassaient totalement l'ambiance, gâchant cette belle fête hédoniste, euphorique.

— Tiens, dit Owen en ouvrant un petit frigo pour passer à Rory une cannette de San Miguel bien fraîche.

— Santé !

Rory contempla la petite cannette dans sa paume. Il la fit rouler d'une main à l'autre entre ses doigts plusieurs fois, savourant la surprise puis l'engourdissement.

— C'est Pâques, aujourd'hui.

— Ah, ouaip. C'est ton truc, ça ?

Rory secoua la tête.

— Non. Pas vraiment. Je n'ai pas eu d'éducation religieuse. Mais on a toujours fêté Pâques. C'était le jour préféré de ma mère.

— C'était ? Elle est morte ?

— Non, expliqua Rory en riant. Elle est bien vivante. C'est juste…

Il décapsula sa bière et aspira la mousse qui jaillissait par l'ouverture.

— J'avais un jumeau. Il s'est suicidé le jour de Pâques.

— Merde, souffla Owen avec une grimace. Il avait quel âge ?

— Seize ans. Depuis quelques jours. Il s'est pendu. Ouaip.

Rory n'était plus en colère. Il avait cessé de l'être à un moment donné, après son arrivée en Espagne. À présent, il était seulement triste, triste parce qu'il ne saurait jamais ce que faisait Rhys, avec qui il sortait ou pourquoi il s'était tué. Triste que Rhys n'ait jamais rencontré son bébé ni sa copine. Triste de ne plus avoir de frère. Triste d'avoir été en colère au lieu d'avoir été triste. Triste de ne pas pouvoir dire qu'il était désolé d'être un frangin aussi naze.

— Merde, répéta Owen, pourquoi il a fait ça ?

— Aucune idée, répondit Rory avec un haussement d'épaules. Il n'a pas laissé de mot. Jamais rien dit à personne. Donc voilà, tu vois, Pâques, c'est tout pourri maintenant.

Il voûta les épaules.

— Ouaip, je comprends. C'est dur, vraiment dur. Ta mère, elle prend ça comment ?

Rory sourit.

— Ma mère…, commença-t-il, sans savoir ce qu'il allait dire. Aah, ma mère est différente. Elle a une façon rien qu'à elle de gérer les choses, tu vois. Elle n'est pas comme tout le monde. Alors, pour résumer, elle a surmonté ça en plaquant mon père pour la personne qui habitait une porte plus loin.

Owen fronça les sourcils et glissa le filtre au bout du joint.

— Cette personne étant une femme.

— Nan !

— Ouaip. Des lesbiennes à floraison tardive, c'est comme ça qu'elle dit. « Nous sommes des lesbiennes à floraison tardive. » Comme si elles étaient des arbres ou quoi.

— Sérieux, et elles vivent ensemble ?

— Oui. Dans ma maison de famille. Avec les enfants de cette femme. Et ma sœur. Mon père vit une porte plus loin.

— Quoi, dans l'ancienne baraque de la nana ?

— Non, celle-là, ils l'ont vendue, répondit Rory en riant. Notre maison était constituée de deux cottages réunis, alors ils ont juste remis un mur et percé une porte d'entrée, et déménagé toutes ses affaires. Et maintenant, c'est lui la personne qui vit une porte plus loin.

— J'adore les familles des autres, rigola Owen. Elles me rassurent toujours sur la mienne, ajouta-t-il en allumant le joint et prenant une bouffée. Et ta sœur, alors, elle a quel âge ?

Rory plissa les yeux.

— Qui ça, Beth ? Elle a presque trois ans de plus que moi. Et j'ai une autre sœur aussi. Meg. Qui a presque cinq ans de plus. Elle vit à Londres, elle doit avoir une centaine de mômes.

— Et tu avais un frère ?

— Ouaip, sourit-il tristement. J'avais un frère.

— C'est tragique.

— Ouaip.

Owen lui passa le joint.

— Santé !

Ils restèrent un moment dans un silence confortable. Rory observait les détails du van d'Owen : le calendrier avec des filles en bikini, les polos impeccables bien rangés sur leurs cintres, la bouteille d'après-rasage Kouros, les baskets de créateurs bien alignées, la gourmette en or qui traînait sur la table, et il demanda :

— Et toi ? Qu'est-ce que tu fais ici ?

— Je me suis juste réveillé un matin et j'en ai eu marre de tout ça. J'ai discuté avec un type au pub, il allait à un festival dans un champ quelque part, je me suis dit que ça me plaisait, j'ai discuté avec un autre gars, le chanteur d'un groupe, il m'a raconté que son père vivait dans une communauté en Espagne. Et me voilà.

Rory secoua la tête. Il savait déjà tout ça.

— Mais en vérité. Pourquoi tu es là, pour de vrai ? Qu'est-ce que tu veux ?

Owen éclata de rire.

— Je n'en ai pas la moindre idée.

Rory joignit son rire au sien. Et s'arrêta net en entendant le bruit familier de Tia qui pleurait de l'autre côté de la cour.

— Pauvre choute, se désola Owen.

Rory opina du chef. C'était difficile de compatir par moments.

— Et toi ? s'enquit Owen. Qu'est-ce que tu veux ?

Rory sourit. Puis soudain il baissa le menton vers le torse. Il leva les yeux vers Owen et soupira.

— Je crois, dit-il en prononçant pour la première fois une pensée profondément enfouie, je crois que je veux avancer. Je crois… que je veux passer à autre chose.

Owen acquiesça d'un air sage, et reprit le joint que lui tendait Rory.

À l'extérieur du fourgon, son bébé hurlait.

Chapitre 7

Samedi 1er janvier 2011

Cher Jim,

BONNE ANNÉE !!!

Et quelle joie d'avoir quelqu'un de cher à qui envoyer ce message ! Oh, oui, je sais que j'ai trois enfants, mais (et je cherche les mots pour trouver une façon de dire ça qui ne me fasse pas passer pour une foldingue) nous sommes complètement en froid. Argh, rien que de l'écrire me fait frissonner. Et le fait que j'arrive à t'en parler montre à quel point je me sens déjà proche de toi. Oui, je n'ai pas vu un seul de mes enfants depuis le jour de l'enterrement de ma moitié. Et cela remonte à plus de quatre ans. Je parle à ma fille aînée au téléphone, même si nous avons tendance à nous disputer à chaque fois, ce qui est assez fatigant, alors le mieux, c'est d'essayer d'éviter. J'écris des e-mails à mon garçon quand je peux, mais sa vie est assez chaotique, et c'est un euphémisme. Je te régalerai des « Affreuses aventures de Rory » quand/si je m'en sens capable. C'est totalement scabreux, et ça ne me fait sans doute pas paraître sous mon meilleur jour en tant que mère.

Beth, ma deuxième fille, eh bien, pour des raisons que je n'ai pas la force d'évoquer ici, nous n'avons plus aucun contact. Je ne sais même pas où elle habite. Horrible, n'est-ce pas ? Mon bébé. Je l'ai fabriquée dans mon corps, nourrie de mon sang, j'ai vécu avec elle jusqu'à ce qu'elle soit, bon, bien trop âgée pour vivre encore avec sa mère, pour le formuler ainsi. Nous étions tellement proches, et à présent j'ignore même si elle est encore en vie. Oh, Jim, mon existence n'est qu'une suite de tragédies ! Je suis un tabloïd ambulant ! Et t'écrire ces e-mails, ça me fait repenser à des choses auxquelles je n'avais pas songé depuis longtemps. À ma vie. À MOI. À mon rôle dans la façon dont les événements se sont déroulés. (Pour Rhys, mon Dieu, oui, particulièrement pour Rhys. Il y a là une boîte de Pandore putride qui ne demande qu'à être ouverte et contemplée. Pas maintenant, cependant, non, pas maintenant.) Megan, mon aînée, ne cesse de me répéter que je devrais voir un psy, que j'ai refoulé tout un tas de souvenirs et que c'est pour ça que je suis comme ça. Et je réponds juste « PFFF ! », parce que c'est ce que j'ai l'habitude de répondre à Megan. Elle a un côté tellement autoritaire ! Mais voilà que je me retrouve à tout te déverser, à toi, presque un inconnu. J'espère que ça ne t'embête pas. Fais-moi taire si c'est le cas !

Quoi qu'il en soit, je suis ravie d'apprendre que la patte de Josie est guérie, tu dois être tellement soulagé ! Et vive les assurances santé pour animaux, n'est-ce pas ?! J'espère que tu t'es bien amusé au pub hier soir et que tu n'as pas trop mal à la tête ce matin. Je me suis couchée juste après minuit, j'ai entendu les cloches, les chants, pensé à toi, pensé à mes enfants, pensé à ceux que j'ai perdus, et j'ai pleuré un peu. Juste un peu. Rien d'inquiétant ! (Est-ce que tu t'inquiètes pour moi ? J'espère que non !)

*Bonne année**, mon bien cher Jim !

Tout mon amour,

L

Bisous bisous bisous

Avril 2011

Molly jaillit de la salle de bains de leur chambre d'hôtel, un flacon de parfum à la main.

— Regarde ! s'écria-t-elle. Y a carrément du parfum. Jo Malone ! Je peux l'avoir ? S'il te plaît, maman ?

Elle serra la bouteille sur son cœur avec un sourire enjôleur.

Meg consulta la liste des tarifs avant de répondre.

— C'est trente-neuf livres. Pas question. Tu ne mets même pas de parfum.

— Oui, bon, j'en mettrais si j'avais du Jo Malone.

— Ça coûte trente-neuf livres, et tu as quinze ans. Repose ça.

Molly voûta les épaules d'un air théâtral et retourna dans la salle de bains en traînant les pieds.

— T'es pas gentille, lança-t-elle par-dessus son épaule.

Mais c'était dit avec affection. Une année plus tôt, cette histoire aurait dégénéré en une bataille sanglante avec gros mots et déclarations de haine, et, très probablement, le flacon de parfum aurait volé contre un mur et une porte aurait été claquée assez fort pour s'arracher

* Les mots suivis d'une astérisque sont en français dans le texte original.

la main. Cette fois, elle se termina avec le tintement doux du récipient que l'on replaçait avec soin sur le marbre de la salle de bains, et Molly qui revenait, pieds nus, dans la chambre.

— Regarde, dit Meg en agitant un imprimé dans sa direction. Un menu pour les oreillers.

Molly prit la carte et sourit en la manipulant.

— Comme le menu pour les serviettes que tu avais imaginé quand tu étais petite.

— Ouais, répondit Molly d'une voix rêveuse en s'allongeant sur le dos, la carte devant le visage. J'étais *très* en avance sur mon temps, clairement.

— Mais il n'y a pas de palmiers.

— Je l'indiquerai dans le questionnaire satisfaction avant qu'on parte.

Meg sourit et se rallongea elle aussi sur son lit. Des bons moments avec sa fille. Elle n'aurait jamais cru vivre ça. Elle avait abandonné l'espoir de retrouver un jour des instants plaisants avec elle. Et il avait fallu que sa mère meure pour que cela se produise.

Son téléphone sonna, lui arrachant un soupir.

— Allô ?

— Bonjour, est-ce bien Meg Liddington ?

Ce n'était pas Beth. Meg haleta de soulagement.

— C'est moi-même.

— Bonjour, ici Stella Richards, cabinet du coroner.

— Ah, oui, bonjour.

— Nous avons reçu les résultats définitifs concernant la cause de la mort de votre mère, Lorelei Bird. Avez-vous la possibilité de venir dans nos bureaux ? Par exemple cet après-midi, afin que nous vous les expliquions ?

Meg consulta l'heure sur le téléviseur devant elle. 14 h 35.

— Je suis à Mickleton. C'est loin de vos locaux ?

— Oh, non, environ quarante minutes par les voies rapides.

— Parfait alors, oui, parfait. Mais j'aurai, euh, mon adolescente avec moi. Est-ce que ça va aller, c'est… vous savez… adapté, je veux dire ?

La femme à l'autre bout de la ligne se tut un moment.

— Oui, dit-elle finalement. Oui, je suis sûre que ça ira. Alors vous serez là dans… ?

— Dans une heure, répondit Meg avec un sourire rassurant à Molly. On sera là dans une heure.

Avril 2003

— Vick ! Oh, Seigneur, Vick !

Vicky laissa tomber les courriers qu'elle venait de ramasser sur le paillasson et se tourna vers l'escalier.

— Quoi, mon amour ?

— Viens vite ! Viens voir !

Vicky monta les marches quatre à quatre, un exploit eu égard à sa forme physique plus que délabrée.

— Qu'est-ce qui se passe, mon amour ? Quoi ?

Elle suivit les gémissements plaintifs de Lorrie jusque dans l'ancienne chambre de Meg, le prétendu « bureau ».

Lorrie était debout dans le petit espace de moquette qui n'était pas encore recouvert de sacs de courses et de tas de journaux.

— Quelqu'un a déplacé mes affaires.

Vicky inspira très fort pour contenir une vague d'agacement.

— Oh, ma chérie, c'est vrai ?

— Oui ! J'avais un nouveau livre, je l'ai acheté juste la semaine dernière, il était presque comme neuf, je ne crois pas qu'il avait été lu. Et je suis entrée ici pour le chercher, et toute la pile a disparu, Vick. Entièrement !

Les mains enfoncées dans les cheveux, elle se les tirait par les racines.

— Quel livre, mon amour ?

— Je ne sais pas. Je ne connais pas le titre. Il avait une jolie couverture, toute violette et bleue, avec une rose. Mais il y en avait d'autres. Des bouquins que je n'ai pas lus. Et ils ont tous disparu !

— Oh, ma chérie, je suis sûre que non, ils ne sont sans doute pas là où tu croyais.

— Non ! aboya Lorelei. Je sais où se trouve chaque chose. Chaque chose. Et je sais que je l'ai posé là, insista-t-elle en désignant un coin de moquette sale, pas aspirée. Juste ici. Et quelqu'un l'a *déplacé*.

Vicky posa une main apaisante sur l'épaule de Lorelei.

— Chérie, respire un bon coup, calme-toi.

— Je ne *peux pas* me calmer, Vick. Comment veux-tu ? Ce livre était précieux. Tu sais. Précieux.

Vicky lutta pour ne pas secouer Lorelei comme un prunier en hurlant : *« Non, il n'était pas précieux ! C'était un vieux livre de poche pourri dont tu ne te rappelles même pas le titre ! »*

— Il va falloir qu'on en parle aux filles, déclara Lorelei.

Elle enleva les mains de ses cheveux et serra les poings d'un air assez agressif. Vicky n'appréciait pas la tonalité du geste ; il paraissait inconvenant à l'égard d'enfants de neuf et douze ans.

— Pourquoi est-ce qu'il faut qu'on parle avec les filles ?

— Parce que c'est forcément elles. Qui sont venues mettre le bazar. Elles sont tout le temps en train de mettre le bazar. Dans mes affaires.

Vicky inspira de nouveau très fort.

— Chérie. Je comprends ce que tu ressens. Je sais combien tu trouves stressant qu'on touche à tes affaires. Mais il faut que tu gardes en tête que les filles ont très peu d'espace disponible dans cette maison. Que c'est presque inévitable, chérie, qu'elles entrent en contact avec tes affaires. Il y en a *tellement*.

Lorelei voûta les épaules et claqua la langue.

— C'est juste une histoire de respect, s'indigna-t-elle d'un ton dramatique. De respect pour les affaires des autres. C'est une chose de toucher, mais où sont-ils, Vick ? Où sont mes livres ?

— Écoute, si tu veux vraiment savoir, c'est moi qui les ai pris.

Elle en avait le cœur qui frémissait d'anxiété.

Lorelei la dévisagea, horrifiée.

— Il y avait une vente de livres d'occasion à l'école de Soph pour la kermesse de Pâques. Une vente caritative, chérie. Pour leur école. Et tu sais comme cette jolie petite école manque cruellement d'argent. Et je me suis dit : « *Mon Dieu,* Lorrie a des tas de livres qu'elle ne lit et ne lira jamais, et c'est pour une tellement bonne cause. »

— Sans demander la permission ? souffla Lorelei d'une voix vibrante de chagrin.

Vicky soupira.

— Si j'avais demandé, Lorrie, qu'aurais-tu répondu ?

Avec un nouveau claquement de langue, Lorrie croisa les bras.

— Ce n'est pas la question.

— Dans ce cas, mon amour, quelle est la question exactement ?

— C'est le respect. L'intimité. C'est…

Son visage se fit sombre, tragique.

— Je ne sais pas ce que c'est. Mais toi et les filles, il faut que vous…

— Que nous quoi, chérie ?

— Que vous me lâchiez. *Lâchez-moi.* OK ?

— Oh, Lorrie, vraiment, du fond du cœur, à ta place je ne dirais pas ça.

— Pourquoi pas ?

— Parce qu'un jour tu pourrais être exaucée, et je crois sincèrement que ce n'est pas ce que tu veux.

Elle adressa un sourire triste à sa bien-aimée et partit.

— Maman ?

Maddy regarda sa mère en biais.

— Oui, ma puce, fit Vicky en écartant les cheveux du visage de sa fille.

Maddy repoussa sa main comme elle le faisait chaque fois. Cela n'empêchait pas Vicky de recommencer. Elle avait toujours le droit de le faire, elle en était sûre.

— Il faut que je te dise quelque chose. Quelque chose de très important.

Vicky hocha la tête.

— Non, mais je veux dire, *vraiment* important.

Elle soupira et regarda d'un air théâtral par la vitre de la voiture.

Elle avait un profil magnifique, sa fille aînée. Si délicat, elfique.

— Vas-y, dit-elle d'un ton encourageant.

Elle s'attendait à une révélation de préado sur un garçon ou un contrôle raté.

Maddy se tourna vers elle brusquement avant de déclarer :

— Je veux déménager. Je veux aller vivre chez papa.

Vicky sentit son estomac lui remonter vers le cœur, et elle appuya brutalement sur le clignotant et les freins, quittant la route pour se garer.

Elle coupa le moteur, et le silence entre elles, alors que la radio se taisait, était aussi soudain qu'oppressant.

Vicky pivota de quatre-vingt-dix degrés sur son siège pour regarder Maddy.

— Mais, mon bébé, tu ne peux pas déménager. Tu n'as que douze ans.

— C'est pas grave, ça. Je ne suis pas heureuse et je veux partir, j'en ai parlé à papa, et il dit que je peux habiter avec lui. Si t'es d'accord.

— Mais, ma chérie, je ne comprends pas. Enfin, quel est exactement le… ?

— C'est Lorrie, répondit Maddy, la bouche pincée en une expression dure. Je la déteste et je ne veux plus vivre avec elle.

Vicky tressaillit à ces mots. Elle avait l'impression qu'on venait de la frapper en pleine poitrine.

— Quoi ?

— Avant, je l'aimais vraiment bien, je la trouvais marrante, mais maintenant elle ne fait rien que critiquer tout ce que je fais, et elle n'arrête pas de claquer la langue et elle ne me laisse rien toucher ni aller nulle part… et elle n'arrête pas d'acheter tous ces vieux machins ridicules et y a même des trucs qui puent, et je ne veux plus partager ma chambre avec Sophie… et je lui ai demandé si je pouvais avoir l'ancienne chambre de Rhys, et elle m'a insultée.

Maddy avait tellement avalé ces derniers mots, avait marmonné si vite que Vicky n'était pas certaine d'avoir bien entendu.

— Elle a fait quoi ?

— Elle m'a insultée. Elle m'a traitée de « petite merde ».

— Doux Jésus ! Ça s'est passé quand, ma chérie ?

— La semaine dernière. Quand tu étais partie chercher Sophie chez Emma.

— Mais… je ne comprends pas. Que s'est-il passé ? Raconte-moi exactement la scène.

Maddy poussa un soupir, comme si elle avait déjà dû raconter cette histoire une centaine de fois.

— Bah, elle sortait de sa chambre et moi de la mienne, et elle a dit que c'était charmant que Sophie et moi on partage une chambre, qu'elle aussi elle partageait une chambre avec sa sœur quand elle avait mon âge et que c'était très bien, bla-bla-bla, et alors j'ai répondu : « Bah, moi j'en ai marre de partager ma chambre avec elle, maintenant », et, genre, ça faisait super longtemps que je *pensais* à demander pour la chambre de Rhys et j'allais t'en parler, mais, comme elle était juste *là*, alors je lui ai dit et elle est devenue complètement bizarre, et elle a balancé que j'étais une petite merde qui ne réfléchit pas.

Elle haussa les épaules.

— Mon Dieu…

Vicky se pressa une main sur la bouche.

— Mais pourquoi tu ne m'en parles que maintenant ? Pourquoi tu ne m'as rien dit avant ?

— Je ne sais pas. Je crois que j'ai juste commencé par y réfléchir. Je veux dire, personne ne m'avait encore jamais insultée. Je ne savais pas trop comment réagir. Et ensuite on était chez papa ce week-end et je me suis retrouvée à lui raconter, et, pendant que je parlais, ça a commencé à sortir. Ce que je ressens. À propos de Lorrie. Et je me suis aperçue que je ne l'aime pas. Je n'aime pas vivre avec elle. Je n'aime pas tout son bazar et ses stupides *affaires*, et sa façon de me regarder comme si j'étais dans un rêve étrange qu'elle était en train de faire et qu'elle ne savait pas vraiment quoi penser de moi. Et je ne peux même plus inviter mes copines parce que c'est, genre, tellement gênant et tout le monde commence à me trouver bizarre. C'est juste… sorti, tout ça. Et papa a dit que je pouvais aller habiter avec lui. Maintenant que je suis assez grande pour rentrer toute seule de l'école. Je pourrais. Je pourrais le faire. Et passer un week-end sur deux avec toi et Soph.

— Oh, Maddy ! s'écria Vicky en réprimant un sanglot. Je ne sais pas quoi dire. Je ne sais vraiment pas.

— Dis oui.

— Mais… *je t'aime.* Tu es mon bébé. Je ne le supporterais pas, si je ne te voyais pas tous les jours.

Maddy haussa de nouveau les épaules.

— Maddy, je serais perdue, complètement perdue, sans toi.

— Non. Ça irait. Tu aurais toujours Sophie. Et Lorrie.

— Mais elles ne me rendraient pas aussi heureuse si tu n'étais plus là.

— Bah, dans ce cas…

— Bah dans ce cas, quoi ?

— Pars.

— Quoi ?

— Pars. Trouve un joli appartement pour qu'on s'installe. Juste toi, moi et Sophie.

— Mais je ne peux pas !

— Pourquoi pas ? Tu nous as bien fait quitter notre ancienne maison. On pourrait le refaire. Tu pourrais toujours être amie avec Lorrie et la voir tout le temps. Mais on n'aurait plus besoin de vivre avec elle.

Vicky se mordit la lèvre.

— Tu sais, Lorrie, c'est quelqu'un de très compliqué, et je suis vraiment désolée qu'elle ait été aussi horrible avec toi, mais c'était juste après l'anniversaire du décès de Rhys, elle était sans doute un peu à cran et ce n'est *pas une excuse*, évidemment, et je vais lui en parler très, très sérieusement, mais ma chérie, c'est une âme si douce et elle t'aime tellement...

Maddy, son bébé, sa petite femme en devenir, si stable, si certaine de ses propres sentiments, leva une main pour l'arrêter, comme pour dire : « Stop ! Ça va trop loin. »

— Maman, dit-elle. Je sais que tu l'aimes et tout. Mais pas moi. C'est *toi* qui l'as choisie, pas moi. Et je ne veux plus habiter avec elle. Et si tu veux continuer à vivre avec elle, c'est bien, mais moi non. Et j'ai besoin que tu...

Elle se tut et contempla ses doigts avant de lever de nouveau les yeux vers Vicky.

— ...me laisses partir.

Vicky se redressa.

— Non. Non. Je ne peux pas faire ça.

— Alors, partons toutes les trois.

— Je ne peux pas faire ça non plus.

— Alors, dans ce cas...

Beth se tortilla pour descendre sa robe jusqu'aux genoux et se toucha les cheveux. À travers les vitres à croisillons de plomb du pub campagnard, elle voyait le ciel s'assombrir, couleur hématome. Sur la table devant elle était posé un verre à moitié plein d'un cocktail de jus d'orange à la limonade. Au bar se trouvait un homme prénommé

Jason qui commandait une pinte de bière locale pour lui, et un verre de vin pour elle.

— Tu es sûre que je ne peux pas t'offrir une vraie boisson ? avait-il demandé, à moitié levé de son siège.

Elle avait secoué la tête et répondu :

— Non, franchement, ça va.

Et ensuite elle l'avait regardé se diriger vers le comptoir, avec son dos large et puissant, et sa belle chevelure, ses vêtements bien choisis et ses belles sandales, et s'était dit : *Ça y est, c'est peut-être ma chance d'être normale.* Et alors que cette pensée lui traversait l'esprit, elle l'avait rappelé.

— Finalement, Jason, oui, un petit verre de vin blanc. S'il te plaît.

Et il avait souri, comme s'il venait de remporter une petite victoire. Une nouvelle petite victoire. Cela faisait des mois qu'il lui courait après, depuis qu'il était arrivé dans sa boîte en janvier. Il était australien. Il n'avait que vingt-cinq ans. Ça l'avait prise par surprise. Après toutes ces innombrables années à travailler au même endroit, assise à côté des mêmes personnes, à mettre de l'argent dans la même enveloppe pour les cadeaux de mariage et les anniversaires des mêmes collègues, à avoir les mêmes discussions sur les mêmes sujets, à manger les mêmes sandwichs au même bureau, soudain tout commençait à changer. Soudain, la succession des moments prévisibles qui constituaient chaque journée de travail était interrompue par d'autres, nouveaux et inattendus. Des visites inutiles à son bureau pour poser des questions qui auraient facilement pu être traitées par e-mail ou par messagerie instantanée. Des propositions de verres sur la pause-déjeuner. Des compliments. Une suite sans fin de compliments. Au sujet de ses cheveux, ses tenues, son parfum, son écriture manuscrite, ses chaussures, sa faculté à se garer en créneau, son choix de biscuits. Marcher dans le couloir comprenait maintenant la possibilité fréquente qu'on l'arrête pour bavarder. Des conversations qui commençaient généralement par quelque chose comme : « Alors, toi qui es du coin, où tu me conseillerais d'aller pour trouver de la viande de bonne qualité ? » ou « Y a des bons restaus indiens par ici, ou il vaut mieux aller à Birmingham ? »

Elle avait résolument ignoré ses avances pendant des mois. Tout ça était ridicule. Elle avait trente ans, pour l'amour du ciel. Trente ans, et elle était toujours engagée dans une liaison incroyablement dangereuse avec le compagnon de sa sœur. Trente ans, et elle habitait toujours à la maison. Trente ans, et plus du tout aussi jolie qu'elle l'avait été dans sa jeunesse. Elle avait perdu sa fraîcheur. Et elle ne pensait pas cela par fausse modestie. Même Bill avait cessé de lui dire qu'elle était belle.

Elle avait accepté un rendez-vous avec Jason parce que Bill lui avait téléphoné à la dernière minute pour lui annoncer qu'ils partaient finalement en vacances pour Pâques. À cinq, en famille. À Majorque où ils allaient séjourner dans une magnifique villa avec deux piscines : une pour les adultes, une pour les enfants. Ils partaient avec « des amis ». Beth avait frissonné et mit un terme à l'appel. Trop de choses à digérer d'un seul coup. Famille. Vacances. Amis. *Dernière minute.* Beth n'avait jamais, de toute sa vie, rien fait à la dernière minute.

Et alors Jason était apparu à son bureau le lendemain, avec sa peau éclatante et son épaisse chevelure, ses grands yeux et son désir tangible, et lui avait demandé ce qu'elle avait de prévu pour le week-end, et elle avait répondu : « Rien de spécial », à quoi il avait rétorqué : « Ça te dirait de prendre un verre ? » et elle avait accepté.

Elle était arrivée préparée à passer une soirée horrible. Vicky lui avait demandé où elle allait, et elle avait répondu : « Au *Black-faced Lamb.* » Et Vicky avait dit : « Oh, c'est vrai ? Tu as rendez-vous avec qui, des amis du travail ? » et elle avait répondu : « On peut dire ça. » Ensuite, Vicky avait souri et demandé : « C'est un rendez-vous amoureux ? » et Beth avait répondu avec une grimace : « Plus ou moins. » Elle avait mis une robe, pourtant. L'une des préférées de Bill : rose pâle avec des bretelles larges et une jupe longue ourlée de blanc. Elle avait remonté ses cheveux en queue de cheval, et portait ses Converse noires et une veste en jean.

— Tu es *adorable*, avait commenté Jason lorsqu'elle était entrée dans le pub une demi-heure plus tôt. Totalement.

Elle s'était tortillée et l'avait remercié. Il lui avait demandé : « Mais qu'est-ce que tu as ? » et elle avait dit : « Quoi ? » Il avait souri et répondu : « Oh, rien. »

Il revint avec leurs verres et les posa sur la table.

— Je t'ai pris un chardonnay… j'espère que ça te va ?

Elle haussa les épaules, et sourit.

— Je ne suis pas une connaisseuse.

Le téléphone de Jason vibra sur la table. Il s'en saisit et l'éteignit sans même le consulter.

— Tu ne veux pas savoir qui c'était ?

Il la regarda, curieux.

— Pas vraiment. Si c'est important, ils rappelleront. Si ce n'est pas important, pourquoi m'en soucier alors que je suis assis ici avec toi ?

Elle songea à Bill, qui traitait son téléphone comme un enfant malade, s'agitait autour de lui et en prenait le plus grand soin, répondait à tous ses besoins et demandes. Elle sourit.

— Oh. Tu as raison.

— Alors, Beth ? Bethan ? Tu préfères qu'on t'appelle comment ?

— Beth. Tu peux m'appeler Beth.

Il sourit comme s'il y avait une joie inhérente au fait qu'on l'appelle Beth.

— Super, dit-il en prenant sa pinte. Merci d'être venue ce soir. Je pensais vraiment que tu dirais non.

Elle ne put prendre l'air surpris puisqu'elle aussi avait cru qu'elle refuserait jusqu'au moment où elle avait dit oui.

— Je t'en prie, murmura-t-elle. Ça fait du bien d'être dehors.

— Ouais, approuva-t-il en l'observant d'un air sagace. J'ai l'impression, ne le prends pas mal, que tu es plutôt pantouflarde.

— Que je suis quoi ?

— Pantouflarde. Que tu aimes bien rester chez toi. À la maison. Pas trop sortir.

Elle haussa les épaules.

— Oui. C'est sûrement vrai. C'est juste…

Elle préféra fermer la bouche, de peur de dire quelque chose de loufoque.

— Oui. J'aime rester à la maison.

— Et tu vis avec ta mère ?

— Ouais. Je sais. C'est affreux, n'est-ce pas ? Tellement gênant, mais tu sais, je n'ai jamais vraiment gagné suffisamment pour prendre mon envol…

— Tu as été élue « Meilleure assistante personnelle du South Gloucestershire » trois fois en dix ans. Et tu ne gagnes pas assez pour louer une chambre ?

Elle rougit. Bien sûr qu'elle pourrait se permettre de louer une chambre. Elle pourrait sans doute se permettre de louer un appartement entier, un petit, du moins, dans un quartier pas trop chic.

— Oui, bon. C'est plus…

Elle inspira.

— …des problèmes de famille. Juste des histoires… de famille.

Elle se sentait paniquée. Elle n'avait pas l'habitude d'évoquer ce genre de sujets avec des gens qui n'étaient pas déjà au courant.

— Je le ferai, un jour. Et toi ? Où est-ce que tu… je veux dire, je sais où tu vis, mais qui tu… ?

Il rit devant ses maladresses, doucement. Elle ne pouvait lui en vouloir.

— J'ai mon logement à moi, près de la gare à Cirencester. Ça donne sur les voies, c'est un peu bruyant, mais j'aime bien le bruit. Je préfère celui-là à celui de colocataires.

Elle hocha la tête avec emphase, comme si elle aussi avait connu l'enfer de colocataires bruyants.

— Et pourquoi tu es venu dans les Cotswolds ?

Elle lançait ses questions comme des balles de tennis, les lui jetant trop vite pour qu'il puisse en poser à son tour.

— Eh bien, j'étais à Londres, *évidemment*, et quelqu'un m'a invité à une soirée par ici. J'ai trouvé que c'était le plus joli endroit que j'aie visité de ma vie. Je me suis rué sur Internet et j'ai candidaté à tous les postes d'informaticien que j'ai pu trouver dans le coin.

Beth écoutait à peine. Elle était trop occupée à préparer sa prochaine question.

— Et tu vivais où, à Londres ?

— Oh, tu sais, un peu partout. Nord, sud, ouest, pas à l'est. Mais presque partout.

— Et tu viens d'où, en Australie ?

— De Tasmanie. Hobart. Tu vois.

Elle ne voyait pas. Elle pensait qu'il y avait peut-être un rapport avec des yachts. Elle sourit.

— Ah oui. Et tu penses rester ici combien de temps ?

Jason gonfla les joues.

— Ça dépendra. Quelques mois, minimum. Ma sœur se marie en décembre… Je vais rentrer à ce moment-là et je réfléchirai pour voir si je reviens ou pas. Je dresserai le bilan de ce que j'ai accompli ici, ce que j'ai investi, et ferai la balance avec la famille, la maison, tu sais, ce genre de choses, pour prendre une décision.

Il lui adressa un regard lourd de sens.

Elle rougit et plongea le nez dans son verre de vin.

— Quel âge a ta sœur ? demanda-t-elle d'un ton urgent.

Elle saisit son verre et but trop, trop vite. *C'était une erreur.* Elle imagina Meg et Bill assis à côté d'une piscine pas éclairée et agitée de vaguelettes, des jouets gonflables abandonnés flottant dans l'obscurité à la surface. Ils sirotaient un vin local dans des verres bleus, riant avec leurs « amis » à propos d'anecdotes charmantes et normales de la classe moyenne. Elle se sentit submergée de haine et de tristesse. Elle siffla le reste de son vin sans le savourer et prit conscience que Jason venait de répondre à sa question banale sur sa sœur, et qu'elle n'avait pas entendu la réponse.

— Tu es très différente en dehors du travail, constata-t-il, pensif.

— Ah bon ?

— Oui. Tu as l'air moins… un peu plus… juste différente, en fait.

Elle sourit, l'air assez perplexe.

— Je peux t'en offrir un autre ? proposa-t-il en contemplant son verre vide.

Elle le contempla aussi, observant ses profondeurs, analysant ses possibilités. Elle pouvait partir. Ils avaient pris deux verres. Il était près de 21 heures. Elle pouvait prétexter la fatigue et s'en aller. Ou bien elle pouvait rester. Accepter un autre verre de ce vin quelconque et tenter de tirer un peu plus de conversation de cette soirée, puis rentrer se coucher consciente d'être allée à un rendez-vous amoureux. D'avoir été « normale ». Ou alors, elle pouvait rester, boire plusieurs verres, et tirer quelque chose d'encore plus mouvementé de cette soirée : une promenade au clair de lune, une étreinte alcoolisée, des mains enlacées, peut-être même du sexe. Elle leva les yeux de son verre vide vers Jason, qui la regardait d'un air interrogateur. Il sourit.

— Quoi ?

— Rien.

Elle plissa les yeux avec une mine accusatrice.

— Rien ! répéta-t-il. Rien. J'étais juste en train de me dire que tu es très jolie. C'est tout.

Elle vit une tache rouge s'épanouir sur ses joues. Elle sentit son estomac se serrer doucement sous l'effet de ses paroles et de son embarras.

— C'est mignon, dit-elle, en se représentant Meg, si stable, si maternelle. Merci. Et oui. J'en veux bien un autre. Merci.

Il se leva.

— Petit ? Grand ?

— Moyen. Merci.

Elle le regarda cette fois encore se diriger vers le bar, son langage corporel exprimant une nouvelle petite victoire. Elle remonta un peu sa jupe sur ses jambes, exhibant ses genoux brillants. Elle adopta une posture flatteuse.

Elle essaya de ne pas pleurer.

— Alors, comment s'est passé ton rendez-vous ? demanda Vicky en mélangeant du muesli de deux bocaux différents dans un grand bol avant d'ajouter une poignée de raisins secs. Je ne t'ai pas entendue rentrer. Je me suis dit que tu avais peut-être passé la nuit ailleurs…

Elle accompagna cette suggestion d'un large sourire de ravissement par procuration.

— Non, souffla Beth en se laissant tomber lourdement sur le banc, les coudes sur la table. (Elle retroussa les manches de son cardigan et bâilla.) J'ai dormi ici.

— Et ?

Beth soupira.

— Et rien. On a bu un verre. Puis un autre. Puis un autre. Et on est sortis marcher.

— Vers où ?

— Vers son appartement.

— Oh, et il habite où, alors ?

— Près de la gare.

— Continue.

— On a écouté de la musique. On a parlé. Je me suis commandé un taxi. Et je suis rentrée à la maison.

Elle haussa les épaules et bâilla de nouveau.

Vicky l'observa avec curiosité.

— Alors, c'était un succès ?

Lorelei pénétra d'un pas aérien dans la cuisine à ce moment-là, drapée dans son antique kimono de soie, ses cheveux gris ramenés sur le dessus de la tête, du khôl étalé sous les yeux.

— Bonjour tout le monde, salua-t-elle.

Beth la dévisagea alors qu'elle restait sur le seuil, soignant son entrée, à attendre que Vicky bondisse pour la servir. Mais Vicky n'en fit rien. Elle se contenta de répondre : « Bonjour, mon amour », de prendre son bol de muesli et son mug de thé noir, et de s'asseoir à côté de Beth.

— Beth était en train de me raconter tous les détails de son rendez-vous amoureux d'hier soir.

— Ce n'était pas un rendez-vous amoureux, protesta Beth.

— D'accord, d'accord. Ta sortie avec un monsieur.

Elle passa un bras autour des épaules de la jeune femme et l'attira vers elle un instant. Beth s'écarta légèrement.

Lorelei demeurait sur le pas de la porte, l'air un peu perdu.

— La bouilloire est encore pleine, chérie, dit Vicky.

Beth aurait juré qu'elle avait perçu une pointe d'agressivité dans sa voix.

Lorelei marmonna de façon inaudible et s'avança sur les dalles en traînant les pieds dans ses mules en fourrure d'agneau.

— Où est le thé vert ? demanda-t-elle d'un ton distrait.

— À sa place habituelle, chérie, dans le pot bleu, à côté du thé normal. Alors, tu crois que tu vas le revoir ? insista-t-elle en se tournant vers Bethan.

— Non.

— Oh… C'est vrai ?

— Oui. C'est vrai.

Elle regarda sa mère qui s'agitait lamentablement et claquait la langue, les manches du kimono qui lui tenait lieu de robe de chambre traînant dans le sucrier.

— C'est dommage… pourquoi ?

— Parce que, soupira Beth, il est beaucoup trop jeune. Et il repart en Australie en décembre, alors ça n'a aucun sens que je me rapproche de lui.

— Oh, ma douce, je suis sûre que tu pourrais le convaincre de rester, en utilisant tes charmes.

— Je ne suis pas douée pour persuader les gens de faire des choses.

Après quatre ans passés à aimer l'homme de quelqu'un d'autre, elle n'avait pas le moindre doute là-dessus.

— Oh, Beth…

Vicky lui caressa la nuque et sourit.

— Qu'allons-nous faire de toi ? ajouta-t-elle.

Lorelei apporta son mug de thé à table et s'assit avec un profond soupir.

— Où sont les filles ? s'enquit-elle.

— Elles sont chez Tim.

— Mais ce n'est pas son week-end, si ?

— Non, mais j'ai pensé que ce serait agréable d'avoir un week-end tranquille ensemble. Juste toutes les deux.

Lorelei haussa les épaules et but une gorgée de thé.

Beth se tortilla. Il régnait une drôle d'atmosphère ici. Et elle était de trop. Elle s'imagina que Vicky avait dû être déçue en l'entendant entrer dans la cuisine ce matin, qu'elle l'espérait plutôt dans le lit de cet inconnu. Elle résolut de sortir faire un jogging, puis de passer l'après-midi devant un film avec son père, à côté.

Elle prendrait le petit déjeuner au village, décida-t-elle. Ils servaient un bon granola. Enfin, en vrai, un granola très basique, mais c'était une excuse valable pour enfiler sa tenue de sport et s'en aller d'ici.

Elle laissa ses pensées éviter les détails de la soirée de la veille alors qu'elle trottinait dans l'allée qui menait au centre du village. Elle n'avait pas envie de s'attarder sur sa propre conduite inadaptée, la façon dont elle s'était mise après le deuxième verre de vin à flirter outrageusement avec Jason, elle qui n'avait jamais de toute sa vie flirté avec quiconque. Et, cela lui apparaissait très clairement ce matin, ce fait n'avait pas dû échapper à Jason. Elle se voyait, dans les recoins de sa conscience, les coudes sur la table, le visage dans les mains, battant des cils comme une biche sous acide, s'humectant les lèvres, et ensuite, oh, oui, après le troisième (ou était-ce le quatrième ?) verre de vin, lui caresser le tibia du bout des orteils. Elle tapa des pieds plus fort sur le macadam, comme si elle pouvait se débarrasser de ses souvenirs comme d'un gravier dans sa chaussure.

Elle atteignit le café (« *La meilleure chose qui soit arrivée à ce village* » d'après Vicky qui aimait tout de cet endroit, de ses piles de journaux du jour et ses montagnes de bananes disposées avec soin à ses muffins aux flocons d'avoine. Sans oublier les maniques cousues main que Morgan, le propriétaire venu d'Islington qui donnait son nom au lieu, avec son look tendance et son tablier, vendait à la caisse).

Elle commanda son granola aux baies et se tapit dans un coin avec le *Guardian*. Elle tenta de se concentrer sur la page du courrier, mais ses pensées ne cessaient de la ramener à sa bouche collée à l'oreille de Jason pour lui dire ce qu'elle allait lui faire une fois qu'elle l'aurait raccompagné chez lui. Elle imagina son haleine avinée partout sur sa peau fraîche et jeune. Elle grimaça en resongeant à son vocabulaire. Elle ne pouvait pas, bien sûr, savoir ce qu'il avait pensé. Il avait dit : *« On va te faire boire un café bien fort. »* La phrase qu'on adresse à quelqu'un qui a l'alcool mauvais. Nul ne chercherait à dessoûler une personne qui a l'alcool sympa, n'est-ce pas ? Elle se souvint, *mon Dieu !*, d'avoir essayé de lui faire une fellation sur le parking du pub, tirant sur la braguette de son jean.

La serveuse – une Australienne, elle aussi – lui apporta son petit déjeuner avec un sourire avenant et un minuscule morceau de tarte abricot-vanille qu'ils étaient « en train de tester ».

— Dites-nous ce que vous en pensez, sollicita-t-elle. Le chef veut vraiment des avis.

Beth la remercia avec un sourire crispé.

Et Jason qui riait et disait : « *Eh, eh, eh…,* » en la relevant alors qu'elle était à genoux et qu'il remontait sa braguette. « *Ça va aller pour marcher, ou tu veux que j'appelle un taxi ?* »

Elle ne se souvenait pas du taxi, pas à ce moment de la soirée. Ils avaient dû marcher. Dans tous ces chemins de campagne obscurs. Elle déversa du yaourt sur son granola en épaisses cuillérées. La mémoire lui revenait. Elle s'était sentie jeune, une petite fille. Elle s'était prise pour Bridget Jones. Elle se souvenait d'avoir tourbillonné sur elle-même, faisant voler sa jupe, comme une princesse du bal de promo. Elle se souvenait de lui la ramenant sur le trottoir, riant de nouveau et lui disant : « Attention, tu vas te faire *écras*er ! » Et c'était la preuve, si besoin était, que Bridget Jones n'est absolument pas drôle.

Puis on les avait pris en stop. Un inconnu. Quelqu'un avec les cheveux crépus et une odeur de sueur, un accent de Gloucester. Elle se souvenait d'avoir fait des blagues bancales sur le tueur en série Fred West. Et que Jason s'était excusé pour elle. Elle ne se rappelait pas la tête du conducteur. Dans ces horribles demi-souvenirs, elle voyait Fred West, jusqu'au pull marron.

Et après ils étaient dans l'appartement de Jason, et elle essayait de nouveau de lui ouvrir son pantalon, de l'attirer sur le lit. *Mon Dieu. Beurk.* Elle ajouta des baies dans son granola et avança sa cuillère vers le bol, comme si elle avait l'intention de le manger. Comme si elle pouvait imaginer de remanger un jour. Et ensuite elle se souvint de lui avoir mordu le lobe de l'oreille si fort qu'il avait crié. Et, pendant tout ce temps, elle se souvenait qu'elle avait pensé à Bill. Pensé à lui en vacances. Avec sa grosse sœur dans son lit. Et elle imaginait tout du long qu'il les regardait, que c'était un spectacle, pour Bill. Qu'elle était une actrice porno et que Jason était son partenaire à l'écran et qu'ils tournaient un film. Pour Bill.

Elle avait fait tout ça.

Serré ses seins l'un contre l'autre. Émis des bruits grotesques. Demandé qu'il la baise.

Seigneur.

Mais Jason n'avait pas suivi ses plans. Il l'avait détachée de lui et l'avait tenue par les poignets.

— Arrête. Tu es soûle. Tu ne sais pas ce que tu fais.

Et elle avait répondu :

— Oh, mais si. Je sais exactement ce que je fais.

Et il avait dit :

— Beth. Sérieusement. Arrête. Je te prépare un café.

Le stratagème avait fonctionné. Deux expressos bien serrés faits avec une petite machine argentée. Comme une dose d'adrénaline en plein cœur. Il lui avait proposé de dormir dans son lit ; il prendrait le canapé. Mais elle avait insisté pour rentrer à la maison. Dormir dans son lit à elle. Loin de tout ça. Elle était restée assise sur le canapé de Jason, penaude, à attendre le taxi qui semblait ne jamais vouloir arriver. À présent, elle avait du mal à se rappeler l'appartement de Jason. Elle ne voulait plus jamais revoir son collègue venu des antipodes. Son estomac se convulsa à l'idée, jusque-là enfouie, qu'elle le verrait dans moins de quarante-huit heures. Qu'elle se rendrait au bureau le lundi matin, « Meilleure assistante personnelle du South Gloucestershire », et qu'il serait là. Dans toute la splendeur de ses vingt-cinq ans. Et il saurait ce qu'elle était vraiment. La « Plus grande tarée du South Gloucestershire ». Et elle saurait ce qu'il était vraiment. Un homme incroyablement correct.

Il faudrait qu'elle parte.

Il faudrait qu'elle trouve un nouvel emploi et un nouveau logement.

Et tout ça, c'était la faute de Bill.

Elle repoussa son granola encore intact et la tarte à l'abricot qu'elle n'avait pas goûtée, son *Guardian* qu'elle n'avait pas lu, laissa de l'argent sur la table et remit ses écouteurs dans ses oreilles avant de sourire à la gentille serveuse australienne, de quitter le café et de courir. De courir jusqu'au cimetière et jusqu'à la tombe de son frère. C'était un samedi matin lumineux, animé et sûr, non qu'elle se soucie d'être agressée. Pas ce matin. Qu'ils essaient. Elle était engourdie.

Sa tombe était poussiéreuse, négligée. Elle passa les doigts sur les mots gravés :

RHYS ARTHUR BIRD
1ER MARS 1975 – 31 MARS 1991
PETIT ANGE SI DOUX DE SEIZE ANS

On était le 12 avril. Plus de douze ans s'étaient écoulés. Il aurait vingt-huit ans à présent. Plus vieux que Jason. Tellement étrange.

Elle s'efforça de ne pas penser à ce jour. Elle avait passé douze ans à essayer de refouler. Peut-être que c'était ça son problème. Tous les autres avaient géré à leur manière. Meg avait été si forte. Rory si en colère. Vicky si pragmatique. Son père si accroché à la normalité. Et sa mère avait juste... bon, sa mère ne comptait pas. Et personne – elle ne voulait pas s'apitoyer sur son sort – mais personne n'avait eu besoin de Beth. Personne n'avait vraiment prêté attention à elle. Non, c'était injuste – Meg avait prêté attention à Beth. Meg avait remarqué que sa sœur avait cessé de s'alimenter et dit, d'un ton paternaliste : « *C'est moi qui l'ai trouvé*, et je continue à manger. On doit tous rester forts, même toi, Beth… même toi. »

Même elle.

Comme si elle était un cas à part.

Elle sentit une bouffée de colère. Elle pensa une fois de plus à la grosse Megan assise sur un transat dans son maillot de bain sage et criant sur ses enfants. Puis elle repensa à ses doigts sur la braguette de Jason la nuit précédente et à son hurlement de douleur quand elle lui avait mordu l'oreille. Et elle pensa à sa chambre à la maison, la chambre qu'elle n'avait jamais quittée, et l'ambiance aigrie entre Vicky et sa mère, et c'était Pâques le week-end suivant et elle s'était juré de ne pas être là, mais elle le serait sans doute ; elle avait discuté avec sa mère, elle s'en souvenait vaguement, de la possibilité de faire un gâteau à la pâte d'amandes.

Elle posa les lèvres sur la pierre tiède de la tombe de Rhys et l'embrassa, longtemps et fort. Et ensuite elle se remit à courir.

Elle avait acheté trois rouleaux de sacs-poubelle ultra-résistants et deux paires de gants en caoutchouc, et vidé le coffre de sa voiture. Elle avait demandé un devis pour une benne qui pourrait être apportée le lundi si elle parvenait à persuader Lorrie de coopérer.

Vicky entendit Colin taper à la fenêtre de la cuisine et se leva d'un bond.

— Bonjour, charmant monsieur, dit-elle en le saluant d'une bise sur sa joue hirsute. Merci du fond du cœur. Tu ne peux pas savoir comme je te suis reconnaissante. Tu es génial.

Colin haussa les épaules et dit :

— On n'est pas sortis de l'auberge.

Toujours réaliste, ce cher Colin. C'est pour ça qu'il n'avait pas pu supporter de vivre avec Lorrie. Pour ça, il fallait avoir un cœur tout rose et pailleté.

— Où est Beth ?

— Partie courir. Et prendre le petit déjeuner au village. Elle a dit qu'elle allait rentrer. Elle avait un rendez-vous amoureux hier soir.

Colin fronça les sourcils derrière ses lunettes.

— C'est vrai ?

— Oui. Un collègue de travail. Elle ne m'a pas raconté grand-chose, tu sais comme elle est secrète, mais c'est vrai, son premier rencard depuis qu'elle n'est plus avec Simon. Je pense qu'elle est peut-être enfin en train de tourner la page.

La tuyauterie antique qui traversait toute la maison sous des coffrages de bois poussiéreux grinça, trépida et craqua, indiquant la fin de la douche matinale de Lorrie. Vicky et Colin échangèrent un sourire nerveux.

— Tu lui as dit quelque chose ? Ou rien du tout ? demanda-t-il.

— Non, je me suis juste montrée un peu froide avec elle. Je veux dire, honnêtement, Colin, j'ai réussi à gérer douze ans d'éducation sans jamais avoir besoin d'insulter une de mes filles. Même si ce n'était pas l'envie qui manquait, parfois. Mais ce n'est pas seulement ça, Colin. Ça, je pourrais pardonner, tout juste. C'est le fait que Maddy soit trop gênée pour amener des copines à la maison. J'ai toujours cru que ça ne l'intéressait pas tellement d'inviter des amis pour jouer, mais…, soupira-t-elle en luttant contre les larmes qui menaçaient. Bref, il faut que ça cesse, conclut-elle en se reprenant. Il faut que ça cesse. Et elle va devoir l'accepter. Sinon…

Elle s'interrompit en entendant les petits pas d'oiseau de Lorelei traverser le palier à l'étage, de la salle de bains à la chambre.

— Sinon, ajouta-t-elle à voix basse, je ne sais pas si je pourrai continuer à vivre ici.

Colin alluma la bouilloire et acquiesça.

— Tout à fait. Ça passait quand les nôtres étaient petits. C'était juste un peu de bazar à l'époque, et d'excentricité. Mais là…, ce n'est plus tenable, déplora-t-il en écartant les bras. Et, comme tu l'as dit, c'est injuste pour tes filles.

Ils se turent tous deux en entendant Lorelei à l'étage. Les voix portaient dans cette maison. Colin prépara son café en silence et rejoignit Vicky à la table. Lorsque Lorelei entra quelques minutes plus tard, elle sursauta en les voyant.

— Seigneur Dieu, souffla-t-elle, vous êtes terrifiants, tous les deux. Qu'est-ce que vous faites assis là à me dévisager comme ça ?

Vicky sourit à celle qu'elle aimait.

— Assieds-toi, il faut qu'on parle.

Lorelei plissa les yeux.

— Où est Beth ?

— Elle est partie courir. Assieds-toi.

Elle obéit avec un claquement de langue. Vicky lui sourit à nouveau et lui prit les mains. Celles de Lorelei étaient si minces désormais, la peau si soyeuse et fragile comme ces petites feuilles de papier poudré que les dames emportaient autrefois dans leur sac à main. De grosses veines bleues saillaient sous la peau fine, et elle avait les ongles beaucoup trop longs. Mais quand même, c'étaient ses mains, les mains de Lorrie. Vicky ravala la tristesse de savoir qu'elle était toujours amoureuse folle de cette femme. Cette femme qui avait traité sa précieuse progéniture de merde.

— Maintenant écoute-moi, ma douce. Tu sais que je t'aime, très fort.

Lorelei ramena ses doigts vers sa gorge maigre et claqua la langue une fois encore.

— Dieu seul sait pourquoi, continua Vicky. Mais je t'aime. Pourtant, on a un problème, là. Maddy dit que tu l'as insultée.

— C'est faux !

Vicky soupira de frustration. Elle s'était attendue à ce que Lorelei nie. Comme une enfant.

— Sans nous appesantir, disons simplement que les relations entre Maddy et toi ne sont pas bonnes, chérie. N'est-ce pas ?

Lorelei haussa les épaules avec un énième claquement de langue.

— Ce n'est pas ça, répondit-elle d'un ton las, c'est juste, mes affaires, Vicky, toutes mes affaires…

— Eh bien, oui, précisément. Je pense, Lorrie, que si on pouvait aller au fond du problème de toutes tes *affaires*, alors on pourrait peut-être régler tous nos autres petits problèmes aussi.

— Oui, convint Lorelei avec un soupir éthéré comme si *enfin* quelqu'un essayait de l'aider. Exactement.

— Alors, chérie, ce que j'ai pensé qu'on pourrait faire ce week-end pendant que les filles ne sont pas là, avant le grand week-end de Pâques, tu sais, et tant qu'on a une paire de bras en plus…, dit-elle en tapotant l'épaule de Colin avec affection, ce serait commencer à s'occuper de tes affaires. Commencer, tu sais, à essayer d'y mettre un peu d'ordre. Je pense, expliqua-t-elle avec un sourire encourageant, que si on y met du nôtre, et de la bonne volonté, on pourrait vraiment faire avancer les choses. Je crois sincèrement qu'on pourrait trier une bonne quantité. Peut-être même la moitié.

— Trier ?

— Oui. Je crois qu'on pourrait rendre un gros service aux magasins caritatifs du coin, tu ne penses pas, Colin, humm ?

Elle se tourna vers lui et lui sourit avec un clin d'œil complice. Seigneur, il fallait vraiment qu'ils arrivent à la jouer comme il faut. Ne pas se tromper d'un mot. Ne pas prononcer des expressions comme « merdouilles » ou « détritus » ou « se débarrasser » ou « jeter ». Uniquement des termes positifs. Sans ça, Lorrie allait faire une colère, comme un bébé qui lance ses jouets hors de son landau, et rien ne changerait jamais.

— En plus, j'ai parlé à un monsieur très gentil qui s'appelle Paul, et il a dit qu'il pouvait nous aider. Déplacer certaines de tes affaires. Si on les prépare pour lui, lundi matin, il va venir avec une grosse benne rose… n'est-ce pas merveilleux ? Une benne rose ! Et tout emporter pour nous.

Elle fit une grimace et se mordit la lèvre. *Tout emporter.* Oh, oh. Elle avait tout fait foirer.

— Je veux dire, tu sais, leur trouver une nouvelle maison, se corrigea-t-elle.

— Non, ce n'est pas ça que tu veux dire ! aboya Lorelei. Tu veux dire : *s'en débarrasser.*

Elle soupira avec tristesse avant de reprendre.

— Oui. Tu as raison. Très bien. Faisons comme ça.

Vicky sentit sa gorge se nouer en voyant des larmes obscurcir les yeux vert océan de Lorrie.

— Chérie…

— Mais, coupa Lorrie, rien ne sort sans mon accord. Vous comprenez ? C'est surtout à *toi* que je m'adresse,

Colin, précisa-t-elle en le fixant, les yeux plissés. Ne crois pas que je ne m'en apercevrai pas, tu te tromperais.

Elle rit alors, un son aigrelet, mais c'était tout de même un rire. Lorrie avait toujours eu un rire des plus splendides. Vicky n'avait jamais oublié cette première soirée, avec le beaujolais, avant que cette grande faille de tragédie vienne déchirer le rêve en deux. Elle n'avait pas oublié le rire charmant de Lorrie, devant la cheminée, ses longs doigts sur le pied de son verre.

Colin rit aussi, un bruit étouffé, et leur offrit un sourire. L'atmosphère s'allégea un instant.

— OK, attaqua Vicky, profitant de cette soudaine et inespérée embellie. Il nous faut un plan d'attaque. Et je crois que la première priorité devrait être le couloir et l'escalier.

Lorrie soupira. Vicky lui serra de nouveau les mains.

— C'est bien, ma chérie. C'est très bien. OK, commençons tout de suite !

Quand Beth revint de son jogging matinal et de sa visite sur la tombe de Rhys, elle comprit tout de suite qu'il se passait quelque chose. La voiture de Vicky était garée le long du trottoir avec le coffre grand ouvert, et les rideaux sur la façade avaient été tirés pour la première fois depuis des années. Elle approcha le visage des vitres du rez-de-chaussée pour regarder à l'intérieur, les mains en visière sur le verre sale. Elle vit les silhouettes de sa mère, son père et Vicky, en une masse à trois têtes au pied de l'escalier. Ils semblaient en pleine dispute. Elle observa, hypnotisée, pendant un moment. Vicky tenait une serviette de bain par un bout et sa mère par l'autre ; son père essayait d'empêcher sa mère de frapper Vicky. Vicky avait l'air exaspérée, et sa mère pleurait et ressemblait à une vieille sorcière, et tout autour d'eux se trouvaient des sacs-poubelle et des vieux vêtements et, mon Dieu, était-ce… ? Oui, c'était le vieil imperméable rose à pois de Beth, et le vieux duffle-coat de Meg, le gris avec de la fourrure sur la capuche, et il y avait aussi – elle dut plisser les yeux pour bien voir – sa vieille housse de couette, celle avec les carrés roses et bleus, celle qu'elle avait jetée quand toutes les pressions pour la fermer avaient fini par tomber. Que diable faisait-elle là ? Elle se souvenait, très distinctement, de l'avoir apportée au recyclage au magasin caritatif du village. Comment avait-elle pu refaire le chemin inverse jusqu'à la maison ? Elle entra discrètement par la porte de la cuisine et traversa la pièce sur la pointe des pieds en direction du couloir.

— Espèces de *salopards* ! entendit-elle sa mère hurler. Rhys utilisait cette serviette, vous savez. C'était sa *préférée* ! Elle porte encore son odeur, pour l'amour du ciel… sentez, bande de salopards, sentez !

Son père soupira et dit :

— Non. Je ne veux pas la sentir parce qu'elle sent le moisi. Comme tout le reste du contenu de ce sac. D'accord ? C'est moisi et ça pue et, tant que la maison sera encombrée de sacs pleins de vieilles serviettes qui puent, ce sera très difficile pour Vicky et les filles de vivre ici. Tu comprends ?

— Arrête de me menacer !

— Colin ne te menace pas, chérie, apaisa Vicky. Il est juste parfaitement honnête avec toi. Et c'est vrai. Si on ne parvient pas à trier ce bazar, ou du moins à accomplir de réels progrès dans cette direction, alors, eh bien…

Elle laissa la phrase en suspens avant de reprendre :

— Eh bien, je préfère ne pas y penser. C'est pour ça que c'est tellement important. Tellement incroyablement important. Et nous sommes plongés là-dedans depuis… presque deux heures, chérie, dit-elle en consultant sa montre, et tout ce que nous avons est un minuscule sac d'affaires qui vont quitter la maison. Il faut qu'on fasse mieux que ça, Lorrie. Il faut qu'on fasse beaucoup, beaucoup mieux que ça.

Lorelei se laissa aller contre le mur et appuya le bas de ses paumes sur ses yeux.

— Prenez cette putain de serviette, céda-t-elle. Allez-y. Et arrachez mon putain de cœur dans ma putain de poitrine, tant que vous y êtes.

Beth reprit son souffle en silence et attendit de voir ce qui allait se passer.

— C'est bien, approuva Vicky en avançant sur les genoux vers Lorrie pour la serrer dans ses bras. C'est très bien.

Elle s'écarta de Lorrie, plia doucement la serviette en un cube et la déposa dans un sac-poubelle ouvert.

— OK, alors, que fait-on de cette vieille bouilloire ?

Beth la reconnaissait vaguement du paysage lointain de son enfance. Un matin, elle s'était mise à dégager de la fumée, se rappelait-elle, beaucoup de fumée, et à émettre des crissements menaçants. Son père avait coupé le disjoncteur, débranché l'appareil, et, autant qu'elle s'en souvienne, l'avait jeté à la poubelle. Pourtant, il était toujours là, comme sa housse de couette, ressuscité des cendres de son enfance, toujours en vie.

Lorrie leva des yeux tristes vers Colin, puis regarda d'un air affaibli la bouilloire noircie.

— Oh, mais chéri, protesta-t-elle de sa voix douce, celle qu'elle utilisait quand ils étaient encore enfants, tu ne te souviens pas de ce jour-là ? Le jour où elle a explosé ? Tu ne te souviens pas ? C'était le matin de la première représentation de Noël des jumeaux. Il neigeait. Et ils étaient tellement adorables, tous les deux, avec leurs petites ailes argentées et leur auréole en guirlande. Tu te rappelles ? Et tout le monde a fait « Aaaah » quand ils sont montés ensemble sur scène, parce qu'ils étaient tellement blonds à l'époque, tu te souviens ? Si jolis. Je veux dire, ils avaient l'air de deux *petits anges*. Pour de vrai.

Lorelei se mit à pleurer, et Vicky l'enlaça de nouveau.

— C'est vrai, ma chérie, c'est vrai, répondit Colin. Et j'ai des photos d'eux. De grandes et belles photos qu'on peut regarder tous les jours, si on veut. On peut les coller aux murs et au plafond, et les regarder tout le temps. On n'a pas besoin d'une vieille bouilloire pour se souvenir de cette journée.

Lorelei renifla et releva la tête de l'étreinte de Vicky.

— Les photos sont des mensonges, chéri. Tu le sais. Elles sont en une seule dimension. Elles ne figent qu'un seul instant dans un fil infini de moments, elles ne te racontent pas la bouilloire qui explose ou le sol couvert de neige. J'ai besoin de *plus* que des photos. Beaucoup, beaucoup plus. Tu ne comprends donc pas ?

Elle les regarda, les yeux pleins de larmes. Et alors elle aperçut Beth, debout sur le seuil, et ouvrit les bras.

— Regarde, chérie, regarde ce qu'ils me font subir. Ces gens qui prétendent m'aimer. Ils sont en train de me tuer, Bethy, en train de me tuer. Tu ne peux pas les en empêcher ?

Beth se raidit à ces mots. C'était en train de se produire. C'était enfin en train de se produire. La reconnaissance du cancer qui rongeait cette maison. Voilà, on enlevait les pansements, et les cicatrices apparaissaient. Elle tressaillit. Elle n'avait pas envie de voir ça. Pas envie d'y prendre part. Il était nécessaire que ça se produise, elle le savait bien. Mais elle ne voulait pas en être témoin. Elle se força à sourire, haussa les épaules et bredouilla :

— Je ne fais que passer, je vais juste enfiler une veste, je, euh…

Et elle se tourna, avant de pouvoir dire quelque chose qui l'attire dans cette plaie béante.

Elle traversa la maison en courant, en chaussettes, la voyant soudain avec un regard neuf. Des objets surgissaient de façon menaçante devant elle, au-dessus d'elle. Comment n'avait-elle pas remarqué plus tôt comme tout était devenu sale ? Les innombrables dessins d'enfants sur les murs de la cuisine, éclaboussés de graisse et de crasse, maintenus en place par des morceaux de scotch jaunis et dégoûtants. Les monceaux de sacs-poubelle couverts de poussière, les épaisseurs de vieux chiffons, certains raides du fluide oublié qu'ils avaient servi à éponger autrefois. Elle se fraya un chemin dans l'escalier, dépassant des piles de baskets boueuses, appartenant à Dieu sait qui, des mugs et des assiettes où s'épanouissaient des colonies non identifiées, des tas de paperasse et de magazines défraîchis. Et les livres. Des tours instables de livres. Elle en contempla un, là, à ses pieds, qui datait des années 1970, intitulé *Le Meilleur de Clifford D. Simak* avec une illustration de vaisseau spatial sur la couverture. Qui était Clifford D. Simak ? Et quel membre de la famille s'était un jour intéressé à la science-fiction ? Aucun. Alors qu'est-ce que ça faisait là ? D'où ça sortait ? Et comment sa vieille housse de couette avait-elle fait son retour dans la maison ?

Elle laissa tomber le livre de poche décati et courut vers sa chambre. Elle remarqua, pour de bon, et peut-être pour la première fois, que pour y entrer elle devait à deux endroits avancer en crabe afin de se glisser entre les piles de sacs et de cartons qui commençaient à former un couloir. Depuis quand ? Elle était certaine que c'était récent. Alors elle ouvrit la porte de sa chambre – ce qui n'était pas possible en entier à cause d'une autre pile de trucs appartenant à sa mère, dont une boîte d'ampoules roses achetées en gros – et la claqua à grand bruit derrière elle. Elle attendit qu'un sentiment de soulagement la submerge, une impression de déconnexion de la folie ambiante, mais alors qu'elle regardait la pièce autour d'elle, la vérité lui apparut. Des vêtements empilés au lieu d'être suspendus. Trente mascaras différents sur sa coiffeuse. Des chaussures entassées en un chaos dépareillé dans un vieux carton. Il n'y avait rien d'agréable ici. Rien de joli. Pas d'ordre. Pas de contrôle. C'était une vraie décharge.

Elle songea à son bureau au travail, aux rangées bien propres de dossiers en carton, à l'orchidée tigre dans son cache-pot d'un noir brillant, au soleil qui se déversait des vitres impeccables sur son mobilier en frêne clair, à ses doigts manucurés posés sur le clavier qu'elle venait d'aspirer, ses cheveux relevés, bien nets, à l'arrière de sa tête, et les files de gens qui y entraient et en sortaient toute la journée, et à qui elle adressait des sourires étincelants d'efficacité et d'assurance. Que penseraient-ils s'ils la voyaient maintenant ? Pour qui la prendraient-ils ?

Du rez-de-chaussée lui parvenaient les gémissements de sa mère au sujet d'un pot de fleurs cassé. Elle s'allongea sur son lit – dont elle n'avait pas changé les draps, elle s'en rendait compte en cet instant, depuis près de deux mois – et contempla le plafond. Elle soupira en remarquant les toiles d'araignées qui pendaient des corniches et pensa au placard plein de plumeaux, balais et serpillières inutilisées qui explosait dès qu'on frôlait sa porte, puis à Bill et Meg dans leur idyllique décor méditerranéen et, cette fois, elle ne tira pas une once de plaisir de l'image de Meg débordant de son maillot de bain si sage, taille 44.

Elle se vit, peut-être pour la première fois de sa vie, de façon objective. Elle était prisonnière. Mais pas, comme elle se l'était toujours raconté, parce que sa mère avait besoin d'elle. C'était faux, sa mère n'avait pas besoin d'elle. Sa mère avait Vicky, sa mère avait sa maison et ses objets. Non, Beth n'était prisonnière que d'elle-même. Et il était temps de partir. La seule chose qui la retenait ici, mis à part sa culpabilité, était Bill. Le compagnon de sa sœur. Qui la regardait à peine lorsqu'il venait la chercher à la gare, désormais. Qui restait des semaines entières sans l'appeler. Qui ne lui avait pas enlevé son soutien-gorge pendant l'amour depuis plus d'un an. *Ça devait s'arrêter aussi.* Tout devait s'arrêter. *Tout de suite.*

Et, à l'instant même où elle sentit ses poumons sur le point de se remplir de haine d'elle-même et la noyer, elle entendit son téléphone vibrer dans son sac à dos. Elle tira le sac vers elle, localisa l'appareil, et il était là : un radeau de survie.

Coucou, j'espère que tu vas bien aujourd'hui. Je me sens coupable de t'avoir poussée à boire autant hier soir. C'est entièrement ma faute. Que dirais-tu qu'on remette ça ce soir, et on reste à la limonade-jus d'orange ? J'aimerais vraiment avoir une nouvelle chance d'apprendre à mieux te connaître. Prends soin de toi, Jase.

Six mois plus tard, par un après-midi d'octobre particulièrement gris et aux ombres allongées, Vicky, Maddy et Sophie louèrent une camionnette blanche et déménagèrent toutes leurs affaires vers un petit appartement situé au coin de la rue.

Lorsqu'elles refermèrent leur nouvelle porte d'entrée derrière elles quelques heures plus tard, Maddy s'approcha de Vicky et la prit dans ses bras.

— Merci, maman, souffla-t-elle dans le sweat tout doux de sa mère. Merci.

Vicky embrassa sa fille sur le haut de la tête et essuya une larme tiède qui lui coulait sur l'aile du nez.

— Chérie, répondit-elle en tenant le visage de Maddy dans ses mains, j'ai fait tout ce que j'ai pu, vraiment, mais mon idiote de Lorrie ne voulait pas d'aide. Non. Donc nous voici, toutes les trois ici.

— Tu y retourneras, si elle range la maison ?

Vicky soupira et attira Maddy de nouveau contre elle.

— Elle ne rangera pas sa maison, Mads. Je le sais maintenant.

Une autre larme jaillit de son autre œil. Ce n'était pas dans la nature de Vicky de renoncer à quelque chose, encore moins à l'amour.

— Pauvre vieille Lorrie. Pauvre belle âme.

Le moment n'aurait pu être plus mal choisi. Elles étaient là, à déménager, et dans deux mois Beth serait partie aussi, en Australie, pour tenter sa chance avec ce gentil garçon, Jason. Lorrie serait alors complètement seule pour la première fois de sa vie. Vicky en était submergée d'inquiétude. Mais voilà. Il fallait le faire.

Maddy s'écarta et sourit.

— Je peux inviter Jade ? À venir ?

Vicky cligna des yeux. Elle était là, cette douce insouciance qu'elle n'avait pas remarquée pendant des mois, des années. Cette demande si banale de l'enfance qui avait été absente. Elle sourit avant de répondre :

— Oui, mon Dieu, absolument, mais oui. Dis-lui de venir tout de suite.

Chapitre 8

Lundi 3 janvier 2011

Bonjour, mon charmant Jim !

Tes e-mails m'ont manqué ces deux derniers jours. Désolée d'apprendre que tu n'étais pas dans ton assiette, et ravie que tu ailles mieux maintenant. Peut-être que tu as mangé quelque chose qui ne t'a pas convenu au réveillon du 31 ? Ça n'arrête pas, hein ? Je suis contente que les photos t'aient plu. Merci pour tes gentils compliments. J'étais une belle fille dans ma jeunesse, mais pas prétentieuse pour autant, si tu vois ce que je veux dire. Plutôt un garçon manqué, toujours en train de courir pieds nus, et d'oublier de me brosser les cheveux.

Bref, tu m'as demandé pourquoi Meg pensait que je devrais voir un psy. Je t'ai de toute évidence terriblement effrayé ! (Je plaisante, Jim. Du peu que je connais de toi à travers nos échanges de ces dernières semaines, j'ai l'impression que tu es ouvert d'esprit et imperturbable jusqu'à un certain point… est-ce que je me trompe ?!) Eh bien, voilà, la vérité sur moi, ou devrais-je plutôt écrire : LA VÉRITÉ SUR MOI… ?! Tu as été très honnête avec moi au sujet de ton problème d'alcool et de marijuana, tu as eu les mots d'un homme qui accepte ce qu'il est et qui sait le nommer. Alors j'imagine que ce n'est que justice que j'en fasse autant. Je suis une accumulatrice compulsive, Jim. Je n'emploie cette expression que parce qu'une autre pourrait être trompeuse. Je pourrais dire que je suis une COLLECTIONNEUSE, peut-être. Ou une PIE VOLEUSE. Je pourrais, aussi, me décrire comme une personne qui n'aime pas jeter. Mais aucune de ces descriptions ne serait suffisante, et de loin. Parce que je crois qu'une fois qu'un travailleur social est venu dans ta maison pour l'évaluer en termes de salubrité (pas pour moi, tu comprends, mais pour la sécurité de mes plus proches voisins… la honte, la honte!!) et se réfère à toi de façon répétée comme étant une « personne atteinte d'un syndrome d'accumulation compulsive », alors vraiment, tu n'as plus qu'à lever les mains, soupirer et dire : « Bon, OK. Vous m'avez cernée. » Donc oui. C'est le cas. Mais souviens-toi, Jim, qu'exactement comme l'alcoolisme évoque des myriades d'implications différentes, le syndrome d'accumulation compulsive recouvre des billions de variations sur le même thème. Je ne suis pas sale. Et ma maison non plus. J'ai juste trop de choses. Presque au point qu'il n'y ait plus de place pour la saleté. Ah, ah !

J'ai entendu parler de gens qui accumulent des cochonneries. Leurs propres déjections et des déchets. Ça me dégoûte. Et des gens qui collectionnent des animaux. Ça, c'est particulièrement affreux, car de toute évidence cela crée de la souffrance. Ces pauvres bêtes… Moi, j'achète juste trop d'affaires. J'aime aussi garder ce que j'appelle des souvenirs, de moments de ma vie, des objets que je peux prendre pour les regarder et me rappeler un instant qui aurait peut-être été oublié sans cela. La mémoire humaine est si frustrante et si cruelle, cette façon qu'elle a de se débarrasser des choses sans demander la permission, des choses précieuses. Au moins ici, dans ma maison, je contrôle mes souvenirs.

Bien sûr, personne ne comprend. Quand je dis que Meg et moi on se dispute, c'est presque toujours sur ce sujet. Elle pense que c'est une histoire de RANGEMENT. De faire UN TRI. Elle ne comprend absolument pas… et elle, je le crains, va trop loin dans l'excès inverse. Je dirais qu'elle est maniaque. Elle ne jure que par l'hygiène, l'ordre et le minimalisme. Et elle a quatre enfants ! Ça me dépasse ! Alors je lui ai demandé de ne plus venir chez moi. En fait, puisqu'on est totalement honnêtes l'un envers l'autre, tu peux aussi bien savoir que personne n'est entré dans ma maison. Plus depuis l'enterrement. Il s'est passé un incident à cet enterrement. C'était une journée vraiment atroce. Je te raconterai une autre fois. Procédons par petites bouchées pour le moment !! Mais, ce jour-là, j'ai décidé de couper les ponts et de rester seule. Ne te méprends pas, cependant, Jim. Je suis toujours très sociable. Dans les magasins que je fréquente, je suis une cliente fidèle et appréciée. J'agite la main et salue mes amis et voisins. Je réponds au téléphone, j'écris des e-mails et j'accepte les invitations (dans la mesure du raisonnable !!). Mais ici, dans ma maison, je suis mieux toute seule. Je suis heureuse. ☺

Eh bien, ce message est très long. Mais je suppose que c'était un GROS truc que j'avais à te dire.

Beaucoup d'amour, mon cher Jim, et, s'il te plaît, écris-moi vite. Tes e-mails sont les étoiles les plus brillantes de mes journées.

L

Bisous bisous bisous

Avril 2011

Molly et Meg étaient assises en silence dans la fraîcheur frigorifique du monospace, digérant les faits que venait de leur transmettre avec délicatesse une dame du nom de Stella Richards, à la voix douce, dans un bureau lambrissé des services départementaux localisés dans St Georges Road.

Lorelei avait succombé à une tuberculose non diagnostiquée et non soignée, causée par une malnutrition sévère. Elle pesait quarante-deux kilos au moment de sa mort, n'avait plus que cinq dents et avait perdu la presque totalité de ses cheveux. Le contenu de son estomac avait été difficile à identifier, car il datait de plus d'une semaine. Mais il apparaissait que son dernier « repas » avait été composé d'une galette de riz et d'une gorgée ou deux de jus d'orange. Les médecins avaient aussi découvert une petite tumeur cancéreuse dans ses poumons, mais c'était considéré comme sans lien avec son décès.

Il y avait d'autres informations, mais Meg avait cessé d'écouter lorsqu'elle avait compris que sa mère s'était affamée avant de mourir d'une mort lente, douloureuse, terrible, dans sa voiture, sur l'aire de stationnement du bas-côté d'une nationale à vingt minutes du village, toute seule. Pendant que Meg était assise dans sa maison confortable, entourée de ses vigoureux (et pour l'un d'eux, doté d'un inquiétant surpoids) enfants, à regarder un concours de pâtisserie à la télévision en buvant un verre de bon vin.

— Merde, dit Molly.

— Humm, marmonna Meg.

Elle voulait prendre une douche maintenant. Une douche très longue, avec de l'eau brûlante, qui lui laisserait la peau rouge et fripée.

— C'était carrément la chose la plus triste, la plus horrible que j'aie entendue.

Meg regarda sa fille, et posa les mains sur une des siennes.

— Je suis vraiment désolée. Sincèrement. Bon sang, si ça c'est « adapté pour une adolescente », je préfère ne pas imaginer le reste des dossiers qu'ils traitent dans cet endroit.

— Ça va. Je suis contente...

Elle se tut, serra la main de Meg.

— Je suis contente que tu n'aies pas eu à affronter ça toute seule.

— Maudite femme ! s'écria Meg, soudain envahie par l'exaspération familière et la fureur qu'elle avait éprouvées la majeure partie de sa vie.

Elle frappa le volant avec le bas de sa paume.

— Maudite femme, ridicule, stupide, entêtée ! Une *galette de riz*. Une putain de *galette de riz* ! Comme une gamine anorexique, pour l'amour du ciel ! Aargh !

Elle retira sa main de celle de Molly et tapa des deux très fort sur le volant. Elle cria encore, puis souffla, se calma.

— Pardon, chérie. Je suis désolée. Ça me met juste tellement hors de moi. Tellement en colère. Elle n'a jamais su, n'a jamais eu la moindre idée de comment s'occuper des gens. Y compris d'elle-même. Elle savait comment les aimer, mais pas comment prendre soin d'eux. Et si elle avait eu une once de... Seigneur, je ne sais pas, d'humanité normale, décente, elle ne m'aurait pas laissé tout ça sur les bras. Toute sa saleté dégoûtante, sa merde et son bordel ! C'est tellement, tellement… *obscène*. Toute cette famille répugnante. Une suite d'événements abjects.

Elle s'arrêta tout d'un coup. C'était trop. Beaucoup trop.

Molly la regarda.

— Ça va, maman ?

Meg exhala de nouveau, puis se força à sourire.

— Oui, répondit-elle en caressant Molly sur la joue. C'est juste que… je me débats avec les membres d'une famille toxique. J'ai réussi à les maintenir à distance toutes ces années, et maintenant ils reviennent tous, et je sais bien que c'est inévitable, mais, quand même, ça fait beaucoup d'un coup.

Et juste quand elle prononçait ces mots, son téléphone sonna. Une fois encore, c'était un numéro inconnu. Elle décrocha en mains libres.

— Oui ? demanda-t-elle avec prudence.

— Meggy ?

Elle soupira.

— Papa ?

— Bonjour, ma chérie. Je t'appelle juste pour te dire que j'arrive. De l'aéroport. Je serai là dans une heure. On se retrouve à la maison ?

Meg prit une inspiration profonde.

— Tu es seul ?

— Oui, oui, bien sûr.

— Très bien, répondit Meg d'une voix dure. Viens à notre hôtel. Je te verrai à la réception.

— D'accord. Parfait. Et, ma chérie, comment vont… ?

Mais Meg raccrocha avant que son père ait pu finir sa question.

Avril 2004

Cela faisait des mois qu'il ne s'était pas rendu à l'aéroport. Des mois qu'il n'avait pas quitté son quartier. C'était étrange d'être de retour dans le chahut des gens normaux. Curieux de voir des enfants, des familles et des groupes d'adolescents, des gens qui n'avaient pas mis le pied dans un bordel ou un bar à hôtesses, des gens qui n'étaient pas en Thaïlande pour se défoncer ou avoir des rapports sexuels. Ils paraissaient si frais, ces autres gens, au point que c'en était bizarre, contre nature. Rory baissa les yeux vers sa propre personne : polo plein de sueur, short baggy, tongs décolorées par le soleil, gourmette au poignet, peau hâlée couleur rosbif, davantage de tatouages à présent – les nouveaux sur les tibias et les mollets, autour des biceps et sur le cou. Il se passa les doigts dans les cheveux : longs jusqu'au col de son polo, cramés par le soleil jusqu'à en être blonds, sans coupe identifiable. La mode n'existait pas là où vivait Rory. Il se contentait de porter la même chose qu'Owen. Il s'était mis inconsciemment à s'habiller comme lui au fil des années : polo au col remonté, bijoux en or, lunettes de soleil en haut du front, collier de perles, tongs ou baskets, short de treillis. Il aurait pu être n'importe qui, venu de n'importe où : américain, australien, sud-africain. C'était plus facile.

Il parcourut des yeux la file de passagers qui franchissait les portes d'arrivée. Après une procession de cinq minutes de Scandinaves à la peau laiteuse, la fournée suivante avait l'air anglaise : bouffie et pâle après un long hiver. Il se redressa, ramena ses cheveux par-dessus ses oreilles. Et puis il était là, et Rory fut pris totalement au dépourvu par le flot d'émotions, les larmes.

Son père.

Le visage de Colin se transforma à sa vue, et ils se jetèrent l'un sur l'autre comme des coéquipiers victorieux, blottis l'un contre l'autre, le visage enfoui dans le cou, et se serrèrent très fort. Puis ils s'écartèrent pour se regarder. Cela faisait quatre ans, presque jour pour jour.

Son père avait un sac à dos sur une épaule, et portait tout l'attirail classique de l'homme d'âge moyen : jean sage, tee-shirt à logo, veste The North Face, baskets bon marché. Il paraissait tellement vieux. Ou plutôt, non, pas vieux, il avait l'air d'une personne jeune atteinte d'une maladie qui vieillit.

— Oh, mon Dieu, soupira Colin, les yeux brillants de plaisir, regarde-toi. Regarde-toi ! Tout bronzé ! Tout… tout décontracté, waouh ! conclut-il après avoir cherché ses mots.

C'était la première fois que Rory et son père se retrouvaient en tête à tête depuis cet après-midi au pub, quand Colin lui avait donné son certificat de naissance, et sa liberté par la même occasion. C'était lui qui avait le plus manqué à Rory, plus que sa mère ou ses sœurs, plus que sa nièce et ses neveux (il n'avait en réalité rencontré que l'un des deux garçons de Meg et ne se souvenait même pas de son nom).

— Tiens…

Il fit glisser le sac de l'épaule de son père et le passa sur la sienne. Il était content, d'une certaine façon, de ne jamais être devenu plus grand que lui. C'était agréable de pouvoir lever les yeux vers son père, même si ce n'était que de quelques centimètres. Il avait prévenu son père des conditions de vie rudimentaires, de la chambre en bois brut derrière une boutique de la rue principale, des allées et venues, de la musique forte et des hurlements de joie jusqu'à pas d'heure. Il lui avait parlé du ventilateur au plafond qui ne servait à rien, des cafards et du matelas au sol. Mais il ne lui avait pas tout dit. Pas encore.

Rory l'amena chez lui dans sa nouvelle voiture. Enfin, nouvelle pour lui. C'était une vieille Fiat Panda qu'il avait achetée à quelqu'un pour quelques centaines de bahts. Elle sentait la beuh et la merde de chien, mais avait la clim, et Colin sourit dans l'air frigorifié alors qu'ils roulaient sur l'autoroute.

— Aah, dit-il, c'est agréable.

Il portait toujours sa veste The North Face, et ses cheveux gris lui collaient au crâne comme des bandelettes de papier mâché mouillées.

— Cette chaleur, reprit-il, c'est une vraie fournaise… Comment tu fais pour supporter ?

— Je me suis acclimaté.

Il se tourna pour sourire à son père. Il n'avait pas vu un être humain avec qui il ait un lien de parenté depuis qu'il avait laissé son bébé en Espagne quatre ans plus tôt. C'était une sensation plaisante.

— Tu dois être très fatigué ?

— Non. Pas du tout. C'est ne rien faire qui m'épuise. Tout ça… ça me fait sentir *vivant*, confia-t-il en montrant le paysage qui défilait par la fenêtre.

La vie qu'avait menée son père ces dernières années était aussi mystérieuse pour Rory que la sienne pour son père. Il n'avait aucune idée de ce à quoi Colin occupait ses journées, qui il fréquentait, où il allait, ce qu'il faisait. Il savait qu'il avait été question d'écrire ses mémoires, mais avait du mal à imaginer que le projet ait abouti. Il savait aussi qu'il y avait eu une petite amie pendant un temps, une personne beaucoup plus jeune que lui qui s'appelait

April, ou May, un truc comme ça. Mais, pour autant qu'il le sache, ça non plus, ça n'avait pas donné grand-chose. Et à présent son père avait cinquante-neuf ans, était retraité de l'université où il avait enseigné toutes ces années, vivait seul et voyageait pour la première fois de sa vie sur un autre continent.

Rory gara la voiture derrière son bâtiment et attrapa le sac de Colin sur la banquette arrière.

— Bienvenue dans ma très, très humble demeure.

Sa chambre se trouvait derrière un rideau constitué de fragments de plastique multicolores. L'une des filles du bar s'était assise sur la marche pour allaiter son bébé.

— Papa, je te présente Rochana. Rochana, voici mon père, Colin.

Le visage de Rochana s'éclaira, et elle retira son sein de la bouche du bébé pour se lever. Elle mesurait à peine plus d'un mètre cinquante et portait un jean coupé en short et un débardeur à bretelles croisées.

— Aah, ton *papa* ! C'est super ! Super !

Elle lui serra la main, et Colin lui répondit par un large sourire et une caresse sur les cheveux de l'enfant.

— Quelle jolie petite fille ! Elle a quel âge ?

— Neuf mois. C'est mon ange !

Colin sourit de nouveau, et Rory se souvint combien son père avait toujours aimé les bébés.

— Elle est belle. Comment s'appelle-t-elle ?

— Je l'appelle Star. Parce que quand elle sera grande, ce sera une *super*star !

Rory prit conscience qu'il n'avait jamais demandé à Rochana le prénom de son bébé. Parce qu'il ne s'intéressait pas à sa vie, seulement au moment où elle pourrait enfin reprendre le travail à plein-temps.

Il écarta le rideau de plastique pour son père et l'invita à entrer.

— Voilà, dit-il d'un ton gêné.

— Oh, réagit son père avec un sourire stoïque, c'est parfait. C'est très agréable.

— Non, rigola Rory, c'est un trou à rats. Mais c'est temporaire, pendant que je fais des économies.

Il entendait le spectacle de midi à travers le mur du fond, le boum-boum d'Evanescence, le bourdonnement métallique du présentateur qui annonçait le nom des filles.

— Bon sang ! s'exclama son père, je vois ce que tu voulais dire pour le bruit. Quel raffut !

— Ouais, et c'est comme ça toute la journée et la moitié de la nuit. Mais on s'habitue, promis.

— Ce n'est pas grave. Je ne suis pas venu ici pour dormir.

Rory sourit et ne posa pas la question qui lui brûlait les lèvres : *Pourquoi es-tu venu ici ?*

Il sortit une bière de son frigo et la tendit à Colin. Puis il en ouvrit une pour lui et porta un toast.

— À toi, pour être venu jusqu'ici. J'apprécie vraiment.

— Ne dis pas de bêtises, répondit Colin en avalant sa bière fraîche. Merci à toi. De m'avoir laissé venir. Et je te promets que je ne serai pas un boulet. Quoi que tu aies à faire, il suffit que tu me le dises, et je ne t'encombrerai pas. J'ai toujours rêvé d'aller en Thaïlande, depuis mes études. Je trouverai bien à m'occuper.

De la rue principale, de l'autre côté du bar, leur parvenait le bruit de la circulation : klaxons, vélomoteurs, cris.

— Bon, dit Rory, je ne travaille pas avant ce soir, alors on pourrait traîner un peu. Qu'est-ce que tu aimerais faire ?

— On pourrait déjeuner ? Un truc dans la rue. Un pad thaï ?

Rory sourit. S'il y avait une chose qu'il savait à propos de son quartier, c'était où trouver les meilleures nouilles.

— Viens. Enlève cette veste, enfile un short, je t'emmène manger.

C'était bizarre de voir son quartier à travers les yeux de quelqu'un d'autre. La plupart du temps, Rory n'assistait qu'au spectacle de la nuit : les gens debout dans la rue, dans la lumière phosphorescente des lampadaires et des néons, les touristes rougis par le soleil qui picolaient depuis midi, les enterrements de vie de garçon et les pauvres types, les pervers, les monstres. Il dormait presque toute la journée, pendant que les familles et les gens normaux se baladaient dans la rue principale et sur la plage. Quand il se réveillait, ils étaient déjà en train de repartir, de rassembler leurs affaires pour rentrer à l'hôtel ou à la maison d'hôte prendre une douche et dîner de bonne heure. Même lorsqu'il sortait dans la journée, il ne remarquait vraiment que les éléments du monde qu'il fréquentait. Il voyait les filles des bars, l'air exténué et mal en point. Il voyait les clients des prostituées, les dealers, les raveurs, tous étrangement distordus à la lumière du jour.

Mais maintenant, ici, dans l'air propre du midi, avec son adorable père à ses côtés, il s'apercevait qu'il vivait dans une ville animée de la côte, une ville où l'on pouvait acheter des souvenirs, de la crème solaire, des magazines et même le *Daily Mail*. Si vous ne connaissiez pas la faune des bas-fonds, vous pouviez ne pas la remarquer du tout.

Ils s'assirent sur des tabourets vissés dans le trottoir à côté d'une petite échoppe de nouilles. L'homme qui tenait la boutique était le fils de la femme qui gérait les filles au club. Il était marié à l'une d'entre elles. Même la nourriture était mêlée au sexe.

— Bonjour, bonjour ! s'écria le gars des nouilles.

— Salut, Rak. Je te présente Colin, mon père.

Il ne se fatigua pas à faire les présentations dans l'autre sens.

— Ah, bien, dit l'homme, très bien. Vous voulez un pad thaï ?

— Oui, s'il vous plaît ! répondit Colin en se frottant les mains.

— Porc ou poulet ?

— Poulet, merci.

Rory s'éloigna de la stalle, laissant son père occupé à scruter Rak qui jetait divers ingrédients dans un wok. Il faudrait qu'il finisse par lui parler. Il comptait rester quatre jours. Il faudrait qu'il lui dise qu'il travaillait pour Owen, comme portier du bar à hôtesses et aussi comme coursier pour le petit business de cocaïne d'Owen, qui allait croissant. Il faudrait qu'il lui révèle qu'il était désormais un criminel.

Il avait essayé de le dissuader de venir – arguant que sa chambre était trop petite, qu'il avait des horaires de travail trop étendus –, mais son père avait simplement répondu : *« Ça ne me dérange pas. »* Il avait repoussé toutes ses tentatives, et Rory avait fini par capituler. Parce que, en réalité, les bénéfices de revoir son père après tout ce temps pesaient beaucoup plus lourd dans la balance que son inconfort à lui avouer la vie qu'il menait ici. Il fallait juste espérer que son père ne le jugerait pas trop durement.

— Oh, bon Dieu ! entendit-il Colin s'exclamer derrière lui. Oh, mon Dieu…

Il avait pris une bouchée de nouilles et en avait les yeux fermés de plaisir.

— C'est le pad thaï le plus incroyable que j'aie jamais goûté. Oh…

Il prit une nouvelle fourchetée.

— Comment on dit « merci » en thaï, Rory ?

Rak servit ses nouilles à Rory. Colin et son fils s'installèrent au bar et mangèrent ensemble, devant un mur.

— Alors, dit Rory, comment vont-ils, tous ? Si j'ose le demander…

Colin poussa un grognement et essuya son menton plein de graisse.

— Tu veux dire, maman ?

— Euh ouais, principalement, je suppose.

— Elle va bien. Elle ne s'est pas encore remise du départ de Beth. Franchement, elle avait trente et un ans, pour l'amour du ciel, je ne sais pas à quoi s'attendait votre mère, qu'elle reste à la maison jusqu'à la fin de ses jours ?

— Je crois qu'elle pensait qu'on resterait *tous* à la maison jusqu'à la fin de nos jours. Je crois qu'elle pensait qu'aucun d'entre nous ne souhaiterait jamais être ailleurs.

Colin soupira.

— Je sais, je sais. Pauvre maman…

— Et comment elle s'en sort, sans Vicky ?

— Pas très bien. Je veux dire, Vicky reste quand même dormir un week-end sur deux, quand les filles sont chez Tim, et Meg vient avec les petits aussi souvent qu'elle peut. Et, bien sûr, je suis juste à côté. Mais tout de même, elle est seule, pour la première fois de sa vie.

— Et la maison ?

— Une horreur. Carrément insalubre. Elle a entièrement rempli la chambre des filles de Vicky – ton ancienne chambre – à l'instant où elles ont déménagé, et ensuite, environ trente secondes après le départ de Beth en Australie, elle s'est mise à entasser des affaires dans la sienne. Et il y a un nouveau développement inquiétant… Elle s'est mise à accumuler des journaux…

— Oh, merde.

— Oui. Je sais. J'ai écrit à cette émission de télé.

— Quelle émission ?

— *Nettoyeurs de l'extrême*. Tu connais ? Ils aident les gens à vider leur maison.

— Cool. Tu lui as dit ?

— À ton avis ? rétorqua Colin en levant les yeux au ciel. De toute façon, je doute que ça débouche sur quoi que ce soit. Je ne sais même pas s'ils vont tourner une nouvelle saison. Mais ça valait toujours le coup d'essayer. Je veux dire, je ne sais vraiment pas vers qui me tourner. On n'arrête pas d'essayer, Vicky, Meg, moi. On est tout le temps en train de tenter de la persuader, de chercher des nouvelles façons super ingénieuses de la convaincre de se séparer des objets. Mais ça ne fait que la pousser encore plus dans la mauvaise direction. Alors…

Il haussa les épaules et gonfla les joues.

— Enfin, tu sais, on finit par laisser tomber, à la fin, hein ? Quand la personne ne veut pas changer elle-même. On ne peut pas le faire à sa place… Je ne suis pas sûr d'être encore capable de l'aider, sourit-il avec tristesse.

Rory racla les dernières nouilles sur les parois du carton et les lécha sur sa fourchette en plastique. Il s'essuya la bouche avec une serviette en papier et se mit à réfléchir au problème de sa mère. Il en était si loin ici, qu'il n'y songeait que très rarement. Le concept d'une lesbienne de cinquante-huit ans de la classe moyenne, perturbée, vivant seule dans la crasse dans un charmant cottage des Cotswolds était difficile à saisir dans le contexte de son existence à l'étranger, dans le bruit, l'agitation, la sueur d'un quartier rouge.

— Ce n'est pas moi qui te le reprocherais. Il ne faut pas culpabiliser pour ça.

Colin sourit et laissa tomber sa serviette froissée dans son carton de nouilles vide.

— Je vais essayer de ne pas le faire.

Son visage se fit sérieux.

— Et toi, mon garçon ? C'est quoi l'histoire entre toi, Kayleigh et la petite ?

Rory poussa un grognement. Il se prit la tête dans les mains et gronda. La seule pensée de Kayleigh et Tia suffisait à lui faire sentir comme un coup de poignard dans la poitrine.

— Il n'y a rien à dire. Pas d'histoire. Je n'ai pas de nouvelles d'elle. Mais bon, elle ne sait pas où je suis, alors je n'en attendais pas, en fait.

Il se raidit avant de poser la question dont il redoutait la réponse.

— Est-ce que tu… est-ce qu'elle t'a contacté récemment ?

— Oui, dit Colin simplement. Oui. On s'envoie beaucoup d'e-mails. Au moins un par semaine. Et, juste pour que tu saches, elle vient tous les Noëls, seulement une nuit, à son retour d'Irlande. Elle et Tia. C'est une jolie gamine, tu sais… assez spectaculaire.

Rory haussa les épaules. Il avait déjà eu un compte-rendu détaillé de ces visites de Noël ; son père les lui racontait dans de longs e-mails auxquels il joignait des photos que Rory n'ouvrait pas. Il avait commis cette erreur une fois par le passé, quand son père était allé en Espagne rendre visite à Kayleigh et au bébé quelques mois après que Rory les avait quittées. Il avait cliqué sur la pièce jointe sans réfléchir et failli tomber contre le mur sous l'effet du choc. Son bébé. Qui était encore une petite masse informe hurlante et torturée par les coliques quand il lui avait dit au revoir alors qu'elle avait huit mois. Et la voilà soudain, comme par magie, à quatorze mois, avec un ruban dans les cheveux, tout sourires avec ses longs cils, debout en jean et sandales. Une vraie petite fille. Il avait regardé la photo assez longtemps pour estimer que lui et Tia se ressemblaient comme deux gouttes d'eau, puis il avait cliqué sur « Effacer ». Il avait pris sa décision, il faudrait qu'il l'assume.

— Bien.

— Elle a un nouveau compagnon, tu sais, Kayleigh ?

— Ah ouais ?

— Oui. C'est un artiste, je crois, beaucoup plus vieux qu'elle, il a une fille lui aussi. Je crois qu'elle est très heureuse.

Rory hocha la tête, une seule fois. Il avait envie de hurler à son père de *la fermer*. D'arrêter de parler. Il voulait lui crier qu'il avait tourné la page. Qu'il avait tiré un trait. Que c'était le passé, qu'il vivait dans le présent et qu'il avait fait le choix de ne pas traîner de bagages avec lui. Mais Kayleigh voyait la situation d'un autre œil. Elle avait réussi à capter l'affection de Colin, pour elle et la petite fille. Et Rory ne pouvait pas, en toute logique, s'attendre à ce que son père ne l'évoque pas, alors que c'était une part si importante de sa vie. Mais ce n'était *pas* une part importante de la *sienne*. Kayleigh était censée le laisser repu et à bout de souffle. Au lieu de ça, elle l'avait ligoté pieds et poings liés, à devoir remplir le frigo et la supplier pour qu'elle veuille bien coucher avec lui. Elle avait rompu les termes de leur accord tacite. Elle l'avait amené au mauvais endroit. Il avait appris à ne pas se sentir coupable de ce qu'il avait fait ce choquant après-midi de juin près de quatre ans auparavant. Il avait réglé ça.

Mais son gentil papa était là, et il ne comprenait pas les motivations de Rory et pensait qu'il avait toujours le pouvoir de changer les choses. Il se trompait.

— Bien, répéta-t-il. Je suis vraiment content pour elle.

Son père se tut, le regarda d'un air songeur et finit par ajouter :

— Elle l'appelle papa.

Le propos ne s'imprima pas tout de suite dans l'esprit de Rory.

— Tia, insista Colin. Elle appelle le nouveau copain de sa mère papa.

— Oh. D'accord, bredouilla-t-il avec un hochement de tête.

— Oui, et je me demandais si tu, euh… ce que tu ressentirais ? Je veux dire, j'ai pensé qu'il fallait que tu le saches.

Rory acquiesça de nouveau et répondit :

— Ouais, merci. C'est bien, alors, je suppose.

Il regarda son père et vit une déception nue dans ses yeux pâles. Colin soupira.

— Je suppose. Ça dépend, en fait, de ce que tu veux. De ce que tu as comme projet ?

— Bon, ouais, je veux dire, mon plan, c'est juste de rester ici, travailler dur, voir ce qui se passe. Je me sens toujours trop jeune pour être papa. J'ai toujours l'impression d'avoir seize ans.

Il regarda son père dans les yeux, suppliant. Soudain, il voulait rentrer en Angleterre, il voulait que Colin le mette dans son sac à dos et l'emmène à la maison, il voulait être dimanche de Pâques et qu'ils soient tous là, lui et ses sœurs et son frère, à *garder les emballages*, à se restreindre sur les pommes de terre rôties, à être une tribu. Parce que c'était vrai, il lui semblait toujours avoir seize ans, mais ce n'était pas vrai qu'il avait un plan ; il n'avait aucune idée de ce qu'il faisait ici, ni d'où il allait. Il était perdu. Totalement perdu. Sans Owen pour lui dire quoi faire ensuite, il serait dans le noir complet.

Il sourit à son père :

— Je suis vraiment content que tu sois là, cela dit, vraiment, vraiment content.

Les larmes montèrent soudain aux yeux de Colin qui attrapa les mains de Rory et les serra, beaucoup trop fort.

— Moi aussi, fiston. Moi aussi.

Il n'y avait qu'une seule façon de négocier cette première nuit avec son père, une seule façon de lui révéler la vérité sur lui-même. Et ça consistait à l'emmener au bar avec lui.

Il se doucha et enfila sa tenue de travail : chemise blanche bien repassée, pantalon noir, lunettes de soleil, chaussures confortables au cas où il devrait courser quelqu'un. Son père lui dit : « Waouh, regarde-toi. Ça te va bien, d'être sapé ! » et passa un vieux tee-shirt et un short avec ses horribles sandales à scratch.

— Alors, tu fais quoi, ici, exactement ? demanda son père pendant qu'ils tournaient à l'angle en direction de la façade du club.

— Je suis portier.

Colin rit.

— Videur ! Je n'aurais jamais imaginé…

Ils entrèrent dans le club, passèrent devant le caissier surpris au guichet, les murs pailletés, et pénétrèrent plus au fond de la boîte. Il était tôt, l'établissement n'avait pas encore ouvert au public. Sans les filles, ça aurait pu être un bar comme un autre, une boîte de nuit quelconque. Un dénommé Ben, qui lavait les verres derrière le comptoir, salua Rory et son père d'un signe de tête. Une fille encore dans sa tenue de tous les jours, mais déjà maquillée, passa devant eux en se dirigeant vers le bar. Elle serra Rory dans ses bras et l'appela « chéri ». Colin adressa à son fils un regard curieux qui ne reçut qu'un haussement d'épaules pour toute réponse. Il finirait bien par comprendre tout seul.

Le jeune homme toqua à la porte du bureau d'Owen.

— C'est moi.

— Entre.

Owen était assis derrière son bureau, tout en muscles, en gros billets et en after-shave à outrance. Mais cela ne l'empêcha pas de gratifier Colin d'un sourire gentil, ainsi que d'une chaleureuse poignée de main, et Rory vit que son père était impressionné. Owen faisait le même effet à tout le monde.

— C'est un honneur de vous rencontrer, monsieur.

Rory vit que Colin était surpris qu'un Anglais l'appelle « monsieur ».

— De même, répondit-il.

— Vous restez combien de temps ?

— Quatre nuits.

Owen s'enfonça dans son gros fauteuil de cuir.

— Un court séjour alors, vous ne faites que passer ?

— Oui, malheureusement. J'espérais que Rory pourrait prendre des congés, qu'on voyagerait un peu ensemble. Mais il me dit qu'il est trop occupé.

Owen rit et eut un sourire navré.

— Ah, c'est ma faute. Désolé, monsieur Bird.

— Appelez-moi Colin. On peut se tutoyer ?

— Colin. Ouais. Je suis très strict, et je ne fais confiance à personne. Alors si Rory n'est pas là, je n'ai personne d'autre à mettre devant la porte, et s'il n'y a personne devant la porte, le club ne peut pas ouvrir.

Il haussa les épaules et sourit encore une fois.

Colin hocha la tête.

— Oui. Bien sûr. Je comprends.

— Mais quand même, reprit Owen. Vous avez les journées libres. Plein de choses à voir. Plein de choses à faire.

Il esquissa un geste de ses grands bras bronzés en direction de l'océan de l'autre côté des murs du club, puis se renfonça dans son siège.

C'était bizarre pour Rory d'observer son ami, son patron, cet homme qu'il avait vu tous les jours de sa vie pendant les quatre dernières années, de le voir soudain à travers les yeux d'un autre. C'était perturbant et étrangement triste.

À l'extérieur du bureau, le volume de la musique avait augmenté. Rory entendait les filles commencer à arriver. Owen lui sourit.

— On dirait bien que c'est l'heure, déclara-t-il.

Puis il se leva, avec son mètre quatre-vingts environ, serra de nouveau la main de Colin et lui adressa son sourire tout en fossettes, lui souhaita le meilleur et lui dit que ses boissons lui étaient offertes par la maison. Rory emmena son père vers la porte d'entrée. Il y avait des filles partout maintenant, en tenue de travail : bikinis à strass, mini-shorts, soutien-gorges à sequins. Elles débordaient de partout, se tortillaient, caquetaient et touchaient les cheveux blonds de Rory avec leurs ongles démesurés. Il se tourna vers son père quand ils se retrouvèrent sur le trottoir. Colin le dévisagea.

— Tu as quitté Kayleigh, et le bébé, pour lui ?

Rory ne répondit pas.

— Bon sang, Rory. Ce type est un bouffon ! Je veux dire, regarde-le. « Je ne fais confiance à personne… »

Il bomba le torse, imita la voix rauque d'Owen avec son accent de l'Essex.

— Il se prend pour qui, Tony Soprano ? conclut-il en riant.

— C'est mon ami, murmura Rory.

Il ouvrit le cordon de velours qui barrait l'entrée du club et se faufila entre deux jeunes hommes en polo de rugby.

— Tu crois ça ? Il n'a pas l'air du genre à avoir des amis…

— Il n'a pas d'amis, convint Rory avec un haussement d'épaules. Mais il m'a moi. On est comme des frères…

Colin lui adressa un regard sceptique.

— C'est la vérité. C'est mon âme sœur. C'est bizarre. Je ne peux pas l'expliquer.

Colin le scrutait toujours d'un air insondable.

— Et cet endroit, c'est un bar à striptease, pas vrai ?

— Bah, ouais. On peut dire ça.

Colin rit encore et se balança sur ses pieds, levant les yeux vers le ciel qui s'assombrissait comme s'il pouvait y trouver quelque chose de plus édifiant.

— On peut dire ça, répéta-t-il. OK.

Il soupira, baissa les yeux vers le sol.

— Oh, fiston…

— Quoi ?

— Ça ! Et ce que tu as abandonné. Tia. Kayleigh. C'est… c'est… Seigneur. Rory. Tu cherches quoi, exactement ?

Rory fit entrer un groupe d'enterrement de vie de garçon relativement sobre et se frotta les semelles sur le trottoir.

— Je ne cherche rien.

Colin hocha la tête. Pendant un moment, il parut sur le point de répliquer. Mais il se ravisa, soupira.

— Eh bien, tant mieux, parce que je peux te garantir ceci. Tu ne trouveras rien ici, dit-il avec un geste vers le bar, la file de jeunes hommes qui attendaient qu'on les autorise à entrer. Rien du tout.

— Oh, mon *Dieu* !

Meg laissa tomber son sac de week-end sur le paillasson et contempla la scène sous ses yeux. Derrière elle, les trois enfants essayaient de voir ce qu'elle regardait.

— Quoi ? demanda Molly. Ça ne va vraiment pas ?

— Oh, mon *Dieu* ! répéta-t-elle.

Molly se fit toute petite pour parvenir à la contourner.

— Laisse-moi voir, s'impatienta-t-elle.

Elle s'arrêta net devant Meg et dit à son tour :

— Oh, mon *Dieu* !

Puis elle se tourna vers Meg :

— Je ne veux pas entrer, maman. Je ne veux pas. Tu peux m'emmener chez papi ? S'il te plaît…

— Non. Pas avant qu'on ait dit bonjour à mamie. Allez. Les garçons ! appela-t-elle derrière elle en direction des deux plus jeunes, occupés à ramasser des poignées de gravier dans l'allée.

C'était la première visite de Meg depuis Noël, six mois après que Vicky et ses filles avaient quitté le navire et quatre depuis que Beth était partie. Et, en quatre mois, Lorelei semblait avoir rendu sa cuisine totalement inutilisable. Son père l'avait prévenue. Mais, même ainsi, rien n'aurait pu la préparer à la dévastation que sa mère avait provoquée dans le cœur de son foyer.

Le détail qui la frappa en premier fut que le fourneau n'était plus visible. Ce précieux fourneau Aga orange sur lequel elle cuisait leur viande, où ils réchauffaient leurs gants l'hiver, séchaient leurs chaussettes et chauffaient des casseroles de lait à l'heure du coucher avait disparu, enseveli sous des piles de linge et de cartons. La surface de la table était également invisible, chargée de tas de journaux et de sacs de courses en plastique refermés par leurs poignées nouées, de boîtes de pizzas, de cannettes abandonnées et d'une colonie de bouteilles de vin vides. L'antique évier était rempli de bocaux à confiture et de cellophane froissé de toutes les couleurs, et le store de la cuisine s'était détaché et pendait en diagonale en travers de la fenêtre. Meg souleva un pied à titre d'expérience et ne fut pas surprise qu'il se décolle des dalles avec un bruit visqueux.

— Allez, les enfants, entrons voir mamie. *Maman !* cria-t-elle en avançant à l'aveuglette dans les décombres de la cuisine de son enfance. *Maman ! On est là !*

Elle ne voulait pas venir. Bill et elle étaient plongés dans une recherche Internet pour un voyage « bon plan » de dernière minute vers le soleil quand son père avait appelé pour dire qu'il partait, voir Rory et Beth, que Vicky et ses filles seraient chez ses parents dans le Surrey et que Lorelei serait donc seule pour Pâques pour la première fois de sa vie. Elle avait répondu par une série de « humm » et de « aah » et mentalement mesuré les quantités de culpabilité, devoir, ressentiment et le soupçon d'égoïsme nécessaires à la recette du : Faire son devoir. Bill était resté à la maison, et elle ne pouvait le lui reprocher.

Elle traversa la cuisine à tâtons en direction du hall d'entrée, les trois enfants à sa suite, rendus muets par la stupeur. L'espace carré était rempli, presque jusqu'à hauteur de la tête de Stanley, par des cartons du magasin de gros. Machinalement, elle souleva les rabats alors qu'elle se faufilait entre les caisses, retenant son souffle à l'idée de ce qu'elle allait peut-être y découvrir.

Deux cents bougies parfumées à la citronnelle.

Cent nappes jetables multicolores.

Vingt paquets de décorations de Noël or et argent.

Vingt-quatre paquets de préparation pour cupcakes Halloween.

Quarante brosses à vaisselle à pois.

Cinquante briques d'un litre de lait de croissance Aptamil.

Elle laissa retomber le rabat de ce dernier carton avec horreur. Du lait de croissance Aptamil ? Alors qu'il n'y avait pas de bébé dans la famille ?

Elle examina les bords du carton et découvrit la date de péremption, août 2001. Elle soupira.

— *Maman !* On est là !

Ils se frayèrent un chemin entre les deux murs d'objets qui montaient tout le long de l'escalier en ne laissant qu'un espace de soixante centimètres sur chaque marche.

— Maman ! souffla Alfie d'une voix pressante, comme si une question très importante venait juste de lui traverser l'esprit. Pourquoi mamie a tout ça dans son escalier ?

— Chuut, prévint Meg.

Ils la suivirent le long de ce mur d'objets continu jusque dans la chambre de Lorelei.

Meg ne la vit pas tout de suite. Elle s'apprêtait à faire demi-tour lorsqu'elle l'aperçut, blottie dans son fauteuil fleuri, un énorme casque sur les oreilles, en train d'écouter – supposa-t-elle – la radio, tout en se mettant du vernis sur les ongles de pied. Elle était ensevelie, ou presque, sous d'autres piles d'objets non identifiés, une masse amorphe de sacs et de cartons, de papiers et de vêtements, avec ici ou là la protubérance inattendue d'une lampe ou d'un meuble cassé, d'un sèche-cheveux ou d'une table à repasser.

Et sa mère, comme une grenouille sur un nénuphar, trônait au centre de ce bazar.

— Oh, dit-elle en retirant son casque gigantesque avant de dévisager Meg avec suspicion. Bonjour, ma chérie. Je ne t'ai pas entendue entrer.

— Ben non, ça ne risquait pas, avec ce gros machin sur les oreilles. Je t'avais avertie que nous serions là à 15 heures. Il est 15 h 05 très exactement.

— Ah oui, c'est vrai. J'écoutais les informations de 15 heures. Ah ! Quelle idiote je fais ! J'avais complètement oublié ! Bonjour, vous trois ! lança-t-elle aux enfants massés nerveusement derrière Meg. Je vous inviterais bien à entrer, mais comme vous pouvez le voir…

Elle écarta les bras d'un geste d'excuse et rit.

— Mon Dieu, maman. Je veux dire… franchement… mon Dieu !

Meg avait du mal à respirer. Elle avait le ventre serré, la poitrine oppressée, et une sorte de brume verte putride dans le cerveau qui l'empêchait de former des pensées claires. Elle ne parvenait pas à trouver les bons mots pour s'exprimer de façon adéquate. Elle avait l'esprit obscurci par son impérieux besoin de tourner les talons et partir. Sans attendre. De remballer toutes ses affaires et toute sa petite famille dans son monospace délicatement parfumé qui sortait de chez le laveur (il fallait le faire au moins une fois par mois quand on avait trois enfants en bas âge, sans ça des choses commençaient à pousser entre les sièges) et de reprendre le chemin de Londres à toute vitesse.

Elle pensa à son chez-elle, au milieu d'une jolie rangée de maisons qui donnait sur Kentish Town Road. Elle pensa à ses cent quatre-vingts mètres carrés de parquet laminé bien brillant et de moquette crème immaculée, aux nombreuses boîtes de stockage remisées proprement dans des placards et aux étincelantes surfaces de granit dans sa cuisine. Elle pensa à ses fenêtres scintillantes, lavées une fois par saison par une entreprise, et à ses volets à fentes qu'elle nettoyait avec une brosse à dents pour retirer la pellicule de poussière entre les lattes. Elle pensa à son tri mensuel, celui qui faisait tant gémir les enfants, et poussait Bill à la toiser comme s'il lui manquait une case, comme si elle ferait mieux de *s'acheter une vie*.

Puis elle regarda sa brindille de mère ensevelie sous une montagne de cochonneries de sa propre accumulation et elle se sentit respirer plus facilement. Ce n'était pas elle la folle de la famille. Quoi que les autres membres puissent en dire. La folie, elle était ici. Juste ici. Elle bomba la poitrine.

— Mais qu'as-tu fait à ta maison ?

Lorelei haussa les épaules, comme si elle s'en fichait complètement. Puis elle soupira.

— Je sais. Je sais. C'est, hum, disons que c'est un chantier en cours.

— Maman ! Ce n'est pas un chantier en cours ! Ne glorifie pas ton truc avec une description absurde. C'est un désastre. Un désastre pur et simple. J'appelle les services sociaux !

Son père lui avait demandé d'y aller mollo, mais « mollo » n'était pas dans le répertoire de Meg. Et elle vit parfaitement à quel point elle était allée trop loin à mesure que la couleur refluait lentement du visage de Lorelei et que ses traits se tendaient, ses mains se fermaient en poings serrés.

— Je te l'interdis ! Tu m'entends, je te l'interdis, bordel !

Meg sentit une paire de petits bras s'enrouler avec force autour de ses jambes et elle fit sortir les enfants sur le palier.

— Attendez ici. Une minute. J'en ai pour une minute, et ensuite on ira tous dans le jardin. OK ?

Elle retourna à l'entrée de la chambre de sa mère.

— S'il te plaît, ne dis pas de gros mots devant les enfants, maman.

Lorelei fit claquer sa langue et croisa les bras.

— Je vais les emmener dehors, pour jouer. Tu nous rejoindras ?

Nouveau claquement de langue.

— Bon, on va résumer : je ne peux pas rester une seconde de plus ici. J'ai déjà l'impression de devenir à demi folle avec toute cette… *merde*, dit-elle en chuchotant le dernier terme. On a traversé la moitié du pays en voiture pour venir te voir, alors, s'il te plaît, sors dans le jardin. D'accord ?

Lorelei hocha la tête et soupira.

— Oui. Mais je dois d'abord attendre que mes ongles sèchent.

Son humeur s'éclaircit à cette mention ; elle étira une de ses longues jambes afin qu'ils soient visibles par-dessus la montagne d'affaires, et les replia vers le bas pour mieux les montrer à Megan. Elle sourit en découvrant ses dents tordues désormais jaunissantes.

— Regarde ! Bleu pervenche ! As-tu déjà vu une couleur plus divine ?

Meg tressaillit en voyant sa mère apparaître dans le jardin dix minutes plus tard. Elle franchit la porte en traînant les pieds nerveusement, comme s'il risquait d'y avoir des loups ou des ours. Elle était drapée dans un énorme gilet en angora arc-en-ciel, qu'elle avait depuis toujours ou presque, et un legging rose à fleurs qui flottait autour de ses cuisses maigres. Aux pieds, elle portait des sandales imprimé léopard bordées de fourrure, et ses longs cheveux gris étaient relevés sur le haut de son crâne à l'exception d'une interminable queue qui pendait dans son dos comme une corde sale.

Elle se força à sourire et avança d'un pas timide sur les dalles.

— Il fait drôlement froid, ici, tu ne trouves pas, ma chérie ? marmonna-t-elle.

— Oui. Mais au moins les enfants ne risquent pas d'être enterrés vivants sous une avalanche de ton infâme merdier.

— Oh, Meggy...

— Non, maman. Il ne s'agit pas de moi, OK ? Ce n'est pas moi qui suis l'horrible Meg, tu sais, la méchante dans cette histoire. Il s'agit de toi. De ce que tu te fais à toi-même, à ta maison. Je veux dire, regarde-la !

Elle fit un geste furieux des deux bras vers le bâtiment.

— Regarde cet endroit splendide. Il y a des gens qui tueraient pour vivre dans cette baraque, dans ce village, pour avoir ce que tu as. Et tu la dégueulasses, maman. Enfin, où as-tu la tête ? Où as-tu la tête, maman ?

Lorelei posa une main sur le mur de la maison. Elle caressa la brique doucement et soupira.

— J'aime cette maison. Tu le sais. C'est la seule chose qui ne m'ait jamais déçue.

— Dans ce cas, pourquoi tu la traites si mal ?

Elle leva vers Meg ses yeux verts pleins de chagrin et d'incompréhension.

— Cette maison veille sur moi. C'est plus que ne peuvent dire les membres de cette famille.

Meg inspira très fort. *Mollo,* se dit-elle, *vas-y mollo.*

— Qu'est-ce que tu manges, ces temps-ci ?

— Je grignote, répondit Lorelei avec un haussement d'épaules.

— Oui, mais quoi ?

— Du fromage frais.

— Du fromage frais ?

— Oui. J'achète les grands pots familiaux au supermarché, il y a plein de parfums différents... tu sais, ils en font même au paprika maintenant. Du fromage frais au paprika fumé. Il a une couleur un peu terracotta, celui-là. C'est absolument délicieux. Et le rose avec les crevettes, c'est mon préféré. Et j'ai des tas de galettes de riz, il y en a aussi plusieurs sortes. Alors je combine, les possibilités sont infinies.

Elle avait le visage tout illuminé par cette conversation sur le fromage frais et les galettes de riz, et pétrissait le bas de son gilet compulsivement avec ses poings.

— Quoi d'autre ? À part ça ?

— Des biscuits. Du pain. Des sucreries. Ooh, et ces donuts, là…

Elle lâcha son gilet et claqua des doigts en cherchant le mot.

— Comment ça s'appelle, déjà ? Ils sont tellement jolis, ils les vendent dans une grande boîte, et ils ont des glaçages de toutes les couleurs, c'est américain, tu sais…

— Des Krispy Kreme ?

— Oui ! C'est ça ! Je m'en offre toutes les semaines. En fait, je crois qu'il m'en reste un ou deux. Tu veux que je les sorte pour les enfants ?

Megan secoua la tête avec véhémence.

— Non ! Mon Dieu. Non, merci.

— Ah oui, soupira Lorelei, j'avais oublié. Tu es complètement obsédée par les trucs *healthy*, n'est-ce pas ? Pauvres gamins…

Megan inspira de nouveau. Ça ne la regardait pas, se répéta-t-elle, il ne s'agissait pas d'elle.

— Alors, tu ne manges rien de chaud, en fait ? Rien de cuisiné ?

— Eh bien, les donuts sont cuisinés, j'imagine, à un moment ou un autre.

— Non, maman, tu *sais* ce que je veux dire. Tu n'as rien pour cuisiner, tout est recouvert. Alors tu ne manges rien de chaud ?

— Non, ma chérie, ce n'est pas vrai. Je vais chez Vicky au moins deux fois par semaine, et elle me fait la cuisine.

Megan leva les yeux au ciel. Maudite Vicky, qui une fois de plus dédouanait sa mère de ses responsabilités les plus basiques envers elle-même.

— Et papa vient souvent me déposer quelque chose, quand il est chez lui. Ce qui est rare ces temps-ci.

— Mais alors que fais-tu de tes journées ??

— J'écoute la radio. Je fais les magasins. Je vois Vicky et les filles. Je surfe sur Internet. Je suis une « surfeuse d'argent », apparemment, j'ai entendu ça à la radio l'autre jour, pouffa-t-elle. Et je suis toujours bénévole à la bibliothèque une fois par semaine. Donc, tu sais, ce n'est pas comme si je *traînais*. À ne rien faire.

— Ah non, clairement, tu ne chômes pas. Personne n'accumule une telle quantité de *bordel* sans faire quelque chose, de façon active. Je vois que tu entasses des journaux, maintenant, en plus d'acheter du lait pour bébé en gros et des chiffons à poussière. Tu sais que ça signifie que tu es arrivée au stade final de ta maladie.

— *Maladie*, marmonna Lorelei avant de claquer la langue.

— C'est pour quoi faire, maman, les journaux ?

— Je ne les ai pas encore lus.

— OK, et tu as l'intention de commencer à les lire quand, exactement ?

Nouveau claquement de langue.

— Quand j'aurai besoin de me rappeler quelque chose.

— Comme quoi ?

— Oh, mon Dieu, Meggy. Tu ne comprends pas, hein ? Tu n'as jamais compris. Tout ce que je possède fait partie du contexte.

— Du contexte ?

— Oui ! De la globalité !

Elle dessina un grand cadre dans l'air avec ses mains, et finit par rejoindre Meg à la table du jardin.

— Par exemple, aujourd'hui, le 10 avril 2004. Samedi de Pâques. Le jour où Meg et les enfants sont venus dormir. Le jour où j'ai porté mon gilet préféré et mis du vernis à ongles bleu pervenche. Le jour qui était frais et nuageux, avec un risque d'averses localisées en fin de journée. Le jour où j'ai reçu un e-mail de papa depuis la Thaïlande, où il me dit qu'il est bien arrivé et qu'il est en chemin pour dîner avec Rory. Le jour où je me suis une fois de plus disputée avec toi, ma chérie.

Elle esquissa un sourire triste, au bord des larmes. Puis elle redressa les épaules avant d'ajouter :

— Alors les journaux servent à combler certains des trous. Dans le contexte. Dans le tableau global. Et c'est pareil pour le flacon de vernis. Une fois qu'il est vide, je ne peux pas le jeter. Parce que ce serait comme effacer quelque chose qui s'est produit. Ce serait comme jeter l'e-mail de papa et ta visite. Ce serait comme jeter les nuages et la fraîcheur de l'air et l'instant même que nous vivons. Tu comprends, ma chérie, *tu comprends* ?

Meg haussa les épaules et répondit avec un sourire crispé.

— Non, pas vraiment, souffla-t-elle.

— Oh, eh bien… Ça ne m'étonne pas. On n'a jamais été du même avis, toi et moi. Tu ne m'as jamais comprise, soupira-t-elle. Ce n'est pas grave. Il y a d'autres personnes qui me comprennent. Tu n'es pas obligée de le faire.

Elle tendit le bras par-dessus le bois mouillé de la table pour serrer la main de Megan dans la sienne. Ce n'était pas un geste tendre, plutôt un geste destiné à la rassurer.

Pour lui dire : *Ne t'inquiète pas, ma chérie, on ne peut pas tous être des enfants parfaits.*

Megan entendait les petits jouer dans le bas du jardin. Elle était réconfortée de voir que sa mère n'avait pas détruit cet endroit également. Grâce à son père et à Vicky, il ressemblait toujours à une carte postale, une vision idyllique de roses et d'allées qui serpentent, de tonnelles et de pelouse bien tondue. Elle leva les yeux vers le ciel menaçant, espérant que les averses annoncées n'arriveraient pas, afin de pouvoir passer la suite de la journée ici, sans avoir à s'aventurer de nouveau dans l'enfer de l'intérieur. Elle retira sa main.

— Mais, et le reste ? Les achats en gros ? Pourquoi, par exemple, tu as un carton de lait de croissance dans le couloir, qui est périmé depuis trois ans ?

— Oh…, dit sa mère en ramenant ses mains vers elle pour frotter ses coudes pointus, eh bien, de toute évidence, j'ai acheté ça quand il y avait encore des bébés dans la famille. Tu sais. Je pensais que ça serait pratique pour toi de ne pas avoir besoin d'emporter des tas de bouteilles chaque fois que tu me rendais visite.

— Et ensuite ?

— J'ai oublié que j'avais fait cet achat, avoua-t-elle avec un haussement d'épaules. Et soudain, les bébés n'étaient plus des bébés.

— Et tu l'as gardé pour quelle raison… ?

— Parce que l'acheter m'avait procuré du plaisir. Parce que j'étais dans le magasin et je l'ai vu et j'ai pensé à mes bébés, et tes bébés et tes visites, et je me suis imaginée avec un petit Stan ou un petit Alfie sur les genoux, en train de boire le lait que je leur avais acheté, et je t'ai imaginée en train de sourire et de dire : *« Merci, maman, quelle super idée. »* Et toutes les choses que j'ai pensées en regardant le lait et en l'achetant étaient de bonnes choses. Et si je jette le lait, je jette toutes ces bonnes choses que j'ai ressenties quand je l'ai acheté.

Megan soupira. La vision du monde qu'avait sa mère était un mur impénétrable.

— Des emballages de nourriture vides ?

— Ah oui, expliqua sa mère avec un sourire espiègle, là, tu marques un point, ma chérie. Il faut vraiment que je m'en occupe. C'est juste que j'essaie de bien recycler, et parfois il m'arrive de ne pas sortir de la journée, et le bac de recyclage se remplit tellement vite… et de temps à autre je *laisse juste des choses* et j'ai l'intention de m'en débarrasser, mais ensuite, une fois qu'elles sont restées là quelques jours, je ne les remarque plus vraiment. Et ensuite, sans que je m'en rende compte…

— …tu vis dans des conditions sordides.

— Oh, je n'appellerais pas ça « sordide ».

— Moi si.

— Je sais bien, Meg. Tu as toujours été très critique vis-à-vis de mon mode de vie. Tu as toujours été très critique vis-à-vis de *moi*.

Megan soupira et se rappela une fois de plus qu'elle n'était pas ici pour appuyer sur tous les boutons de sa relation si frustrante avec sa mère.

— Alors, dit-elle en essayant de ramener la conversation à des sujets pertinents. Ça ne te dérangerait pas, dans ce cas, que je jette les emballages de nourriture vides. *Uniquement* les emballages de nourriture vides ?

Lorelei sourit.

— Bien sûr que non ! Je serais ravie ! Vicky y consacre toujours un peu de temps quand elle me rend visite. Et ton père aussi, évidemment. Mais ça s'accumule tellement vite, n'est-ce pas ?

— Si tu le dis.

Lorelei eut un rire nerveux. Puis elle soupira.

— Je suis très seule, tu sais.

— Je le sais, oui.

— Je n'avais jamais imaginé me retrouver seule. Je sais que ça a l'air idiot, car tout le monde finit seul, pas vrai ? Mais je n'avais jamais pensé que ça m'arriverait.

— Bon, tu n'es pas vraiment toute seule, si ? Tu as papa juste à côté et Vicky au bout de la rue, et tu sais, n'est-ce pas, que si tu réussissais à régler le problème, si tu réussissais à *reconnaître* que tu es malade…

— Encore ce mot.

— …alors Vicky et les filles pourraient envisager de revenir habiter ici, et tu n'aurais plus besoin d'être toute seule. Tu le sais, n'est-ce pas ?

— Bien sûr, que je le sais. Bien sûr. Je ne comprends toujours pas ce qui s'est passé. Un instant, on était toutes là à passer des bons moments, puis le suivant…

Elle gonfla les joues.

— …le suivant, maman, tu traitais son adorable enfant de petite merde et tu remplissais leur maison de tellement d'objets qu'elles avaient trop honte pour inviter des copines à jouer.

Lorelei claqua la langue, le visage tourné vers le ciel.

— Je ne m'en souviens même pas.

— Si, tu t'en souviens. Bien sûr que si.

Lorelei claqua une fois encore la langue.

— OK, donc…, conclut Meg en se levant. Je vais chercher quelques affaires dans la voiture, et attaquer le désencombrement de ta cuisine.

Lorelei se leva d'un bond et s'écria :

— Je vais surveiller, tu sais ?

— Oui, évidemment. Viens, alors, très chère mère, allons donc nous hurler dessus à propos de vieilles boîtes d'œufs.

— Oh, non, protesta Lorelei. Je ne jette jamais les boîtes d'œufs, ma chérie, elles sont utiles.

— Non, elles ne sont pas utiles. Et je vais les jeter. Tu viens ?

Lorelei voûta les épaules, un tout petit peu, et ensuite elle regarda Megan et sourit.

— Oui, j'arrive.

Ce fut, curieusement, après toutes les réserves et le ressentiment de Megan à l'idée de rater son escapade de dernière minute au soleil, un week-end de Pâques très agréable. Vicky vint en fin d'après-midi et s'occupa d'amuser les enfants à côté avec Sophie (Maddy n'était toutefois pas là) tandis que Lorelei laissait, avec grâce, Megan vider sa cuisine. Elle ne la laissa pas, bien sûr, jeter autre chose que des emballages de nourriture (et même cela occasionna des tensions, avec une petite bagarre pour un morceau de papier bulle bleu, par exemple – « Mais, ma chérie, il est bleu, je n'ai jamais vu de papier bulle bleu avant ! » – qui fut remportée par Lorelei) et se révéla très tyrannique au sujet de l'endroit où Meg pouvait ranger chaque objet ailleurs dans la maison, mais l'un dans l'autre, elle se montra de bonne composition dans l'affaire, et finit par fondre en larmes quand elles se retrouvèrent quelques heures plus tard à admirer les surfaces dégagées de la cuisine.

— Oh, regarde, regarde ! C'est de nouveau ma cuisine. Regarde ma jolie cuisine ! Mon fourneau ! Mon évier !

Vicky était venue avec les petits, et tout le monde resta là à échanger des sourires, et Vicky déclara :

— Tu as manifestement plus d'autorité sur elle que moi. Elle ne m'aurait jamais laissée faire ça. Et, crois-moi, ce n'est pas faute d'essayer.

Meg lui avait adressé un sourire sardonique.

— C'est parce qu'elle a peur de moi.

Et Vicky avait répondu avec un soupir :

— Ah oui, en effet. C'est là que j'ai toujours péché avec elle. J'ai toujours voulu qu'elle m'apprécie, plus que toute autre chose.

Vicky et sa fille repartirent, et ensuite ils se rendirent tous en voiture au supermarché près du rond-point et passèrent ce qu'on ne peut décrire que comme un moment sympathique à faire des courses pour le déjeuner de Pâques. Enfin détachée de sa gêne bien ancrée au sujet des « petites manies » de sa mère, et distraite de toute façon par sa tribu d'enfants en maraude, elle vit, peut-être pour la première fois depuis qu'elle était sortie de la petite enfance, un peu du charme de Lorelei.

D'un point de vue objectif, elle était toujours très belle. Elle avait rassemblé ses cheveux rebelles dans un foulard au motif de saule et portait ce qui semblait être une robe de Beth, abandonnée lors de son départ pour l'Australie – une petite chose en coton rose avec un ourlet blanc – et une vieille veste en jean par-dessus. Elle avait un air bohème et jeune. Seules la ligne affaissée de sa mâchoire et ses mains usées trahissaient son âge réel. Mais c'étaient ses manières, ses mouvements, qui la rendaient si remarquable. Si grande et mince et gracieuse, si légère sur ses pieds, si différente de sa fille aînée, plutôt massive, qui avait hérité de la silhouette d'un lointain ancêtre venu d'une branche plus trapue de l'arbre généalogique. Elle filait à travers le supermarché comme une hirondelle, touchant les articles en s'exclamant sur leur beauté.

— Regarde, Meggy, regarde ces minuscules aubergines, ne sont-elles pas adorables ? Tu saurais comment les cuisiner ?

— Des yaourts vanille-rhubarbe, regarde, ma chérie ! Tu crois que les petits aimeraient ?

— Tu as vu, Meggy, ils vendent ces jolis œufs tachetés, maintenant. Regarde, toutes ces nuances de bleu et de vert, n'est-ce pas merveilleux ?

Et puis, bien sûr, il y avait le rayon des œufs de Pâques, et Lorelei commença par rester plantée en silence à le contempler.

— Chaque année, il est plus beau que la précédente. Regarde-moi tout ça. Et regarde ! Regarde ceux-là. Trois pour cinq livres. C'est une affaire ! Les enfants ! Regardez, vous voyez ces petits œufs, ici. Choisissez-en un chacun. C'est de ma part.

Les trois enfants lancèrent un regard interrogateur à Meg. Elle hocha la tête. Comment refuser ? C'était Pâques, après tout. Puis Lorelei repéra les paquets d'œufs emballés d'alu aux couleurs pastel qu'elle choisissait chaque année, et en acheta trois, car ils étaient en promotion. Ils achetèrent un œuf pour Vicky et deux autres pour ses filles.

— J'ai déjà des œufs pour toi et les enfants. Je les ai achetés il y a un moment. Avant même de savoir que vous veniez.

Ensuite, elles rentrèrent et burent du vin, préparèrent l'agneau, et soudain il fut 21 heures et le moment d'emmener les enfants à côté pour les mettre au lit. Lorelei vint aussi et examina l'intérieur de chez Colin d'un air suspicieux depuis la porte d'entrée.

— Ton père, commença-t-elle, son verre de vin toujours à la main, n'a absolument pas l'œil pour arranger une pièce.

Aucune sensibilité esthétique. Regarde-moi cet endroit ! On dirait une caravane.

Ce n'était pas une jolie maison, c'était vrai. Il avait peint les murs en magnolia et accroché de sinistres aquarelles encadrées. Le mobilier avait été acheté en lot, et n'avait pas été choisi dans la section la plus funky de leur catalogue. Du cuir d'aspect froid dans des teintes délavées, un placage frêne pâle et du formica blanc brillant. Colin avait agi exactement comme Meg dès qu'il avait quitté la maison Bird, et fait passer l'ordre et le minimalisme avant toute considération esthétique. La demeure de Colin était nette, propre, et sans âme. Et oui, Megan était bien obligée d'être d'accord avec sa mère, elle rappelait l'intérieur d'une caravane. Mais ici, elle pouvait respirer. Les enfants pouvaient dormir dans des lits propres avec un accès dégagé à la salle de bains au milieu de la nuit et une descente facile de l'escalier au matin.

— C'est très bien, dit-elle en enlevant les pull-overs des enfants par-dessus leur tête et les pliant en carrés parfaits bien qu'elle s'apprête à les fourrer dans le lave-linge en rentrant le lendemain. C'est tout à fait plaisant.

— Ce n'est pas vrai, et tu le sais.

Lorelei s'assit sur l'accoudoir de l'horrible canapé en cuir de Colin et soupira.

— C'est tellement dommage, non ?

— Quoi ?

Megan plia un petit caleçon d'enfant et tendit la main vers les pyjamas bien rangés dans son sac.

— Ça, répondit Lorelei avec un geste qui englobait la pièce. Ton père et moi. Vicky et moi. Je veux dire, je ne me serais jamais mise en couple avec Vicky si ton père s'était battu pour me garder. Tu le savais ?

— Non, fit Megan, en s'arrêtant un instant. Non. Je ne savais pas ça.

— Si. C'était juste tellement…, confia-t-elle avec un nouveau soupir. Oh, je ne sais pas. Je crois que ton père avait cessé de m'aimer, longtemps auparavant. Et je dois avouer, c'est assez horrible de vivre avec quelqu'un qui n'est pas amoureux de toi. Ça n'est pas exactement…

— J'ai faim, interrompit Stanley.

— Ne dis pas n'importe quoi, aboya Meg. Tu as eu un énorme dîner et un œuf de Pâques entier, et en plus, en temps normal, tu dormirais déjà à cette heure-ci et tu ne saurais même pas que tu as faim.

— Mais c'est vrai, maman, je *meurs de faim*.

— Tu veux que je leur fasse un chocolat chaud ? proposa Lorelei.

— Non ! J'essaie de les coucher, pour l'amour du ciel !

— Oui ! Un chocolat chaud ! s'écria Stanley.

— Oh oui, renchérit Molly, s'il te plaît, maman, s'il te plaît, on peut ?

Tous les trois hochaient la tête, les poings serrés d'excitation, et elle était de nouveau là, songea Megan, sous ses yeux. La magie de Lorelei, détachée de son arrière-plan déplaisant d'accumulation et d'égoïsme, brillante et hypnotique. Du chocolat chaud à l'heure du coucher. On leur avait souvent donné du chocolat chaud à l'heure du coucher. Il n'y avait pas besoin de beaucoup d'excuses. Un retour tardif à la maison. Un jour de pluie. Un triomphe. Un désastre. Un anniversaire. Une maladie. Sa mère le préparait pour eux dans sa robe de chambre en soie aux motifs de plumes de paon, faisant voleter ses doigts couverts de bagues dans la cuisine en pleine nuit, cherchant des mugs, des cuillères, et une fois même de minuscules guimauves multicolores que Pandora avait rapportées d'Amérique, alors que sa progéniture était assise en rang, et attendait sans la quitter des yeux. Il serait servi dans une vieille casserole, la même dans laquelle elle chauffait leur lait quand ils étaient bébés, celle-là même qui était toujours accrochée dans la cuisine, avec des cercles bruns de lait brûlé au fond. Et ensuite ils iraient au lit, satisfaits, forts de l'impression qu'il n'existait rien de plus pour combler leur bonheur.

Megan leva les yeux au ciel.

— Bon d'accord, mais vous devez tous d'abord être en pyjama, débarbouillés, cheveux brossés. OK ?

Ils poussèrent des cris de joie, et sa mère se leva d'un bond pour voir ce qu'elle pouvait trouver dans la « petite cuisine triste » de Colin. Et elles n'allèrent jamais au fond de ce qui s'était produit pour éjecter Lorelei du lit de Colin dans celui de Vicky.

Alors que Meg couchait ses enfants ce soir-là, Molly chuchota dans le noir :

— Maman !

— Oui, ma chérie, répondit Meg à voix basse.

— J'ai vraiment passé de bons moments aujourd'hui.

— C'est bien.

— Mamie est très gentille. Je la préfère quand elle n'a personne qui habite avec elle.

— Oh, souffla Megan, un peu surprise.

Elle n'avait encore jamais considéré les choses ainsi, mais sa fille avait absolument raison. Elle avait beau parler constamment de solitude, sa mère semblait plus heureuse qu'elle l'avait été depuis longtemps. Elle avait mis cela sur le compte de leur visite. De leur présence. Mais, en y pensant à présent, elle voyait que Molly disait vrai. Sa mère était heureuse parce qu'elle avait enfin la maison pour elle. Elle avait le contrôle. Elle était maîtresse de son étrange château. Personne pour toucher quoi que ce soit, déplacer le moindre objet ou simplement se plaindre. Lorelei seule avec toutes ses affaires. Enfin.

Beth le cherchait des yeux parmi les voyageurs arrivant à l'aéroport de Sydney, et lorsqu'elle le vit, elle le reconnut à peine. Il était bronzé et très mince, ses cheveux gris décolorés comme du vieux papier journal. Il avait les bras nus, bruns, et dessus – Beth pouvait à peine le croire – s'étalait un tatouage. Une inscription à l'encre noire en caractères thaïs qui lui encerclait le biceps.

— Papa ! s'exclama-t-elle avant même de lui avoir dit bonjour. Tu t'es fait un tatouage !

Colin écarta le bras, regarda le motif, et sourit, heureux.

— Eh oui. C'est merveilleux, n'est-ce pas ? Ça veut dire : « Mes enfants sont les étoiles qui illuminent le ciel. » Je crois. Quelque chose dans ce goût-là en tout cas. Et regarde-toi, Bethy. Regarde-toi. Si bronzée. Si radieuse.

Il lui ouvrit les bras et l'étreignit. Il ne sentait pas comme d'habitude. Comme s'il avait chaud. Un peu comme s'il avait besoin d'une bonne douche et de savon.

Ils marchèrent jusqu'à la voiture de Beth, garée sur le dépose-minute. Au-dessus d'eux, le soleil était blanc, brûlant.

— Waouh, dit Colin, le choc culturel, ça recommence. C'est incroyable comme les choses sont différentes à seulement quelques heures d'avion, non ?

Beth emmena son père dans son mignon petit appartement, niché dans ce qui avait été une maison individuelle du quartier espagnol de Sydney. Il parlait comme une mitraillette de ses quatre jours en Thaïlande avec Rory – il avait l'air presque shooté par son séjour. Beth se tourna vers lui, souriante, en tirant le frein à main.

— Je crois que je ne t'ai jamais vu si animé de ma vie, papa.

Colin haussa les épaules.

— Eh bien, peut-être que je suis enfin en train de me trouver, à l'âge canonique de cinquante-neuf ans.

Il rit et passa machinalement la main sur son nouveau tatouage.

— J'ai toujours voulu voyager, tu sais. Et je n'ai jamais pu. À cause, eh bien, de ta mère, évidemment. J'aurais dû commencer il y a des années.

Beth lui sourit et lui serra le bras.

— Tu as encore plein de temps. Quarante ans, peut-être.

Il rit.

— Je crois que c'est un peu optimiste, Beth. Mais, avec de la chance, vingt ans. Ce serait bien.

Elle le fit entrer chez elle.

— C'est petit, dit-elle, mais c'est confortable.

— Après l'endroit où j'ai dormi avec ton frère, ça ressemble à un véritable manoir, je t'assure.

Son premier chez-elle, à l'âge de trente et un ans, était un T2 sous les toits, avec une terrasse de laquelle, en se mettant debout sur le muret et sur la pointe des pieds, on apercevait un petit morceau d'océan. Elle avait acheté tous ses meubles dans des brocantes et des marchés aux puces, car elle n'avait quasiment rien emporté de la maison. Elle avait commencé à faire ses bagages et pris conscience que tout ce qu'elle touchait avait une odeur, humide, moisie, un parfum d'abandon. Peut-être l'avait-elle imaginée, cette odeur, peut-être n'existait-elle que dans sa tête, mais elle avait laissé ses affaires là-bas, toutes ses affaires, et emporté seulement une tenue de rechange et une trousse de toilette. Aussi cet endroit, ce lieu qu'elle appelait son foyer, était-il la manifestation physique de sa propre réinvention.

On aurait cru qu'elle était là depuis des années, qu'elle était environnée de trésors de famille et de souvenirs, mais en réalité, c'était une mise en scène, constituée dans une confusion et une frénésie d'achats lors de ses premières semaines à Sydney.

Elle était toujours assez surprise de se trouver ici. Elle se rappelait clairement ce moment où elle était assise sur son lit dans la maison Bird, à écouter sa mère crier au sujet de pots de fleurs cassés, en contemplant les toiles d'araignées sur les corniches, et où elle avait entendu la notification signalant le message de Jason – tout ce qui s'était passé ensuite lui apparaissait dans un brouillard. Elle avait appelé Bill le soir même pour lui annoncer qu'elle avait un nouveau petit ami. Que c'était fini. Et comment avait-il réagi, déjà ? Ah oui, il avait poussé un soupir de soulagement bien audible. Ensuite, il avait ri et dit : *« Ouf, maintenant toi et moi on peut redevenir de bonnes personnes. »*

Un mois plus tard, elle avait accepté l'invitation de Jason, lui demandant de l'accompagner au mariage de sa sœur, et tout était parti dans une spirale vertigineuse qui l'avait aspirée comme un tourbillon pour la déposer à Hobart, à peine six mois plus tard, avec juste ses vêtements sur le dos.

—Oh, ma chérie, déclara Colin, c'est adorable. Vraiment. Quel joli nid tu t'es construit !

Beth sourit et accrocha son sac à une patère vintage.

—Merci. Il était temps, hein ?

—Eh bien, oui, tu n'étais pas très pressée. Mais je n'ai pas de leçons à donner !

Beth acquiesça en riant.

—Tout est la faute de maman.

—Humm, oui et non. Je crois qu'on a tous les deux une responsabilité dans nos pitoyables existences.

Beth rit de nouveau. Elle ne pouvait pas le contredire. Jason était maintenant parti depuis longtemps. Ça n'avait pas duré plus de quelques semaines, une fois qu'elle s'était installée dans son hémisphère et avait découvert combien exactement de magnifiques jeunes femmes bronzées par la plage attendaient patiemment son retour, et combien exactement il était ravi de les revoir. Il était resté à Hobart. Elle avait déménagé à Sydney. Et elle s'était déniché un nouveau petit ami. Aussi facilement que ça. Une semaine environ après être arrivée à Sydney. Un collègue. Un Anglais tout gentil. Richard. Trente-trois ans. Pas grand, mais très brun et très beau. Pas de fil à la patte. Pas d'épouse. Pas de grosse différence d'âge. Pas d'emmerdes. Elle avait du mal à y croire. Après toutes ces années avec Bill, suivies par la puanteur de leur attirance morte, leur liaison étirée en longueur au point que ce n'en était plus humain, le poids de la culpabilité et du dégoût pesant toujours lourdement sur son âme, elle était enfin capable d'être assise en face d'un homme normal et de ne rien ressentir de plus violent qu'une simple affection.

Elle n'était pas encore entièrement certaine d'être normale : quand elle se regardait dans le miroir, elle était encore parfois désarçonnée par la personne qu'elle y voyait – qui était-ce ? Que faisait-elle ? Pourquoi la regardait-elle ainsi ? – mais sa vie était normale. Saine. *Propre.* Elle arrangerait le reste au fur et à mesure.

Elle servit à son père un verre d'eau fraîche et le lui tendit.

— Alors, demanda-t-elle d'un ton espiègle, c'est quoi ce tatouage ?

Il haussa les épaules et le caressa de nouveau.

— Ton frère en est tout couvert, maintenant, tu sais, de la tête aux pieds, presque. Je me sentais tout nu, en comparaison. Et ce gars, dit-il en montrant son tatouage, il a fait tous ceux de Rory. Je m'éclatais, j'ai eu envie de marquer le coup. D'une façon. Ça paraissait une bonne idée sur le moment. Est-ce que ça a l'air ridicule ?

Il haussa de nouveau les épaules. Beth regarda le tatouage, puis le visage de Colin et se dit que non, dans le contexte de son père en cet instant, tanné et hirsute, avec ses membres souples et sa soif de liberté, ça n'avait rien de ridicule.

— Non, c'est un joli tatouage. Il te va bien. Mais il faudra garder l'attitude qui va avec, quand tu seras rentré à la maison.

— Ah oui, bredouilla-t-il en contemplant tour à tour son bras tatoué et les lattes noueuses du plancher entre ses pieds. Quand je serai rentré à la maison. Humm.

Il se passa les mains sur le visage et grimaça.

— Tu sais, ma chérie, je ne vais pas rentrer à la maison. Je ne pense pas.

Il avait soudain le regard fuyant, l'air à la fois nerveux et coupable.

— Tu veux dire que tu ne rentres pas au cottage ? Ou pas en Angleterre ?

— Je veux dire, pas en Angleterre.

— Oh, mon Dieu ! s'écria-t-elle, la main sur le sternum. Pourquoi ?

Il haussa les épaules et caressa les bords de son verre d'eau du bout des doigts.

— Ce n'est pas chez moi. Ce cottage, cet endroit. Je ne l'ai pas choisi. Tu sais. Je me suis retrouvé avec, comme la partie brûlée d'une part de gâteau. Ce que ta mère a accepté de me laisser. Et je l'ai pris parce que je voulais être près de vous tous, et maintenant, bien sûr, plus aucun d'entre vous n'est encore là-bas !

Il eut un rire rauque.

— Et ta mère, elle a Vicky, reprit-il. Et, franchement, elle est mieux toute seule. Plus elle a de gens qui s'agitent dans la maison, plus elle devient ingérable. Et…

Il s'arrêta complètement alors. Il avait de nouveau le regard fuyant. Beth inspira. Elle sentait que quelque chose de mauvais se préparait, comme une crue d'eau sale dans un tunnel.

— J'ai, en quelque sorte, bon, je suis avec quelqu'un. Enfin, pas exactement *avec* quelqu'un. Mais potentiellement. Quelqu'un… argh, bon Dieu.

Il enfonça les mains dans ses cheveux.

— Je vais vivre dans la communauté. En Espagne.

Beth hocha la tête, engourdie, en attendant le coup final.

— Avec Kayleigh.

Beth sentit ses doigts se crisper sur son verre et se hâta de le poser.

— Quoi ?

Colin enleva ses lunettes et frotta son nez luisant de sueur.

— Je ne sais pas vraiment, soupira-t-il. Tout ça est fou. Toute l'histoire. Elle est venue, à Noël. Avec Tia. Comme chaque année. Mais, cette fois, il s'est passé quelque chose entre nous. Quelque chose…

Beth sentit de l'eau tiède lui remonter dans la gorge. Elle eut soudain très froid, puis très chaud. Elle déglutit avec difficulté.

— C'est tellement mal. Et je te promets, ma chérie, que ce n'est pas moi qui ai commencé. Pour de vrai. Jamais je n'aurais imaginé ça. Je veux dire, on s'est toujours bien entendus, Kayleigh et moi. Mais je te jure, je n'avais jamais songé à elle de cette façon. Et ensuite…

— Non, l'interrompit Beth en tendant la main comme pour empêcher les paroles de son père de l'atteindre. Non.

— Oh, Beth. Je suis tellement désolé. Et, en vérité, je ne sais même pas encore ce que c'est. Elle a toujours son petit ami. Tia l'appelle papa. Mais on dirait qu'elle commence à se lasser de lui. Et il sera là. Cet homme. Et je serai là. Et je suppose que ça finira par se savoir...

— Bordel de merde, papa ! Bon Dieu ! C'est ta *petite-fille*. Comment peux-tu seulement... ? Je veux dire...

Elle poussa un grognement guttural formé par toutes les pensées qu'elle ne pouvait encaisser, et tous les mots qu'elle ne parvenait pas encore à trouver pour exprimer son horreur et son dégoût.

— Enfin, c'est pratiquement de *l'inceste* !

— Euh, non, pas tout à fait, quand même, chérie ?

— Si ! Ça en est ! Oh, mon Dieu, papa, tu étais le seul dans cette famille pour qui je pouvais avoir des sentiments normaux ! S'il te plaît, ne me fais pas ça. S'il te plaît.

Son père lâcha un profond soupir. Tout espoir qu'il avait que cet échange se déroule facilement était en train de s'éteindre dans son regard.

— Je peux encore changer d'avis. Je veux dire, c'était en partie la raison de ce voyage. Je voulais voir Rory, lui parler entre quatre yeux, essayer de vraiment comprendre pourquoi il l'avait quittée, quels sont ses projets, ce qu'il pense de sa fille et de la mère de sa fille. Et honnêtement, ma chérie, il n'éprouve rien du tout. C'est terrifiant. Il a abandonné cette petite famille qu'il avait créée, sans rien regretter.

Il secoua la tête avec tristesse. Beth le dévisagea, furieuse.

— Et du coup, c'est bien, alors ? C'est bien de te mettre en ménage avec elle ! Je veux dire, papa, elle a la moitié de ton âge !

— Je sais. Je sais. Mais elle ne le ressent pas. Ça ne se sent pas, quand on est ensemble. Elle a beaucoup vécu, pour une jeune femme. Elle est plus mûre que moi, par certains côtés.

— Ah, mon Dieu ! Je *savais* que tu dirais ça ! C'est ce que les vieux pervers disent toujours ! Bien sûr, elle est plus mûre que toi. Elle est plus jeune que moi, papa, bordel !

— Oui, mais Beth, sans vouloir t'offenser, tu es encore très innocente pour tes trente et un ans.

— Et donc ? Qu'est-ce qu'il a dit ? Rory ?

— Je ne lui ai pas dit.

— Pourquoi ?

Colin secoua la tête.

— Je ne trouvais pas les mots. Ou le moment. Et de toute façon, comme je le répète, il ne s'est encore rien passé. Rien de concret.

Beth esquissa un geste d'incrédulité.

— Je n'arrive pas à croire que ce soit en train de se produire. Tu étais le seul, papa, le seul pour qui je pouvais avoir des sentiments normaux.

Des ombres noires s'agitaient dans son esprit, des bribes de moments du passé qu'elle n'arrivait pas réellement à transformer en souvenirs. Des sensations de malaise, d'inconfort. Elle pensa à Rhys à demi nu dans le lit de leurs parents, aux pas devant la porte de la salle de bains, à Vicky embrassant Lorelei dans la cuisine un matin quand elles se croyaient seules, sa mère se tournant l'instant suivant pour lui sourire, le menton encore luisant de salive. Un nouveau souvenir, surgi de nulle part, vint la frapper : sa mère sortant de la chambre de Rhys la veille au soir du jour où il s'était pendu, son expression d'horreur pure, les yeux brillants de choc. Elle refoula cette image, pas vraiment sûre de ce qu'elle signifiait, pas même entièrement convaincue qu'elle était réelle. Et là, comme un ultime cadeau de son inconscient, elle se vit dans une chambre d'hôtel bas de gamme, en train d'être prise brutalement et sans émotion par le compagnon de sa sœur.

Les eaux troubles qui battaient dans la tête de Beth s'apaisèrent et s'écartèrent juste assez longtemps pour qu'une autre pensée lui vienne.

— Est-ce que Meg est au courant ?

Colin leva les yeux vers elle, hagard.

— Oh, mon Dieu, non.

Elle s'étrangla. Pendant toutes ces années, Kayleigh, la détentrice de son *petit secret*, surpris dans le jardin de la maison Bird par cette douce nuit de printemps du dernier week-end de Pâques du précédent millénaire – quand la liaison de Beth avec Bill était encore toute neuve et douce, et non pas ce gâchis rance de vieilles habitudes et de romance insouciante qu'elle était devenue – s'était trouvée à bonne distance dans une communauté hippie injoignable dans le trou du cul du monde. À présent, Kayleigh avait couché avec son père et allait déposer ses secrets sur leur oreiller partagé.

— Tu vas lui dire ? demanda-t-elle à voix basse.

— Humm. Je crois que j'espérais que si ça se produit, et peut-être que ça ne se produira *pas*, elle finirait par le savoir par une sorte d'osmose. Je ne suis pas certain de pouvoir trouver les mots.

— Non ! Je ne suis pas étonnée. Tu sais que tu ne peux pas faire ça, n'est-ce pas, papa ?

Il haussa les épaules. L'air d'avoir dix ans.

— Eh bien, en réalité, je peux. La question, c'est : est-ce que je vais le faire ou pas ?

— Ça va foutre le bordel, tu en es conscient, hein ?

Colin hocha la tête. Mais ensuite il reprit :

— Peut-être pas. Ta mère m'a largué pour la voisine, faisant exploser deux familles et nous condamnant à devenir le ragot de la décennie. Et on a survécu.

Elle lui adressa une grimace.

— On n'est pas indestructibles, papa.

Nouveau hochement de tête.

— Non, aucune famille n'est indestructible. Mais on est plutôt résilients. Et ce sera peut-être juste une tempête dans un verre d'eau. De toute façon, je ne te demande pas ta bénédiction. Je t'informe, c'est tout. Parce que toi et moi, on a toujours été les plus discrets, pas vrai ? On a toujours été les paillassons, et maintenant, regarde-toi, tu as fini par déployer tes ailes et échapper aux griffes maléfiques. Maintenant, c'est mon tour. C'est tout.

Il croisa les bras et se renfonça contre le dossier de son siège. Et alors il lui sourit, et Beth eut sincèrement l'impression qu'elle ne connaissait pas cet homme assis en face d'elle. Une lueur brûlait dans ses yeux, et c'était horrible.

Elle soupira, elle claqua la langue, puis elle dit :

— Tu es en train de commettre une erreur.

Et il continua à sourire et répondit :

— C'est bien.

Chapitre 9

Lundi 10 janvier 2011

Jim chéri !

Merci pour les fleurs virtuelles ! Comment as-tu deviné que les delphiniums sont mes fleurs préférées ?! On a si souvent l'impression de se connaître depuis bien plus longtemps que ces quelques semaines, tu n'es pas de cet avis ? Je fouille Internet à la recherche de quelque chose à t'envoyer en échange, alors garde un œil sur tes e-mails. Et merci pour la nouvelle photo ! Tu es incroyablement beau ! Je dois avouer que même à mon âge j'ai toujours du goût pour les hommes, je suis toujours inconsciemment en train d'« évaluer la marchandise » où que j'aille, et je peux te dire que si je te croisais dans la rue, je me retournerais pour te reluquer longuement ! Je n'avais pas vu dans ta photo de profil que tu avais encore autant de cheveux, toutes ces belles boucles grises, magnifiques !
Alors, maintenant, je crois que j'ai le béguin pour toi. Argh ! Ce n'est pas grave ? Ça ne t'embête pas ?
Bref, tu voulais en savoir plus sur la personne qui partageait ma vie. Bon, « il » était en réalité « elle ». Elle s'appelait Vicky. Et non, avant que tu me poses la question, je ne me décrirais pas comme une lesbienne.

Je n'aimerais pas, je pense, me définir comme quoi que ce soit, à part une Lorelei. ☺
Mais certainement, pendant les années où j'étais avec Vicky, je ne pensais pas aux hommes de cette façon. C'était charmant et ça prenait le pas sur tout. C'était ma voisine, et il s'est trouvé qu'elle était là la nuit où Rhys s'est tué. On est devenues très proches très vite et, un beau jour, elle m'a embrassée et c'était tout. Je l'adorais. D'un amour inconditionnel. Comme tous ceux qui m'aiment, elle n'a pas réussi à vivre avec moi. Elle a déménagé au bout de quelques années, et on a cessé de coucher ensemble, mais on est restées les meilleures amies du monde. Des amies très passionnelles. C'était vraiment une personne exceptionnelle. J'aimerais qu'elle soit encore là.
Alors voilà, nouveau message, nouvelle révélation ! Je n'ai jamais regardé une autre femme depuis Vicky. Raison pour laquelle je ne peux pas me qualifier de lesbienne. C'était, je crois, une belle et merveilleuse parenthèse.
Tout ça pour dire que oui, le père de mes enfants est toujours vivant ! Ce cher Colin ! Un homme admirable. NON. Oh là là ! Bon, il l'était autrefois, et mon Dieu, il l'est sans doute encore par bien des côtés. C'était un père attentionné pour nos enfants, mais il a cessé de m'aimer, et je ne le lui ai jamais vraiment pardonné. J'ai bien peur d'être assez exigeante sur ce terrain. Quand je suis avec quelqu'un, c'est tout ou rien. Je suis une incorrigible romantique. Donc il a un peu entrouvert la porte pour ce qui s'est passé entre Vicky et moi. Et maintenant… oh là là, jusqu'où je peux aller ?… il vit avec l'ex-petite amie de mon fils et leur fille. Qui est –tu es prêt ???– sa petite-fille. Il a soixante-six ans !

Elle en a trente-huit ! Oh, c'est dégoûtant. Vraiment. Ça fait des années que je ne lui parle plus. Pas depuis que j'ai découvert ça. Je veux dire, je suis bien placée pour savoir que l'amour surgit parfois là où on s'y attend le moins. Mais pas là. Non. Absolument pas là. Et le pire, c'est ELLE ! Kayleigh ! Au moins, Vicky était une personne merveilleuse. Kayleigh n'est rien d'autre qu'une véritable salope. Honnêtement. Une femme horrible, méprisante. C'est elle, pour finir, qui a vraiment déchiré ma famille. C'est elle qui a tout gâché.

Argh !

Encore un récit tragique qui attendra un autre jour, je pense.

D'ici là, mon charmant monsieur, je t'envoie un baiser passionné, virtuel, mais sincère.

Bien à toi, avec tout mon amour,

L

Bisous bisous bisous bisous bisous

Avril 2011

— Bonjour, papa.

Meg s'était assise dans le fauteuil à côté de lui avant même qu'il l'ait vue traverser le luxueux hall de son hôtel à Mickleton.

— Oh ! Ma chérie.

Il se leva, toujours énergique et agile pour ses soixante-six ans.

— Meg…

Il se pencha vers elle et tenta de l'enlacer, mais le corps de Meg ne le permettait pas, et le geste se transforma en une sorte de maladresse d'adolescent.

— Tu es splendide, Meg, absolument magnifique. Tu as drôlement maigri.

— Eh ben, ouais, marmonna-t-elle. Bizarrement, mes kilos se sont envolés après ma dernière entrevue avec toi.

— L'enterrement de Vicky, murmura-t-il comme si Meg n'avait pas parlé. Est-ce que ça fait vraiment si longtemps ?

— Sans l'ombre d'un doute.

Colin se rassit dans le fauteuil en velours et regarda autour de lui.

— C'est très joli, ici. C'était un magasin de chaussures, je crois, autrefois. *Tout pour les grands pieds*, si je me souviens bien.

Il cligna de l'œil et rit, et Meg le dévisagea sans expression.

— Où est Molly ?

— Elle est dans notre chambre, à regarder des rediffusions d'une télé-réalité et échanger des textos avec ses copines.

Elle parlait d'une voix sèche comme de la poussière.

Colin hocha la tête et sourit.

— Alors, comment tu te sens ?

— À quel sujet ?

Colin laissa son attitude joyeuse se dégonfler un peu.

— Ta mère, bien sûr. Comment tu te sens au sujet de ta mère ?

— Ben, tu sais. Probablement comme n'importe quelle fille se sentirait en perdant sa mère. Qui s'est laissée mourir de faim à l'intérieur d'une maison tellement remplie de merdes que ça prendra au moins deux semaines pour la vider, et, même comme ça, il faudra encore deux semaines de plus pour jeter tout ce bordel. C'est comme ça que je me sens. Merci.

Meg se laissa aller avec mauvaise humeur contre le dossier de son siège et croisa les bras.

Colin la dévisagea, puis il se pencha vers elle pour lui toucher le coude. Meg ramena son bras vers elle.

— Non merci. Je ne veux pas de sympathie. Ni d'affection, d'accord ? Je veux juste de l'aide.

— Très bien, se résigna Colin en enlevant sa main du bras de Meg. Oui. Très bien. Absolument. C'est pour ça que je suis là. Pour aider. Quelle est l'étendue du désastre ?

Meg soupira et s'autorisa à décrisper les épaules.

— C'est encore pire que les pires cauchemars que j'ai pu avoir à ce sujet. Je veux dire, sérieusement, c'est… c'est…

Elle s'aperçut avec surprise qu'elle s'était mise à pleurer. Colin lui toucha de nouveau le coude, et une fois encore elle s'écarta. Elle ne savait pas si elle accepterait un jour à nouveau le contact de son père. Elle ravala ses larmes avant de continuer :

— C'est absolument choquant. Particulièrement le rez-de-chaussée. Je veux dire, il n'y a aucune lumière qui entre, littéralement. C'est bourré jusqu'au plafond. Y a, genre, un… un *couloir*. Tu sais. À travers les piles. Comme des *murs*. Et ça sent…

Elle se mit une main sur la bouche.

— Une odeur dégoûtante. Et puis y a sa chambre, avec son fauteuil, au milieu de tout ça, et il est tout taché et décrépit, et c'est là qu'elle vivait.

Elle contempla son père, les yeux écarquillés, enfin capable de croiser son regard.

— Elle vivait dans ce fauteuil. Dormait dans ce fauteuil. Mangeait dans ce fauteuil.

Elle frissonna et baissa les yeux vers le sol.

— C'est tellement tragique, putain !

Colin soupira et se posa les doigts sur la bouche.

— Je me sens tellement mal, dit-il. Je me sens…

— Il ne s'agit pas de toi, papa. Ça n'a rien à voir avec toi. C'est nous tous. C'est un ensemble. C'est, bon Dieu, je te disais qu'elle était malade, il y a des décennies ! Elle a toujours été malade. C'était… C'était sûr que ça finirait comme ça.

Colin secoua la tête.

— Tu le penses sincèrement ?

Meg hocha le menton.

— Non, protesta-t-il, je ne suis pas d'accord avec toi. Je crois qu'il y a eu un tournant. Un moment où tout ça aurait pu finir autrement. Où maman aurait pu trouver un chemin moins délirant dans sa vie.

— Et c'était quand, exactement ?

Colin haussa les épaules.

— Rhys, dit-il d'une petite voix. Je pense que c'était sûrement Rhys.

Meg acquiesça.

— Mais comment aurait-on pu empêcher ça d'arriver ? Comment aucun d'entre nous aurait-il pu éviter ce drame ? Je veux dire, il n'y a pas eu d'événement déclencheur, pas de signes avant-coureurs, pas d'avertissement. Et ensuite, après… il n'y avait pas de lettre, pas d'explication. C'était juste comme un *truc* sans rapport avec rien.

— Je pense qu'on aurait pu en faire plus. Pour aider votre mère. Après.

— Mais maman ne voulait pas d'aide !! C'est justement le côté fou de cette affaire. Elle allait *bien* ! s'écria Meg en imitant la voix d'oiseau de Lorelei. *Parfaitement bien !* « Mon fils est mort, tralala ! » Non.

Elle secoua la tête avant d'ajouter :

— Je crois honnêtement qu'on n'aurait rien pu faire. Comment peut-on aider quelqu'un qui pense, qui *croit*, qu'il va parfaitement bien ?

Colin hocha la tête et se fendit d'un sourire triste.

— Mon regret le plus fort reste de ne pas avoir compris. Pourquoi il a fait ça. À quoi il pensait. Peut-être que c'est ça. Tu sais. Peut-être que s'il y avait eu une raison, on aurait tous réussi à avancer. À clôturer cette histoire. Mais il n'y en avait pas, et nous n'avons pas réussi à gérer, et on a tous pris des tangentes…

— Pas moi ! coupa Meg avec brusquerie.

— Bon, non, pas toi. Ce qui ne signifie pas que tu n'aies pas eu tes démons, toi aussi. Mais le reste d'entre nous, et, mon Dieu, ta pauvre chère mère plus que nous tous. C'est presque comme si… Comme si on se l'était tous reproché les uns aux autres. Parce qu'on ne savait pas qui d'autre blâmer. Et ensuite, on a continué à se reprocher tout ce qui n'allait pas.

Il soupira, et le silence s'installa entre eux.

— Bien, bien, finit par dire Meg. Tu dois avoir faim. Tu veux qu'on monte dans la chambre ? On pourrait peut-être prendre le thé ?

Le visage de Colin s'éclaira.

— Oui. Ce serait très agréable. Merci.

Mars 2005

— Tu es un ange, Lorrie, je ne sais pas ce que je ferais sans toi.

Vicky pivota dans son fauteuil roulant et pressa la main décharnée de Lorrie, posée sur l'accoudoir.

— Ne dis pas de bêtises, mon amour. Ce n'est rien du tout.

— Non, ce n'est pas rien du tout. Je sais à quel point c'est une épreuve pour toi. Je sais que tu préférerais être à la maison et pas occupée à me trimballer partout.

— Écoute, chérie, ma voiture est une extension de ma maison, donc ça ne me paraît pas une épreuve. Et tout ce qui peut t'aider à guérir, Vick, c'est la seule chose qui compte maintenant. Que tu guérisses. Pour les filles. Et pour moi.

Lorelei lui pressa l'épaule et continua à la pousser dans le couloir. Dehors, sur le parking, il y avait du soleil et une petite brise ; une dentelle de nuages dansait dans le ciel, et les arbres scintillaient et murmuraient. Un tel contraste avec ce qui s'était déroulé plus tôt. Les trois heures de chimio dans une chambre d'hôpital sombre, à feuilleter machinalement les vieux numéros des magazines du dimanche que Lorelei lui avait apportés, ravie d'avoir enfin un usage à son trésor en dehors de l'inexplicable impression de calme qu'il lui procurait, à boire du sirop à température ambiante dans des gobelets en plastique, le temps passant si lentement, malgré les commentaires incessants de Lorelei et ses caresses apaisantes.

Encore deux jours comme ça, et ce serait fini. Enfin, pour le moment en tout cas. Jusqu'à la prochaine fois. Qui était plus ou moins inévitable, étant donné que ce maudit cancer galopait à travers son corps comme un car de touristes qui ne veut rater aucun monument. D'une boule de la taille d'un petit pois dans son sein droit à des douleurs évocatrices dans la poitrine alors qu'il se propageait dans ses ganglions lymphatiques (les docteurs avaient arraché tout ça comme un entrelacs d'algues, et enlevé le sein aussi). Et ensuite il était revenu comme une mauvaise odeur, dans l'autre sein. Ils arrivaient à l'attraper et le tuer dans l'œuf. Mais, bon sang, il était persistant. Il n'avait aucun respect pour ces hommes et ces femmes de science, et leur talent avec une seringue de chimio ou un appareil de radiographie. Mais pourtant, comme tout le monde ne cessait de lui répéter, elle était forte comme un bœuf (elle n'était pas certaine d'apprécier l'analogie, mais voyait à peu près d'où elle sortait), et c'était une guerrière. Et oui, ça, c'était vrai. Elle l'avait toujours été, toute sa vie. Pas le genre de personne qui baisse les bras, qui abandonne. Mais ça, ça allait vraiment trop loin. Trois cancers, trois séries de traitements, plus de seins, plus de cheveux, plus de corps (non, elle n'avait pas, comme elle l'avait toujours cru, le corps de Pamela Anderson caché sous son excès de graisse, juste un vieux sac d'os un peu dégonflé, c'était maintenant qu'elle le découvrait). Elle était fatiguée, à présent, elle voulait en finir. Elle craignait fort que son esprit combatif ne soit en train de s'émousser.

Mais tout de même, pour voir le bon côté des choses, sa maladie avait fait le plus grand bien à Lorelei. Elle avait relevé le défi avec brio. Elle avait emmené Vicky à tous ses rendez-vous, lui avait passé des mouchoirs, tenu la main, acheté des barres chocolatées lorsqu'elle ne se sentait pas nauséeuse, et du thé au gingembre quand elle l'était. Elle avait même endossé le rôle de réceptacle pour les paroles des médecins. Vicky avait toujours l'impression de faire un show lors de ces rencontres avec les spécialistes, comme si elle était censée sourire au bon moment et hocher la tête sans se tromper, comme quelqu'un qui serait jugé par Simon Cowell dans *The X Factor*. Ou plutôt *The C Factor*, avec un C comme cancer. En tout cas, elle ne parvenait jamais à se souvenir de la moindre chose qu'ils lui avaient dite, et elle était reconnaissante d'avoir Lorelei qui saisissait tout et allait jusqu'à prendre des notes dans un petit calepin avec son gros Bic à dix couleurs.

Vicky n'était pas idiote. Elle savait pourquoi Lorrie se montrait si forte. Elle savait à présent qu'elle était tout ce qui restait à Lorrie. Megan, enceinte une fois de plus à Londres, plus ou moins clouée sur place par le simple poids de tous ses maudits enfants. Beth qui s'était débrouillée pour être loin et inaccessible en Australie. Rory qui vendait son âme en Thaïlande, et Colin, beurk, mon Dieu, *Colin*. Elle n'arrivait même pas à se forcer à penser à ce phénomène repoussant.

Donc, en vrai, Vicky était tout ce qui lui restait. Les misérables ruines de la famille autrefois si lumineuse de Lorelei. Et elle avait besoin de Vicky plus que de la vie elle-même. Alors bien sûr qu'elle s'arrachait à sa zone de confort pour accomplir son devoir. Elle était si souvent sa propre pire ennemie. Mais pas en ce moment.

Même la douce Lorelei n'était pas bête à ce point.

Lorelei, sentant que ce n'était pas, pour une fois *son* dimanche de Pâques, passa la journée avec Vicky et ses filles dans leur petit appartement au coin de la rue.

Elle arriva à midi, ensevelie sous le poids des œufs en chocolat et des jonquilles. Vicky et Maddy avaient concocté un tajine d'agneau avec de la semoule et des légumes rôtis, nappés d'une sauce au yaourt saupoudrée de graines de courge, et elles échangeaient des regards par-dessus la table en observant Lorelei qui picorait d'un air incertain en faisant de son mieux pour se retenir de dire quelque chose de cinglant comme : « C'est bien joli, mais je ne vois vraiment pas comment ça pourrait surpasser un gigot d'agneau tout simple. »

— Miam ! préféra-t-elle s'écrier. Franchement, toutes les deux, vous devriez animer une émission de cuisine. Vous êtes si douées pour inventer des recettes.

— Pas moi, tempéra Vicky. Tout le mérite revient à Maddy. C'est elle le génie gastronomique de la famille.

Elle sourit à Maddy qui lui rendit son sourire avec juste un soupçon de tristesse. Depuis que Vicky avait pris parti à cent pour cent pour Maddy lors de ce qu'elles appelaient entre elles « l'incident de la petite merde » et les avait déménagées de la maison Bird dans ce mignon petit appartement au coin de la rue, sa relation avec sa fille aînée avait fleuri. Et c'était un cliché tellement éculé de dire qu'il n'y a pas de meilleure amie pour une mère que sa fille, mais en réalité, pour Maddy et elle, c'était vrai. C'était presque comme si les conséquences de « l'incident de la petite merde » les avaient entraînées sur une route différente à travers les années pleines d'écueils de l'adolescence, comme un contournement de l'enfer auquel Vicky s'était attendue depuis qu'on lui avait présenté sa fille bébé, quatorze ans auparavant. Jamais un mot plus haut que l'autre, jamais un soupir exaspéré, jamais une porte qui claque. Uniquement de la camaraderie. Vicky se sentait vraiment bénie. Et pendant l'année écoulée, depuis le premier diagnostic, ce lien était devenu encore plus profond. Elle articula en silence « *Je t'aime* » à sa fille qui leva les yeux au ciel et sourit.

— Merveilleux, commenta Lorelei sans se rendre compte, comme à son habitude, des courants sous-jacents. Aucun des miens ne cuisine. Du moins, pas que je sache.

Elle laissa échapper un rire frêle et joua avec les grains de couscous dans son assiette.

— Meg mijote de bons ragoûts, rappela Vicky dans le but d'introduire un peu de positivité dans la conversation avant qu'elle s'enlise dans trop d'auto-apitoiement.

— C'est à la portée de tout le monde, objecta Lorelei.

— Non, tu exagères. Il y a un coup à prendre.

— J'ai cru autrefois qu'il y en aurait au moins un qui aurait un peu de talent culinaire.

Vicky et Maddy échangèrent un nouveau regard, un nouveau sourire, lèvres rentrées. Exactement comme les enfants de Lorrie le faisaient constamment autrefois. Ces regards qui mettaient Vicky si en colère quand elle était folle amoureuse d'elle. Mais elle n'était plus aveuglée par ses sentiments. Cette illusion avait volé en éclats pour de bon.

— Dit la femme qui se nourrit de galettes de riz et de Krispy Kreme, fit-elle remarquer tendrement.

— Bon, en vérité, ça n'a pas de sens de cuisiner quand on est seul. J'étais bonne cuisinière. Quand j'étais plus jeune. Quand les enfants étaient à la maison. J'étais tout le temps aux fourneaux. C'est juste que je n'en vois plus l'intérêt.

Elle avait réuni son couteau et sa fourchette au centre de son assiette, bien qu'elle ait à peine mangé la moitié. Vicky, elle aussi, avait picoré, par politesse, pour garder la machine en marche. Son pauvre estomac empoisonné n'aurait pas supporté plus d'une bouchée. Les filles étaient encore en train de manger, avec ces manières délicates de jeunes demoiselles, comme si cela ne leur procurait aucun plaisir. Et peut-être était-ce le cas, pensa Vicky avec tristesse. Peut-être était-ce le cas. À la même époque l'année précédente, elle allait bien, Megan et les enfants étaient là, ils étaient euphoriques après avoir débarrassé la cuisine de Lorrie, personne n'était au courant pour Colin et Kayleigh, ni que Rory menait une vie louche. Et sans doute, oui, la nourriture devait avoir un meilleur goût ce jour-là. Bien meilleur.

— C'était très bon, déclara Lorrie, les yeux humides. Vraiment délicieux.

— Merci, ma chérie, répondit Vicky en serrant sa main osseuse à travers la table. Tu es gentille.

De : Colin.bird@hotmail.com
À : MeganRoseLiddingtonBird@yahoo.co.uk ; RoryBird2@hotmail.com ; Bethanbabybird@arthouseframing.co.au

Bonjour mes très chers enfants,
Je vous écris ceci depuis un café à Madrid. J'ai décidé de passer quelques semaines à l'écart de la communauté. Je crois qu'on a tous besoin d'un peu de distance. Les choses sont un peu compliquées. Enfin, plus compliquées que d'habitude, pour le dire comme ça. Adie, le gars avec qui Kayleigh vit, fait une sorte de dépression, ou, mon Dieu, je ne sais pas, une crise maniaque. Je ne sais pas trop, mais il y a une histoire de médicaments, et il refuse de les prendre et bla-bla-bla, il n'a plus l'air d'être aussi détendu au sujet de notre « arrangement » et il ne veut plus trop de moi dans le coin.
Et, pour être parfaitement honnête, ça tombe au bon moment. J'avais espéré qu'avec du temps vous accepteriez peut-être tous les trois le choix que j'ai fait il y a un an, mais ce n'est clairement pas le cas, et je suis à moitié fou de désespoir : vous me manquez tellement. J'ai l'impression qu'on se trouve de deux côtés d'un miroir sans tain, du genre, je vous vois, mais quand j'essaie de vous toucher, vous n'êtes pas là. Je vois bien que je traverse quelque chose, quelque chose de fou et de ridicule, mais ensuite je pense que nous tous, de façons différentes, nous avons fait des mauvais choix au fil des années. Je pense qu'on a tous

un passif qu'on n'avait pas demandé. Je voulais que vous compreniez et que vous me donniez le temps et la liberté de commettre mes erreurs, mais je ne peux pas vous reprocher que ce ne soit pas le cas. Vous êtes mes enfants. Je suis votre père. Je devrais être un meilleur exemple. Je comprends. Si mon cher papa, que Dieu ait son âme si douce, avait agi ainsi, j'aurais eu énormément de mal à l'accepter.

Alors, maintenant, j'ai le choix entre deux possibilités : a) retourner dans la communauté, voir comment ça se passe, cette chose-là (et je sais que vous n'avez pas envie de le savoir, mais mon Dieu, je l'aime du fond du cœur) et espérer que vous finirez par accepter l'idée, en sachant que ça ne sera peut-être jamais le cas, ou b) renoncer à elle, rentrer à la maison, prétendre que rien de tout ça ne s'est jamais produit et prier pour que vous me pardonniez.

Façon *Le Choix de Sophie*...

En attendant, voici une photo récente de Tia. Elle a cinq ans et demi maintenant, elle est vive comme un pinson, tellement intelligente. Elle m'appelle papa, au cas où vous vous poseriez la question, et elle rêve de vous rencontrer tous un jour, ses tantes et ses cousins. On l'a amenée en Irlande à Noël, c'était une grande joie de la voir avec tous ses cousins là-bas, mais une joie mêlée de tristesse, car elle n'a pas encore rencontré ceux qui importent vraiment pour moi.

Donc je serai ici un moment, jusqu'à ce qu'Adie guérisse, ou parte, et avec un peu de chance, pendant que je suis ici, je vais réussir à y voir plus clair. Et pour parler d'autre chose que de moi et de mes problèmes et ruminations, souvenez-vous de téléphoner à votre mère pendant le week-end de Pâques. Elle le

passe avec Vicky et, comme vous le savez tous probablement, c'est peut-être bien le dernier pour elles deux. Faites en sorte qu'elles se sentent aimées. Je vous aime tous tellement fort ! Vous ne pouvez pas imaginer la douleur physique que j'éprouve à ne pas être avec vous tous, à savoir ce qu'ont causé mes actions. Joyeuses Pâques, mes merveilleux enfants. Beaucoup d'amour, de câlins et de baisers de votre
Papa
Bisous

Megan regarda autour de la table. Ils avaient beaucoup à fêter ce jour-là. Les huit ans d'Alfie. Le dimanche de Pâques. Et le retour de Molly après son premier séjour loin de la maison, pour une semaine de classe verte. Et donc ils se trouvaient autour de la table, placés sans ordre particulier, ses trois enfants, Bill, son frère Frank avec sa compagne Sonia et leur fils Frank junior, Bobby, le père de Bill, veuf depuis peu, et la meilleure amie de Meg, Charlotte, qui venait de divorcer et était la mère du meilleur ami d'Alfie, James.

On avait ajouté des chaises, et Charlotte avait apporté quatre jeux de couverts en plus. Ils avaient mangé des huîtres et des crevettes accompagnées de mayonnaise à l'ail en entrée, et étaient en train de finir leurs assiettes d'agneau rôti et de légumes avec une sauce au vin rouge. Meg avait dû s'aider de livres de recettes, car elle n'avait pas le gène de la cuisine, et était debout depuis 7 heures, en tablier, avec tout bien disposé sur le comptoir, un planning précis scotché sur le mur carrelé. Elle n'avait pas triché comme elle le faisait habituellement : pas de sauce payée une fortune chez le traiteur, pas de patates achetées déjà rôties. Elle avait tout fait elle-même. C'était leur premier dimanche de Pâques à la maison depuis quatre ans, et Megan attendait ce qui serait son dernier enfant – c'était catégorique – et voulait que tout soit parfait. Dans les moindres détails.

Bill lui sourit depuis l'autre côté de la table.

— Bon travail, approuva-t-il.

Et Megan lui rendit son sourire et sentit le compliment la réchauffer de l'intérieur. Ils avaient traversé des moments difficiles ces dernières années ; elle l'avait même mis à la porte deux ans plus tôt, arguant qu'elle ne pouvait pas vivre avec un homme qui avait deux téléphones et dormait au bureau tous les soirs, un homme qui criait sur ses enfants et ne lui répondait que par des grognements. Elle savait qu'il l'avait trompée avec quelqu'un d'autre. Peut-être même toute une procession de femmes. Elle s'en moquait sincèrement. Elle s'était couchée seule le soir, l'imaginant dans des chambres d'hôtel luxueuses, en train de prendre une blonde minuscule en levrette, les yeux fous et la langue pendante, et n'avait même pas réussi à être un peu jalouse. Elle se l'était représenté allongé sur une couverture par une nuit londonienne étoilée, avec une créature petite et féminine, en train de lui caresser le visage du bout des doigts et de la regarder avec amour dans les yeux, et elle avait simplement haussé les épaules en se disant : *Eh bien, tu sais, au moins il y a quelqu'un qui le rend heureux.*

Car c'était ça le problème : sa maîtresse ne le rendait pas heureux. Cette personne avec qui il couchait, ou flirtait, ou baisait, ou dont il était en train de tomber amoureux ou *qu'importe*, le rendait malheureux comme les pierres. Et c'est pour cette raison qu'elle l'avait flanqué dehors. Il était revenu trois jours plus tard avec une chaîne en or et un pendentif en forme d'oiseau pour évoquer la famille Bird, le tout dans une boîte de chez Liberty's, et lui avait dit : « *S'il te plaît,* accorde-moi une seconde chance. »

Et, aussi fou que ça puisse paraître, tout avait changé. Plus de cris, plus de nuits passées dehors, plus de réponses grommelées. Et au bout d'un an, quand elle avait vraiment accepté que ça y est, ils avaient rompu le cycle et trouvé une meilleure façon d'être ensemble, elle avait suggéré qu'ils aient un dernier bébé. Et il avait souri et répondu : *« Eh bien, j'allais te proposer qu'on se marie, mais si tu préfères un bébé... »* Et elle avait souri et dit : *« D'abord le bébé, peut-être le mariage ensuite ? »* Six mois plus tard, elle était enceinte.

Elle attendit un creux dans la conversation pour déclarer :

— Au fait, on a passé une échographie jeudi dernier.

Charlotte et Sonia lâchèrent des petits halètements surexcités. Après deux garçons qui se ressemblaient comme des gouttes d'eau (il était presque impossible de distinguer Alf de Stan quand ils étaient assis) et un écart de six ans, la plupart des partis avaient un penchant tangible et assez agaçant pour une petite fille. Et vraiment, franchement, c'était bien égal à Megan. Sa mère avait réussi la combinaison parfaite deux filles/deux garçons, et regardez comment ça avait fini. Juste un enfant heureux, c'était tout ce qu'elle voulait. Un enfant heureux et en bonne santé, avec un sourire irrésistible et un tempérament lumineux.

— C'est...

Elle fit durer le suspense, un peu pour les embêter, sachant qu'elle n'allait pas donner à ses invités ce qu'ils attendaient.

— ...encore un garçon !

Elle entendit la déception enfouie dans les cris de joie et de ravissement poussés par la tablée. Et elle sourit. Son quatrième enfant. Son dernier bébé. Elle mourait d'impatience de le rencontrer. Elle ferait en sorte que tout tourne autour de lui, qu'il soit le centre de leur univers. Et elle le garderait là, pleinement intégré, même si elle devait se mettre en quatre pour ça. Jamais ce garçon ne raterait le déjeuner de Pâques sans qu'on s'en rende compte, sans qu'on n'y prête attention. Elle posa doucement une main sur son ventre et pensa : *Mon petit garçon à moi, mon adorable petit garçon.*

Après le déjeuner, elle emporta son téléphone portable dans le coin le plus tranquille de la maison et ferma la porte pour appeler sa mère. Elle soupira en attendant que Lorelei décroche. Sa dernière visite à la maison Bird remontait à près de deux mois, et elle était submergée de culpabilité. Elle était là, au sein de sa famille, bien au chaud et aimée, son avenir devant elle comme un film feel-good, un nouveau bébé en route, entourée, complètement comblée, pendant que sa mère se trouvait à des centaines de kilomètres et mangeait avec son amante mourante. Elle aurait dû être là. Elle le savait. C'était sans doute le dernier dimanche de Pâques de Vicky. Le chaos et le vacarme de sa famille indisciplinée auraient changé les idées à tout le monde. Mais elle avait examiné la situation sous tous les angles et conclu objectivement qu'il fallait qu'elle se montre égoïste. Alfie voulait que son ami soit là pour son anniversaire, et Molly venait de rentrer de voyage ; elle ne voulait pas refaire ses bagages et se retrouver dans la voiture sur l'autoroute à nouveau, dormir dans le lit de quelqu'un d'autre. Le père de Bill ne pouvait rester seul aujourd'hui, son premier dimanche de Pâques sans son épouse. Elle avait invité Lorelei, mais uniquement pour apaiser sa conscience. Ça n'avait pas marché. Pas le moins du monde.

—Allô ! dit-elle quand Lorelei décrocha enfin après dix sonneries.

— Oh, bonjour, ma chérie. Quel plaisir d'avoir de tes nouvelles. Comment ça va ?

— Bien, répondit-elle avec prudence. On a passé une bonne journée. Et toi ?

— Ah, bon, tu sais. C'était très plaisant.

— Tu es où ?

— Chez Vick. On allait prendre le thé avec un gâteau.

— C'est toi qui l'as fait ?

Sa mère émit un rire désabusé.

— Oh non, ma chérie. Pas aujourd'hui. Apparemment, on en a un très joli qui vient de Waitrose.

— Tu veux dire que tu as de nouveau recouvert le fourneau ?

Elle essayait de garder une voix douce et gentille, mais même elle était capable d'entendre la touche d'agacement qu'elle exprimait.

Lorelei poussa un soupir, et Megan se sentit très mal.

— Comment va Vicky ? demanda-t-elle pour changer de sujet.

— Oh, un vaillant petit soldat. Tu sais. Elle a une mine absolument affreuse. Mais les filles sont super. Elles la soutiennent tellement. Elles ne la quittent pas une minute.

Megan ne dit rien. La remarque paraissait innocente, avec la voix chantante de Lorelei, mais elle était aussi chargée qu'un fusil à double canon.

— Si c'était toi, maman…, commença-t-elle d'un ton patient.

— Oui, oui. Je sais. Bien sûr que je sais. Mais quand même.

— Quand même quoi ?

— Oh, je ne sais pas. C'est tellement triste. Tout ça. Ce qui nous est arrivé. On était tous si proches. Et maintenant, on est comme une bande de bohémiens tout crasseux.

Megan songea brièvement à l'abominable e-mail de son père reçu le matin, qu'elle avait réussi à lire et à supprimer en approximativement trente-cinq secondes.

— Oui, tu sais, c'est la vie, non ? Les familles ne sont pas toutes pareilles.

— Je me demande…

— Quoi ?

— Ah, mon Dieu, je ne sais pas. Parfois, je me demande si les choses auraient été très différentes pour nous, si Rhys n'avait pas… bon.

— …décidé de se pendre ?

Megan grimaça. C'était tellement brutal, mais d'un autre côté, sa mère approchait de soixante ans. Cela faisait quatorze ans que Rhys s'était tué. Il fallait qu'elle trouve des mots pour ça. Elle devait avoir digéré maintenant. Sûrement.

— Non ! s'exclama Lorelei. Enfin, oui. Je suppose. Mais tu crois, Meggy, tu crois qu'on serait tous un peu plus proches aujourd'hui ? Si Rhys était toujours là ?

De sa main libre, Meg se frotta machinalement le ventre. Elle soupira.

— C'est quelque chose qu'on ne saura jamais.

— Ça m'arrive parfois de penser que c'est assez remarquable, la façon dont j'ai géré ça. Tu sais. Ça m'arrive de penser… eh bien, franchement… Que j'ai à peine était endeuillée. N'est-ce pas étrange ?

Megan haleta, sentit son souffle lui cogner les côtes.

— Je veux dire, j'étais terriblement triste, évidemment. Mais je n'ai jamais été…

Megan laissa le silence s'étirer jusqu'aux paroles suivantes de sa mère avec une terrible appréhension.

— Je n'ai jamais été effondrée. N'est-ce pas curieux ? Et pourtant, c'était mon bébé. Le plus petit. Et je n'étais pas dévastée.

Le silence suivant était alourdi par la propre surprise de Lorelei. Il était clair pour Megan qu'elle venait de reconnaître ce fait pour la première fois, qu'il s'était présenté à elle en cet instant et qu'elle ne savait pas trop comment l'interpréter.

— C'est bizarre, maman… Vraiment bizarre, et c'est…

Elle se frotta encore le ventre, *son* bébé, *son* petit dernier, et elle choisit ses mots avec soin, consciente que c'était la première fois qu'une fenêtre s'ouvrait pour elle dans l'esprit de sa mère, une opportunité de s'y glisser pour changer quelque chose.

— Je crois que ça a un rapport avec tes habitudes. Ta façon de… collectionner les objets. Je crois que c'est un mécanisme de défense. Que c'est pour ça que tu ne peux pas te séparer des choses, parce qu'elles t'empêchent de trop penser, elles te protègent de tes propres émotions. Je crois…

— Oh, Meggy !

Sa mère la coupa brusquement, d'une voix chantante et débordante de ravissement.

— Les filles viennent d'apporter le gâteau ! Il est tout simplement magnifique, tout recouvert d'un glaçage jaune et de petits poussins et d'œufs pastel. J'aimerais tellement que tu le voies ! C'est le plus beau gâteau de Pâques que j'aie jamais vu ! Et imagine, il y a même un petit nid en chocolat au milieu. C'est absolument adorable.

Megan soupira et écarta les cheveux de son visage. Ce n'était donc pas une fenêtre, plutôt un trou d'épingle. Elle conclut l'appel et retourna s'occuper de ses invités.

Beth était assise sur la terrasse de son appartement à Sydney, un livre ouvert sur les genoux sans le lire, le regard perdu dans le vide. Cela faisait près de trois minutes qu'elle était ainsi. Cela lui arrivait de plus en plus fréquemment ces derniers temps, presque comme une absence, comme de s'évanouir les yeux grands ouverts. Elle finit par revenir à l'instant présent et secoua cette torpeur de sa tête. Elle regarda à gauche et à droite, tentant de se rappeler ce qu'elle était en train de faire, avec qui elle était. Elle se souvint qu'on était dimanche après-midi, qu'elle était seule, qu'elle était attendue chez Richard, son petit ami, dans une heure, qu'elle devait se préparer. Elle écarta ses cheveux de son visage, ferma son livre et se leva.

Elle devrait sans doute consulter au sujet de ces trous noirs. Imaginons que ça lui arrive au volant ? Ça s'était produit au travail l'autre jour, en pleine réunion. Son patron avait dit : *« Beth ? Beth ? Beth, ici la Terre ? »* et tout le monde avait éclaté de rire. Elle avait souri nerveusement et répondu : *« Désolée, désolée, j'étais ailleurs. »* Mais *ailleurs* n'était pas le mot juste. *Nulle part* aurait été plus précis.

Elle se doucha et se changea, mit une barrette dans sa frange, ferma la boucle de ses babies noir et blanc à semelle de liège, se regarda dans le miroir, esquissa un sourire épuisé et prit sa voiture pour aller chez Richard. Il l'accueillit à la porte dans son uniforme habituel, jean et tee-shirt. Ce n'était pas un dandy. Les vêtements ne l'intéressaient pas. Elle se disait parfois qu'ils avaient l'air mal assortis, elle toute parée de fanfreluches féminines, lui simple et viril. Il l'attira vers lui pour respirer son odeur, comme il le faisait toujours, comme une mère sentant son bébé.

— Humm, apprécia-t-il, miam.

Elle portait un parfum qu'elle avait acheté dans une boutique locale, une marque dont elle n'avait jamais entendu parler avant, quelque chose de nouveau pour couvrir les effluves de son ancienne personnalité. Ces temps-ci, elle misait tout sur l'atypique : parfum atypique, raie sur le côté atypique avec sa barrette à strass, babies atypiques, rouge à lèvres rosé atypique. Elle était désormais immédiatement reconnaissable. Aux yeux de tout le monde, sauf aux siens. À ses propres yeux, elle était toujours une inconnue.

— Regarde ce que j'ai pour nous, dit Richard en l'entraînant vers les tiroirs de son comptoir de cuisine.

Il en sortit deux œufs Cadbury et lui en tendit un.

— Quatre dollars pièce ! Joyeuses Pâques !

Elle prit l'œuf dans le creux de sa paume et le contempla. Ça la perturbait toujours, ces petits bouts de la maison. Richard adorait ça, connaissait les meilleurs endroits pour trouver des produits anglais. Mais, pour Beth, c'était troublant. Elle parlait avec une pointe d'accent des antipodes, utilisait l'argot australien, était assimilée. À cent pour cent. Elle n'avait pas besoin de « petits bouts de la maison ». C'étaient comme de sinistres cartes postales envoyées par de vieux ennemis.

— Merci ! s'écria-t-elle en serrant Richard contre elle. Et joyeuses Pâques à toi aussi. Désolée, je suis venue les mains vides…

— Ce n'est pas grave, je n'attendais rien de spécial. Et je sais que Pâques est un moment bizarre pour toi, alors…

Elle haussa les épaules et sourit. Elle lui avait parlé de Rhys très tôt. Elle était obligée. On ne pouvait pas faire connaissance avec quelqu'un sans passer par l'inévitable : *« Et toi, tu as des frères et sœurs ? »* Et elle aurait pu mentir, ou du moins *omettre* de mentionner Rhys. Mais elle n'en était pas capable. Elle n'en serait jamais capable.

— Vous faites quelque chose, à la maison ? Tu sais, pour commémorer la date ?

« À la maison ». Ces mots la firent frissonner. La maison, c'était *ici*.

— Non, répondit-elle doucement, pas vraiment. Je veux dire, ça fait quatorze ans, ça paraît loin maintenant. Je pense qu'on a tous avancé.

Il hocha la tête d'un air sage, comme si c'était une réponse satisfaisante. Alors que ce n'était clairement pas le cas. Il lui servit un café, et ils s'assirent ensemble dans son canapé. Il lui passa un bras autour des épaules et attrapa la télécommande. La fenêtre était grande ouverte, les voilages soulevés par la brise de ce début de soirée. Le soleil était encore haut, et elle entendait le bruit de l'océan, le murmure rassurant du ressac, les cris des enfants sur la plage, le bourdonnement de la circulation qui passait entre les deux.

— Tu as de nouvelles chaussures ? demanda-t-il en regardant ses pieds.

Elle les contempla aussi et sourit.

— Non, ça fait un moment que je les ai.

— Elles sont bien. Très jolies. Même si je serais prêt à payer cent dollars pour te voir en tongs.

Elle lui donna un coup de coude. C'était une blague récurrente entre eux.

Elle regarda l'œuf en chocolat posé sur la table devant elle. Cette simple vision lui emplissait l'esprit d'une dizaine de souvenirs d'enfance. Et, comme ces petites vignettes lui dansaient dans la tête, elle ne pouvait s'empêcher de songer à l'Angleterre, à sa mère, à la pauvre Vicky, à Meg enceinte. Et ensuite elle pensa à l'e-mail pathétique de son père qu'elle avait trouvé dans sa boîte de réception ce matin, comme un gros furoncle purulent. Elle l'avait survolé, sans presque en comprendre un mot, avait laissé le curseur traîner sur le lien vers la photo de Tia pendant une ou deux secondes avant de se raviser – il était trop tôt pour ça, bien trop tôt – puis l'avait fermé avec un frisson délicat. Mais son père avait eu raison sur un point. Sa famille. Elle devrait tous les appeler. Si elle était normale, vraiment normale, pas cette imitation un peu artiste, brodée main, de la normalité qu'elle avait créée à partir de l'air tiède, doux et dilué de Sydney, c'est exactement ce qu'elle ferait. Elle les appellerait tous pour leur dire : *« Joyeuses Pâques ! Comment vas-tu ? Comment vont les enfants ? Comment ça se passe ? Qu'est-ce que tu manges ? Vous me manquez tous tellement ! Moi aussi, je t'aime. »* Ça prendrait dix minutes. Ça rendrait tout le monde heureux. Mais elle en était incapable. Et elle n'avait aucune idée du pourquoi.

Elle préféra donc enfouir la tête dans le creux de l'épaule de Richard, son épaule musclée et sans question qui sentait l'ici et maintenant, et se ramena par la pensée, très fort, dans le moment présent et loin du passé.

Rory rouvrit le mail et le relut. Il ne savait pas pourquoi il ne cessait de le faire ; c'était comme tripoter les bords du pansement qui recouvrirait une plaie particulièrement dégoûtante et infectée. Ça n'avait presque aucun sens. Le contenu semblait tellement tiré par les cheveux. À cette époque, l'année précédente, son père et lui étaient en train de tisser des liens dans un salon de tatouage. À présent, Colin vivait avec la mère de son enfant dans une communauté hippie. Il avait besoin de relire l'e-mail, juste pour voir s'il contenait un mot ou une phrase qu'il aurait manqué, et qui l'aurait rendu moins invraisemblable. Mais non. C'était là. Noir sur blanc. Le triangle amoureux de l'enfer. Ou, mon Dieu, encore pire, le *carré* amoureux s'il s'incluait lui-même dedans.

Il en croisait tous les jours, des hommes comme son père, vieux, et fatigués, et effrayés par les femmes de chez eux, terrifiés d'être comme leurs amis, incapables de s'autoriser à être rejetés. Ils venaient ici, à l'autre bout du monde, et ils trouvaient des jeunes femmes qui leur donnaient l'impression que ce n'était pas grave d'être un loseur.

Et à présent son père était l'un d'eux.

Pitoyable.

Croyait-il honnêtement, véritablement, que Kayleigh s'intéressait à lui pour son esprit ? Pour son corps ? Pour ses prouesses sexuelles ?

Rory ne put réprimer un frisson.

Bien sûr que non. Elle était avec lui pour s'assurer une connexion avec la famille de Rory. Pour maintenir sa connexion avec lui.

Il relut l'e-mail une fois de plus, puis il le ferma.

Il avait appris pour son père et Kayleigh quelques mois plus tôt. Beth lui avait envoyé un e-mail. Penaude. Elle l'avait su avant même que ça se produise. Mais son père ne l'avait pas contacté. Il n'avait pas eu de ses nouvelles jusqu'à maintenant. Et en plus, c'était un e-mail groupé, adressé à l'ensemble de ses trois enfants.

Rory haussa les épaules.

Il s'en fichait, maintenant. Il s'était tellement détaché des quelques liens qui le ramenaient encore vers sa famille que, vraiment, qui s'en souciait ? Qui en avait quelque chose à foutre ? Qui en avait quelque chose à foutre de Meg et de ses putains d'enfants ? Qui en avait quelque chose à foutre de sa mère bizarroïde avec sa copine malade ? Qui en avait quelque chose à foutre de l'insipide Beth et de son ennuyeux nouveau petit ami ? Qui en avait quelque chose à foutre de Kayleigh et son enfant et son père, et qui en avait quelque chose à foutre de qui appelait qui papa, ou papi, ou autre ? Qui en avait quelque chose à foutre de rien de tout ça ? Sérieusement !

Rory quitta le cybercafé et sortit son téléphone de sa poche. C'était Owen.

— Ouais.

— T'es où, mon pote ?

— Je suis sur Moo 2. Je rentre.

— Qu'est-ce que tu fiches là-bas, bordel ?

— Rien, j'envoyais juste des mails.

— Sérieux, il faut que tu reviennes ici, genre, tout de suite. Dans la minute, bordel !

Rory sentit son cœur s'accélérer et il se mit à presser l'allure.

— Quoi ? Qu'est-ce qui se passe ?

— Ramène-toi, c'est tout. Et fais gaffe que personne ne te suive.

— Oh, quoi ?

Rory se retourna en avançant. Il ne savait pas ce qu'il cherchait, mais supposait qu'il reconnaîtrait la menace en la voyant.

— Est-ce que je m'en débarrasse, Owen ? Est-ce que je jette tout ?

Mais Owen avait déjà raccroché. Il rentra, mi-marchant, mi-courant, sans cesser de lancer des regards en arrière. Il lui fallut vingt minutes pour être de retour au club. Quand il franchit les portes à la volée jusque dans l'arrière-salle, il était trempé de sueur. Owen était assis à son bureau. Un ventilateur portable faisait voler ses papiers devant lui. Il semblait froid, maître de lui. Sur les chaises en face de lui se trouvaient deux hommes thaïs en chemisette et pantalon. Ils se tournèrent vers lui pour l'examiner. Rory reconnut vaguement l'un des deux. Il l'avait déjà vu dans le coin.

— C'est cet homme, entendit-il Owen déclarer. C'est l'homme qui apporte la drogue dans mon bar. Arrêtez-le, s'il vous plaît.

Les deux policiers hochèrent la tête, et l'un des deux se leva pour plaquer Rory face contre le bureau d'Owen pendant que l'autre lui passait une paire de menottes aux poignets. Des mains fouillèrent ses poches, ressortir serrées sur de petits paquets de pilules et de poudre, sur l'argent de son travail.

— Owen ? souffla Rory en levant les yeux vers son ami, la tête collée contre le bois tiède du bureau. Mon pote ?

— T'es pas mon pote, mec. T'es qu'un dealer.

Owen se redressa et tint la porte ouverte pour les deux policiers. Rory lança un regard suppliant à son ami par-dessus son épaule, tout en se débattant contre la pression des mains de ces deux hommes contre son corps.

— Sérieux, Owen, c'est quoi cette embrouille ? Qu'est-ce qui se passe, bordel, qu'est-ce que tu fous ?

Il criait à présent à travers une porte fermée. Il refusait d'avancer, et ses pieds traînaient sur le sol du club. Les filles et les clients le dévisageaient avec horreur.

— Bon Dieu ! Merde ! Aidez-moi ! Owen ! Bon Dieu !

Les deux policiers avaient réussi à le tirer jusque sur le trottoir. Ils lui criaient dessus en thaï, avec quelques mots d'anglais ici ou là.

— Arrête de bouger ! Viens !

Une fourgonnette de police attendait devant. Rory ne l'avait pas remarquée en arrivant. On le poussa à l'arrière, et les portières claquèrent derrière lui. Il se trouvait sur un sol métallique, chaud. Le véhicule sentait la sueur et les cigarettes. Puis ils se mirent en mouvement, lentement, dans la circulation du milieu de journée. Rory ferma les yeux et revit le visage d'Owen. Cette expression froide, dure, de déception professionnelle. Et dessous, la satisfaction d'avoir évité le danger, de s'être occupé d'un problème, de l'avoir réglé. *D'avoir fait ce qu'il y avait à faire.*

Rory baissa le visage vers son torse. Il avait presque cru qu'Owen était son ami. Des voix dans sa tête lui avaient dit et répété : *Ne lui fais pas confiance. Il ne pense qu'à son propre intérêt. Il ne se soucie pas de toi.* Mais il n'en avait pas tenu compte et s'était raconté qu'il occupait une place à part dans le petit monde sordide et étroitement contrôlé d'Owen. Sous l'effet de la colère, il se planta les coudes dans les côtes.

— Merde ! se cria-t-il à lui-même.

Il martelait les parois de la fourgonnette de ses pieds.

— Merde ! Merde ! Merde !

Il inspira pour retenir les larmes qui menaçaient de couler. Il frappa de nouveau dans les côtés de la camionnette. Et ensuite il souffla. *Parfait,* songea-t-il, *très bien. Voilà, c'est là. La chose.* La menace qui planait au-dessus de sa tête depuis qu'il avait laissé Kayleigh toute seule en Espagne avec un bébé de huit mois. L'enclume de dessin animé au-dessus de son crâne. C'était là. Ça lui était tombé dessus.

Parfait, pensa-t-il à nouveau, *très bien.*

Chapitre 10

Mardi 11 janvier 2011

Oh, Jim,

Je savais que tu comprendrais. J'ai sincèrement l'impression que je peux tout te dire, absolument tout. Et j'espère (je crois, même !) que tu ressens la même chose. Je m'étais doutée que ton « silence radio » au moment du jour de l'An était sans doute le résultat d'une « cuite ». Ce n'est pas grave. Au moins, tu maîtrises plus ou moins ton problème de boisson. (On a tous le droit de se lâcher un peu de temps en temps, après tout ! Même les alcooliques !) Et c'est plus que je ne peux en dire de ma fameuse « accumulation ». Oh, Jim, même moi je me rends compte que c'est en train de prendre des proportions problématiques. Et ce n'est pas tant les CHOSES. Franchement. Les choses, ça me va. J'aime toutes ces choses (même si ma cuisine me manque. Ma baignoire me manque. Tout ce que je ne vois plus me manque. Les photos, les vêtements préférés et je ne sais quoi, mais bref…). Non, le problème, ce n'est pas les CHOSES. Le problème, à présent, c'est le MANQUE D'ARGENT. Colin, mon ex, me donnait autrefois une pension, mais ensuite la petite TRAÎNÉE avec qui il vit lui a dit d'arrêter, qu'il « ne m'aidait pas ». Oh, mon Dieu, Jim, j'étais verte. J'étais au-delà de furieuse. Et ce ton de voix, tellement PATERNALISTE, comme si j'étais une petite fille et lui mon papa chéri, sévère par pure bonté. Je n'ai pas les mots. Depuis, je ne lui parle plus. Ce salaud ! Donc, maintenant, je vis d'amour et d'eau fraîche. Mais (que Dieu me vienne en aide) je continue à ACHETER. Oui. Je dépense de l'argent que je n'ai pas pour des affaires dont je n'ai pas besoin, et je n'ai aucun contrôle là-dessus. Absolument aucun. Je me retrouve au supermarché avec un porte-monnaie vide, à gratter le fond en quête de pièces rouges pour payer les articles, à devoir en reposer dans les rayons. J'ai souvent faim. N'est-ce pas ridicule ???? J'ai faim, et pourtant j'achète des trucs dont je n'ai pas besoin !!! Parce que je prends plus de plaisir à acheter une jolie petite peinture ou un paquet de pinces à linge qu'à manger. Et c'est la vérité, Jim. Je suis sûre que tu comprends. Je le SAIS.

Bref, CHANGEONS DE SUJET.

Rory. Tu voulais en savoir plus sur Rory.

Eh bien, pauvre Rory... C'était toujours lui le jumeau dominant, tu sais, il faut bien qu'il y en ait un, n'est-ce pas ? C'est impossible de ne pas faire toutes ces comparaisons quand deux enfants naissent en même temps. Et Rory était tout simplement plus grand, plus intelligent, plus blond, plus populaire, plus heureux. C'était ainsi. Il était aussi plus sensible aux influences extérieures, à la pression de ses pairs, au troupeau. Il n'avait pas vraiment d'opinions à lui. Et après qu'on a perdu Rhys, après qu'il a perdu son jumeau, il n'avait pas de plan, pas de direction, il semblait juste attendre que quelqu'un lui dise quoi

faire ensuite. Et, malheureusement, cette personne, ce fut elle. Kayleigh. Elle l'a emmené dans un endroit sans téléphone, sans voitures, sans argent, elle lui a fait un bébé dans le dos, l'a monté contre moi, contre NOUS, l'a rendu si triste qu'il les a quittées, elle et leur fille, et qu'il est parti travailler pour un dealer en Thaïlande.
Bref, pour aller à l'essentiel, mon fils purge actuellement une peine de prison de cinq ans pour possession de drogues de catégorie A. Dans une prison à Krabi.
Tu arrives à le croire, Jim ? Tu arrives à le croire ???
Bref, il va sortir d'un jour à l'autre maintenant, apparemment. Je ne le sais que parce que Megan me l'a dit. Et Megan ne le sait que parce qu'elle l'a lu dans le journal. Megan avait essayé de mener une campagne, pour faire appel de la sentence. Mais il lui a dit non, qu'il voulait effectuer sa peine ! Il a ajouté que c'était sa « destinée » !! Et il n'a répondu à aucune de nos lettres et nous a interdit de venir le voir. Il s'est complètement coupé de nous, est devenu un étranger, c'est comme s'il s'était douloureusement arraché son ADN, pour être une personne sans aucun lien avec nous. Je ne sais plus qui il est. Je n'en ai aucune idée.
Honnêtement, Jim, est-ce que tu me croirais si je te disais qu'on était autrefois tous tellement proches ? Comme une ribambelle en papier. Inextricablement liés. Et à présent nous ne sommes plus que des particules. Éparpillés à la surface du globe. Plus rien pour nous relier. Absolument rien.
À part le passé.
Est-ce que parfois tu regrettes de ne pas avoir eu plus d'enfants, Jim ? Je suis désolée si ma question semble maladroite à la lumière de ce qui est arrivé à ton merveilleux garçon. Mais je suis curieuse. Parce que

je pensais vraiment qu'avec le nombre d'enfants que j'ai eu l'avantage d'avoir, je finirais forcément proche d'au moins l'un d'entre eux. Mais non seulement aucun d'entre eux n'a fini par être mon ami, mais ils sont tous devenus des inconnus pour moi, Jim. La chair de ma chair !

Bref. DÉSOLÉE. Cet e-mail est très déprimant. Je te promets que la prochaine fois je serai optimiste et pleine de peps !

Parle-moi encore de ta vie, Jim. Parle-moi de ton appartement. À quoi il ressemble ? Qu'est-ce que tu vois pendant que tu m'écris ?

Avec beaucoup, beaucoup, beaucoup d'amour,

L

Bisous bisous bisous bisous bisous

Avril 2011

Molly eut l'air intimidée lorsqu'elle vit son grand-père debout sur le pas de la porte de leur chambre d'hôtel. Elle était allongée à plat ventre sur son lit, la télécommande à la main, pointée vers la télé. Elle se dépêcha de s'asseoir.

— Bonjour, Molly.

Elle hocha la tête et couina un « Salut » à peine audible.

— Waouh, dit Colin, tu es devenue une vraie jeune fille.

Molly lui adressa un sourire crispé qui montrait à quel point elle était gênée. Meg avait essayé au fil des ans de ne pas parler de son père devant les enfants, de ne pas leur communiquer ses sentiments et ses opinions, mais c'était impossible de les protéger de tout, et les choses se transmettaient parfois par osmose. Et Molly était assez grande pour percevoir toute l'horreur de la situation :

son grand-père vivait avec l'ex de son fils. « C'est comme dans l'une de ces histoires du genre "C'est ma vie" dans ces magazines de caniveau chez le dentiste », avait-elle dit une fois avec effroi.

Meg tira la chaise de la coiffeuse pour son père et alluma la bouilloire.

— Tu vas dormir où ? demanda-t-elle.

Colin sourit, le regard toujours rivé sur l'aînée de ses petits-enfants, les yeux pleins de regrets.

— Ah, mon Dieu, dans la maison, je pensais. Je veux dire, je ne crois pas que cet endroit soit dans mon budget de près ou de loin.

— Non, répondit Meg, sans doute pas. De quoi tu vis, en ce moment ?

— Eh bien, de ma retraite, évidemment. Et Kayleigh gagne un peu de sous, avec ses cours, tu sais.

— Quelle sorte de cours ?

— Ah, bon Dieu, humm, je ne sais pas trop comment les décrire, enfin, je suppose, des ateliers de *conjugalité*.

Il eut un sourire d'excuse, et Meg frissonna. Elle préférait ne même pas y penser.

— Bon, dit-elle pour changer de sujet. Si tu veux séjourner à la maison, tu devras dormir dans la chambre de Rhys.

Colin haussa les épaules.

— C'est ce que je pensais. C'est très bien. Pas de souci.

« Pas de souci. »

Seigneur, songea Meg, *qui est cet homme ?*

— Et il faudra que tu manges dehors. Il n'y a pas de cuisine à proprement parler. Et pas de baignoire ni de douche. Mais les toilettes du palier sont toujours utilisables.

Colin hocha la tête.

— Bien. Bien. Je suis habitué aux conditions spartiates maintenant.

La bouilloire s'éteignit, et Meg versa l'eau dans une luxueuse théière en verre remplie de feuilles fraîches. Elle ouvrit un paquet de biscuits maison, fermé par un ruban noir, et les fit glisser dans une assiette en porcelaine. Elle tenta de ne pas trop s'attarder sur les contrastes entre elle et son père : l'hôtel cinq étoiles avec son paquet de sablés à quatre livres cinquante, et la chambre dépourvue de meubles d'un fils décédé. La maison cossue à Tufnell Park avec sa place de stationnement et sa caméra de surveillance, et la cabane dans une communauté poussiéreuse du sud de l'Espagne avec des W.-C. chimiques et une chèvre attachée à la palissade (imaginait-elle). Son chemisier impeccable, lavé et repassé, d'une grande marque londonienne, et le tee-shirt de son père, froissé et décoloré par le soleil.

Son père.

Ça semblait à peine possible.

Elle vit Molly l'observer avec curiosité, surveillant tout ce qu'il faisait comme si elle allait écrire un rapport plus tard. Elle prit une minuscule bouteille de lait bio dans le mini bar et le versa dans un pot à lait.

— On est allées dans les services du coroner, dit-elle avant de lui donner les macabres détails. Ils vont nous rendre le corps demain matin. Alors il faut qu'on, tu sais…

— …qu'on organise des obsèques.

— Oui.

Elle se tut un moment. Elle avait désespérément souhaité récupérer la dépouille de sa mère, désespérément souhaité commencer à tout organiser. Et à présent c'était possible, et elle ressentait soudain une spectaculaire perte d'élan.

— Il faudrait que ce soit toi, conclut-elle.

— Tout à fait. Oui. Bien sûr. Je vais m'en occuper. Est-ce qu'elle a laissé des… ?

— Non. Rien. Même si, bien sûr, je crois qu'on ne risque pas trop de se tromper. Tu sais. De la danse. De la musique. Des couleurs. Tous les trucs typiques de maman.

Colin se fendit d'un sourire triste. Il se tourna vers Molly.

— Tu te souviens d'elle ? Ta grand-mère ?

Molly répondit par un haussement d'épaules timide.

— Un peu. Je me souviens d'elle dans son fauteuil, dans sa chambre. Je me souviens qu'elle était un peu… *bizarre* ?

Colin soupira.

— C'est tellement triste, vous ne trouvez pas ? Triste que ses petits-enfants ne l'aient pas vue à son apogée, précisa-t-il en pivotant vers Meg. Tu sais, quand elle était pétillante et folle, et pleine d'énergie et d'arcs-en-ciel.

Meg hocha la tête. Oui, elle était d'accord. Mais, en réalité, c'était vrai de tout le reste aussi. Triste que Molly ne connaisse son grand-père que comme un vieil homme louche, pas le gentil monsieur doux, patient et asexué qui avait joué un si grand rôle dans l'éducation de tous ses enfants. Triste que Molly ne connaisse son oncle que comme un dealer pathétique qui avait passé les dernières années dans une prison thaïlandaise, pas comme le bel enfant blond qui était le meilleur ami de tout le monde et le garçon le plus populaire de l'école. Triste que Molly ne connaisse sa tante que comme une ombre indéfinie à l'autre bout du monde, pas l'enfant gentille et naïve qui avait un jour été le centre de l'univers de Megan. Et triste que Molly n'ait pas pu connaître son autre oncle du tout, parce qu'il s'était pendu quand il avait seize ans.

— Et Beth ? demanda Colin, l'arrachant à ses pensées. Qu'est-ce qui se passe avec elle ?

Elle lui lança un regard d'avertissement, tourna les yeux vers Molly de façon appuyée. Sa fille n'était pas au courant. Elle avait réussi à la protéger de ça, au moins.

— Je veux dire, tu as pu la contacter ? Elle vient ?

— Je lui ai envoyé un e-mail. Mais je n'ai pas répondu à ses appels.

Colin acquiesça d'un air compréhensif.

— Donc, elle est peut-être en chemin ? En théorie ?

— Oui, c'est possible. Mais, d'un autre côté, elle est peut-être en train de faire un de ses passages à vide, commenta-t-elle avec un haussement d'épaules méprisant.

— Bref, résuma Colin, il n'y a que nous. Pour le moment.

— Oui, répondit Meg avec un frisson glacé, pour le moment.

Septembre 2006

De : Rainbowbelle@yahoo.co.uk
À : MeganRoseLiddingtonBird@yahoo.co.uk ; RoryBird2@hotmail.com ; Bethanbabybird@arthouseframing.co.au ; Colin.bird@hotmail.com

Ma chère famille,
Je vous écris à tous, parce que je ne peux pas prononcer ces mots à voix haute, mais hier matin à 11 h 16, ma précieuse Vicky s'en est finalement allée. J'ai eu l'honneur d'assister à ses derniers moments, et c'était très paisible et très doux. Maddy et Sophie étaient toutes les deux à son chevet, Tim et sa mère étaient là aussi. C'était une bonne fin pour une belle vie. Et maintenant elle ne souffre plus.

Mais à présent, je dois vous demander à tous quelque chose de très important. J'ai fait de mon mieux ces dernières années pour accepter les battements d'ailes de mes petits oiseaux alors qu'ils prenaient leur envol non seulement du nid, mais pour certains du continent. Je vous ai tous laissés partir. Et maintenant j'ai besoin que vous rentriez tous. S'il vous plaît. Pour l'enterrement. POUR MOI. Je ne peux pas me tenir près de cette tombe avec les enfants de quelqu'un d'autre, avec l'ex-mari de quelqu'un d'autre. J'ai besoin d'être là avec toute ma famille, réunie à mes côtés.
La cérémonie aura lieu vendredi, à 15 heures, au cimetière de Mickleton. Et ensuite il y aura une fête, au charmant pub juste à côté. Vicky vous aimait tous tellement, et elle a laissé des choses, des toutes petites choses, dans son testament, pour chacun de vous. Ça me rendrait très heureuse de pouvoir vous les donner en main propre.
Beth : si tu as besoin d'argent pour ton vol, dis-le-moi.
Meg : Maddy et Sophie disent que les enfants et toi pouvez prendre leur appartement, elles logeront chez Tim. Ça vaut aussi pour toi, Beth, ou bien, évidemment, tu peux dormir ici, même si c'est un peu désorganisé. COMME TOUJOURS ! S'il vous plaît, répondez aussi vite que possible, les filles/Colin, j'ai besoin de soutien. Je ne suis pas aussi forte que je le pensais.
Tout mon amour, de tout mon cœur, votre maman/ Lorelei
Gros bisous

Beth ferma sa veste en velours bien serrée autour de son cou et essaya de ne pas tressaillir lorsque des inconnus la frôlaient. La ville de Londres lui apparaissait déformée, bizarre. Les rues ressemblaient à de vieux souvenirs. Les gens avaient une allure étrangement post-apocalyptique. Elle ne percevait pas les choses comme il l'aurait fallu. Le trottoir luisait de flaques traîtresses dans ses creux et ses fissures. Beth les contournait, avec soin, avec horreur même, comme s'il s'agissait de mines. Une grosse dame avec une poussette double fonça brusquement sur elle, et Beth s'écarta vivement, terrifiée que la femme puisse la regarder et voir quelque chose qui lui déplaise, qu'elle lui crie dessus.

La rue de Meg était la prochaine à gauche. Elle voulait vérifier sur son téléphone, mais elle avait trop peur de le sortir de son sac au cas où on l'agresserait.

Tu es ridicule !

Elle n'était jamais allée dans la maison de Meg. Elle n'avait pas vu Bill depuis 2003. Elle n'avait pas vu sa nièce et ses neveux depuis qu'ils étaient tout petits. Elle n'avait même jamais rencontré le plus jeune. Elle avait trente-quatre ans. Était célibataire. Trop maigre. Tout juste en train de se remettre en tremblant d'un passage à vide l'année précédente qui l'avait clouée au lit à contempler le plafond et pleurer pendant près de six mois. Le lendemain matin, elle se rendait à un enterrement qui serait triste à un point d'en être douloureux, impensable. Elle avait bien d'autres éléments inquiétants à ressasser plutôt que de craindre qu'on lui arrache son téléphone.

Mais tout de même.

La dernière chose qu'elle devrait faire dans cet état de fragilité mentale extrême était de traverser la moitié de la planète pour rejoindre sa famille. Elle avait essayé d'y échapper. De persuader sa mère que ce serait mieux qu'elle s'abstienne. Elle avait inventé des difficultés matérielles que sa mère avait repoussées sans effort. Et ensuite elle avait trouvé quelque part une once de courage et s'était persuadée qu'elle pouvait le faire, devait le faire, allait le faire. Meg lui avait réservé ses vols et avait insisté pour qu'elle vienne avec eux. « Il y a plein de place dans le monospace. »

Beth avait frissonné à cette simple idée. Mais aussi, après coup, bien aimé sa simplicité. Une fois qu'elle serait parvenue à se rendre dans la maison de Meg, elle n'aurait plus besoin de penser à rien d'autre jusqu'au moment de s'envoler à nouveau pour l'Australie. Meg s'occuperait de tout.

Quant à Bill. Non. Il n'y avait pas la place dans sa tête pour songer à Bill. Bill était seulement un homme. Le compagnon de sa sœur. Rien de plus.

Elle tourna à l'angle suivant et se trouva dans une rue de maisons victoriennes semi-mitoyennes, chacune dotée d'une place de stationnement à l'écart de la chaussée, de vieux arbres et de jolies portes. Il était encore assez tôt. Son avion avait atterri à 9 heures. Elle n'aurait pas à affronter Bill avant bien plus tard et avait déjà décidé de prétexter la fatigue du voyage pour se mettre au lit avant qu'il soit rentré du travail. La maison de Meg se dressait devant elle. C'était une sacrée amélioration par rapport à l'appartement en rez-de-jardin où elle vivait la dernière fois que Beth lui avait rendu visite. Trois étages larges de quatre fenêtres, un énorme monospace garé dans l'allée et des volets à lattes. Elle semblait avoir été repeinte le matin même. Beth sonna à la porte, ajusta le col de sa veste, l'épaisse frange de cheveux noirs qui lui barrait le front. Elle baissa les yeux sur ses babies jaunes et se racla la gorge. Elle lutta contre son envie de faire demi-tour pour repartir. Et, soudain, elle était là. Sa grande sœur. Dans une robe en lycra rouge avec de larges bottes à bout carré, ses cheveux bouclés en une coupe courte qui ne la flattait pas. Et grosse. Si incroyablement grosse. Beth la dévisagea, bouche bée, un moment.

— Coucou, finit-elle par articuler.

Et brusquement elle se retrouva écrasée entre ces gros bras et contre cet énorme ventre mou, et elle sentit le bouclier rigide d'un sous-vêtement gainant, presque semblable au contact de la chair mais pas tout à fait. Et elle pensa, à travers le brouillard du décalage horaire et du choc culturel, que sa sœur l'avait mis pour elle. Pour paraître plus mince et moins avachie. Pour Beth.

— Tu es belle, dit-elle, une fois que Meg l'eut libérée de son étreinte.

— Non, c'est faux. Je suis grosse. Horriblement grosse. Mais merci. Et toi…

Elle regarda Beth dans les yeux avec tendresse, et Beth aurait voulu rétrécir jusqu'à n'être pas plus grande qu'une graine de pissenlit et être emportée par le vent le long de la rue.

— …tu es splendide ! Je n'arrive pas à croire que tu viennes de descendre d'un vol long-courrier ! Regarde-toi ! J'adore ta veste en velours.

Meg referma la porte d'entrée derrière elle, prit son sac à dos des mains de Beth, le posa en bas de l'escalier et la conduisit dans le salon. Des canapés couleur crème, une moquette crème également, des photos encadrées, un manteau de cheminée en marbre, une table basse en verre, le tout presque moderne, mais pas tout à fait. Comme si Meg avait trop peur de faire un choix un peu affirmé, des fois qu'elle se tromperait.

— C'est très joli, commenta-t-elle.

— Ah, oui, c'est chez moi, dit Meg, en attrapant un bébé roux dans un véhicule à roulettes pour le lui présenter. Et ça, c'est Charlie-nounours !

Le bébé regarda Beth avec curiosité. Il était très gros, avec un air un peu fâché, mais il agita les jambes de plaisir en voyant Beth, et lui adressa un sourire contagieux.

— Et voici ta tatie Beth, gazouilla Meg dans l'oreille du bambin. Elle a fait tout le chemin depuis l'Australie pour te rencontrer. Oui, mon bébé !

Elle fit sauter vigoureusement l'enfant dans ses gros bras, et il sourit de joie.

— Il est magnifique, dit Beth. C'est le portrait craché de ses frères !

— Je sais, soupira Meg, c'en est ridicule. Comme si j'avais eu des triplés avec huit ans d'écart. Tu veux le tenir ?

Beth contempla avec prudence le bébé qu'on lui tendait. Il semblait tellement heureux dans les bras charnus de sa mère.

— Euh…

— Pas de problème, dit Meg en le ramenant vers elle. Certaines personnes aiment bien tenir les bébés des autres. Pas moi. Je n'aime porter que mes bébés à moi… pas vrai, Charlie-nounours ?

Meg observa Bethan par-dessus la tête de Charlie, et sourit.

— Ça fait du bien de te voir. Tu m'as tellement manqué !

Beth lui rendit son sourire et bâilla.

— Toi aussi.

— C'est fou. On est sœurs. On faisait tout ensemble, avant. Et maintenant on ne se voit plus. On ne se parle même plus. Complètement dingue !

Beth hocha la tête. Sa vision avait commencé à se troubler. Elle sentait dans la moelle de ses os une faiblesse liquide se répandre dans tout son corps.

— Je veux dire, jamais je n'aurais imaginé que tu te casserais du jour au lendemain à l'autre bout du monde. Enfin, c'était la chose la plus inattendue !

Beth entendait le sang battre dans ses tempes, ses oreilles. Elle voyait deux Meg et deux Charlie. Elle avait la bouche sèche. Elle essaya de se lever, d'aller quelque part. Elle ne savait pas où.

— Bethy ? Ça va ? Beth ?

Les murs de la pièce commencèrent à se rapprocher, comme des rideaux. Et ensuite, plus rien.

Lorsqu'elle revint à elle, elle était allongée sur le canapé crème, ses chaussures jaunes bien alignées par terre, sa veste en velours enroulée autour d'elle comme une couverture. Meg était assise à ses côtés avec un verre d'eau et une expression inquiète.

— Mon Dieu, Beth, tu m'as flanqué la frousse de ma vie ! Ça va ?

Beth hocha le menton et se redressa lentement. Elle sentait le sang circuler de nouveau de façon régulière dans tout son corps. Elle prit l'eau que lui tendait Meg et la but avec avidité.

— Désolée.

— Qu'est-ce qui se passe, Bethy ?

Elle secoua la tête.

— Rien, juste le décalage horaire, je suppose. Et il faudrait sans doute que je mange quelque chose.

Sa sœur lui donna une barre de céréales.

— Tiens. Mange ça, exigea-t-elle.

Beth ouvrit l'emballage et grignota un coin. Elle n'avait rien avalé dans l'avion. Juste les trucs croustillants servis avec les boissons. Elle ne savait pas pourquoi. Sans doute l'odeur de sauce, de vinaigre. Mais ce n'était pas pour ça qu'elle s'était évanouie. Ce n'était pas la faim, c'était la panique.

Le bébé était assis par terre, occupé à jouer avec les boucles de ses chaussures. Meg les attrapa vivement.

— Non, non, Charlie-nounours, c'est sale, les chaussures. Beurk!

Charlie la regarda avec curiosité. Beth aurait voulu lui dire quelque chose, par exemple: « Ouais, je sais, elle est cinglée, hein? » Mais elle se contenta d'échanger un regard complice avec lui et mangea encore un morceau de sa barre de céréales. Et alors, juste quand elle commençait à reprendre contenance, à se détendre même, elle entendit des pas descendre l'escalier et se tourna vers Meg en quête d'explication, et il était là. Bill. Debout sur le seuil de la porte, son téléphone à la main et une mine confuse sur le visage. Puis il regarda Beth et s'écria:

— Eh, coucou! Ça faisait longtemps!

Il n'avait pas changé du tout. Toujours ces épaisses boucles de cheveux qui faisaient penser à un cochon d'Inde, les traits doux, l'expression d'amusement désabusé comme si le monde entier n'était qu'une immense blague et qu'il était trop intelligent pour rire de ça.

— Bill, bredouilla-t-elle, qu'est-ce que tu fais là?

Il feignit de regarder la maison comme pour chercher quelque chose, puis il rit de son rire grave et répondit:

— J'habite ici!

Elle était agacée, mais se força à sourire.

— Je pensais que tu serais à la galerie.

— Je travaille à la maison aujourd'hui, expliqua-t-il avant de se tourner vers Meg. Tu ne saurais pas où est le chargeur de mon téléphone?

Meg soupira.

— Non, mon très cher. Je n'en ai aucune idée.

Elle regarda Beth d'un air conspirateur, sourcils levés.

— Tu n'as pas l'intention de saluer Beth comme il se doit ? reprit-elle. Beth que tu n'as pas vue depuis environ cent ans ?

Bill fronça les sourcils, puis il sourit et s'excusa :

— Désolé, bien sûr, je suis ravi de te voir, Beth.

Il s'avança à grands pas, l'attrapa par les épaules et l'embrassa fermement sur les deux joues.

— Navré que ce soit dans de telles circonstances. Mais quand même. Ça fait toujours plaisir. Tu es belle comme tout.

Beth attendit, pensant ressentir comme un coup de poignard dans le ventre, une pointe de nostalgie. Elle attendit, et rien ne vint. Elle sourit.

— Merci. Tu es beau aussi.

Elle le vit se rengorger, presque imperceptiblement.

— Non. Mais c'est gentil. Et je ferais mieux de filer. Mais on se revoit plus tard. En fait… C'est mon tour d'aller chercher les enfants à l'école aujourd'hui, dit-il après une pause. Tu aimerais venir avec moi ? Ça te changerait les idées du décalage horaire.

Comme elle se sentait, se *savait* guérie, elle accepta.

— Oui ! Avec plaisir !

— Alors, dit Bill, les mains sur les poignées de la poussette, Charlie enroulé dans une couverture grise, dormant à poings fermés avec les pieds qui dépassaient. Ça fait longtemps, Beth.

Les premières feuilles de l'automne jonchaient le trottoir. Beth shoota dedans du bout de ses babies et sourit.

— Oui. Dieu merci.

Bill rit.

— Ce n'était pas si horrible que ça, quand même ?

Beth le foudroya du regard, incrédule.

— Bill, c'est ma sœur. Tu es comme mon beau-frère. Bien sûr que c'était l'horreur.

— Ce n'est pas ce que je voulais dire, souffla-t-il doucement.

— Non. Je sais. Mais quand même. Ce n'est pas quelque chose à quoi je peux me référer en ces termes. Ça n'aurait jamais dû arriver. J'étais malade.

— Charmant.

— Non, mais c'est vrai. Je n'étais pas dans mon état normal. Je veux dire, je ne suis toujours pas normale. J'ai encore un long chemin à parcourir avant de pouvoir imaginer mener une existence normale. Mais à l'époque… Je ne sais pas à quoi je pensais.

Elle secoua la tête.

— Oh, allons, protesta Bill. Tu es en train de t'inventer que tu étais complètement cinglée. Je t'assure qu'il n'en était rien. Tu étais charmante. Tu étais adorable. Tu étais…

— …la maîtresse du compagnon de ma propre sœur, coupa-t-elle en secouant de nouveau la tête. Non, Bill. Je ne sais pas comment tu as digéré l'histoire, mais je peux te garantir que moi, je l'ai digérée jusqu'à la nier. Tu vois ? Ça n'a pas pu se passer. Ça ne doit pas s'être passé. Il ne peut pas y avoir de tendres souvenirs, ni… ni de nostalgie toute rose. Ça *ne s'est pas produit*.

Bill ralentit le pas et la regarda. Il sembla sur le point d'argumenter. Mais finalement il soupira et se détourna.

— Je ne peux pas traiter les événements d'une façon aussi clinique, j'en ai peur. C'était une terrible erreur. Je mériterais d'être puni pour le risque que j'ai fait courir à notre relation, pour le mal que j'aurais pu infliger à ma famille. Et crois-moi, je suis content que ce soit fini, moi aussi. Vraiment. Mais c'était aussi incroyable. N'est-ce pas ? Au début, tu sais. Je veux dire, est-ce que tu te souviens… ?

— Stop ! tonna Beth en pivotant pour le pousser à deux mains, sur le torse. Non.

Il sourit, levant les bras en geste de reddition.

— Très bien. Je garderai mes souvenirs pour moi, conclut-il.

— Parfait. Oui, s'il te plaît.

Il poussa un soupir théâtral, et, pendant quelques minutes, ils marchèrent en silence.

— Alors, finit-il par reprendre, tu as quelqu'un dans ta vie en ce moment ?

Elle secoua la tête.

— Qu'est-il arrivé à l'Australien ?

— Jason ? demanda-t-elle, un peu surprise de prononcer son prénom après si longtemps. Mon Dieu, rien, ça a duré une nanoseconde.

— Mais ça t'a sortie de ton train-train ?

— Oui. C'est vrai. Juste à temps. Et après, il y a eu Richard.

— Ah oui, je crois me souvenir que Meg avait mentionné un Richard…

— Oui, il était anglais. Parfait, trop parfait. Tout allait trop bien. J'avais un super travail, j'ai obtenu la nationalité, un joli appartement, et ensuite… j'ai fait une dépression.

Bill haussa ses sourcils pâles.

— Je pense, pour être honnête, que j'étais au bord de la dépression depuis l'adolescence. Depuis la mort de Rhys. Je crois que j'étais suspendue au-dessus d'un gouffre. Sans m'en rendre compte. Si je n'avais pas rencontré Jason, s'il n'avait pas tant insisté, je n'aurais sans doute jamais quitté la maison. Tu ne trouves pas ça terrifiant ? J'aurais pu juste me laisser enfermer, dans cette baraque dégoûtante, pour toujours ! Donc, bref, toute cette histoire de « nouvelle Beth » à Sydney, c'était juste une façade, il n'y avait rien de vrai. Et c'était comme si les fondations de l'existence de rêve étaient en sable, et tout s'est effondré. C'est ce qui m'est arrivé. Six mois au lit. Bye bye, le boulot. Bye bye, Richard.

— Il n'a pas été là pour toi ?

— Je ne voulais pas ! rétorqua-t-elle, irritée. Il faisait partie du problème. C'était un figurant. Sur la scène qu'était ma vie.

Elle frissonna.

— Je ne suis pas guérie. Je ne devrais pas être ici. J'aurais dû rester chez moi.

— Chez toi…

— Oui. À Sydney. Chez moi. Mais maman a insisté.

— Ça te fera peut-être du bien.

Beth le foudroya des yeux. C'était un imbécile. Mais où, *où*, avait-elle eu la tête pendant toutes ces années ? Ils étaient devant l'école des garçons. C'était un bloc victorien en briques rouges de cinq étages. Le bâtiment était très froid et imposant. Des groupes de parents se tenaient debout autour de la cour de récréation et des grilles. Certains fumaient. Beth n'aurait pas envoyé ses enfants ici. Elle aurait voulu qu'ils fréquentent une petite école de village, toute douillette, comme dans un dessin animé, semblable à celle où elle était allée.

— Tu y vas ? demanda-t-elle alors que Bill manœuvrait la poussette sur les trois marches qui menaient à la cour.

— À l'enterrement ? dit-il tout en saluant d'un signe de tête une mère qui portait le foulard.

— Oui.

— Je ne sais pas, répondit-il avec un haussement d'épaules. Je ne devrais pas, vraiment. C'est la folie au boulot en ce moment. Mais, Vicky, je ne sais pas, j'ai toujours eu un faible pour elle. On était assez proches. D'une certaine façon…

— Humm…, commenta-t-elle sans se mouiller.

— Je prendrai ma décision demain.

— Ça va être horrible. Avec ces deux pauvres jeunes filles…

Il hocha la tête. Et, pendant un instant fugace, elle vit quelque chose dans ses yeux, une lueur qui lui rappela ce qu'elle avait aimé chez lui durant tout ce temps. Ils se voilèrent de larmes, pendant une seconde. C'était un être humain, après tout. Il sortit Charlie de sa poussette et le serra fort.

— Je l'ai mis à la porte, raconta Meg le soir devant un grand verre de vin. Il y a trois ans, environ.

Molly regardait la télé dans la pièce d'à côté, et les garçons étaient dans le jardin où ils jouaient au cricket avec Bill. Le bébé dormait. Dehors, l'air était lourd, le début du crépuscule, comme la queue fatiguée de l'été. Beth avait une cannette de Coca posée sur le comptoir devant elle et regardait vaguement Bill galoper partout en short, chaussettes et baskets à travers la baie vitrée, et se disait qu'il avait l'air d'un crétin.

Elle se tourna vivement en entendant les mots de Meg.

— Quoi ? s'écria-t-elle. Bill ? Comment ça se fait ?

Meg poussa un soupir de volupté. Elle se délectait visiblement de l'annonce qu'elle allait faire.

— J'en ai eu marre de lui. Je veux dire, j'étais presque certaine qu'il avait une maîtresse…

Beth hocha la tête et leva sa cannette de Coca jusqu'à ses lèvres.

— Ou une *quantité* de maîtresses. Et il était de mauvaise humeur tout le temps. Mais, pire que ça, il était odieux avec les enfants. Et ça, je ne pouvais pas le supporter. J'ai pensé qu'on serait mieux sans lui.

— Oh, mon Dieu, ça s'est passé quand ?

— Oh, il y a une éternité. Juste après ton départ pour l'Australie, je crois.

— Et c'était le cas ? Il avait une maîtresse ?

Meg haussa les épaules et remplit son énorme verre de vin.

— Aucune idée. Et aucune envie de savoir, non plus. Tout ce que je sais, c'est que le flanquer dehors a tout changé. Tout ! conclut-elle en tapant des deux mains sur la table de la cuisine pour marquer le coup.

Beth s'abîma dans la contemplation de ses propres mains sur le comptoir.

— Bon, c'est bien, alors. Non ?

— Oui, d'un point de vue purement philosophique, oui. Même si, à l'époque, j'ai cru être en enfer. Je vivais avec un homme qui me détestait. Qui détestait mes enfants. Alors que nous l'aimions tous tellement, tellement fort. C'était un cauchemar. Sérieusement. C'est ça, le truc, dit-elle en se penchant vers sa sœur, c'est ce que ces femmes tellement *stupides*, ces *écervelées*, ne comprennent pas quand elles couchent avec un homme marié. Elles ne couchent pas seulement avec lui. Elles couchent avec toute sa putain de famille. Toute sa *putain de famille* !

Beth esquissa un sourire crispé, mais elle ne regarda pas Meg en face.

Le lendemain, de fines gouttes de pluie tombaient par intervalles, et le ciel brillait de nuages illuminés. Mais il était plein de promesses. *Et mon Dieu,* songeait Meg, *un peu de soleil ferait du bien en un jour pareil.*

Pour finir, Bill ne vint pas, et Meg était contente. Elle voulait sa sœur pour elle seule. Elle voulait l'enterrement pour elle seule.

Alors il était resté à la maison avec Molly, qui ne voulait pas rater l'école. (Une excuse peu vraisemblable, avait souligné Meg. Il était plus probable qu'elle ne supportait tout simplement pas l'idée de nombreux membres bizarres de la famille qui lui poseraient des questions idiotes sur l'école et lui diraient qu'elle avait grandi.) Il n'y avait donc que les trois garçons et Beth, filant dans la voie du milieu de la M40, vêtus de rose (dernière volonté de Vicky, plutôt cliché), et se préparant mentalement pour la journée difficile qui les attendait.

Elles parlèrent de Rory.

Il était en prison depuis neuf mois, en détention préventive depuis Pâques de l'année d'avant. Il ne voulait pas d'aide. Ni aucun contact. D'après leur père, il avait été piégé par ce type de l'Essex avec qui il s'était enfui d'Espagne. Apparemment, Owen avait utilisé Rory comme « agneau sacrificiel » pour détourner la police de son trafic de drogue. Selon Colin, Rory endossait la responsabilité par une sorte de loyauté mal placée.

— Mais je ne crois pas, pourtant, dit Meg. Franchement, je ne crois pas. Je pense que c'est plus que ça. Plus profond. Je crois qu'il voulait être puni.

— Puni ?

— Oui. D'avoir laissé Rhys se défendre tout seul au collège. D'avoir été tellement en colère quand il est mort.

D'avoir quitté Kayleigh et le bébé. Je crois qu'il pensait qu'il méritait un châtiment.

Elle haussa les épaules et laissa le temps à sa théorie d'être ruminée.

Beth soupira.

— Oui. Je n'avais jamais envisagé les choses ainsi avant, mais je crois que tu as raison.

Elle se tut et regarda par la fenêtre pendant un moment. Ensuite, elle se tourna vers sa sœur.

— Tu crois que c'est pour ça que maman vit comme ça ? Tu crois qu'elle se punit aussi ?

Meg secoua la tête.

— Non. Je crois que maman vit comme ça parce qu'elle est malade. Fin de l'histoire.

Beth soupira de nouveau.

— Pauvre maman. Elle va être effondrée aujourd'hui.

Meg regarda dans les rétroviseurs de côté et arrière avant de changer de file.

— Non. Elle ne sera pas effondrée. Ça ira. Ça *va*. Je te jure. Elle a une fois de plus digéré son chagrin par un chemin qui lui était propre, bizarre, incompréhensible, et elle est ressortie de ce labyrinthe toujours aussi cinglée qu'avant.

— Qui est cinglé ? demanda Alfie, sa voix à peine audible depuis la banquette au fond du monospace.

— Personne n'est cinglé, cria Meg. Personne. On est tous cent pour cent sains d'esprit !

Elle rit à ses propres paroles et sourit à l'aîné de ses fils dans le rétroviseur.

Il lui rendit son sourire et remit ses écouteurs dans ses oreilles.

— Je sais de qui vous parlez, claironna Stan, assis derrière Beth. Vous parlez de mamie.

— Non, c'est faux, rétorqua Meg en lisant les panneaux à la recherche de la prochaine intersection. Absolument pas.

— Mais mamie est *vraiment* cinglée, objecta-t-il.

Il se mit à compter sur ses doigts.

— Elle garde *absolument tout*, commença-t-il en tapant sur son pouce, elle ne se brosse pas les cheveux, elle est *obsédée* par les arcs-en-ciel, elle fait la roue et l'équilibre, même si elle est, genre, *très vieille*, elle crie beaucoup et elle a traité la fille de Vicky de « petite merde ».

Il se renfonça dans son siège d'un air triomphal.

— Et ça, c'est juste quelques exemples, conclut-il.

Beth et Meg échangèrent un regard.

Puis elles éclatèrent de rire, comme si soudain la politesse qu'elles avaient maintenue entre elles comme deux étrangères depuis vingt-quatre heures venait de déborder.

— Quoi ? demanda Stanley.

Mais les deux sœurs riaient trop fort pour répondre.

Le cimetière était une mer de rose. Malgré toutes ses réticences à l'idée d'un enterrement rose, Meg était étrangement touchée par l'adoption commune, par toutes les générations et par les deux genres, des souhaits de la défunte. Elle repéra immédiatement Sophie et Maddy : deux adolescentes presque devenues femmes, grandes, blondes, en jupes courtes et bottines, avec des fleurs roses dans les cheveux. De loin, elles ressemblaient à des adultes, mais à chaque pas leur jeunesse devenait plus apparente. Quand elle s'approcha pour les prendre dans ses bras, elles étaient redevenues des enfants. Elle inspira le parfum de leurs cheveux doux, et leur dit qu'elle était désolée, et elles furent courageuses et stoïques, et répondirent qu'elles tenaient le coup.

Sa mère parlait avec Tim. Elle était d'une maigreur monstrueuse, et paraissait à la fois incroyable et bizarre, dans une robe de soirée fuchsia ornée de plumes, avec des bottes assorties zippées et un béret à pompon. Elle leur adressa un large sourire de ses grandes dents et ouvrit les bras pour accueillir ses filles et ses petits-fils.

— Tu es trop maigre, déclara Megan, qui n'avait pas vu sa mère depuis environ huit semaines.

Lorelei lui lança un regard attristé.

— Ma chérie, je viens de perdre l'amour de ma vie.

Meg hocha la tête d'un air désolé. Elle se sentait coupable. Lorelei serra Beth dans ses bras pendant au moins vingt secondes, jusqu'à ce que cette dernière soit forcée de s'arracher à son étreinte pour rajuster ses vêtements. Lorelei se tourna vers Tim et déclara d'un ton un peu théâtral :

— Cela fait trois ans que je n'ai pas été réunie avec mes filles. *Trois ans.*

Tim fit un signe de tête compatissant et les laissa entre elles.

Lorelei prit le bébé des bras de Megan et se mit à roucouler. Par bonheur, Charlie réagit bien : il gratifia sa grand-mère d'un sourire et d'un air enchanté.

— Quel joli, joli garçon tu es ! s'écria-t-elle. Quel adorable bambin !

Elles discutèrent gaiement, bizarrement, avec des gens qu'elles reconnaissaient vaguement, Lorelei dit à Meg qu'il fallait qu'elle retrouve sa silhouette, Beth semblait absente, les garçons gardaient les mains dans les poches, intimidés, le bébé gargouillait et pleurnichait quand on l'attachait dans sa poussette. Puis Lorelei prit ses filles par le coude, et elles entrèrent toutes trois dans le crématorium, suivies par Stan et Alfie, qui poussait Charlie dans sa poussette. Un soudain rayon de soleil automnal doré brillait sur eux par-derrière, et ça aurait pu être un moment tendre et poignant, possiblement même le début d'une aube nouvelle, mais il n'en fut rien, car dans la chapelle, la première chose qu'elles virent fut Colin et Kayleigh assis côte à côte, une petite fille à leur gauche.

C'étaient les seules personnes présentes, et ils étaient en train de chuchoter entre eux d'un air complice avant de se retourner tous les deux en entendant des voix. Meg sentit Lorelei se raidir de choc. Elle échangea un regard, bouche bée, avec Beth.

— Doux Jésus ! s'écria Lorelei pas aussi silencieusement qu'il aurait été souhaitable en de telles circonstances.

Le visage de Colin se fendit d'un sourire ému, et il se leva d'un bond. Meg, sa mère et sa sœur se figèrent instinctivement sur place.

— Oh, waouh ! Les filles ! Et les garçons ! s'exclama Colin en regardant derrière, en direction de la rangée de petits-fils légèrement secoués.

Il fonça sur eux tous, l'air décidé à les prendre dans ses bras pour les serrer très fort, mais il se ravisa en découvrant leur expression, tellement durcie de surprise et de mécontentement.

— Waouh, répéta-t-il en regardant chaque visage l'un après l'autre. Vous êtes tous si beaux. Vous êtes tous si…

Lorelei se contenta de s'écarter à la moitié de cette déclaration. Elle fila, le bruit de ses bottes à talons carrés résonnant dans la pièce, et s'assit à l'avant de la chapelle, au premier rang. Beth et Meg se regardèrent avant de se tourner vers leur père.

— Qu'est-ce qu'elle fait là ? chuchota Meg.

Colin jeta un coup d'œil à Kayleigh avant de faire face à Meg et haussa les épaules.

— Elle voulait venir. Elle voulait lui dire au revoir.

— Mais elle ne connaissait même pas Vicky ! s'offusqua Beth.

— Bon, ce n'est pas tout à fait vrai. Elle l'a rencontrée quelques fois. Elle la trouvait super. Et en plus, c'est un truc d'Irlandais. D'Irlandais catholique. De rendre hommage. Le besoin d'obéir au rituel. Vous savez.

Kayleigh se retourna, regarda Meg et la salua d'un signe de tête judicieux. Meg retint son souffle, hésita une fraction de seconde, et lui rendit son salut. Kayleigh semblait différente. Plus douce. Plus jolie. Plus âgée. Ses cheveux, rouge vif la dernière fois qu'elle l'avait vue, étaient désormais longs, avec un balayage, et relevés sur le sommet de sa tête en une queue de cheval. Elle portait une veste de hussard rose layette, du genre contrefaçon Chanel avec des boutons dorés, sur un corsage victorien à col haut. Et son visage, autrefois acéré, tout en angles et en lignes dures, s'était détendu et attendri en quelque chose de presque beau.

Et là, la petite fille se tourna, pour voir ce que regardait sa mère, et Meg retint un cri. C'était Tia. Le prénom dans ces innombrables e-mails. Ces innombrables conversations amères. L'enfant purement abstraite qu'on avait évoquée et abandonnée au fil des ans, mais jamais jusque-là rencontrée en chair et en os. Et elle était là. Dans, pour reprendre une expression chère à sa progéniture, la *vraie vie*.

La fillette était belle. D'une beauté éthérée, classique, remarquable. Elle avait les cheveux blonds, presque blancs, de Rory, qui lui tombaient dans le dos en anglaises fournies. Et elle avait les traits fins de Rory : ses yeux bleus frangés de longs cils, ses lèvres charnues, son nez aquilin et ses pommettes hautes. Elle lança un regard interrogateur à Meg. Et ensuite elle aperçut les trois petits garçons dans son dos et détourna la tête en rougissant. Mais son visage restait dans la conscience de Meg comme une tache de soleil. Sa nièce. Sur le point d'avoir sept ans, seulement quelques mois de moins que Stanley. Le portrait de son père. Son portrait craché.

D'autres gens entraient à présent dans le crématorium. Certains jetaient des regards curieux à Meg et Beth, à Colin, à Lorelei assise toute seule à l'avant de la chapelle. D'autres n'avaient aucune idée de la signification de cet assortiment de personnes, et de la conversation inachevée qui flottait entre eux.

— On discutera plus tard, énonça Meg, d'une voix rendue plus douce par le choc d'avoir vu le visage de sa nièce.

Elle tendit le bras, toucha la manche de son père, puis se dirigea vers l'avant pour s'asseoir à côté de sa mère. Beth et les garçons la suivirent.

— Est-ce que ça va ? chuchota-t-elle à l'oreille de Lorelei.

Celle-ci hocha la tête et continua à regarder droit devant elle.

— Quel connard, marmonna-t-elle. Quel putain de connard.

Stanley ravala un rire nasal qui lui valut un regard furieux de Meg.

— S'il te plaît, maman, essaie de ne pas dire de gros mots, siffla-t-elle.

Lorelei fit claquer sa langue et continua résolument de regarder droit devant elle.

— Je n'arrive pas à y croire, balbutia Beth.

Elle était pâle et moite. Meg lui prit la main.

— Est-ce que ça va ? Tu ne vas pas me refaire un malaise, hein ?

Beth secoua la tête d'un air crispé et déglutit.

— Ça va, murmura-t-elle. C'est juste que… je n'arrive pas à croire qu'elle soit là.

Meg tendit un petit jouet au bébé pour l'occuper dans sa poussette, et fit passer des bonbons à la menthe autour d'elle.

— Elle est très belle, vous ne trouvez pas ? demanda-t-elle à voix basse à Beth et à sa mère au bout d'un moment. La petite fille ? Tia ?

Lorelei claqua la langue et secoua la tête. Beth acquiesça et sourit. Mais aucune des deux ne répondit. Et soudain cela frappa Meg, combien tout cela était bizarre. Cette enfant était sa nièce. C'était la petite-fille de Lorelei. Elle avait six ans, mais aucun d'entre eux ne l'avait encore rencontrée. Elle n'avait pas vu son propre père depuis qu'elle était bébé. Son grand-père partageait le lit de sa mère.

— Un gros, gros *enfoiré*, déclara sa mère.

Meg lui flanqua un coup de coude bien senti.

— Eh bien, quoi…

— Je ne vais pas à la veillée, souffla Beth.

Meg lui lança un regard curieux.

— Je ne peux pas. Pas si elle est là.

— Beth ! Tu ne vas pas me faire ça ! Je ne peux pas y aller toute seule ! protesta Meg avec ferveur.

La chapelle commençait à se remplir à présent. Elles remontèrent un peu sur leur banc pour faire de la place à Tim et sa nouvelle compagne.

Ils échangèrent tous des sourires polis et crispés, et la conversation prit fin. Ils se mirent à parler de l'autoroute et du maître de cérémonie laïque pas très pertinent qui avait été choisi, selon les instructions de Vicky, et du cercueil en carton et des fleurs sauvages qui venaient du jardin de la maison où Vicky avait grandi.

Lorelei avait accepté de prononcer un éloge funèbre. Megan n'avait encore jamais vu sa mère face à une foule. Elle ne l'avait jamais entendue parler en public et n'arrivait pas vraiment à imaginer comment ça allait se passer. L'idée la rendait anxieuse. Mais elle avait tort de s'inquiéter. Sa mère monta sur la petite estrade et ajusta la hauteur du micro. Elle balaya l'assistance des yeux, observant chacun ; son regard se tourna vers Colin et Kayleigh, puis s'arrêta sur Sophie et Maddy en s'emplissant de larmes.

Elle sourit, les lèvres fermées sur ses dents, et elle sortit un papier du sac rose qu'elle portait en bandoulière, le déplia, se racla la gorge et commença son discours.

— J'ai rencontré Vicky en 1991. Elle venait de s'installer dans la maison d'à côté, où elle prenait la place d'une femme épatante, dont j'avais cru qu'elle resterait mon amie jusqu'à la fin de ma vie. J'étais donc assez mal disposée à l'égard de cette intruse. Il se trouve que je n'ai jamais revu l'ancienne voisine après son déménagement, et c'est Vicky qui est devenue mon amie pour la vie. Je l'ai invitée pour Pâques, ainsi que son mari et leur adorable petit bébé.

Avec un signe de tête, elle sourit à Maddy.

— Je m'attendais à ce qu'elle refuse, qu'elle invente une excuse, mais elle a dit oui. Aussi simplement que ça ! Tout de suite ! C'est si rare chez les gens, cette qualité. La plupart doivent vérifier et revérifier, garder des options, vous savez. Personne ne veut s'engager sur un coup de tête. Et ils sont venus, et on a passé un bon moment, et je me suis dit : « Quelle femme charmante. Quelle personne vibrante, pleine de joie. »

Elle se tut et considéra une fois encore l'assemblée.

— Bien, comme certains d'entre vous le savent, mais beaucoup l'ignorent, la pauvre Vicky fut témoin d'une tragédie terrible en ce jour de Pâques. C'était horrible, on ne peut le dire autrement. Et je ne m'en serais pas sortie sans elle. Elle avait connu elle-même un drame semblable, son premier amour, une jeune fille, qui s'était pendue simplement parce qu'elle était homosexuelle et ne le supportait pas.

» Eh oui, Vicky était lesbienne. Même si elle avait formé une relation superbe avec un excellent homme pendant des années, eu de beaux bébés avec lui et été une épouse merveilleuse et douce. Mais elle était, dans son cœur et tout son être, homosexuelle. Je ne suis pas sûre de l'avoir jamais été. Mais, d'une certaine façon, ça n'avait pas d'importance. Ce qui comptait, c'est que nous nous aimions. Nous nous trouvions belles, désirables et dignes d'amour. Nous étions folles l'une de l'autre. J'avais besoin d'elle. Et elle de moi. Et elle me manquera plus qu'aucun mot ne pourrait l'exprimer. Elle était, tout simplement, mon univers. Et, sans elle, je suis déracinée et perdue.

Elle s'arrêta alors, les yeux brillants de larmes. Elle plia le papier en un tout petit cube serré et sourit.

— Désolée, s'excusa-t-elle.

Puis elle descendit de l'estrade et retourna se glisser à côté de Megan sur le premier banc.

Meg lui prit la main et la serra.

— Bravo, maman.

Lorelei haussa les épaules.

— Voilà, c'est fait. Maintenant, je suis vraiment toute seule.

La veillée se tenait dans un pub accessible à pied depuis le crématorium. C'était un établissement classique des Cotswolds, en brique jaune, avec des boiseries grises, des cheminées georgiennes et des plafonds hauts. Une salle de réception avec cinq grandes fenêtres avait été réservée et décorée de ballons roses. Elle croulait sous les bouteilles de vin rosé pétillant et les plateaux de cupcakes roses. Des portes-fenêtres donnaient sur une petite terrasse qui accueillait une table avec un livre du souvenir rose et de nombreux albums photo. Les gens s'étaient massés autour de cette table, cherchant pensivement les mots justes, une flûte à champagne entre les doigts.

Les garçons s'étaient trouvé une table pour deux où ils s'étaient installés avec leurs DS, et grignotaient des chips dans un saladier en carton rose. Le bébé dormait dans sa poussette, à l'écart derrière un rideau. Beth buvait une pinte de bière légère, ce qui ne lui ressemblait pas, et Meg faisait durer le plus longtemps possible l'unique verre de vin auquel elle avait droit.

Elle avait dû supplier Beth, la cajoler, pour qu'elle accepte de venir au pub. Elles avaient vu Colin, Tia et Kayleigh s'éloigner dans la direction opposée après le service, et Meg avait persuadé Beth qu'ils ne viendraient sans doute pas. Et, de fait, il n'y avait pas signe d'eux pour le moment. Meg sentit le soulagement l'envahir peu à peu, mais Beth semblait toujours tendue et terrifiée ; elle serrait son verre si fort qu'elle en avait les doigts d'un blanc bleuté, et jetait des regards anxieux autour d'elle.

Le service avait été merveilleux. Meg l'avait d'abord pensé à voix basse, puis répété à l'envi à toute nouvelle personne qu'elle rencontrait.

— Oh oui, s'écriait-elle du fond du cœur à chaque fois, oui, c'était vraiment parfait. Vicky aurait adoré.

Beth, pendant ce temps, restait silencieuse comme une adolescente, les épaules raides, laissant sa grande sœur faire tout le travail de la conversation. Meg commençait à se lasser de cet état de fait, et s'apprêtait à s'éloigner pour laisser Beth se débrouiller lorsque la porte de la salle de réception s'ouvrit pour les laisser entrer.

À présent que Kayleigh était debout, Megan voyait qu'elle avait assorti sa veste en drap de laine bien sage et son corsage à boutons avec un pantalon en cuir rentré dans des bottes à talons aiguilles usées, ornées de clous argentés. Tia portait une robe à sequins argentés un peu crasseuse, avec des collants roses déchirés et des chaussures de flamenco roses. Colin arborait un treillis gris, une chemise blanche et une cravate rose. Ses cheveux gris, fins, étaient désormais longs et retombaient sur son visage bruni et émacié. Il portait une boucle d'oreille. Il avait l'air bizarre. Ils avaient tous trois l'air bizarres. Elle pensa à une exposition que Bill avait réalisée quelques mois plus tôt dans sa galerie, une série de photographies de familles qui vivaient dans des foyers pour sans-abri dans des villes perdues des États les moins prisés des États-Unis. On avait demandé à chaque famille d'enfiler ses plus belles tenues pour la séance photo, et le résultat était poignant, le mélange doux-amer à vous briser le cœur de fierté et de désespoir visible dans leurs yeux. En particulier les pères.

Cette famille debout sur le seuil, qui regardait avec nervosité autour d'elle tout en essayant de se gonfler de détermination, avec ses vêtements bon marché, son décalage, sa fragilité, lui rappelait ces clichés.

Meg vit Colin chercher la main de Kayleigh pour la serrer dans la sienne. Elle vit Kayleigh lui rendre son geste.

Elle ravala l'émotion qui lui nouait la gorge et se détourna, vers sa sœur.

Mais Beth était partie. Seul un verre d'une pinte taché de rouge à lèvres témoignait qu'elle avait été là.

— Tiens, dit Lorelei en fouillant dans son sac, une flûte vide entre les doigts laissant échapper ses dernières gouttes partout sur sa robe.

Elle sentait le vin et un parfum sucré, aux notes de cannelle. Elle sentait aussi l'humidité, le moisi.

— Pour toi, reprit-elle en sortant un petit paquet qu'elle tendit à Megan. De la part de Vicky. Où est Beth ?

Elle regarda autour d'elle, à trois cent soixante degrés, puis pivota vers Meg. Ses yeux verts étaient un peu flous.

— Elle doit être quelque part. Elle a filé à la minute où ils sont arrivés, expliqua-t-elle avec un signe vers Colin et Kayleigh. J'allais justement essayer de la retrouver.

Lorelei plissa le nez de dégoût en direction de son ex-mari.

— Ils sont repoussants. Non ?

Meg marmonna une réponse vague. Mais elle ne pouvait se défaire de la sensation douloureuse qu'elle avait dans le ventre depuis qu'elle les avait vus entrer ensemble, avec leur mine pitoyable.

— Attends-moi ici, je vais chercher Beth, dit-elle.

Elle était appuyée sur la voiture de Meg et regardait droit devant elle, le front moite et l'air tendu, une flûte presque vide à la main. Meg fronça les sourcils.

— Tu bois. Pourquoi tu fais ça ?

Beth haussa les épaules ; comme une ado.

— Y a pas de loi contre ça, répondit-elle d'une voix légèrement pâteuse.

Elle était ivre. Meg n'avait encore jamais vu sa sœur ivre. Elle secoua la tête et décida de ne pas insister.

— Viens. Rentre. Il faut bien qu'on le fasse…

— Quoi, tu veux dire leur parler ?

— Oui. Il faut bien s'y résoudre. C'est notre nièce. C'est notre père. Oublie tout le reste. Ils sont venus jusqu'ici. Ils n'ont pas un sou et ils sont venus jusqu'ici.

Beth eut un frisson.

— Seigneur, à t'entendre, on aurait presque l'impression que tu as pitié d'eux.

— C'est le cas. Un peu. Je veux dire, on ne choisit pas de qui on tombe amoureux, pas vrai ?

Beth frissonna de nouveau.

— Je suis désolée. Tu as toujours été plus ouverte d'esprit que moi, moins émotive, et je n'arrive pas… Je ne supporte même pas de les regarder.

Meg se sentit se raidir d'agacement.

— Beth, tu es une adulte. Pas une gamine. On est dans le vrai monde. On est des personnes sensées. Et la vraie vie, c'est ça. Et parfois il se produit des choses qui ne collent pas avec la façon dont on voyait l'histoire, mais on doit juste respirer un grand coup et accepter. Pas rester assise dans un coin à bouder parce que ce n'était pas ce qu'on espérait. Viens ! aboya-t-elle. Arrête de faire ton gros bébé et suis-moi là-dedans pour parler à ton père, putain !

— Je veux bien lui parler, à condition qu'*elle* ne soit pas là.

Megan poussa un soupir et se tut un moment.

— C'est sa compagne. Et tu n'y peux rien.

— Ça me dégoûte.

— C'est comme ça. Ils n'enfreignent aucune loi. Et il n'y a pas mort d'homme. Allez…

Beth soupira et s'écarta de la voiture.

— Bordel, marmonna-t-elle à voix basse.

Colin et Kayleigh étaient en train de discuter avec Tim lorsqu'elles rentrèrent dans la salle de réception. Tia se tenait debout entre eux deux, un bras autour de la taille de sa mère, la tête appuyée contre son flanc.

Kayleigh tenta de cacher sa surprise en voyant Meg et Beth s'approcher.

— Bonjour, salua Meg. Ça fait plaisir de vous voir.

Elle n'eut pas à endurer la gêne d'un contact physique, car elle savait que ce n'était pas le genre de Kayleigh.

Kayleigh esquissa un sourire laconique.

— Ça faisait un bout de temps, dit-elle.

— Un sacré bout de temps. C'était à Pâques, je crois ? Le dimanche de Pâques avant la naissance de ta fille.

Elle baissa les yeux sur Tia qui leva la tête vers elle, curieuse. *Elle a bien le droit d'être curieuse,* songea Meg, *vraiment bien le droit.*

— Coucou, dit-elle à Tia, je m'appelle Meg. Et ces garçons là-bas, ajouta-t-elle en désignant Alfie et Stan, à présent occupés à retirer le glaçage rose des cupcakes pour le déposer dans le saladier de chips vide, ce sont mes fils, et je pense… que ce sont tes cousins, conclut-elle après un regard interrogateur à son père, qui répondit d'un unique hochement de tête.

Tia hocha la tête elle aussi, et posa les mains sur le bras de Kayleigh, à présent passé négligemment autour de son cou.

— Je sais, papa m'a dit.

— Papa ? répéta Meg en regardant Kayleigh puis son père.

— Oui, papa, répéta Tia en désignant Colin du regard.

— Aah, dit-elle en sentant sa sœur frémir dans son dos.

— Qui est qui ? Papa ne savait pas.

Meg fit une grimace à son père.

— Quoi, sérieusement ? Tu ne savais pas ?

Colin eut l'air penaud.

— Ils se ressemblent tellement…

C'était vrai. Mais quand même incroyablement énervant.

— Bon, dit-elle en se tournant de nouveau vers Tia. Celui de droite, c'est Alfie. Il a neuf ans et demi. Et celui de gauche, c'est Stanley, et il a sept ans… le même âge que toi, je pense ?

— Je vais avoir sept ans en octobre, confirma-t-elle.

— Oh ! Alors joyeux anniversaire en avance, Tia !

— Et vous deux, vous êtes mes tatas. Papa m'a dit ça aussi.

— Oui ! C'est vrai.

— J'ai beaucoup de tatas, en Irlande. Mais elles sont toutes irlandaises, et vous êtes anglaises. Alors c'est un peu… *différent*.

— Oui, ce n'est pas pareil, convint Meg, charmée par cet ange aux boucles blanches.

Les garçons regardèrent dans sa direction avec curiosité.

— Tu veux que je te présente aux garçons ?

Tia se tourna vers eux, rougit un peu et hocha la tête. Meg fit signe à ses fils d'approcher, et ils arrivèrent en traînant les pieds, couverts de miettes de gâteaux, les mains dans les poches. Meg secoua les miettes de leurs vêtements et les présenta, puis elle leur suggéra à tous les trois d'aller explorer le jardin. Elle les suivit des yeux alors qu'ils s'éloignaient ensemble, Tia jacassant comme un petit moulin à paroles, les garçons apparemment éblouis et perplexes dans leurs chemises et leurs vestes de grands.

— Alors, reprit Meg en s'adressant à Colin et Kayleigh. Elle est adorable ! Une vraie petite poupée !

Kayleigh lui lança un regard hérissé.

— Ce n'est pas une poupée, répondit-elle, le visage d'une immobilité glaçante. C'est un être humain.

Meg faillit perdre l'équilibre sous la force du coup.

— Non. Non. Évidemment, je voulais dire…

— Je sais ce que tu voulais dire, coupa Colin d'un ton jovial et sirupeux.

Beth frissonna et s'agita à ses côtés, une nouvelle flûte de champagne serrée très fort entre ses mains.

— Vous dormez où ? demanda Colin.

— On ne reste pas, répondit Meg. On repart directement. Bientôt.

— Oh, c'est dommage. J'espérais qu'on pourrait…

— Je ne savais même pas que vous seriez là. Tu ne l'avais pas dit à maman.

— Non, avoua Colin. J'ai pensé que c'était mieux comme ça. De juste, tu sais… *arriver*.

— Eu égard aux circonstances, tu veux dire, marmonna Beth.

C'était la première phrase qu'elle prononçait depuis qu'elles étaient rentrées.

Colin la regarda, surpris.

— Oui, j'imagine…

— Tu sais, poursuivit Beth, si tu voulais vraiment nous voir, en bonne et due forme, tu nous aurais prévenues que tu venais. Tu ne peux pas juste te pointer ici et t'attendre à ce qu'on soit tous disponibles.

— Je ne m'attendais à rien du tout, ma chérie, répondit Colin avec douceur. J'ai juste… c'était… eh bien, c'était l'ensemble. C'est tellement triste, tellement gênant et bizarre. Tu ne trouves pas ?

— La faute à qui ?

Kayleigh contempla Beth de ses yeux fatigués et cyniques.

— Tu ne peux pas être un peu aimable ? Aujourd'hui ? Pour Vicky ?

Megan avait essayé, de toutes ses forces, de rendre la conversation civilisée, pour Vicky, pour les filles de Vicky, pour chacun de leurs enfants. Elle inspira profondément.

— Je crois que la situation est difficile pour nous tous. Je crois qu'on fait tous de notre mieux. Je ne pense pas que Beth était volontairement désagréable. Elle était juste…, soupira-t-elle. On fait *tous* de notre mieux.

Kayleigh posa sa flûte vide avec bruit sur la table derrière eux. Megan voyait les veines de son cou se tendre agressivement pour ravaler les choses qu'elle avait envie de dire, les coups qu'elle avait envie d'assener. Elle remarqua un gros trou de mite dans le dos de la veste rose, ce vêtement dont elle imaginait très bien qu'il avait été acheté à la dernière minute dans une friperie caritative de la ville.

— Et vous, vous dormez où ? se hâta-t-elle d'ajouter.

— Au camping, juste au bout de la route.

— Oh ! s'écria Megan d'une voix aiguë, très *middle class*, qui semblait condescendante à ses propres oreilles, vous campez ! Et vous rentrez quand ?

— Eh bien, on passe par l'Irlande. On va rester quelques jours là-bas, chez, euh, la famille de Kayleigh.

Beth gronda à voix basse et secoua la tête. Kayleigh la regarda.

— Pardon ?

— Je n'ai rien dit.

— Non, mais tu as fait un bruit bizarre. Là, insista-t-elle en se touchant la gorge. Presque comme une sorte de gémissement ?

Beth haussa les épaules.

— J'ai comme l'impression que ça ne te plaît pas que ton père vienne en Irlande ? Pour voir ma famille ?

— Ce qu'il fait ne m'intéresse pas.

Meg fit une grimace. Elle n'avait aucune idée de ce que sa sœur pouvait dire ou faire maintenant qu'elle était alcoolisée. Elle s'était montrée totalement passive ces dernières vingt-quatre heures, comme si seul son corps était présent, pâle et sur le point d'expirer. Mais soudain elle semblait pleine de feu ; en colère et débordante de ressentiment. En général, dans ces situations, c'était Meg la porte-parole, Meg qui s'exprimait et était entendue, sans trop se soucier de provoquer une scène. Mais, ici, elle sentait la finesse extrême de toute chose, le potentiel qu'un désastre horrible, sanglant arrive. Alors elle se contenait. Mais plus elle se contenait, plus la situation devenait volatile. Alors elle retint son souffle et adressa un sourire crispé, suppliant, à sa sœur.

— Non, répondit Kayleigh, jouant le rôle du détonateur à l'autre bout de la mèche. Non, en effet, je ne crois pas.

— Qu'est-ce que tu sous-entends ?

— Qu'aucun d'entre vous ne s'intéresse tellement aux autres. Pas vraiment.

— Quoi ! protesta Beth. Bien sûr que si.

Kayleigh se contenta de claquer la langue et de lever les yeux au ciel. Pendant un moment, elle ne sembla pas vouloir en dire plus, mais soudain, elle tourna la tête et fixa Beth et Megan de ce terrible regard accusateur, bien à elle.

— Votre frère qui pourrit en prison. Votre autre frère à qui personne ne rend visite dans sa tombe, froide et solitaire. Votre mère qui vit dans sa crasse. Votre nièce que vous ne connaissez même pas. Comme un secret honteux. Votre père, avec qui vous avez coupé les ponts, parce que vous n'approuvez pas la femme qu'il aime. Vous êtes deux salopes sans cœur, de la pire espèce…

Elle leva de nouveau les yeux au ciel.

Le sourire de Colin vacilla enfin.

— Kayleigh, allons, ce n'est pas entièrement juste, et tu sais…

— Je sais ce que je vois, Colin, grogna-t-elle. Je sais ce que je vois.

— Pourquoi tu nous détestes autant ? demanda Beth.

— Oh, non. Je ne vous déteste pas. Dire que je vous déteste, c'est supposer que j'éprouve quelque chose pour vous. Et ce n'est pas le cas. Je t'assure.

— Tu ne sais rien de nous ! cria Beth, le visage empourpré, les poings serrés. Rien du tout ! Tu ne nous as rencontrées qu'une fois ! Et on a été carrément gentilles avec toi !

— Oui, convint Kayleigh avec un hochement de tête. Vous avez toutes été très polies. Comme les gens de votre sorte le sont toujours.

— Et toi, reprit Beth avec l'air de se souvenir subitement d'un détail, tu as été grossière avec Vicky ce jour-là ! Tu ne te rappelles pas ? Papa ! Tu te souviens, elle a accusé Vicky de faire semblant d'être lesbienne pour mettre les pieds sous notre table. C'est ce que tu as dit, Kayleigh ! Et maintenant tu es là, à son enterrement, à faire comme si tu te souciais d'elle.

— Mais je me souciais d'elle. Bien sûr. C'était une bonne personne. Mais tu as raison. J'avais d'autres raisons de venir aujourd'hui.

— Comme quoi ?

— Elle, répondit-elle avec un mouvement des sourcils vers les portes du jardin où Tia, Alfie et Stanley shootaient dans un ballon rose sur la pelouse. Ma fille. Je voulais vous la montrer. Vous montrer ce que vous avez raté pendant toutes ces années. Et nous.

Elle tira Colin doucement vers elle et lui mit une main en bas du dos. Il esquissa un sourire embarrassé.

— Je voulais que vous *nous* voyiez. Que vous voyiez qu'on va bien, et qu'on est bien, et qu'il n'y a aucune raison d'avoir honte. Aucune.

— Je n'ai pas honte de vous, déclara Beth.

— Oh, pour l'amour du ciel ! Bien sûr que si ! Tu penses que c'est dégoûtant. Vous tous, vous pensez ça. Elle aussi.

Elle pointait le doigt vers Lorelei, de l'autre côté de la pièce, en train de rire à gorge déployée de façon peu convaincante aux propos d'un gros bonhomme en veste rose.

— Vous pensez qu'on est dégoûtants. C'est vrai ! Et tu crois que ça fait quoi ? Hein ? D'être avec un homme bien, un homme qui t'aime, et tu l'aimes, et tous les matins tu te réveilles et tu le regardes, et il te sourit et te dit que tu es belle, et il sourit à ton enfant et lui dit qu'elle est intelligente et fantastique, et tu le regardes et tu te sens en sécurité, et heureuse, et bien. Tu crois que ça fait quoi de savoir qu'il y a une bande de vieilles harpies aigries de l'autre côté de la Manche qui trouvent que c'est dégoûtant…

Kayleigh parlait d'une voix basse et calme. Aucun pic dans les intonations de ses paroles. Rien qui puisse attirer l'attention. Colin lui posa une main sur le bras.

— Souviens-toi, s'il te plaît, ma chérie, que ce sont mes enfants. Je ne peux pas te laisser… ce n'est pas correct.

Kayleigh se dégagea et répondit.

— Non. Il faut rester fair-play. Tu as raison, Col, je suis désolée. Je ne devrais pas baver sur la chair de ta chair. Mais écoutez…, dit-elle en regardant tour à tour Beth et Megan. Vous deux. Ça suffit, maintenant. C'est votre père. Là-bas, c'est votre nièce. Que ça vous plaise ou non, nous faisons partie de votre famille. Vous allez devoir trouver un moyen de nous accepter. D'accepter ça. Pour l'amour de Dieu.

Meg hocha la tête. Elle sentit un frisson de culpabilité inconsciente lui parcourir le dos. Un homme. Une femme.

Un enfant. Quel mal pouvait-il y avoir à cela ? Elle s'apprêtait à dire quelque chose, une parole douce et guérisseuse. Mais, avant qu'elle ait pu trouver les mots, Beth l'avait devancée.

— Je suis désolée, dit-elle d'une voix nue et pâteuse, le visage rouge d'alcool et de rage. Je suis vraiment désolée. Mais non. Je ne peux pas accepter ça. Je ne le ferai pas. C'est mon père. J'aurais du mal à accepter toute relation qui ne serait pas avec ma mère. Comme n'importe quelle fille. Mais ceci, siffla-t-elle d'une voix soudain coupante de dégoût, coucher avec la même femme que son *fils*. La mère de sa *petite-fille* ! C'est contre nature. Tu pourras dire ce que tu veux. C'est la vérité.

Il y eut un instant de silence. Meg s'en souviendrait toujours, de même qu'elle se rappellerait toujours ce moment d'innocence, quinze ans auparavant, quand elle s'était assise sur la banquette devant la fenêtre, à mi-chemin de la chambre de Rhys, avec un sandwich à l'agneau et une cannette de Coca sur un plateau, pour lui. Un intermède entre deux mondes.

Les cousins nouvellement présentés criaient dehors, Lorelei riait de nouveau, Meg observait le battement décidé du pied de Charlie, avec sa chaussette, dans la poussette, tout juste visible derrière le rideau. Il venait de se réveiller de sa sieste. Et c'est ce qu'elle se rappellerait de cet infime moment avant que Kayleigh ouvre la bouche et déclare :

— Alors ça c'est très fort venant de la femme qui s'est tapé le mec de sa sœur derrière son dos.

Meg sentit la pièce se replier sur elle à toute vitesse. Elle regarda son père d'un air interrogateur, comme s'il pouvait rembobiner le temps et retirer les paroles de Kayleigh. Mais elle vit, avec une décharge de douleur terrible, viscérale, que son père avait déjà entendu cette phrase. Que Kayleigh la lui avait déjà dite. Que ces mots n'étaient pas nouveaux pour lui et que, donc, il ne pourrait pas les réenrouler dans le néant.

Elle se tourna vers sa sœur. Beth était cramoisie ; elle secoua la tête.

— Sale menteuse ! lança-t-elle à Kayleigh.

Meg regarda son père. Il gardait le silence, les yeux baissés.

— Tu la crois, n'est-ce pas ?

— Oh, Meg, bon Dieu, je ne sais pas.

— Elle ment, affirma Beth, elle ment à cent pour cent.

Puis elle serra les poings, les bras le long du corps, et sortit comme une furie, manquant de renverser une chaise au passage.

Meg la regarda partir, avec cette fureur, cette rage, cet air compact. Elle vit de nouveau bouger le pied de Charlie dans sa chaussette. Elle regarda son père encore une fois. Il se contenta de hausser les épaules. Kayleigh fit un geste vers Beth qui s'éloignait, comme pour dire : « Regarde, on ne peut pas être plus coupable que ça ! »

Et c'est là que Meg commença à se souvenir. Elle se souvint du journal d'appels dans le téléphone de Bill qu'elle avait consulté près de la piscine en Grèce ; il n'y avait jamais eu d'anniversaire surprise pour ses trente ans, pas vrai ? Pas même un cadeau inattendu – juste une bague, fine, en or, féminine, le genre de bijou qu'aimait Bill, qu'il choisissait à chaque fois.

Elle repensa à Beth qui soudain s'était mise à fumer, s'éclipsant discrètement avec Bill pour griller une cigarette tard le soir. Elle pensa à Beth disparaissant en Australie sans crier gare, à ses appels tendus, rares, au manque d'intérêt qu'elle manifestait pour sa nièce et ses neveux qu'elle adorait autrefois. Elle pensa aux « liaisons de Bill », ces terribles rivales sans visage dont elle savait sans l'ombre d'un doute qu'elles couchaient avec lui, à sa certitude qu'il lui était infidèle.

Elle avait toujours su.

Mais non. La pensée s'évanouit en un flash. Bien sûr que ce n'était pas Beth. Beth était sa sœur.

« Elle sent bon, ta sœur. »

Elle entendit la voix de Bill dans son esprit. Il avait dit ça une fois. Elle ne se souvenait ni de quand ni d'où. Mais la phrase s'était logée là, plus que n'importe quelle remarque insouciante sur d'autres femmes. Elle s'y était accrochée, inconsciemment, pendant des années.

« Elle sent bon, ta sœur. »

Elle vit le pied de Charlie se lever vers le plafond et l'entendit appeler.

Elle secoua la tête.

— Euh, je ne peux pas, marmonna-t-elle. Le bébé s'est réveillé. Je ne peux pas avoir cette conversation maintenant.

Elle traversa la pièce à grands pas et détacha Charlie. Il lui adressa un large sourire.

Le bébé qu'ils avaient mis au monde pour célébrer le fait qu'arrivés au bout de leur chemin ensemble ils avaient réussi à faire demi-tour pour se retrouver.

Leur bébé Sparadrap.

— Coucou, mon petit chéri, dit-elle en réussissant à sourire avant de le prendre dans ses bras. Coucou ! Tu as fait un bon dodo ? Dis-moi ?

Elle avait une voix en sucre, mais sa gorge était amère de bile.

Elle regarda dans le jardin, cherchant sa sœur. Les garçons et Tia rentraient à l'intérieur, les joues roses et animées.

— On a soif ! haleta Stanley. On peut avoir encore du Coca ?

Elle hocha le menton distraitement.

Stanley écarquilla les yeux.

— C'est vrai ?

— Oui, soupira-t-elle d'un ton épuisé.

— Maman a dit oui ! courut-il rapporter à son grand frère, qui haussa les sourcils de stupeur.

Les trois enfants partirent vers le bar. Elle les quitta des yeux pour se tourner vers Kayleigh et son père. Kayleigh la regarda d'un air interrogateur, puis s'approcha.

Meg se détourna, espérant la décourager, mais elle sentit une pression sur son coude et pivota de nouveau.

— Quoi ?

— Je suis vraiment, vraiment désolée, Meg. Je n'avais absolument pas l'intention de dire ça. Mais ta sœur, elle était tellement en colère, j'ai juste… Je suis vraiment navrée.

« *Parce que ce n'est pas vrai.* » C'était la phrase que Meg aurait voulu qu'elle prononce.

Mais elle ne le fit pas. Elle serra le bras de Meg, puis s'avança pour toucher la petite main de Charlie. Elle sourit au bébé, puis à Meg.

— C'est un joli petit bonhomme, hein ?

— Il est parfait, acquiesça Meg.

— Je suis d'accord.

Elles échangèrent un regard alors, un regard entre deux mères, doux et compréhensif. Et elle était là, pendant un moment fugace, la femme qu'aimait son père : un être humain.

Meg regarda l'endroit où la main de Kayleigh rencontrait celle de son bébé. Son sang bouillonnait rageusement dans son corps, son cœur claquait comme une porte dans la tempête. Ses pensées tourbillonnaient follement dans sa tête. Sa sœur. *Sa sœur.*

— D'où ça sortait, ça ? demanda-t-elle à voix basse. D'où ça sortait, ce bordel ?

Kayleigh ôta sa main de celle de Charlie.

— C'était la vérité, Megan. Je les ai entendus. Dans le jardin. Au cottage. Je les ai entendus.

— Quoi ? Tu les as entendus coucher ensemble ?

— Non, non, non ! *En parler.* Parler du risque de se faire prendre. De savoir si Vicky avait ou non des soupçons. Ce genre de trucs.

Meg plissa les yeux. *C'est insuffisant*, songea-t-elle. *Très insuffisant.*

Kayleigh soupira.

— J'ai pu me tromper. J'ai pu interpréter de travers. Il n'y a que deux personnes qui connaissent la vérité. L'absolue vérité. Et je n'en fais pas partie.

Tia surgit alors aux côtés de Kayleigh, un verre de Coca bien serré dans sa main, un grand sourire aux lèvres.

— Tu t'es bien amusée, ma chérie d'amour ?

Tia acquiesça.

— Tant mieux, approuva Kayleigh en lui caressant les cheveux.

Meg éprouvait soudain un besoin impérieux de voir Beth. Tout de suite. Pendant que les choses étaient en train de se produire. Elle tendit le bébé à Kayleigh.

— Tu pourrais me le garder, ça ne te dérangerait pas ?

Kayleigh attrapa Charlie avec un hochement de tête.

— Vas-y. On va très bien s'en sortir.

Meg partit en courant, franchit la porte-fenêtre, émergea sur la pelouse où les ombres s'allongeaient, à travers un sentier de ballons roses abandonnés et de feuilles mortes.

Elle regarda de gauche à droite. La chute de la température avait renvoyé tout le monde à l'intérieur. Le pub se trouvait au milieu de nulle part. On ne voyait que le cimetière, et, au-delà, la campagne qui s'assombrissait rapidement.

Alors elle sut. Il y avait un seul endroit où Beth pouvait s'être réfugiée. Elle serra son gilet autour d'elle et se dirigea là-bas rapidement, avant que le crépuscule avale les lieux tout entiers.

Beth était là, accroupie devant la tombe de Rhys. Elle se balançait sur ses pieds et sursauta en entendant les pas de Meg.

Elle se leva et dévisagea Meg d'un air implorant pendant une seconde.

Megan attendait qu'elle parle, que la conversation commence, cette conversation qui se terminerait avec elles deux qui riraient, s'étreindraient et diraient : *« Mon Dieu, quel malentendu complètement ridicule ! »*

Mais elle ne dit rien.

Au contraire, elle regarda derrière elle, puis en direction de Megan, ensuite elle croassa quelque chose qui ressemblait vaguement à « Désolée » et elle s'enfuit en courant. Loin de Megan, loin de Rhys, loin de la veillée funèbre et dans la profonde, horrible obscurité.

Megan ne courut pas après sa sœur. Elle s'assit à côté de la tombe de Rhys et posa une main contre la pierre. Son autre main, elle la glissa dans la poche de son gilet pour la réchauffer. Elle sentit un objet là, petit et dur, et sortit le cadeau que sa mère lui avait donné. Plus tôt. *Avant.*

Elle l'ouvrit et découvrit un galet, poli jusqu'à reluire, avec une teinte rosée dans la lumière du soir. L'emballage s'avéra être un petit mot, écrit d'une calligraphie massive de maîtresse d'école.

Souviens-toi, Megan, qu'où
que vous vous trouviez, vous êtes tous des galets

de la même plage. Veillez les uns sur les autres.
Ton amie,
Vicky

Elle enfonça le galet et le petit mot dans sa poche, puis retourna vers le pub.

Chapitre 11

Jeudi 13 janvier 2011

Bonjour, mon charmant Jim !

Oui, oui, tu as raison. Je sais. Je ne dois pas m'affamer. Je suis une femme ridicule. Tout ça, c'est, eh bien, absurde ! Ça m'arrive parfois de me demander si c'étaient juste les autres personnes autour de moi qui gardaient cette partie de ma personnalité sous contrôle. Si, peut-être, je me serais retrouvée à vivre ainsi des années plus tôt si je n'avais pas rencontré Colin et eu tous les bébés. Qui sait ??! Mais j'ai suivi ton avis, je suis allée au supermarché *avant* d'aller dans mes magasins, et j'ai fait des provisions d'aliments que j'aime manger. C'est intéressant que j'accepte de recevoir des ordres de toi, Jim, mais personne d'autre ! Tel que tu le décris, ton appartement a l'air plein de charme. C'est étrange que je n'aie jamais imaginé qu'un endroit comme Gateshead puisse avoir une jolie architecture victorienne, je pensais que ce n'étaient que des tours et d'horribles vieilles maisons mitoyennes. Mais je suppose qu'il y a des « beaux quartiers » partout, et je suis contente que ce soit là que tu habites. Et je suis aussi rassérénée de savoir que tu es entouré de jolies choses. Mon mari, mon *ex-mari*, il a vécu pendant un moment dans l'autre moitié de cette maison après notre séparation, et c'était troublant pour moi de découvrir sa notion d'un « intérieur », une fois détaché de moi et de mes idées. Et c'était assez glaçant, en fait, de voir que, pendant toutes ces longues années, j'avais été mariée à un homme qui, livré à lui-même, irait s'acheter un canapé en cuir couleur beurre frais. Absolument bizarre !

Je trouve les objets tellement importants. Les beaux objets. Les souvenirs. Ça fait partie de tout ça, tu sais, quand je vais dans l'un de mes magasins et que je vois que quelqu'un a donné un petit vase en porcelaine, disons, quelque chose de joli, qu'un artiste a dessiné, a créé, puis que quelqu'un a suffisamment aimé pour l'acheter et le rapporter chez lui, cela insuffle à l'objet tellement de *substance*. Tellement d'importance. Dans ma façon de penser, en tout cas. Alors le voir là, dans une brocante caritative, donné, rendu à l'univers, ça n'est pas dans l'ordre des choses. Ça me rend triste. Alors je dois l'acheter. Pour rétablir l'équilibre.

Oh, vraiment, je suis complètement, complètement folle !

Bref, oui, tu me questionnais sur l'enterrement. Sur ce qui s'y est passé. Mon Dieu, Jim. C'était il y a quatre ans, et j'en ressens toujours chaque hideuse seconde. Il a été révélé, au pub, après, de la manière la plus calme et la moins spectaculaire possible que Beth, ma plus jeune fille, avait eu une longue liaison avec le mari de Megan. Je veux dire, honnêtement, Jim, je n'en avais pas la moindre idée jusqu'à ce que, soudain, je la voie, l'Irlandaise, la maîtresse de mon mari, PEU IMPORTE. Je l'ai vue tenir le bébé de Megan et j'ai dit : « Mais qu'est-ce qui se passe, ici ? Où est

Megan !! » et elle m'a répondu qu'elle était partie chercher Beth. Et j'ai demandé : « Pourquoi ? » et elle m'a dit : « C'est à elles qu'il faudra poser la question. » Cinq minutes plus tard, Megan revenait, pâle, l'air traumatisé. Elle avait ses jolies chaussures roses toutes couvertes de boue, et pendant un horrible instant j'ai cru qu'elle avait été attaquée. Elle a refusé de me révéler ce qui s'était passé, mais a filé droit à sa voiture, en disant qu'elle devait retrouver Beth. Elle a conduit pendant une demi-heure, en vain. Et, après ça, on a reçu un message de Beth nous informant qu'elle était à Heathrow, qu'elle rentrait chez elle. On n'a jamais su comment elle était arrivée là-bas, depuis la campagne profonde, en pleine nuit, jusqu'à Londres. Je préfère ne même pas y penser.

Bref, c'est la dernière fois qu'on a eu des nouvelles de Beth. Elle a changé de numéro de téléphone et d'adresse électronique, et littéralement disparu de la circulation. Et Megan m'a raconté ce que cette maudite Irlandaise lui avait dit. Et aucun de nous n'en aurait cru un mot sans la réaction de Beth.

En ce qui concerne Megan, elle a été superbe. Elle a absolument géré l'affaire. Elle a interrogé Bill, lui a tiré les vers du nez, lui a fait vivre un enfer pendant une assez longue période, et ensuite lui a passé la bague au doigt.

Est-ce que ça te semble terriblement bizarre, Jim, que deux de mes bébés flottent quelque part dans la nature, sans amarres ? Que je ne leur parle plus ? Qu'ils puissent, en réalité, être morts, pour ce que j'en sais ? (Même si je dois supposer que QUELQU'UN QUELQUE PART me contacterait pour me prévenir si c'était le cas.) Cela me paraît à la fois bizarre et

PAS bizarre. Je ne peux pas vraiment l'expliquer. J'ai l'impression, presque, de la pire des façons, que c'était écrit. Dès l'instant précis où j'ai vu le pauvre corps de Rhys pendu là, c'était presque comme si tout ce gâchis était inévitable. Ou en fait, non, depuis avant ça. Juste avant la mort de Rhys. Depuis le soir précédant son suicide. Quand il s'est produit un événement totalement irréversible. Qui allait changer ce que je ressentais pour tous mes enfants pour toujours.

Ça sonne très dramatique, et ça l'est, Jim. Vraiment. Je n'ai même pas encore les mots pour le décrire.

Et aussi longtemps que je ne trouve pas les mots, alors peut-être que je peux continuer à faire comme si ça ne s'était jamais produit.

Tout mon amour, mon beau Jim. Comme j'aimerais pouvoir m'avancer entre tes bras et te laisser me serrer. Je suis sûre que tu sens divinement bon.

L

Bisous bisous bisous bisous bisous

Avril 2011

Colin accueillit Meg et Molly à la porte du jardin de la maison Bird en tee-shirt et boxer. Meg eut un léger mouvement de recul à la vue de ses nombreux tatouages.

— Mon Dieu, papa ! Qu'est-ce que tu t'es infligé à toi-même ?

Colin baissa les yeux vers son corps et rit.

— Je dois avouer que c'est un peu devenu une addiction, répondit-il en ajustant ses lunettes.

Megan fronça les sourcils.

— Ne va pas te mettre des idées en tête, dit-elle à sa fille, qui se contenta de son habituelle grimace de dégoût, sans un mot.

— Je vous ferais bien entrer, mais…, reprit Colin avec un geste vers les piles sombres derrière lui. On pourrait s'asseoir dehors ? Il fait beau encore ce matin, je vois.

Il avait l'ordinateur de Lorelei sous le bras. Il le déposa sur la table du jardin, et remercia Megan pour le café et le croissant qu'elle avait achetés pour lui au café non loin.

— J'ai essayé de deviner le mot de passe de maman, expliqua-t-il en soulevant l'écran de l'ordinateur.

Il y avait un morceau de papier sur le clavier, une longue liste griffonnée.

— Ça, c'est tous ceux que j'ai essayés, dit-il en le donnant à Megan. Est-ce que tu peux y jeter un coup d'œil, pour voir si j'ai oublié quelque chose d'évident ?

Meg remonta ses lunettes de soleil dans ses cheveux et lut la liste, Molly penchée par-dessus son épaule pour regarder. La jeune fille sentait l'hôtel de luxe. Il avait été exhaustif, on ne pouvait le nier. Il avait essayé toutes les combinaisons possibles de dates de naissance, de prénoms des enfants, d'adresses, de noms d'animaux de compagnie, de noms de jeune fille et de couleurs préférées.

— Oh, Seigneur, se désola-t-elle en le reposant sur la table. Je veux dire, c'est impossible, non ? On ne sait même pas combien de caractères il est censé comporter…

— Avant, dans mon lycée, il y avait un gars qui savait craquer les mots de passe, déclara Molly.

Meg et Colin se tournèrent vers elle.

— Je ne sais pas ce qu'il est devenu, ajouta-t-elle avec un haussement d'épaules.

— Bon, soupira Meg. Je crois que c'est notre seule vraie option. On va devoir l'apporter quelque part pour qu'une grosse tête nous le craque.

— Je vais continuer à essayer, dit Colin en haussant les épaules, avant de reprendre le papier qu'il plia en deux. Ta mère n'était pas exactement Steve Jobs, je suis sûr que ce sera quelque chose d'assez évident.

— Tu sais qu'elle avait un « amant virtuel », hein ? demanda Meg.

Colin se fendit d'un sourire goguenard et secoua la tête.

— Un dénommé Jim. De Gateshead. Apparemment, ils étaient fous amoureux l'un de l'autre, raconta Meg en levant les yeux au ciel.

— Eh bien, c'est chouette, non ? Ta maman a toujours eu besoin que quelqu'un soit fou amoureux d'elle. Comme une drogue.

— Si on trouve son mot de passe, on pourra lire leurs e-mails ! s'écria Molly, les yeux écarquillés d'excitation. Leurs messages d'amour, à elle et Jim.

À présent, c'était au tour de Meg de faire une grimace de dégoût.

— Oh, mon Dieu. J'espère qu'ils n'ont pas sextoté.

Molly éclata de rire. Colin referma brusquement l'ordinateur et consulta sa montre.

— À quelle heure arrivent les bennes ?

— D'une minute à l'autre. Ben, maintenant, en fait, répondit Megan en entendant le bruit de chaînes métalliques devant la maison.

Deux grosses bennes jaunes étaient en train d'être déposées sur la route. Megan tendit cent livres en billets. Rendez-vous fut pris pour venir remplacer les bennes pleines par d'autres vides le lendemain à la même heure. Et le jour suivant. Et le suivant.

— On revient tous les matins jusqu'à ce que vous nous disiez d'arrêter, conclut le conducteur. C'est un terrible chantier, dedans ? demanda-t-il en regardant la maison délabrée derrière lui.

— Vraiment terrible, confirma Megan.

— C'est un drôle de truc. C'est dingue comment les gens accumulent.

Il regarda de nouveau la maison, presque tendrement, puis il secoua la tête.

— Bonne chance. À demain matin.

Elle resta plantée sur le trottoir après le départ du camion. Le soleil était déjà chaud. La facture dans la main, elle contempla un moment la rue. L'énormité de la tâche qui les attendait semblait peser sur son crâne. Pas seulement le travail physique (Megan aimait se dépenser), mais la perspective de déterrer son enfance et de la trouver souillée de pourriture.

— OK, dit-elle quelques minutes plus tard en tapant dans ses mains. Ça y est. Pas d'excuses. On s'y met.

Vendredi 28 janvier 2011

Jim chéri,

Je savais qu'on finirait par en arriver là. J'avais espéré que tu lirais entre les lignes et que tu verrais la vérité qui y était cachée. Lorsque je ferme les yeux le soir, je rêve d'être avec toi. J'imagine que tu es là, tes bras puissants autour de moi, j'imagine passer les doigts dans tes magnifiques cheveux gris si abondants, je fantasme de te voir à l'autre bout d'une pièce, d'échanger un sourire complice, d'entrer dans un pub, main dans la main, pour partager une bouteille de..., bon, une bouteille d'eau, je suppose. Dans un autre monde, parallèle, nous vivons ensemble, toi et moi. Dans un monde parallèle, tes jolies affaires sont posées près des miennes, ta chienne a son museau posé sur mes genoux le soir quand nous regardons la télé. Dans un monde dans lequel je n'aurais pas tout mis en vrac et où tout ne m'aurait pas mise en vrac, nous serions ensemble, toi et moi. C'est évident, n'est-ce pas, Jim ? Ça l'a été depuis que nous avons pour la première fois lu les mots l'un de l'autre. Nous sommes des âmes sœurs.

Mais, chéri, dans ce monde, dans ce monde réel, qui est peut-être ou peut-être pas le meilleur des mondes possibles, mais qui est bel et bien le seul dont je connaisse l'existence, bon sang, nous ne nous rencontrerons jamais. Si ? Car je ne peux pas partir d'ici. Et tu ne peux pas séjourner ici. Il n'y a aucun endroit où tu pourrais dormir, mon amour. Il n'y a nulle part où *je* peux dormir. Oui, c'est catastrophique à ce point, chéri. Un vrai capharnaüm. Je ne peux pas t'inviter ici. Je ne peux pas venir te retrouver. Et je sais qu'on pourrait partager quelques heures, se rejoindre pour un café, quelque chose comme ça, mais en vérité, quel serait l'intérêt ? Une heure ou deux, volées dans une journée, à peine le temps de te connaître. Je voudrais désespérément prolonger le moment, donner plus, mais je serais rattrapée par la réalité vorace de toute chose, l'attraction que cette maison exerce sur moi, sa façon de me retenir. J'ai tout abandonné pour cette maison.

Mais s'il te plaît, Jim, ne m'oblige pas à renoncer aussi à toi. S'il te plaît. Ne peut-on pas continuer comme maintenant ? Ces adorables e-mails qui font chanter mon cœur quand je les vois apparaître dans ma boîte de réception ? Pouvons-nous continuer ainsi pour toujours, s'il te plaît ?

Et oui, Jim, moi aussi je t'aime.

Bisous bisous bisous

Avril 2011

À la fin de la première journée, ils avaient rempli les deux bennes à leur maximum absolu et avaient pourtant à peine dégagé la moitié de la cuisine. Le soleil avait tapé sans pitié, plus comme un mois d'août que d'avril.

— Tu te souviens, avait demandé Meg à son père à un moment donné, de ce dimanche de Pâques quand on était petits, et qu'il avait fait si chaud ? Tu te souviens des œufs qui avaient fondu ? Et de la piscine gonflable qui avait éclaté ?

Colin avait hoché la tête et souri, la sueur lui coulant sur les tempes, un carton poussiéreux de bougies chauffe-plat à la main.

— Bien sûr, que je m'en souviens. C'était un de ces moments. Ces moments dorés, brillants. Quand rien n'aurait pu mal tourner.

Ils étaient assis, à présent, tous les trois, autour de la table de Lorelei dans le jardin, à boire du Coca en laissant la transpiration sécher sur leur corps.

— Tu dois repartir quand ? demanda Colin.

— Bill et les garçons rentrent lundi. Lundi en huit. L'école reprend le mardi. Donc en théorie on peut rester deux semaines. Mais j'espère pas.

Megan songeait à l'hôtel de luxe, à la chambre à cent quatre-vingts livres par nuit. Elle avait apporté des draps propres et des oreillers dans le coffre de la voiture. Ainsi que du savon, des gants de toilette, des serviettes et du shampoing. Elle avait cru qu'en trois ou quatre jours elle rendrait sa chambre et s'installerait dans la maison Bird. Elle avait pensé que ce n'était l'affaire que d'un peu de tri et de débarras. Elle ne s'était pas doutée. Absolument pas.

— Viens à l'hôtel, dit-elle à son père. Viens prendre un bon bain. Et on ira manger quelque chose de sympa quelque part.

Colin lui lança un regard reconnaissant.

— Merci, ma chérie. Ce serait super.

Ils dînèrent dans un restaurant de poisson du village. L'endroit était chichiteux, avec des murs gris souris et des prix indiqués sur le menu sous forme de fractions. Molly avait commandé un steak de thon et le dévorait comme un homme.

— C'était la plus dure journée de mon existence, dit-elle en reposant ses couverts ensemble et en balançant ses cheveux derrière l'épaule.

— Et ça ne fait que commencer, renchérit Megan.

— On a besoin de renfort.

— Ben, en fait, même si on était plus nombreux, on n'aurait pas la place..., fit remarquer Megan.

— Non, mais dehors, dans le jardin, pour évaluer les choses. C'est ça qui prend du temps. De tout trier.

— Si seulement on pouvait tout bazarder..., soupira Meg.

— Impossible, rappela Molly. C'est, genre, toute sa vie là-dedans. Au milieu du fatras. Imagine si on jetait quelque chose de vraiment important.

— Je sais... Je sais bien. C'est juste tellement énervant !

— On pourrait toujours contacter les services sociaux, tu sais, rappela Colin.

— Non. Non. Je ne laisserai pas des inconnus s'en charger. C'est notre maison. C'est notre vie. Hors de question.

— Je suis d'accord avec toi, acquiesça Colin. Ça me ferait bizarre, d'une certaine façon.

Son téléphone sonna, et il le sortit de sa poche de jean avec un air d'excuse. Il se mit à parler d'une voix douce, et Megan supposa qu'il s'agissait de Tia.

— Coucou, ma puce. Oui, on va tous très bien. Non, pas les garçons, juste Molly. Oui, c'est la grande. Elle a seize ans.

Il regarda Megan, qui secoua la tête et articula : « Quinze ».

— Désolé, quinze ans. Oui. Je sais. Oui, elle est très jolie, dit-il avec un sourire à Molly. Euh, oui, s'il te plaît, chérie, merci.

Il se tut un moment, pendant que Tia apparemment passait le téléphone à quelqu'un d'autre, et ensuite il posa sa serviette sur la table, sourit à Meg et Molly, puis alla terminer son coup de fil dans un recoin au calme.

— Pourquoi papi est parti là-bas pour téléphoner ?

— Parce qu'il parle à Kayleigh.

Molly hocha la tête d'un air entendu.

— J'aimerais bien rencontrer Tia, reprit-elle un peu plus tard.

— Oui. Je sais. Et ça se fera. Un jour.

— Oui, mais quand ? Je veux dire, je suis, genre, presque adulte. J'aimerais la rencontrer tant que je suis encore une enfant.

Megan sourit.

— Oui, absolument, convint-elle avec un soupir. Tu as raison. C'est fou. C'est juste, tu sais. Ne pas adresser la parole à papi pendant toutes ces années. C'était assez compliqué, tout ça. Mais on va s'organiser. Maintenant qu'on se reparle. Maintenant que je sais…

Elle se tut, prit le temps de démêler ses pensées.

— Maintenant que je sais qu'il est toujours mon père, on va arranger quelque chose. *Je* vais arranger quelque chose. On ira. En Espagne. Ou l'inverse. Je te le promets.

Elle recouvrit la main de sa fille des siennes, et songea à Tia. Sa magnifique nièce perdue. Et elle n'était qu'une pièce du puzzle. Une toute petite pièce.

— Peut-être qu'elle aimerait visiter Londres. Peut-être qu'elle aimerait venir chez nous. Elle pourrait dormir dans ma chambre. Si elle veut.

— Oui ! approuva Megan en serrant la main de Molly. Ce serait formidable, non ?

— Désolé, dit Colin en reprenant place à table.

— Pas de problème, répondit Meg.

Puis elle inspira un grand coup et se prépara à dire quelque chose qui ne lui venait pas naturellement :

— Comment va Kayleigh ?

Colin la regarda avec surprise, mais il sourit ensuite.

— Elle va à merveille. Vraiment. Elle va bien. Très bien. Oui…

Il se tut, conscient que ce revirement était tout récent et encore empreint de gêne.

— Comment marche son entreprise ? demanda Meg au prix d'un effort.

Elle était bien obligée. Ils en étaient là maintenant. Un père et sa fille en train de dîner ensemble. Ils faisaient de nouveau partie du même monde.

Le visage de Colin s'éclaira.

— Super ! Elle est tellement douée pour ce qu'elle fait, tu sais. Elle est vraiment, vraiment très douée.

— Bien. C'est chouette. Et est-ce qu'elle… est-ce que vous…

Megan reprit son souffle, réfléchit à sa prochaine question.

— Est-ce que vous voulez un autre enfant ?

Colin rit.

— Oh, mon Dieu, non ! Non, non, non ! On en a parlé. Il y a très, très longtemps, et on a pris conscience tous les deux que ce serait juste, eh bien, aller trop loin.

Megan le regarda avec curiosité.

— Eh bien, pour Tia. Je veux dire… qu'est-ce que ça aurait fait à Tia ? Un frère ou une sœur qui serait aussi son oncle ou sa tante. Ou, bon Dieu, je ne sais quoi. Je n'ai jamais vraiment réussi à comprendre. Mais non. On a une grosse différence d'âge. Un fossé culturel. J'ai eu l'impression, on a *tous les deux* eu l'impression qu'il y avait déjà assez d'obstacles à enjamber. Donc, oui, Tia est ma petite-fille et Kayleigh ma compagne, et on va laisser les choses comme ça. Aussi horrible que tout le monde juge la situation.

Molly baissa les yeux vers la table et dit :

— Moi, je ne trouve pas ça affreux.

— C'est vrai ? demanda Colin avec un rire doux.

— Oui ! Je pense que, tu sais, c'est la vie, pas vrai ? Pendant toutes ces années, j'ai pensé que c'était un peu dégueu, et je veux dire, moi, personnellement, je ne voudrais pas sortir avec le grand-père de mon enfant. Mais peut-être que je vais me retrouver à faire quelque chose de pas très conventionnel non plus. Qui sait ? Et j'espère vraiment que si ça m'arrive, du moment que je ne fais de mal à personne ni rien, genre, d'illégal, que tout le monde l'acceptera, tu vois, et continuera à m'aimer quand même.

Meg et Colin échangèrent un regard. Un regard qui disait : « Mon Dieu, quel bordel nous avons fichu dans nos vies… »

Alors le téléphone de Megan émit une notification. Elle venait de recevoir un texto. Il était de Bethan.

Je suis là. Je dors chez Sophie. Dans l'ancien appartement de Vicky. Je veux aider. Je vous verrai demain à la maison.

Megan éteignit l'écran du téléphone et baissa la tête. *Très bien,* se dit-elle en prenant une profonde inspiration, *nous y voilà.*

— Beth arrive, se força-t-elle à articuler. Elle nous rejoindra à la maison demain.

— Oui ! s'écria Molly. Génial !

Meg lui sourit d'un air déterminé, et d'une petite voix sèche elle commenta :

— Hourra.

Chapitre 12

Samedi 29 janvier 2011

Jim chéri,

Je savais que tu comprendrais. Comme toujours. Et tu as raison, bien sûr. Je me comporte comme si l'avenir était immuable, gravé dans le marbre, comme si les gens ne pouvaient pas changer, comme si *je* ne pouvais pas changer. Et bien sûr que je peux, Jim. Tout le monde peut changer. Si tu voyais mon ex-mari ! Autrefois, c'était un prof d'université assez effacé, une petite souris en réalité (ou peut-être que c'était mon influence ! Argh !), et maintenant, c'est le gars cool et groovy, qui vit dans une communauté avec une jeune femme, qui travaille de ses mains, et qui est couvert de tatouages à ce qu'on raconte ! C'est comme si une autre personne avait vécu à l'intérieur de lui toutes ces années, en attendant une occasion de s'échapper. Et peut-être que j'ai une autre moi qui vit à l'intérieur de mon stupide vieux corps, une moi qui pourrait se réveiller un matin et dire : « ÇA SUFFIT ! » Une super petite Lorelei Bird qui est maniaque du ménage et d'humeur à jeter des choses. Qui pourrait envisager de passer une nuit loin de sa maison sans faire une crise d'urticaire. Et mon Dieu, Jim, si cette

petite super version de moi arrive un jour à trouver le chemin vers la surface – à supposer qu'elle existe pour commencer !! – tu seras le premier informé, c'est moi qui te le garantis ! Je prendrais le train pour Gateshead IMMÉDIATEMENT. Oh, Jim, que ne donnerais-je pas pour une nuit avec toi ? (Je suis intimement persuadée que tu es un dieu au lit !) Mais, malheureusement, la petite version de Lorelei qui te parle, c'est celle-ci, pas l'autre, celle qui est fabuleuse. Donc, oui, Jim, je ne vais pas fermer mon esprit à la possibilité de CHANGER. Et qui sait, peut-être que cette histoire d'amour va me transformer. Oui ! Peut-être bien. Peut-être que je vais révéler cette autre part de moi grâce à toi, mon beau, mon chéri.
En attendant, SOUPIR, je vais juste me languir de toi. Ça fait tellement longtemps que je n'ai pas couché avec un homme. C'est quand la dernière fois que tu as fait l'amour, Jim ? Ou plutôt, ne me réponds pas. Je ne suis pas certaine de vouloir savoir. Imagine que tu me dises que c'était la semaine dernière ! Je voudrais mourir !
Je t'aime tellement !
À toi, pour toujours,
Lorelei

Vendredi 4 février 2011

Oh, Dieu merci, Jim !

J'ai cru que je t'avais perdu ! Tu ne peux pas savoir comme je suis soulagée de trouver ton e-mail dans ma boîte de réception à l'instant. J'ai cru que tu avais fini par te lasser de moi ! Que je t'avais perdu au fin fond d'Internet pour toujours. Et ensuite je me suis dit : *Mais comment DIABLE fait-on pour retrouver une personne qu'on a perdue sur Internet ?* Je ne saurais pas du tout comment procéder ! Alors apprendre que ton silence n'avait rien à voir avec moi, que c'était seulement l'œuvre de tes méchants vieux démons. Quel soulagement…

Ça se passe comment, Jim ? Si ce n'est pas indiscret. Ça se passe comment quand tu perds le contrôle comme ça ? Quand tu te prends une cuite ? Que bois-tu ? As-tu une picole préférée ? Ou bien est-ce que tu prends tout ce qui te tombe sous la main ? Es-tu heureux quand tu es bourré ? Te sens-tu mieux ? Ou pire ? Est-ce que tu te pintes avec d'autres gens ? Fais-tu partie d'une grande bande de buveurs façon chevaliers de la Table ronde, qui chantent à tue-tête ? Ou es-tu seul ? Enfermé dans une pièce ? Ou sur le dernier tabouret tout à gauche du bar ? Est-ce que tu te bagarres, Jim ? Est-ce que tu t'attires des ennuis ? As-tu l'alcool mauvais ? Ou tranquille ?

J'éprouve le besoin de te poser ces questions, purement parce que je t'aime et parce que ça fait partie de toi. Je veux te comprendre tout entier. Si je n'ai pas de nouvelles de toi pendant une semaine, je veux pouvoir imaginer ce que tu fais. Je veux savoir à quel point je dois m'inquiéter pour toi. Combien de temps je dois m'attendre à ce que tu ne me contactes pas. Parce que si la super version de Lorelei qui réside, peut-être ou non, à l'intérieur de moi échoue à se matérialiser, alors je te demande de rester fidèle à la version actuelle. Et si la super version de Jim, celle qui suit bien le programme des « douze étapes », qui ne boit pas et ne disparaît pas, échoue à se matérialiser,

alors j'ai bien l'intention d'être fidèle à la version actuelle. Donc il faut que je la connaisse. Le meilleur et le pire. Tu vois ?
Bref, j'étais heureuse au point de danser comme une timbrée d'apprendre que tu n'avais pas fait l'amour depuis plusieurs années. Désolée si c'est égoïste de ma part, mais c'est comme ça. Si je ne peux pas t'avoir, alors personne d'autre ne peut ! Et si un jour je peux enfin toucher ton corps magnifique, je le veux PUR !!
Je n'ai aucune nouvelle à te donner, mon doux monsieur. C'est la routine. Nager, faire du shopping, surfer sur le Net. Oh ! J'oubliais de te raconter. J'ai reçu un e-mail de Rory ! Il est sorti de prison ! Il n'avait pas grand-chose à dire (d'un autre côté, c'est toujours comme ça avec lui). Juste qu'il est libre et réfléchit à la suite. Dieu merci ! Un minuscule rayon de soleil de normalité qui brille sur cette malheureuse famille !
Je t'aime je t'aime je t'aime je t'aime je t'aime je t'aime je t'aime je t'aime
L
Bisous bisous bisous

Avril 2011

Beth était assise à la table du jardin. Il était presque 9 heures du matin. Elle avait déjà une fine pellicule de sueur sur le front. Elle passa la main sur sa bouteille d'Évian fraîche, de haut en bas et de bas en haut. Sophie l'avait sortie du frigo pour elle ce matin. Sophie avait été adorable avec elle, presque maternante, bien qu'elle ait vingt ans de moins. « *Tu dois boire énormément*, avait-elle dit en regardant Bethan d'un air inquiet. Tu ne dois pas te déshydrater. Ils annoncent trente degrés aujourd'hui. »

Elle lui avait donné un sachet de raisins secs enrobés de yaourt et une banane avant de l'envoyer vaquer à ses affaires.

Dans la rue dehors, Beth entendit claquer de lourdes chaînes. Elle se leva péniblement pour regarder. C'était le camion, venu remplacer les bennes. Juste derrière le gros véhicule se trouvait un monospace, que Beth reconnaissait de son dernier séjour à Londres, en train de se garer. Elle se redressa. Elle ajusta son haut à smocks et essuya la transpiration qui luisait au-dessus de ses lèvres.

Megan claqua sa portière, verrouilla la voiture avec un bip et se tourna, découvrant alors Bethan debout devant elle.

— Oh, mon Dieu ! s'exclama-t-elle, les yeux rivés sur le ventre de sa cadette. Oh, mon Dieu ! Beth !

Beth attendit, pétrifiée sur place. Elle était, pour une raison mystérieuse, incapable de faire le petit mouvement qui la propulserait vers sa sœur. Elle se contenta de hocher la tête et de se caresser le ventre, attendant, comme toujours, que son aînée prenne l'initiative.

Megan avança vers elle, les yeux toujours fixés sur son ventre.

— Mon Dieu, Beth, tu en es à combien ?

— Trente-deux semaines.

Elle rougit. Elle ne savait pas pourquoi.

— Et ils t'ont laissée monter dans l'avion ?

— J'avais une lettre de mon médecin.

Elle vit le regard de Meg se poser sur les doigts de sa main gauche.

— Waouh, dit-elle, cette unique interjection résumant une centaine de questions. Waouh.

Elle fit la bise à Beth, effleurant la joue de sa sœur du bout des lèvres, vaguement, comme si elles se connaissaient à peine.

Beth vit Molly surgir de derrière Megan, et elle sourit.

— Bonjour, Molly ! s'écria-t-elle, ravalant un halètement d'admiration.

Sa nièce avait l'air d'un mannequin. Tout en jambes, en cheveux et en traits félins parfaits.

Molly s'avança pour la prendre dans ses bras. Puis elle posa une main sur le ventre de sa tante.

— Un cousin !

Beth voyait bien que Megan était surprise par les gestes de sa fille. Elle-même l'était également.

— Oui ! répondit-elle. Une petite fille !

— Une fille ! répéta Molly en se tournant vers sa mère. Tu as entendu ? Elle va avoir une fille !

— Merveilleux, commenta Meg, et Beth fut incapable de déceler si le mot était sincère ou moqueur.

Elles restèrent regarder les bennes être enlevées et remplacées, les piles chancelantes de cartons, de journaux, de sacs-poubelle, de lampes cassées, de vases horribles, de couettes tachées, de vieilles chaussures, de chaises défoncées et de ballons de Pilates crevés.

— Ça, c'était juste une journée ? demanda Beth.

Megan hocha la tête.

— Une journée. Et approximativement trois pour cent de l'amas.

L'amas.

Beth n'avait encore jamais entendu les possessions de sa mère décrites comme un amas. Ça avait toujours été son désordre, ses trucs, son merdier. Un amas. Cela faisait sonner le tout comme une entité unique, énorme.

— Eh bien, j'espère qu'une paire de bras supplémentaire va aider.

— Tu ne vas pas réussir à entrer, prévint Meg avec un signe vers son ventre. Je veux dire, sérieusement, moi j'arrive à peine à me faufiler.

— Oh, je suis sûre…, commença-t-elle.

— Non, protesta Megan d'un ton sévère. Vraiment. Tu n'as pas idée. Tu ne peux pas imaginer…

Beth eut un rire nerveux.

— Tu es très belle, dit-elle alors qu'elles se tournaient toutes les trois vers la maison. Tu as perdu beaucoup de poids.

— Eh bien, oui.

— Et toi, Molly, waouh ! Je n'arrive pas à m'en remettre. Je veux dire, tu étais encore une enfant la dernière fois que je t'ai vue.

Molly lui sourit.

— Je me souviens. Tu t'es évanouie.

Beth sentit un bon coup de pied à l'intérieur de son ventre, et posa instinctivement la main à cet endroit.

— Oh là, comment tu le sais ?

— Maman me l'a dit.

— Ah.

Elle se demanda ce que Megan avait raconté d'autre à Molly. Elle avait supposé que Molly saurait tout. Elle s'était attendue à un accueil courtois. Mais Molly semblait presque excitée de l'avoir ici.

— Comment tu vas l'appeler ? s'enquit Molly alors que Megan sonnait à la porte.

— Ah, dit-elle en admirant la peau satinée de sa nièce, ses joues de poupée, ses longs cils et son nez parfait. Euh, je ne sais pas vraiment. Je pensais à quelque chose d'ancien. Agnes, peut-être. Ou Maud.

— Ah, fit Molly d'un air poli.

Beth regarda à travers la vitre sale de la porte du jardin.

— Il y a quelqu'un ?

— Oui. Papa est là, répondit Meg.

— Papa ?!

— Oui, il dort ici.

Beth tressaillit. Elle n'avait pas envisagé cette possibilité.

— Il est seul ?

— Oui. Il est seul. Tout va bien, assura Meg d'un ton légèrement tendu. Il n'y a rien de grave.

Beth hocha la tête et regarda à nouveau par la vitre, examinant la cuisine.

— Vous êtes sûres qu'il est là ? insista-t-elle alors que les secondes s'égrenaient.

— Oui, répliqua Meg, toujours de ce ton un peu impatienté. C'est juste que c'est tout un périple, de descendre depuis l'étage.

— Tu verras quand on va entrer, compléta Molly.

La porte finit par s'ouvrir, et Beth vit son père apparaître, dans un tee-shirt miteux et un short. Son corps âgé et dégingandé était couvert de tatouages, et elle dut réprimer un mouvement de dégoût. *Oublie ça*, se rappela-t-elle à elle-même. *Oublie ça, maintenant.* Alors elle inspira et se laissa prendre dans les bras.

— Beth ! haleta-t-il avec bonheur.

— Bonjour, papa.

— Et c'est qui, *ça* ? demanda-t-il en posant les mains sur son ventre.

Elle sourit en se regardant.

— C'est ton prochain petit-enfant.

— Ta prochaine petite-fille, corrigea Molly.

Colin regarda tour à tour Beth et Meg, puis ses yeux s'emplirent de larmes, et il se mit à pleurer.

— Tous mes vœux sont comblés, souffla-t-il.

Beth songea à la dernière fois qu'ils s'étaient trouvés ainsi tous les trois ensemble. Elle songea à la douleur, à la méchanceté et à la colère qui avaient dicté ses actions ce jour-là. Elle s'était montrée si fragile et furieuse. À présent, elle se sentait en paix. Elle se sentait forte. Elle et son ventre distendu. Elle et la petite fille qui l'avait enfin rendue normale.

— Espèce de vieil idiot, dit Meg à Colin, qui sourit.

— Entrez, dit-il avec un geste théâtral derrière lui. Entrez dans mon humble demeure.

Au départ, Beth n'y comprit rien. C'était la cuisine, sans l'ombre d'un doute. Mais elle semblait soudain s'arrêter, après un quart de sa surface. Il y avait un mur de choses, avec un petit passage. Et rien d'autre. Elle se tourna vers sa sœur.

— Est-ce que… ?

Meg acquiesça.

— Oui. C'est le seul accès vers le reste de la maison. Hier matin, ça arrivait jusqu'ici, expliqua-t-elle en montrant la porte. Tu vois, maintenant ? Tu vois que tu ne vas pas pouvoir entrer ?

Beth hocha la tête, abasourdie.

— Du coup, je pense qu'on va devoir te mettre de corvée de tri. On te passe le bazar dehors. Et tu le tries.

Nouveau hochement de tête.

— Mais, Beth, écoute. On n'a que quelques jours. Il va falloir que tu sois sans pitié. Tu comprends ? Vraiment sans pitié. On ne peut pas se permettre d'être sentimentaux. Sauf si c'est important, si c'est des documents officiels, des photos, ou si ça vaut de l'argent, sinon ça part à la benne. D'accord ?

Beth hocha encore la tête. Et puis elle dit :

— Mais, et… ?

Meg lui lança un regard terrifiant. Elle recula.

— Rien, bredouilla-t-elle avec un air faussement apeuré. Je comprends.

— Parfait.

Ils partagèrent des cafés et des croissants dans le jardin. Ils discutèrent de la possible présence d'excréments d'animaux et décidèrent que Beth devait porter des gants en latex (il y avait, évidemment, une boîte neuve de ces trucs parmi l'amas). Ils parlèrent de l'horreur des découvertes du légiste, et des plans pour les obsèques. Ils parlèrent de Lorelei, de son ordinateur et du mystérieux Jim. Le soleil brillait. Des abeilles voletaient autour du buisson de millepertuis. Un papillon bleu se posa un instant sur la manche du sweat à capuche de Molly, leur arrachant à tous des cris de joie. C'était un matin de printemps agréable, et Beth avait du mal à croire qu'elle était là. Avec sa sœur et son père. Elle avait pensé ne jamais les revoir. Elle avait projeté de ne jamais les revoir. Et, à présent, ils étaient là.

Mais ils n'avaient pas abordé les sujets délicats. Ils n'avaient pas parlé de Bill. Ni du père de l'enfant de Beth. Et, pendant tout ce temps, la maison de Lorelei se dressait derrière eux, avec ses épaisses couches et croûtes et murailles de journaux compactés, et attendait, patiemment, comme une menace, qu'ils viennent déboucher ses artères et révéler ses secrets enfouis.

Megan se sentait physiquement bouillonner de questions, qui étaient comme des pop-corn oubliés sous des coussins, qui éclatent quand on s'assied dessus. Elle avait à peine reconnu sa sœur debout devant la maison. Elle semblait si massive. Si pleine de substance. Ses cheveux noirs, qui étaient ternes et secs la dernière fois qu'elle l'avait vue, étaient désormais luisants et chatoyants de diverses teintes. Elle avait la peau pulpeuse et douce, comme si elle n'avait que la moitié de son âge. Megan avait du mal à croire que Beth ait trente-huit ans. Presque une quadragénaire. Plus une enfant. Plus la petite créature faible et épuisée qui s'était évanouie sur son canapé si longtemps auparavant. Et ce ventre ! Si énorme, si fier. Si plein d'un bébé, une merveille, et digne d'admiration. Mais d'où diable était-il venu ? Malgré son éblouissante beauté, ses gros seins et le fait qu'elle avait couché avec son mari, Beth avait toujours semblé étrangement asexuée à Meg. Comme leur père. Tous les deux. Les outsiders.

Elle n'avait jamais auparavant envisagé la possibilité que Beth ait un bébé. Parce que Beth avait toujours été elle-même un bébé. Elle serait toujours la petite poupée obéissante dans son imperméable rose à pois. Même Bill avait dit qu'elle n'était pas sexy. Pas ainsi.

Et maintenant elle était là, admirablement, ostensiblement féconde. Et sexy par-dessus le marché.

« Où étais-tu ? » aurait-elle voulu hurler. « De qui est ce bébé ? » « Qu'est-ce qui t'a permis de penser que tu étais prête à devenir mère ? » « Pourquoi m'as-tu abandonnée si longtemps ? » « Qu'as-tu fait durant tout ce temps, putain ? » « Qui es-tu ? »

Elle vit Bethan regarder l'alliance sur sa main gauche. Elle la retira discrètement. Bethan avait de toute évidence elle aussi des questions à poser, mais pas maintenant, songea-t-elle, pas tout de suite. Ça pouvait attendre. Pour l'instant, elles avaient un amas à gérer.

Colin quitta la maison pendant une heure et revint avec quatre grosses boîtes de rangement.

— Une pour chacun d'entre nous. Pour les choses qu'on veut garder, pour nous.

Megan les considéra avec suspicion. L'idée que le moindre élément tiré de cette monstruosité pourrissante qu'était la maison arrive dans son temple de la propreté la rendait nauséeuse. Mais, au fil de la journée, elle se surprit à glisser de temps à autre un objet dans la caisse : un ensemble de quatre bols à céréales pastel nacré, une louche Art nouveau avec des roses sur la poignée, quatre paquets neufs de serviettes en papier rouges toutes simples (parfaites pour les grands dîners), un vase épuré en verre turquoise, une pelle à tarte au manche d'ivoire sculpté. Beth aussi trouva des affaires à conserver : une paire de vases en mosaïque, un ensemble de couteaux à poisson dans une ménagère garnie de velours, des serviettes bordées de dentelle, des couches premier âge, un paquet de grenouillères roses jamais portées, des langes et un carton de biberons tout neufs. Molly mit de côté des bijoux bon marché, des lunettes de soleil rétro, des bougies, des collants opaques, des paquets d'élastiques à cheveux de toutes les couleurs, et un tableau dans un cadre, représentant un chaton, dont elle déclara qu'il était « si affreux qu'il devenait beau ». Ils remplirent à nouveau les deux bennes, principalement avec des journaux et des meubles cassés, de la nourriture périmée, des choses qui puaient et des choses dépourvues d'utilité.

Entre deux, ils buvaient de l'eau fraîche dans le jardin et s'allongeaient au soleil. Comme tout défi dans la vie, une fois que l'esprit se concentrait sur la tâche, il n'était plus question que de s'y adonner, un centimètre à la fois, un pas après l'autre. Ils essayaient de ne pas s'attarder sur l'ampleur du projet, de ne pas avoir de vision globale – juste chaque carton, chaque sac, chaque tiroir, chaque placard. Et de cette façon, ce qu'ils étaient en train d'accomplir ici, cela commença à sembler presque normal.

Alors que les ombres s'allongeaient sur la pelouse négligée (Colin se réservait le plaisir de tondre le gazon en bandes parallèles comme récompense pour quand la maison serait débarrassée), Meg dit à Molly qu'elle revenait bientôt, et elle emporta des Coca frais et un sachet de Maltesers jusqu'au fond du jardin, où elle avait vu Beth se diriger quelques minutes plus tôt. Celle-ci était allongée dans le hamac en corde vert, drapée de lumière dorée, ses pieds nus croisés au niveau des chevilles, les mains posées ensemble sur son ventre.

— Le hamac est toujours là, dit Megan.

Beth hocha la tête et sourit. Elle replia les jambes pour faire de la place à son aînée.

— Je sais, c'est difficile à croire. Et toujours en bon état.

Meg s'assit avec précaution, persuadée que la chose allait se déchirer sous leurs poids combinés, et se sentant agréablement surprise par la conscience d'être la plus légère des deux sœurs sur le hamac, la plus petite personne.

Elle tendit un Coca à Beth.

— Tiens. À moins que tu nous fasses une de ces grossesses hyper strictes, du genre « Mon corps est le temple de mon futur enfant » ?

— Non ! protesta Beth en arrachant la cannette à Meg avant de l'ouvrir. Jamais de la vie. Merci.

Elle prit une gorgée. Puis elle déclara :

— Désolée. J'avais besoin d'une pause.

— Je ne suis pas venue t'engueuler. Je crois qu'on a à peu près fini pour aujourd'hui, de toute façon. Tu as super bien travaillé. Compte tenu de ton état.

Beth sourit et se caressa le ventre.

— Ta grossesse se passe bien ?

— Oui. Jusqu'ici, aucun problème.

Il y eut une brève pause. Ce qui n'était pas très étonnant, car un univers entier les attendait de l'autre côté de ce silence.

Megan ouvrit le paquet de Maltesers et le tendit à Beth. Dans un autre monde, elles seraient comme les filles dans les pubs, trouvant d'adorables et puériles façons de se faire rire l'une l'autre avec un sachet de friandises. Dans celui-ci, elles étaient sur le point de se montrer très sérieuses, au contraire.

Megan commença, parce que c'était toujours elle.

— Alors, tu vas accoucher où ? Tu restes ici ?

— Oui. C'est le bon moment.

Beth rougit en prenant conscience de ce qu'elle venait de dire.

— Oh, mon Dieu, évidemment que non, ce n'est pas le bon moment. Mais ça faisait des semaines que j'hésitais sur l'endroit où j'allais accoucher. Et là j'ai reçu ton e-mail à propos de maman. Et c'est ça qui m'a décidée.

Megan hocha la tête et lâcha la suivante des grandes questions.

— Et le père ?

Beth haussa les épaules, tripota l'anneau d'ouverture de la boisson.

— Bonne question.

— Je veux dire, il va te rejoindre ici pour l'accouchement ? Il est australien ? Ou… ?

— Je ne sais pas, avoua Beth, baissant un regard sombre vers ses genoux. Je ne sais pas qui est le père.

Megan hocha la tête, différents scénarios se bousculaient dans son esprit.

Beth soupira et leva les yeux vers l'arrière de la maison.

— C'est peut-être… Euh… Je suis passée par une sorte de phase. Je ne me souviens plus très bien, maintenant.

C'était après ma thérapie. J'ai fait toute une analyse. Après… tu sais, l'enterrement de Vicky, et ce n'était pas seulement ça, ce qui s'est passé ce jour-là. C'était tout le reste. Les crises d'angoisse, les trous noirs. C'était Jason et Richard, et toi et Rhys et maman…

— Moi ? coupa Megan.

— Ben, oui, je veux dire, ma relation avec toi. Avec *tout le monde*. Pas seulement toi. Mais tu en faisais partie. Et on a parlé de tellement de choses, enfin, des choses dont je ne m'étais pas souvenue, auxquelles je n'avais pas pensé depuis une éternité. Comme, par exemple, on a identifié la raison pour laquelle je ne buvais jamais d'alcool : c'était à cause de l'odeur, ce jour-là, quand on a trouvé Rhys, avec maman et Vicky, leur haleine, le vin rouge. L'odeur était si forte sur elles, si rance. Et Vicky avait les dents tachées de tannin, et j'ai de toute évidence fait cette association, inconsciemment, entre l'alcool et la tragédie.

Elle regarda Meg, puis baissa les yeux et secoua la tête.

— Et j'ai commencé à aller de mieux en mieux, les crises d'angoisse ont disparu, et je me sentais forte, et excitée, et je pensais à rentrer à la maison, et je pensais à toi, et Bill, et aux enfants, et à maman, et…

Elle se tut de nouveau.

— Je suis tombée dans l'excès inverse. Je me suis mise à boire.

— À boire ?

— Oui, je sais. Et à coucher avec tout un tas de mecs. Des dizaines de mecs. Des coups d'un soir, la plupart. Je ne sais pas pourquoi. Sincèrement. Je veux dire, je n'ai jamais été tellement intéressée, vraiment, par les hommes, le sexe. Seigneur, je sais que ça te paraît certainement bizarre…

Elle finit par regarder Megan. Elle avait les yeux emplis de honte.

— Eh bien, non. Non. Bill m'a dit que tu n'étais pas tellement branchée, tu sais…

— Beurk.

Beth frissonna et passa les bras autour de ses genoux.

— Mon Dieu. Désolée. Je veux dire, *merde.* Pardon ! Meg ! Je ne peux même pas…

— C'est bon.

— Non ! rétorqua Beth. Non ! Bien sûr que non, ce n'est pas bon. C'est affreux. C'est mal. C'est choquant. C'est la pire chose que j'ai faite de toute mon imbécile de vie ! Et je ne le comprends pas ! Vraiment, vraiment pas. Je veux dire…

Elle regarda de nouveau Megan.

— …Tu es ma sœur. Ma *sœur* !

— Mais honnêtement, Beth…

La voix de Meg était douce, apaisante. Elle avait parcouru tant de chemin depuis ce jour à l'enterrement. Elle avait traversé les longues nuits où elle aurait pu tuer Beth de ses propres mains. Où elle aurait pu jeter Beth et Bill d'un avion et se délecter de les regarder être aspirés vers la mort. Elle avait traversé la fureur et l'humiliation, le choc et la douleur. Et maintenant elle était là. Dans cet état fade. Et elle ne voulait pas que sa sœur la ramène à la souffrance d'avant.

— Honnêtement. C'est du passé. On était tous différents à l'époque. J'étais différente, Bill aussi. Et maintenant on est encore différents.

— Oui, mais ça n'excuse pas ce que j'ai fait. Rien ne pourrait l'excuser. Pas toi, pas le temps qui s'est écoulé, rien. C'est là, dit-elle une main crispée sur le cœur, enfoui là-dedans. Tout le temps. Où que j'aille. Et ça me fait mal.

Meg hocha la tête et toucha le genou de Beth.

— Ça m'a fait mal aussi. Ça m'a blessée comme rien d'autre ne m'avait jamais atteinte dans ma vie. Mais regarde-nous maintenant. Tu vas avoir un bébé. Bill et moi, on est heureux.

— C'est vrai ? renifla Beth en regardant Megan d'un air misérable. Sérieusement ?

— Oui. C'est vrai.

— Mais je ne comprends pas comment vous pourriez être heureux.

— Parce qu'on l'a voulu, répondit Megan simplement.

Beth cilla.

— Vous vous êtes mariés, dit-elle après avoir repris son souffle.

Megan regarda sa bague qu'elle avait repassée à son doigt.

— Oui. L'an dernier. Enfin. Même si on s'est fiancés un an jour pour jour après que je l'ai laissé revenir à la maison.

— Tu l'as mis à la porte combien de temps ?

Megan soupira. Elle n'avait pas envie de parler de ça. Elle avait rangé toute l'histoire dans une boîte et appréhendait de la déballer de nouveau.

— Quelques semaines. C'était horrible. Il voulait que je comprenne. Je ne voulais pas comprendre.

— Il a toujours été fou de toi.

— Oui, convint Megan avec un froncement de sourcils.

— J'étais seulement…

— Je sais ce que tu étais. Il me l'a dit. Il m'a dit…

Beth la regarda d'un air suppliant. Elle voulait l'entendre. Elle ne voulait pas l'entendre. Ça lui ferait mal. Ça l'aiderait. Meg soupira.

— Il m'a dit que tu étais l'autre facette de moi. La facette à laquelle je ne voulais pas le laisser accéder.

Beth tressaillit.

— Je sais, finit-elle par dire après un moment. Je savais. C'était évident. Je savais qu'il n'avait jamais, jamais été question de moi. C'était de toi qu'il s'agissait. Toute l'histoire tournait autour de toi.

— C'est ce que ton thérapeute t'a raconté ? demanda Megan avec un sourire lugubre.

Beth laissa échapper un petit rire et baissa la tête, le menton sur la poitrine.

— En quelque sorte, je suppose. Il a dit beaucoup de choses. Des tonnes et des tonnes de choses. Tu en faisais partie, bien sûr. Mais, merde, je veux dire, il y avait tellement d'autres trucs. À propos de maman, et de Rhys. Je crois…

Megan regardait sa sœur chercher ses mots. Elle tirait des petits fils du hamac, sa cannette de Coca nichée dans le triangle entre ses jambes croisées.

— Je crois, essaya Beth de nouveau, qu'il s'est produit un incident le soir qui a précédé son suicide. Et je crois que j'en ai peut-être été témoin. Ou que j'y ai pris part.

Megan se redressa à ces mots inattendus.

— Quoi ?

— Je ne sais pas. C'est juste cette sensation, que j'ai toujours eue. Comme si c'était ma faute. Comme s'il s'était passé quelque chose, et que j'étais responsable. Et j'ai refoulé tout ça. Je faisais des rêves, autrefois…

Megan la regardait d'un air encourageant.

— Des rêves horribles. À propos de nous tous. Un peu… *sexuels*.

Elle frissonna.

— Eh ben, c'est plutôt normal, non ?

— Eh ben, oui. Et non. Parce que je n'étais jamais dans ces rêves. C'était juste vous. Je vous regardais.

Elle frissonna de nouveau.

— Et Rhys. Il y avait toujours Rhys. Mon thérapeute et moi, on n'a jamais réussi à aller au fond. Mais il pense que c'est lié. Avec ce soir-là.

Megan secoua la tête légèrement, essayant de réorganiser ses pensées en un motif reconnaissable.

— Qu'est-ce qu'on a fait, ce soir-là ? Je n'arrive même pas à me souvenir.

— Moi non plus. Pas en détail.

— Je me rappelle que j'ai dû dormir sur un matelas dans ta chambre, dit Meg. Parce que maman avait foutu plein de bazar dans la mienne. Je me souviens qu'on était allongées là dans le noir, à parler du fait que tu viennes vivre à Londres.

Beth sourit tristement à ce souvenir.

— C'était avant ça. En début de soirée. Il faisait encore jour.

Elle poussa un gros soupir et se caressa le ventre.

— Tout le monde était en bas, et jouait au Monopoly, ou au Trivial Pursuit, je ne sais plus. Quelque chose de bruyant, en tout cas. Je suis montée pour une raison ou une autre, je ne me souviens pas laquelle, et j'ai vu maman sortir de la chambre de Rhys. Et elle avait l'air… je ne peux pas vraiment expliquer, mais elle avait l'air paniquée. Complètement, totalement paniquée. Je l'ai regardée, elle m'a regardée, et je lui ai dit : « Est-ce que ça va ? » et elle a fait oui de la tête, mais je voyais bien que ça n'allait pas. Et je savais qu'un truc horrible s'était produit, et j'avais l'impression que c'était quelque chose de…

Elle se tut. Un silence lourd de sens s'étira. Elle sourit.

— Ah, je ne sais pas. Et je crois que je ne saurai jamais. Et peut-être que je me fais des films, de toute façon. Tu sais, peut-être que j'avais tellement besoin qu'il y ait une raison à son geste que j'en ai inventé une.

Elle haussa les épaules.

Megan sourit à sa cadette. Elle lui tapota le genou avant de répondre.

— Le plus difficile, c'est d'accepter que certains événements se produisent sans qu'il y ait la moindre raison.

— Je ne suis pas certaine d'arriver un jour à accepter ça…

Soudain son visage s'éclaira, et elle se redressa.

— Aïe, dit-elle, elle me donne des coups. Ouh là, vraiment fort !

— Je peux toucher ?

Beth acquiesça, et Meg posa une main sur le ventre dur et contracté. Et c'était là. *Boum* contre la paume de sa main. Encore *boum*. Le pied ou le poing de sa future nièce. Elle regarda Beth, sa petite sœur, l'un des plus grands amours de sa vie :

— Tu m'as manqué.

Beth lui prit la main et sourit.

— Je suis de retour.

— Tu vas faire ça toute seule, alors ?

— Ce sera juste elle et moi, acquiesça Beth avant de lever les yeux vers Megan. Et toi, si tu veux bien ? demanda-t-elle d'une voix hésitante.

Megan lui pressa la main.

— Bien sûr. Évidemment.

Chapitre 13

Samedi 5 février 2011

Merci, Jim, pour ton honnêteté.

C'était terriblement indiscret de ma part, mais comme toujours, tu m'as répondu. Tu es la seule personne, Jim, de toute ma vie, qui sache me comprendre. C'est merveilleux ! C'était fascinant pour moi d'entendre avec tes mots comment tu te sens quand tu prends une cuite. Même si ça m'a aussi rendue plus triste que je ne saurais l'exprimer, bien sûr. J'aurais voulu me précipiter dans le premier train pour te regarder dans les yeux, te tenir les mains et te dire que j'avais la clé pour t'aider à arrêter. Mais je ne l'ai pas, malheureusement. Je sais aussi bien que toi que seule la personne concernée a la clé pour se changer elle-même. Elle est enfouie au plus profond de chacun d'entre nous et, bien qu'une personne extérieure puisse nous aider à la trouver, nous sommes les seuls à pouvoir l'utiliser. Et là, bien sûr, réside la pathétique ironie : pour venir te voir et t'aider à trouver ta clé, il faudrait d'abord que je trouve la mienne. C'est une pelote de fils bien emmêlés… C'est impossible, Jim, réellement.

Et merci, aussi, d'avoir partagé avec moi les événements qui te sont arrivés dans ta jeunesse. Pauvre, pauvre garçon… Peut-on s'étonner, vraiment, que certains d'entre nous ne réussissent pas à supporter la vie d'adulte quand les grandes personnes nous ont traités comme elles l'ont fait. Si un parent n'est pas capable d'une chose aussi simple que prendre soin d'un enfant… eh bien, c'est un cercle infini. Je suis certaine que ta mère avait sa propre histoire, ses propres mauvaises expériences, et ainsi de suite. Tu voulais connaître la tache de mon enfance. Je vois bien ce que tu essaies de faire, Jim, tu essaies de me soigner, n'est-ce pas ?! Une thérapie à distance afin qu'un jour peut-être j'aille assez bien pour venir te voir. Et, mon Dieu, que j'aimerais te rencontrer enfin, alors je vais m'offrir à toi : analyse-moi !

Ma mère a été violée. Par un ami de la famille. Je n'en ai rien su à l'époque, mais ma sœur me l'a dit quand j'avais seize ans environ. Il s'avère que c'est le même homme qui avait tenté de me fourrer sa langue dans la bouche jusqu'à la gorge la semaine avant qu'elle m'en parle. J'avais ri de la chose, un vieux dégoûtant, tu vois. Mais ensuite, découvrir que le même pervers avait infligé ça à ma mère ! Et non, on n'en a jamais parlé. J'ai toujours voulu. Toujours eu l'intention de le faire. Chaque fois que je me retrouvais seule avec ma mère, j'ouvrais la bouche pour poser des questions, mais les mots ne venaient pas, j'étais terrifiée à l'idée de rouvrir une plaie qui avait cicatrisé. Et ensuite elle est morte. Et après, mon père est mort. Et c'est tout. Celui qui a violé ma mère est venu à l'enterrement. Je lui ai donné un coup de poing. Tu peux le croire ? Moi ! Lorelei Bird ! J'ai frappé un homme d'un mètre quatre-vingts, en plein dans la mâchoire, je me suis fait plus mal à moi qu'à lui, je parie. Mais ça m'a libérée. Je crois que ça m'a transformée à jamais, ce coup de poing. Mais oui, c'était là, pendant toute mon enfance, d'abord la fille mort-née, puis le viol et le poids du silence et du secret. L'atmosphère, toujours présente comme un brouillard sinistre. Le ressentiment (mon père a clairement toujours pensé que c'était la faute de ma mère, qu'elle *l'avait cherché* d'une certaine façon. Il s'adressait à elle comme s'il la HAÏSSAIT) et le recentrement sur SOI qu'une telle blessure psychologique peut induire. Ma mère se regardait toujours le nombril, au détriment de ses filles. Affreux, affreux. Alors j'ai sauté sur le premier homme pas trop cabossé qui a croisé ma route et je l'ai incité à me remplir de bébés pour que je puisse élever mes enfants à ma façon. Et devine quoi, ma façon à moi a aussi été pleine de secrets et de silence ! Un silence différent. Des secrets différents. Mais quand même, c'est bien là. Les « Choses dont on ne peut pas parler ». Et je vois bien maintenant comment ça a tout empoisonné. C'est tellement, tellement dommage…

Mais bon, avec un peu de chance, le pourrissement s'arrêtera à Megan. C'est une super maman et une super épouse. Vraiment. Je sais que je me plains beaucoup d'elle et de son obsession pour l'ordre et la propreté. Mais, en réalité, elle s'en sort à merveille. Elle est tellement en paix, et je n'ai aucune idée du comment ni du pourquoi. Ses enfants l'adorent et ils s'adorent mutuellement. Quant à son mari (si elle peut lui pardonner, alors moi aussi), il la vénère comme

une déesse. Donc oui, avec un peu de chance, elle est là. La fin du cycle. Pour eux, du moins.
Alors voilà, mon splendide Jim. Un autre morceau de MOI à disséquer. Peux-tu me guérir ? Peux-tu ? S'il te plaît ? Je rêve de ta boucle de ceinture, Jim, je rêve de l'ouvrir…
Un million de bisous

Lundi 14 février 2011

Joyeuse Saint-Valentin, Jim chéri ! Non que je sois fan de cette fête, en réalité. J'ai toujours pensé que chaque jour devait être une Saint-Valentin. Bon, POTENTIELLEMENT une Saint-Valentin, si tu vois ce que je veux dire. Tu sais, pourquoi attendre une certaine date si tu as envie d'offrir des fleurs maintenant ?
Quel manque d'imagination, vraiment, d'acheter des roses hors de prix le même jour que tout le monde. Tu sais, tu vois une femme rentrer chez elle avec un bouquet de fleurs, tu te dis : « Waouh, elle a quelqu'un qui l'aime ! » Tu vois la même femme avec le même bouquet le jour de la Saint-Valentin et tu as juste l'impression que quelqu'un s'est senti obligé.
Mais bref, c'est juste mon avis. Bonne chance au reste du monde ! Et par égard pour ma propre vision des choses, je déclare cet e-mail « zone sans romantisme gnangnan » !
Alors, à la place, je vais te régaler avec une histoire peu ragoûtante : j'ai passé les dernières vingt-quatre heures sur les toilettes. Désolée. Tu préférerais sans doute ne pas le savoir. Mais voilà. C'est probablement un truc que j'ai mangé. Ou peut-être un microbe que

j'ai attrapé à la piscine. Dans un cas comme dans l'autre, BEURK. Horrible. Et c'est dans des moments comme celui-là que ça me manque de vivre avec un autre humain. Est-ce que tu ressens cela aussi, Jim ? Il y a tant d'avantages à vivre seul, jusqu'au moment où tu te tapes une courante. C'est là que tu voudrais avoir quelqu'un avec toi pour lui dire : « Pauvre de moi, n'est-ce pas que je suis très à plaindre ? » Et avoir quelqu'un qui te frotte le dos et te dise : « Oui, OUI, tu es très, très à plaindre. » Et qui te fasse boire des liquides et t'apportes des remèdes pour t'aider. Mais, bon… J'assume mes choix. J'ai tracé mon chemin, etc.

Pas un mot de Rory depuis son dernier e-mail. J'ai écrit plusieurs fois, mais il n'a toujours pas de véritable adresse électronique ouverte. Alors je suppose que je vais juste devoir faire preuve de patience. J'ai parlé à Meg pendant le week-end. Ils ont l'intention d'aller au ski pendant les vacances de Pâques apparemment. Au ski. Beurk. Je ne vois pas ce qu'on peut imaginer de pire. Dieu te donne une paire de pieds en parfait état de marche, et toi tu vas t'attacher des grandes tiges en métal dessous et tu dégringoles le flanc d'une montagne. Non, MERCI ! Et ça coûte une fortune. J'essaie de ne pas trop me mettre en colère quand je pense à ces milliers de livres dépensés pour une quinzaine de jours… Ça me durerait une année, sans doute. Mais Meg ne veut pas me prêter d'argent. Elle dit qu'elle aimerait bien, mais qu'elle est persuadée que je vais tout dépenser en camelote. Et elle a certainement raison. Oh, bon Dieu. Ce que je peux être chiante !

Bien, sur ces bonnes paroles, je te laisse. J'espère sincèrement que tu n'es pas dehors ce soir à une table pour deux avec une charmante jeune femme qui serre fort un bouquet. Ah, cette idée suffit à me faire bouillir et bouillonner le sang ! Et, bon, ne t'inquiète pas, moi je suis ici (à proximité des toilettes !!), mes pensées auprès de toi, mon cœur auprès de toi, tout mon être auprès de toi, ce soir et tous les autres soirs.
Mon amour,
Bisous bisous bisous

Mardi 15 février 2011

Beurk, je ne vais TOUJOURS pas mieux, Jim chéri. Ça fait quarante-huit heures que je suis collée sur les toilettes. Je me sens très affaiblie. Je me force à manger (bien que je n'aie ABSOLUMENT pas d'appétit), mais ça ressort à l'autre bout juste après. Je crois, si c'est encore comme ça à la même heure demain, que je vais devoir prendre rendez-vous pour voir ma généraliste. Beurk. Je déteste ma généraliste. Une grosse dame qui parle fort, avec des doigts comme des saucisses. Elle est très paternaliste. Elle m'appelle « ma petite dame ». Comme si j'étais une personne âgée. Pour l'amour du ciel ! Je ne la supporte pas. Et l'idée qu'elle vienne promener ces grosses paluches à proximité de mon derrière… Ah, Seigneur, Jim ! Je crois que ça me ferait vomir ! Alors croise les doigts pour moi, pour que tout ça s'arrange très vite et que cette humiliation me soit épargnée.
Mais j'ai une annonce à te faire. Jim, j'ai décidé d'effectuer un travail sur moi pour sortir de la maison.

Je veux dire, pour de vrai, pour pouvoir passer la nuit avec toi !!! Je crois vraiment que ça m'aide, tu sais, toutes ces discussions, toutes ces analyses. Je le crois sincèrement. Je parlais à Madeleine hier, c'est l'aînée de Vicky, elle a vingt ans. Une fille adorable. On a eu un moment compliqué quand elle vivait ici (c'était ma faute, entièrement et totalement ma faute), mais on a noué une sorte d'amitié à présent. Elle vit avec son petit ami juste en dehors de Cheltenham, et je lui parlais de toi, de nos conversations, de tes problèmes et des miens, et elle a dit que je devrais essayer de dormir une nuit chez elle. Bientôt. Tu sais, elle n'est qu'à trois quarts d'heure de route. Si jamais c'est une catastrophe épouvantable, je peux toujours rentrer à la maison. Clairement, je te présente ça comme si c'était très simple alors que si tu avais été là, tu m'aurais vue trembler comme une feuille, dans un café, pas très loin d'avoir une crise d'angoisse à la seule idée de faire ça. J'ai dû sortir pour respirer ! Quelle CONNE !
Mais tout de même, c'est un début, c'est un point sur lequel je peux me concentrer. J'espère que ça te rend heureux, Jim. J'ai tellement envie que tu sois heureux. Mais, en attendant, on doit continuer à parler, on doit garder vivante cette incroyable connexion que nous avons formée ensemble, et qui transforme nos vies. C'est en train de devenir mon oxygène, Jim, pour de vrai. J'en ai de plus en plus besoin, chaque jour. Tu me rends plus forte. Je t'aime tellement, je n'avais jamais aimé autant jusqu'à maintenant.
Oh, ça recommence, les toilettes m'appellent.
À tantôt, mon bel homme à moi, bisous bisous bisous

Le lendemain matin, ils s'installèrent tous les quatre dans le monospace de Megan et se dirigèrent vers le salon funéraire où le corps de Lorelei avait été envoyé depuis les locaux du coroner. Megan avait reçu un appel la veille au soir, pendant qu'ils mangeaient au pub dans le village voisin (les retrouvailles gênantes et les regards curieux devenaient trop nombreux au pub local).

— Votre mère est prête, avait dit un jeune homme empressé du nom de Samuel Moss. On l'a rendue très jolie. Je pense que vous serez contente.

Megan n'arrivait pas du tout à imaginer. Elle n'avait encore jamais vu de corps préparé pour un enterrement.

— Merci beaucoup, avait-elle répondu. Nous viendrons demain matin.

Ils l'avaient étendue sur un lit dans une minuscule pièce au fond du salon. Elle était entourée de fleurs en soie, et prise en charge par le dénommé Samuel Moss qui portait un costume, ses cheveux fins gominés comme un retraité, et si théâtralement obséquieux qu'on se serait cru dans un sketch.

— Je vais vous laisser afin que vous puissiez chérir ce temps avec Lorelei. Si je puis me permettre de l'appeler ainsi ?

Megan et Beth se tournèrent l'une vers l'autre et échangèrent un regard douloureux, les joues rentrées dans un effort pour ne pas rire.

— Oui, je vous en prie, réussit à souffler Meg. Merci.

L'envie de rire se dissipa lorsque le garçon quitta la pièce et qu'elles s'approchèrent du corps de leur mère.

— Elle est tellement *maigre* ! s'écria Beth dans un chuchotement très fort.

— Quarante-deux kilos, répondit Megan.

— Seigneur…

— Mais elle est mignonne, tu ne trouves pas ?

Beth posa une main sur celle de Lorelei et hocha la tête.

— Si petite…

— Comme une enfant, compléta Colin en lui posant une main sur la joue.

— Mais c'est quoi cette horreur qu'ils lui ont mise ? demanda Bethan.

— Dieu seul le sait.

Megan se tourna pour vérifier que Samuel n'écoutait pas à la porte.

— C'est repoussant. On dirait une robe de mémé ! constata-t-elle.

C'était une robe bleu pâle, sans aucune des couleurs chères au cœur de Lorelei. Elle pendait autour de sa taille si fine qu'on aurait pu l'entourer de ses mains, et descendait juste trois centimètres trop bas sous ses genoux. Elle avait une rangée de trois boutons sur une double patte sur l'avant, et des manches longues.

— On aurait dû lui apporter quelque chose, dit Bethan.

Megan soupira.

— Ils m'ont demandé. J'ai essayé de trouver quelque chose, mais honnêtement, aussi ridicule que ça puisse paraître, je n'arrivais pas à dénicher un seul de ses beaux vêtements. Je n'ai aucune idée de l'endroit où elle les rangeait. Il va falloir qu'on lui achète une tenue, décréta-t-elle d'un ton décidé. Dans cette boutique. On va lui acheter un vêtement coloré. On le leur apportera plus tard.

— Oh, protesta Colin, c'est jeter de l'argent par les fenêtres. Elle ne va pas…

— Non, coupa Beth. Meg a raison. On va lui acheter quelque chose de joli.

Colin hocha la tête et sourit, content d'être en minorité.

— Elle est belle, dit Molly.

Megan sourit et passa un bras autour des épaules de sa fille.

— C'est vrai, n'est-ce pas ?

Elle ne voulait pas avouer qu'elle pensait que sa mère avait l'air d'une sorcière ratatinée, ses rares cheveux ramenés en une longue tresse grise, la peau couleur de ciment. Elle devait se rappeler ce à quoi sa mère avait dû ressembler avant qu'ils exercent leur magie sur elle, cette femme qui s'était laissée mourir de faim et avait été retrouvée morte dans sa voiture au bord de la route, les entrailles rongées par la maladie.

Il fallait se réjouir des petites choses.

Ils restèrent encore une demi-heure dans la pièce avec Lorelei. Personne ne pleura. Pas même Bethan, avec son corps saturé d'hormones. Mais c'était doux et tendre, malgré cela. Les trois femmes laissèrent Colin discuter de l'organisation des obsèques avec le directeur des pompes funèbres, et partirent en voiture au village. Elles se garèrent devant une drôle de boutique qui était là depuis toujours. Leur mère les y amenait quand elles étaient jeunes, les laissait rôder dans la jungle de présentoirs pendant qu'elle essayait des robes aux couleurs vives et que Grace, une femme doucereuse, disait des futilités comme : « *Oh,* Lorrie, c'est celle-ci qu'il vous faut, elle met vraiment en valeur votre incroyable silhouette. Il n'y a pas beaucoup de monde par ici qui pourrait porter quelque chose comme ça. Mais vous, un rien vous habille ! »

La boutique avait changé au fil des ans, et Grace, avec sa houppette de cheveux gris et ses bijoux volumineux ornés de pierres fantaisie, n'était nulle part en vue, remplacée par une belle jeune fille qui semblait s'ennuyer, perchée sur un tabouret derrière la caisse. Elle avait l'air d'être rentrée de pension pour les vacances.

La robe qu'elles choisirent, à deux cent dix-neuf livres, était ridiculement chère. Mais elle était affichée à trois cent quatre-vingt-quinze livres au départ et avait été soldée, d'après Meg, parce qu'elle était bien trop petite pour se vendre : ce n'était qu'un minuscule chiffon de soie en taille 34, avec un imprimé de plumes de paon aux couleurs de pierres précieuses. Sur le chemin du retour vers le salon funéraire, elles s'arrêtèrent pour déposer l'ordinateur de Lorelei chez un réparateur.

— Cet ordinateur appartenait à notre mère, expliqua-t-elle au charmant couple d'âge moyen derrière le comptoir. Elle est décédée récemment.

Ils exprimèrent leurs condoléances avec un fort accent des Cotswolds.

— Nous aurions besoin d'accéder à ses dossiers. Mais nous n'avons pas le code. Est-ce que… ? Faites-vous… ?

Le couple paraissait plein de doutes, mais très désireux de rendre service. Ils mentionnèrent un neveu, qui vivait dans le village d'à côté. Il connaissait peut-être quelqu'un. Ils proposèrent de garder l'ordinateur et déchirèrent un ticket de reçu dans un petit bloc rangé sous leur bureau. À aucun moment ils n'eurent l'air de soupçonner quelque chose de malhonnête dans cette requête, et Megan souriait en essayant d'imaginer la réaction qu'elle aurait rencontrée chez le réparateur dans sa rue, à Tufnell Park. La police n'aurait pas tardé à être mise au courant, à son avis.

Elles apportèrent la robe au salon funéraire et récupérèrent Colin, puis Megan ramena tout le monde à la maison Bird. Il était environ 11 heures quand ils se garèrent le long du trottoir devant celle-ci. Les employés étaient passés pour les bennes ; deux conteneurs vides attendaient sur la route. Le soleil brillait, la journée s'annonçait chargée. Ils tournèrent à l'angle du sentier dans le jardin, tout en parlant fort de leurs projets pour les obsèques de Lorelei, riant de l'obséquiosité précoce du jeune Samuel Moss, plaisantant sur le fait qu'après le travail il retrouvait sans doute ses amis au pub, en sweat à capuche, avec la diction d'un voyou du sud de Londres. Et d'un coup Megan s'arrêta pour regarder. Elle écarquilla les yeux et resta bouche bée devant l'homme maigre, à la peau tannée et aux cheveux blonds, debout sur le pas de la porte, et murmura :

— Rory ?

Chapitre 14

Dimanche 27 février 2011

Je viens, Jim. Je viens vraiment.

J'ai passé la nuit chez Madeleine ! Toute la nuit ! Bon, pour être exacte, je suis arrivée à 22 heures et repartie dans la nuit noire avant qu'elle se réveille, mais j'ai réussi à dormir deux heures. Je ne prétends pas que c'était facile. C'était, pour être horriblement honnête, un peu un cauchemar. Mais mon Dieu, Jim, c'est un début. Comment ils disent, les psychiatres ? UN PAS À LA FOIS. Oui, un pas à la fois. Et je vais le refaire, je te le promets. Des pas, vers toi, Jim, et ton corps. Et toutes les choses merveilleuses que nous ferons ensemble dans la délicieuse obscurité de la nuit. Seigneur, je me languis de toi. De ça. Pour de vrai.
Mille bisous

Mardi 1er mars 2011

Chéri, merci, tu es tellement encourageant et tellement fort pour moi. Franchement, j'ai l'impression que je pourrais faire n'importe quoi pour toi. Je commence vraiment à penser que je pourrais peut-être bien changer. Imagine ! Aujourd'hui, j'ai amené ma voiture

pour une révision, Jim. Si je dois rouler jusque chez toi, la dernière chose dont j'ai besoin serait un pneu crevé ou un joint de culasse usé, ou comment s'appellent toutes ces pièces ! Ne serait-ce pas tragique, de surmonter tous ces démons que j'ai, et de me retrouver sabordée dans la dernière ligne droite par une roue à plat ! Alors je vends une de mes bagues pour payer le garage. Par chance, il se situe dans la direction opposée aux magasins, donc je ne devrais pas être tentée d'aller dépenser l'argent avant de payer les réparations ! Et si je suis tentée, il suffira que je pense à toi, Jim, si grand et si beau sur le pas de ta porte. Je vais m'imaginer m'avancer entre tes bras puissants, prenant ta main pour te suivre jusqu'à ton lit, et ce sera suffisant pour moi. C'est tout ce que je veux maintenant.
Mille bisous

Mercredi 2 mars 2011

Non, Jim, je ne veux pas un sou de toi ! Tu es un homme gentil, merveilleux, mais tu es aussi gêné que moi financièrement, et il n'y a aucune raison que tu paies pour ma vieille guimbarde. Cuisine-moi un délicieux repas à mon arrivée, plutôt.
Bon, j'avais l'intention de refaire une « répétition générale » chez Madeleine hier soir, mais il semblerait que j'aie attrapé un méchant rhume. Je suis terriblement encombrée de mucus et irritée, et je suis prise d'horribles quintes de toux. Vraiment, ça ne s'arrête jamais ! Je pense que c'est à cause de la piscine, j'en suis certaine. Je vais peut-être cesser d'y aller. Ça n'a jamais l'air bien propre là-dedans, il y a des

moisissures noires et tout. Affreux. Alors j'attends de m'être débarrassée de cette toux pour convenir d'une nouvelle date avec Maddy. Est-ce que tu en as déjà marre de m'attendre, Jim ? Es-tu lassé de n'avoir que des paroles, mais jamais d'action ? Je fais tout ce que je peux. C'est vrai. Je change, pour toi, Jim. Lentement, mais sûrement.
Bisous bisous bisous

Avril 2011

Rory fut d'abord incapable de trouver ses mots. Il avait oublié comment parler à sa famille. Il avait plus ou moins oublié comment parler tout court. Il avait passé six semaines dans un sanctuaire bouddhiste ; vingt-trois heures par jour de prière silencieuse et de contemplation au milieu des murs blanchis à la chaux et des têtes rasées. Pas de musique. Pas de télévision. Pas de circulation. Juste des cigales et des incantations.

Il ne voulait pas être dans ce pays. Il ne voulait pas regarder ces visages scrutateurs et ébahis, les joues ruisselantes de larmes de son père, la confusion et la curiosité de ses sœurs. Mais il avait eu un moment de profonde lucidité à la moitié de sa retraite. Il en était venu à comprendre que tout était sa faute. Rhys s'était tué à cause de lui, parce qu'il était un tellement mauvais frère pour lui. Kayleigh avait été poussée dans les bras de son père par lui, par le fait qu'il l'ait abandonnée, ainsi que leur enfant. Cette union avait amené les événements de l'enterrement de Vicky que Megan lui avait racontés, peu après, dans un e-mail à la ponctuation chancelante. Et à présent, sa mère était morte parce qu'il n'était pas rentré à la maison pour s'occuper d'elle après avoir été libéré de prison. Il aurait dû être là. Et il ne l'avait pas été. Et maintenant elle était partie. Tout était sa faute. Absolument tout.

Ils semblaient tous si vieux. Son père était un vieillard. Ses sœurs n'étaient plus des jeunes filles. Elles étaient charnues et matures. Sa plus jeune sœur était enceinte. Il ne se souvenait pas de quel âge elle avait. Elles avaient l'air grosses. Elles n'étaient pas grosses, mais elles en avaient l'air. Comparées à lui. Comparées aux personnes avec qui il avait mangé du riz et du bouillon trois fois par jour pendant six semaines, comparées aux paysans et aux fermiers qui travaillaient la terre autour d'eux par quarante degrés.

Et cette maison, celle de sa mère, là où le bonheur s'est envolé, où il avait perdu son frère puis s'était perdu lui-même. C'était tout ce que le sanctuaire n'était pas. Il avait longé le périmètre de la maison, sans relâche, attendant que quelqu'un le trouve ici. Il avait regardé à travers les fenêtres, à travers les vitres des portes, vu les piles et les cartons. Toutes ces choses. Tout le bazar. Il savait comment, enfant, il avait ri des manières de sa mère. Il se souvenait des allers-retours à Poundstretcher et des magasins de gros, des quantités infinies d'objets qui entraient dans la maison, les sommes infinies d'argent dépensées, l'accumulation infinie et crasseuse. Comment avait-il pu penser que c'était drôle ? Ou que c'était mignon ? C'était obscène. Ce que sa mère avait fait ici, alors que des pauvres fouillaient les décharges publiques en quête de nourriture, que des parents regardaient leurs enfants mourir, que des épidémies effaçaient des villages entiers de la carte et que des puits s'asséchaient, cela pervertissait tout. C'était grotesque. Ses sœurs et leurs cils pleins de mascara, leurs chaussures ridicules. Sa nièce (du moins il le supposait), avec son gros nid de cheveux blonds, ses ongles fluo et son attitude gâtée. C'étaient des extraterrestres pour lui, tout autant que si elles avaient eu la peau verte et des tentacules.

Mais il fallait qu'il dépasse cela. Qu'il ferme son esprit à ses plaintes et son indignation. Il était là, ce qui restait de lui, et il avait une tâche à accomplir.

Il sourit, se leva et dit :

— Ça va ?

Colin apporta une caisse à Rory, comme celles qu'il avait données à ses sœurs. Mais Rory secoua la tête.

— Non, merci. Je ne veux pas d'affaires.

— Tu pourrais regretter, si tu ne prends rien. Un jour, tu pourrais te dire que tu aurais aimé conserver un souvenir, et il sera trop tard.

Rory secoua de nouveau la tête.

— Non. Ça n'arrivera pas. Je ne sais pas grand-chose sur moi, mais ça je le sais. En plus, je n'ai nulle part où le mettre.

— Je peux le garder pour toi, intervint Megan. En attendant que tu sois installé.

Rory sourit et secoua encore la tête.

— Non, franchement. Je n'en veux pas.

— Tu vas dormir où ? demanda Megan.

— Ici ? hasarda-t-il en regardant alternativement Megan et son père. S'il y a la place ?

Son père l'emmena à l'étage pour lui montrer la chambre de Rhys, et parla de trouver un matelas.

— Je peux dormir par terre. J'ai couché par terre pendant les six dernières années. Ça ne me dérange plus.

Les trois filles s'entre-regardèrent une fois que Rory et Colin furent partis.

— Il a une mine vraiment triste, dit Beth.

— Une mine affreuse, renchérit Megan.

— Je le trouve cool, déclara Molly.

La présence de Rory les galvanisa. À la fin de cette journée-là, ils étaient arrivés presque au fond de la cuisine. Ils débarrassèrent l'amas jusqu'à la hauteur des fenêtres afin que la lumière du soleil puisse enfin passer, et la soudaine irruption du jour les aiguillonna. Molly et Rory travaillaient en équipe, étant la plus jeune et le plus mince. Megan les observait à distance. On aurait cru voir un père et sa fille avec leurs cheveux dorés, leurs corps élancés et leurs traits fins. Ils parlaient beaucoup, et on les entendait rire ensemble. En présence de cet homme adulte que pour des raisons mystérieuses elle considérait comme l'un de ses pairs, Molly reprit certaines de ses habitudes d'adolescente, s'adressant à Meg comme si elle était légèrement attardée. Megan n'entendait pas la moitié de ce qu'ils se disaient, mais il était évident que Rory se sentait plus à l'aise avec sa nièce qu'avec ses sœurs et son père. Molly ne le connaissait pas. Elle n'était pas une menace. Il donnait aussi l'impression d'être plus en phase avec une adolescente qu'avec des gens de son âge, comme s'il était Peter Pan. Et bien sûr, songeait Megan, il n'avait jamais réellement grandi, n'est-ce pas ? Il était passé de la maison à la communauté, de la communauté à sa vie de petite frappe pour un dealer, puis à la prison, et de la prison à un sanctuaire. Toutes ses nombreuses expériences avaient été tellement univoques, tellement encadrantes. Il n'avait jamais eu besoin d'être responsable de lui-même.

Alors qu'ils commençaient à manquer de lumière, un orage se mit à menacer juste au-dessus de leurs têtes, et ils s'entassèrent dans le monospace pour aller se réfugier au pub. C'était l'un des rares établissements locaux à ne pas s'être transformé en bistro gastronomique, qui avait encore sa moquette à motifs et ses menus plastifiés.

— Je venais tout le temps, dit Rory en regardant autour de lui, les mains fourrées dans l'une des polaires de son père. C'était là que mes copains et moi, on picolait alors qu'on était mineurs. Le propriétaire fermait les yeux.

Il haussa les épaules.

Colin alla leur acheter des boissons au bar, et ils se glissèrent ensemble dans un box près de la porte arrière, ouverte. Rory parlait des amis qu'il avait perdus de vue, se demandant ce qui était arrivé à Untel et à Comment-il-s'appelle-déjà, se remémorant d'horribles récits de vomi multicolore et de poubelles auxquelles ils avaient mis le feu. Molly le contemplait avec adoration. Il pleuvait à présent devant la porte ouverte, des trombes d'eau qui tombaient en rideau, les grondements du tonnerre audibles dans le lointain. Colin revint avec un plateau en métal et déposa la tournée : vin rouge pour Megan et lui, boisson aromatisée aux fruits pour Molly, eau pétillante pour Rory et Beth. Et ils restèrent assis là ; Colin, Megan, Bethan, Rory et Molly. Au pub, devant un verre, ensemble.

Megan absorbait la scène. Elle ressentait une étrange nostalgie ; étrange, parce que ça ne s'était jamais produit auparavant. Elle n'était jamais allée au pub avec sa famille. Mais ça lui plaisait. Beaucoup.

— Quels sont tes projets ? demanda-t-elle à Rory.

— Je veux réparer mes torts, répondit-il avec une grimace.

— Quoi ?

Elle s'était attendue à une réponse plus prosaïque.

— Je veux réparer mes torts. Je veux me faire pardonner pour tout, pour tout le bordel que j'ai créé. Je veux vider la maison de maman et la rendre de nouveau belle. Je veux grandir.

Tout le monde hocha la tête, mais il était manifeste que personne ne comprenait vraiment ses intentions.

— Comment va Tia ? demanda-t-il à Colin, et le choc de ses mots provoqua des remous invisibles autour de la table.

— Ah ! bredouilla Colin en s'empourprant un peu. Elle va bien. Parfaitement bien.

— Est-ce qu'elle aimerait me rencontrer, tu crois ?

Megan sentit sa gorge se serrer. Mon Dieu. Rory n'avait jamais été du genre à dire ce qu'il pensait. Il n'avait jamais, à sa connaissance, rien pensé du tout. Et voilà que, maintenant, il était transparent et s'exprimait sans user de détours.

— Seigneur, eh bien, *oui*. Oui, elle aimerait beaucoup. Je le sais. Je lui ai toujours dit du bien de toi. Tous les deux…

Rory hocha la tête avec raideur.

— C'est cool. Peut-être qu'elle viendra à l'enterrement ?

— Oui, je crois qu'elle sera là. Surtout si elle sait que tu y seras.

Rory hocha de nouveau la tête. Puis il posa son verre d'eau, regarda autour de lui et dit :

— Je suis désolé. Je suis vraiment désolé. Pour tout. Sans moi, tout aurait pu être très différent.

— Quoi ? demandèrent Beth et Megan d'une seule voix.

— J'étais tellement autocentré. Quand on est entrés au collège, j'ai juste abandonné Rhys. Je l'ai laissé se débrouiller. Parfois, il s'asseyait devant ma chambre, il m'écoutait. Je savais qu'il était là, et je ne l'ai jamais fait entrer. Je ne l'invitais jamais à sortir avec mes copains. Je ne le laissais jamais s'immiscer dans ma vie. C'était comme si je l'avais largué, vous voyez ? Comme une petite amie dont je me serais lassé.

Il courba les épaules, soupira.

— Il s'est tué à cause de moi. Et il est temps que je cesse de fuir cette réalité et que je commence à l'affronter. Alors, me voilà. Et je trinque à ça.

Il leva son verre d'eau, et tout le monde l'imita. C'était le toast le plus étrange que Megan ait porté de toute sa vie.

— Ce n'était pas ta faute, dit-elle, plus pour normaliser la situation que par conviction.

— Si, rétorqua-t-il simplement.

Megan et Bethan échangèrent un regard.

— J'ai eu beaucoup de temps pour y penser. Et je sais que j'ai raison.

— C'est ma faute, avoua Colin d'un ton qui laissait paraître qu'il se déchargeait là d'un très lourd fardeau.

— Non, souffla Bethan d'une voix brisée. C'est la mienne.

Un éclair illumina le ciel assombri. Un nouveau grondement de tonnerre suivit.

— Ce n'était aucun d'entre nous, déclara Megan en contemplant sa famille. C'était nous tous.

Chapitre 15

Samedi 12 mars 2011

Oh, Jim, je ne parviens pas à me débarrasser de cette maudite toux. Honnêtement. Je me sens comme une vieille femme, comme si j'avais pris dix ans en quelques semaines. Et ça n'aide pas que je maigrisse à vue d'œil. C'est un cercle vicieux : je suis trop faible pour manger, mais je m'affaiblis parce que je ne mange pas. Tu seras ravi d'apprendre que j'ai pris rendez-vous chez la généraliste, j'arrive tout juste à supporter l'idée des mains de cette femme à proximité de mon œsophage. TOUT JUSTE. En attendant, le projet « Aller voir Jim » est à l'arrêt. Et pour être franche, en cet instant, Jim, le sexe est la dernière de mes préoccupations. Et ce n'est pas souvent que je peux dire ça !

Alors j'ai encore pensé à Rhys. J'ai davantage pensé à Rhys ces derniers mois qu'au cours des vingt dernières années. Parfois, c'est comme s'il était de nouveau là, dans cette maison. Tu sais, quand on a un souvenir et qu'il est plat, comme un bout de papier. C'est juste un fait dont tu te souviens. Un moment. Et, d'autres fois, le souvenir se déploie en trois dimensions, avec des odeurs, des textures, de la couleur ? Et tu te dis : « Où est-ce qu'il était caché tout ce temps ? » Est-ce que ça t'arrive, Jim ? Bon, comme tu sais, c'est pour ça que je conserve tant d'affaires, à cause de cette énergie intrinsèque que portent les objets, comme l'ombre d'un souvenir que projetterait chaque chose. Et, l'autre jour, je suis entrée dans la chambre de Rhys (est-ce que je t'ai dit que je l'ai gardée intacte ? Sans aucun bazar ? N'est-ce pas curieux ? Peut-être que tu pourras trouver une explication à ça. Tu es tellement doué pour analyser, Jim) et c'était comme s'il était LÀ ! Dans la pièce. Et je n'avais jamais éprouvé ça avant, pas une seule fois pendant toutes ces années, et je suis une personne plutôt spirituelle comme tu le sais, Jim. Alors c'est bizarre que je ne l'aie jamais ressenti. Mais j'ai compris que ce n'était pas un fantôme, c'était son ESPRIT, et ensuite j'ai compris qu'un esprit, c'est juste un autre mot pour dire un souvenir, pas vrai ? Plus le souvenir est vif, plus l'esprit est fort. Parce que, même si j'aimerais croire que l'esprit vit à partir d'autre chose que notre humanité, je sais que c'est faux. C'est à partir de notre intelligence, de notre cœur, qu'il se manifeste. Et je me suis sentie TELLEMENT TRISTE, Jim, à l'idée que durant toutes ces années j'ai refusé sa présence parce que je ne supportais pas de penser à lui. Comme si j'avais étouffé son esprit. Que je l'avais laissé pourrir.

Et pour une raison inconnue, ce jour-là, j'étais ouverte à lui. Je l'ai laissé entrer. Tous les souvenirs. Toute la puissance. Et il était là. Mon petit garçon. Avec toute sa confusion, son étrangeté et sa fragilité. Je sentais l'odeur de ses cheveux, du sébum, je le voyais s'asseoir à sa façon, les genoux serrés et les pieds en dedans. Je sentais la tension autour de lui. Elle était palpable, comme un champ de force. J'entendais

sa voix, cette intonation monocorde avec laquelle il parlait. Et je me suis souvenue, de façon VIVIDE, de la veille de sa mort. J'étais dans sa chambre, et il était assis sur son lit, dos au mur, les genoux remontés, à tripoter une peau morte sur la paume de sa main. Il portait une montre, un gros machin en plastique avec des boutons. Il avait un bandeau en éponge à l'autre poignet, un peu crasseux. J'étais en train de passer l'aspirateur (Ah ! Imagine ça ! Avoir un sol sur lequel on peut passer l'aspirateur !), et il me regardait.
À travers sa frange. Avec ces yeux bleus ternes. Je me souviens de m'être demandé s'il trouverait un jour quelqu'un pour l'aimer comme je l'aimais. S'il y avait là quelque chose, pour tout autre que moi, à voir et à désirer. N'est-ce pas horrible ? Je n'ai jamais rien ressenti de tel pour les autres. Je savais qu'ils avaient des qualités que d'autres personnes apprécieraient. Mais pas lui. Pas Rhys.
Oh, Seigneur. C'était merveilleux (comme s'il était encore vivant !) et horrible (je ne l'avais pas aimé correctement !). Et puis c'était fini. Comme une bulle qui éclate. Et j'ai commencé à penser, sérieusement, pour la première fois, à ce qui s'était passé plus tard, ce soir-là. Oh, Jim, j'ai failli vomir, tu sais ? Littéralement, mon repas m'est remonté dans la gorge. Alors j'ai refoulé ces pensées. Mais je vais retourner dans sa chambre tout à l'heure, ou peut-être demain. Je vais entrer et voir si je peux faire resurgir la scène. Mais bien. Pas juste le moment avorté que je me suis rejoué inlassablement dans ma tête toutes ces années, comme une mesure de musique désincarnée. J'ai besoin de me rappeler la chose en entier, chaque instant. Et si j'y arrive, Jim, je te raconterai tout.

Parce que je veux que tu saches. Et c'est ça, je pense. C'est le nœud du problème. Le grain de sable qui s'est coincé en moi et a tout transformé en ce que c'est maintenant. Et comme tu le sais, Jim, ça n'a rien d'une perle. ☺

Merci, Jim, merci d'être là. De m'écouter. De vouloir m'aider. Je ne sais pas ce que je ferais sans toi, mon amour. Je ne sais vraiment pas.

Mille bisous

Avril 2011

Molly et Megan étaient toujours dans leur hôtel hors de prix. Megan ne pensait plus à la note. Elle ne pouvait imaginer la régler sans s'évanouir ou attraper un tel fou rire qu'elle en tomberait par terre. Mais il n'y avait absolument aucune possibilité de s'installer prochainement dans la maison de sa mère. Ils étaient au quatrième jour. La cuisine était vide. Ils avaient fêté ça en préparant un repas et en s'asseyant ensemble à table. On ne pouvait pas dire que la pièce étincelait de propreté : il y avait de la poussière dans les tiroirs, des étagères qui pendaient sur le mur, des taches sur le plateau de la table en bois blanc, et les dalles étaient presque noires de crasse incrustée. Mais tout de même, elle était là. Une cuisine. Un fourneau. Un poulet rôti et des brocolis vapeur. Un gâteau au chocolat cuit au micro-ondes. Du vin, de la bière, la lumière des bougies.

Le dévoilement des murs jaunes avait été historique, révélant la galerie des enfants qui avait été si longtemps cachée. Molly l'avait examinée très en détail, cherchant de façon attendrissante les dessins de sa mère.

— Regarde, maman ! Regarde, tu as fait ça quand tu avais cinq ans ! C'est tellement adorable !

Colin et Megan avaient photographié la galerie dans son jus avant de décrocher laborieusement chaque feuille, choisissant lesquelles garder et recyclant le reste. Les œuvres d'art avaient préservé l'éclat de la peinture en dessous, et c'était une touche de couleur inhabituelle et bienvenue dans une maison qui était devenue grise à force de négligence.

Et à présent elles étaient là, Molly et Megan, de retour dans leur chambre d'hôtel, baignées et toutes roses, dans un pyjama propre, Molly les jambes croisées avec ses cheveux en turban, alternant échange de textos avec une amie et une série documentaire sur le déni de grossesse. Megan venait juste de raccrocher après un appel avec Bill, et s'apprêtait à ouvrir un livre lorsque son téléphone sonna. C'était Colin.

— Chérie, Rory vient de trouver quelque chose. Dans la chambre de maman. Il se pourrait que ce soit son mot de passe. Est-ce que tu pourrais passer chercher l'ordinateur demain matin ? En venant ici ?

— C'est quoi ?

— Juste un truc gribouillé. Dans un carnet. Ça dit…

Elle l'imagina en train d'abaisser ses lunettes de lecture.

— …abc123mbrr

Megan. Bethan. Rory. Rhys.

— Ça paraît plausible, dit-elle en le notant sur le calepin de l'hôtel. J'y vais demain matin dès qu'on est prêtes.

Elle raccrocha un moment plus tard et se tourna vers Molly.

— Je crois qu'on a le mot de passe de l'ordinateur de mamie. On va l'essayer demain.

Molly ouvrit la bouche en O.

— Ooh, souffla-t-elle, génial !

Puis elle se tourna de nouveau vers le téléviseur et fronça les sourcils.

— Franchement, il faut être sacrément idiote pour avoir la tête d'un bébé qui pend par le vagin et continuer à penser qu'on a mal au ventre à cause de ses règles !

Rory était allongé dans la pelouse desséchée. La lune flottait au-dessus de lui, presque pleine. Les étoiles brillaient en constellations. C'était la même lune qu'il avait contemplée en Thaïlande. Les mêmes étoiles qui avaient orné le même ciel de velours. Cela lui semblait extraordinaire, mais de plus en plus vraisemblable au fil des jours. Il se leva et se mit à marcher pieds nus dans l'herbe tiède. Il se souvenait maintenant. Il se souvenait de la maison. Il se souvenait d'avoir fait l'amour avec Kayleigh là-bas, près du hamac. Il se souvenait d'avoir couru après Rhys sur les sentiers de dalles, un pistolet à eau chargé à la main. Il se souvenait de sa mère qui faisait la roue, comme ça, sans crier gare. Il se souvenait des gens, les membres de la troupe de son enfance, qui avaient quitté la scène pour ne jamais revenir : des tantes et des oncles, des cousins, des chiens, des voisins, des amis. Il se retourna pour observer la maison depuis cette distance. Elle avait toujours semblé tellement pleine de monde et pleine de vie.

Ç'avait été une bonne soirée. Ils avaient débarrassé suffisamment de merdes dans la cuisine pour préparer un repas. Ils s'étaient assis là, tous les cinq, des visages au-dessus de bougies vacillantes, à manger, boire, à se rappeler comment être une famille. Et ensuite, une fois que les filles étaient parties – Megan et Molly rentrant dans leur hôtel snob et Bethan dans le vieil appartement de Vicky –, Rory était monté dans la chambre de leur mère. Il avait la sensation qu'il devait trouver quelque chose. Il ne savait pas trop quoi.

Il n'avait aucune question particulière en tête, juste une série de trous noirs qui devaient être remplis. Il s'était assis dans son fauteuil, avait inhalé l'odeur de ses cheveux sur le dossier, poussiéreuse et sèche avec une touche de placard à épices rance qu'il avait toujours associée à elle. Il avait mis son énorme casque audio, ses grosses oreilles. Ça l'avait fait rire. *DJ Lorelei est dans la place.* Il avait remonté sa couette jusqu'au menton, senti l'odeur de peau mal lavée qui y traînait, l'humidité et la mort. Elle s'était laissée mourir. Était-ce la même chose que de se tuer ? Il ne savait pas.

Puis il s'était mis à parcourir ses affaires, les papiers posés de part et d'autre du fauteuil. Vieux journaux, factures encore scellées, son horoscope arraché proprement à des magazines ou des revues. Des aiguilles à cheveux, des chouchous en velours, des flacons de vernis desséché, de vieux sachets de thé et des paquets de biscuits et de galettes de riz à moitié entamés. Un calepin plein de listes. Le nom de travailleurs sociaux. Les numéros de téléphone des services de santé. Tous les gens qui l'avaient appelée, qui essayaient de l'aider, leurs coordonnées sagement notées et oubliées aussitôt. Parce qu'elle ne voulait pas qu'on l'aide. Il avait trouvé deux petits paquets, emballés dans du papier rose, l'un avec son nom dessus, l'autre celui de Beth. Il les avait fourrés dans sa poche. Pour le lendemain. Et ensuite il avait trouvé un petit morceau de papier couleur lilas, arraché de l'un de ces blocs en forme de cube rangé dans un présentoir en plastique transparent rouge. Dessus était inscrit le code : « abc123mbrr »

Là, s'était-il dit, *là.* Une clé. Une porte d'entrée. Peut-être.

Il marchait maintenant autour du jardin, d'un coin à un autre, essayant de se remplir la tête d'autres souvenirs. C'était comme s'il reconstruisait son enfance, pas à pas.

Le jardin avait été plus important pour lui, petit, que la maison. C'était là que tout se passait. Les ballons, les chiens, l'eau et la boue, les toboggans et les balançoires, les jeux de mains et les bagarres. Et les chasses aux œufs, bien sûr. Il se souvenait de chaque recoin à présent. Les fissures dans les murs de pierre. Les pots de fleurs et les creux dans les arbres. Il entendait l'écho qu'avait dû créer le bruit de ses ailes lorsqu'il avait quitté le nid, si soudainement, si brutalement, sans un instant de nostalgie ni de regret. Alors il passa les doigts dans les trous du mur, priant les dieux du ciel. *Juste un œuf. Juste un petit œuf.* Simplement pour savoir que tout ça avait été réel, qu'il ne l'avait pas imaginé. Et voilà qu'un instant plus tard il tenait entre le pouce et l'index un petit œuf rose. Il le leva triomphalement vers la lune.

Puis il le glissa dans sa poche avec les deux petits paquets qu'il avait trouvés dans le tiroir de sa mère, ainsi que le morceau de papier comportant le mot de passe, et rentra dans la maison.

Bethan était allongée sur le dos dans le vieux lit de Vicky, dans l'ancienne chambre de Vicky, et contemplait l'abat-jour en papier sur la vieille lampe de Vicky. Elle était allée se coucher directement quand Megan l'avait déposée. Sophie recevait des amies ce soir-là, des jeunes femmes, qui glapissaient, criaient et parlaient toutes en même temps comme font les adolescentes. Sophie, les yeux vitreux et lourds de cidre, lui avait dit : « Entre ! Entre ! » Il y avait des boîtes de pizzas partout, et tous les regards s'étaient portés sur le ventre de Beth, comme si c'était la dernière chose qu'on s'attendait à voir, comme si elle était arrivée avec un bébé hippopotame. Elle avait répondu : « Non, merci, je suis épuisée. Mais amusez-vous bien. »

— On va essayer de ne pas faire trop de bruit, avait promis Sophie.

— Ce n'est pas la peine, avait-elle assuré.

Elle se tourna avec difficulté sur le côté en entendant un texto arriver sur son téléphone, et glissa un coussin sous son ventre. C'était Megan :

Papa a trouvé un mot de passe, c'est peut-être celui de l'ordinateur de maman. Je passe te chercher à 9 heures demain, et on s'arrêtera chez le réparateur. Dors bien, Bethy. Dors bien, futur bébé. Je vous aime toutes les deux. Bisous

Bethan écarquilla les yeux. Elle avait le cœur gonflé de plaisir. L'amour de Megan. Ça lui avait tant manqué. Elle embrassa l'écran de son portable. Puis elle écrivit :

Je t'aime aussi. Bisous bisous

Ensuite elle dormit, d'un sommeil profond et paisible, pendant le reste de la nuit.

Le réparateur avait envoyé l'ordinateur de Lorelei chez un neveu à Tetbury. Celui-ci ne répondait pas au téléphone, aussi Megan, Beth et Molly durent-elles rouler jusque-là. Le neveu ouvrit la porte d'un minuscule cottage dans une ruelle, vêtu en tout et pour tout d'une serviette, une cigarette allumée au coin des lèvres. Il se hâta de l'écraser en remarquant le ventre de Bethan et monta un étroit escalier au milieu de la maison pour aller se changer. Un moment plus tard, il réapparut, peigné et habillé, l'ordinateur de Lorelei dans les mains.

Megan fixait l'objet avec convoitise. Dedans se trouvait l'histoire de Jim. Dedans se trouvait, potentiellement, l'histoire qui expliquait pourquoi sa mère était morte sur le siège conducteur de sa voiture, à moins d'un kilomètre de chez elle.

— Je suis vraiment désolé, s'excusa le neveu, dont le prénom était Josh, mais je ne crois pas que je vais réussir à l'allumer pour vous.

Il se lança alors dans une explication très technique et truffée de jargon des raisons de son échec. Megan l'interrompit en agitant une feuille de calepin au logo de l'hôtel.

— Oui, oui, merci, mais nous pensons l'avoir trouvé. Le mot de passe.

— Ah, dit Josh.

Il brancha l'ordinateur à une prise murale et l'ouvrit. Avec ses gros doigts aux ongles rongés, il tapa le mot de passe dans l'espace d'identification. L'appareil émit un son mélodieux, et voilà, Windows était lancé.

Megan sourit et ferma un poing sur sa bouche.

— Oui ! chuchota-t-elle très fort. Oui !

Elles arrachèrent l'ordinateur au jeune homme, le remercièrent pour le mal qu'il s'était donné et repartirent, un peu vite, vers la maison Bird.

CHAPITRE 16

Mercredi 16 mars 2011

Jim. Je l'ai revécu. Toute la chose. Du début à la fin. Je me sens faible maintenant. Faible et horriblement malade. Mais je vais l'écrire. Comme ça, ce sera consigné. Peut-être pour que tu me comprennes mieux. Ou peut-être pour que quelqu'un le lise, quand je ne serai plus là. Je ne veux pas avoir l'air morbide, Jim, mais j'ai soixante-cinq ans. Je ne vais pas bien. Je ne serai pas toujours là, n'est-ce pas ?

Alors, pour revenir à ce jour, ce même jour où j'avais passé l'aspirateur dans sa chambre, où je m'étais demandé si quelqu'un d'autre que moi l'aimerait jamais, le jour qui précédait Pâques.

Il n'avait pas quitté sa chambre de la journée. C'était normal. Normal pour lui, normal pour beaucoup de garçons de son âge, je suppose. Mais c'était la veille de Pâques, et Megan était rentrée. On s'amusait tous tellement ensemble, dans la cuisine, on jouait à un jeu. Trivial Pursuit, je pense. Et il y avait du vin et de la musique et des taquineries et, oh, tous ces charmants trucs de famille. Alors je suis montée pour tenter de le convaincre de descendre. Je lui ai apporté une part de gâteau au caramel. Je me suis assise à côté de lui sur le lit. Il paraissait accablé, Jim. Je lui

ai dit : « Qu'est-ce qui ne va pas, mon chéri ? Pourquoi tu as l'air si triste ? » Il a juste haussé les épaules. Comme à chaque fois.
C'était mon préféré depuis toujours, tu sais. Pas dans le genre OH MON ENFANT SI PARFAIT, mais juste parce que c'était mon bébé. Il était tellement petit à la naissance. Son poids dans mes mains quand les médecins me l'ont passé, comme un sac de plumes. C'était mon ombre, il me suivait partout. Il se référait toujours à moi, pour être guidé, pour être approuvé, pour tout, bien après que les autres s'étaient désintéressés de moi. Il me regardait toujours, avec ces yeux mornes et vides.
J'ai attiré sa tête contre mon épaule. J'étais un peu pompette. Il a dit : « Va-t'en, tu sens le vin. » Mais c'était seulement une plaisanterie, alors je lui ai donné une tape sur le bras. « Bouche-toi le nez, dans ce cas, j'ai envie de serrer mon petit garçon contre moi. »
Au début, il a résisté. Il s'est débattu, comme font les enfants quand ils pensent qu'ils sont trop grands pour les câlins, mais qu'ils ont encore un besoin résiduel d'être tenus par maman. C'était évident qu'il voulait cette étreinte, qu'il voulait cette marque d'affection. Je l'ai serré fort et je l'ai senti s'adoucir, se détendre. Et soudain il était là, son visage contre le mien, et j'ai cru que c'était une blague, qu'il essayait de renifler mon haleine. J'allais dire un truc comme « OK, OK. Je te laisse tranquille », mais ensuite sa bouche était sur la mienne, et j'ai compris qu'il tentait de m'embrasser ! Mon Dieu ! Mon propre fils ! Mon tout petit bébé. Son corps mince de garçon appuyé tout raide contre le mien.
Oh, Jim !

Je l'ai repoussé, et il s'est cogné contre le mur. Il regardait droit devant lui. Il s'est essuyé la bouche avec le dos de la main. J'aurais dû dire quelque chose, Jim. Je le sais. J'aurais dû trouver le moyen d'en parler. Mon bébé. Je n'aurais pas dû me contenter de le planter là. Mais c'est ce que j'ai fait. J'ai fui sa chambre, comme si je fuyais un monstre.

Je suis tombée sur Beth en sortant. Je l'ai vue me regarder. Puis regarder dans la chambre de Rhys. Elle m'a demandé si j'allais bien. Je crois que j'ai réussi à bredouiller que oui.

On est redescendues et on a fini la partie. Personne n'a pris de nouvelles de Rhys. Personne ne s'est étonné que je sois revenue sans lui. Personne n'avait rien remarqué.

Je ne l'ai pas vu le lendemain, c'était le dimanche de Pâques, nous avions des invités. Je voulais discuter avec Colin de ce qui s'était passé. Je voulais attendre le bon moment. Je voulais faire ça bien. Il fallait trouver les mots justes. Et puis il y a eu Vicky, debout dans mon entrée avec une bouteille de beaujolais, et je me suis dit : *Pas tout de suite. Je ne peux pas m'occuper de ça TOUT DE SUITE.* Alors on a bu et on a rigolé, et j'ai remis ça à plus tard. Je me disais : *DEMAIN. Je réglerai ça demain. Quand Megan sera partie. Quand la maison sera calme.* Et bien sûr à ce moment-là il était TROP TARD, BORDEL.

Alors, chéri, qu'en penses-tu ? Était-ce ma faute ? Je suis tellement déboussolée, Jim. C'était mon préféré. Et je l'ai laissé tomber. Je l'ai laissé tomber de façon tellement horrible. À boire du vin quand j'aurais dû être en train de sauver son âme. Et tu vois maintenant pourquoi j'ai peut-être essayé d'éviter de penser à ça ?

De parler de ça ? Moi je le vois. Je n'ai pas juste perdu un fils, tu vois, j'ai perdu une part de moi-même, de sens, de ce qui faisait de moi une mère. Et être mère, c'est le seul rôle que j'aie jamais vraiment su incarner. Oh, Jim. Réponds-moi vite. Cet aveu, c'est la chose la plus dure que j'ai faite. J'ai besoin que tu me dises que je n'ai pas mal agi. S'IL TE PLAÎT.
Mille milliers de bisous

Jeudi 17 mars 2011

Merci, chéri. Merci. Tu es si sagace, Jim, si, comment ils disent, déjà ? si riche en *intelligence émotionnelle*. Je n'arrive pas à croire que je n'avais jamais encore pensé aux parallélismes qui sous-tendent toute chose, à ces fils qui reliaient tout ça ensemble. Bien sûr que c'est pour ça que j'ai réagi si vivement à la liaison de Beth avec Bill, à Colin se mettant en couple avec Kayleigh. Et oui, même à l'homme qui avait violé ma mère me touchant de cette façon-là. Tout ça est vaguement incestueux, n'est-ce pas ? C'est juste un tout petit peu contre nature. Et tu veux savoir quelque chose, Jim, tu veux savoir quelque chose de terriblement, terriblement triste ? Après ce jour-là, je n'ai plus jamais câliné mes enfants pour de vrai. Je pouvais les serrer une seconde, ou leur passer un bras autour de l'épaule, mais je ne les ai plus jamais tenus contre moi. J'étais toujours prête à reculer. Pauvre Beth, je crois que c'est elle qui en a le plus souffert.
Bon, mon amour, je suis trop fatiguée pour taper beaucoup plus maintenant. (Cette maudite, maudite infection pulmonaire. Les antibiotiques n'arrangent

rien, et je n'ai honnêtement pas le courage d'affronter un nouvel aller-retour dans cet endroit horrible, entourée par toutes ces affreuses personnes malades et les doigts charnus de cette femme partout.)
J'écrirai davantage plus tard, chéri, mais pour le moment, tu n'as pas idée combien tes mots si attentionnés, pleins d'amour et intelligents m'ont fait me sentir mieux. À propos de tout.
Seigneur, je t'aime.
Mille baisers

Vendredi 25 mars 2011

Oh, mon Dieu, Jim, ne me fais pas ça maintenant, chéri, s'il te plaît. J'ai besoin de toi, tellement fort. Je me sens si écorchée, comme si quelqu'un m'avait arraché la peau et abandonnée sur la plage. Cela fait plus d'une semaine que je n'ai pas eu de tes nouvelles. Je n'arrive pas à le supporter. Tu n'étais jamais resté si longtemps sans m'écrire avant. Oh, Seigneur, est-ce que tu vas bien ? Tu n'es pas blessé, dis-moi, tu n'as pas d'ennuis ? Je ne peux pas rester seule en ce moment. J'ai ouvert la boîte de Pandore, chéri, je l'ai ouverte pour toi et je suis contente de l'avoir fait, il fallait que je me libère. Mais je ne m'en sors pas très bien. Et je ne vais pas bien. Vraiment pas bien. Je ne peux même pas penser à aller chez le médecin. J'arrive à peine à bouger.
S'il te plaît, écris-moi. N'importe quoi. Même des mauvaises nouvelles. S'IL TE PLAÎT.
Mille milliers de baisers

Jeudi 31 mars 2011

Alors ça y est, Jim ? C'est fini entre nous ? Tu t'es finalement lassé de moi ? Oh, SEIGNEUR, je ne te le reproche pas. Comment pourrais-je ? Je veux dire, regarde-moi ! Ça fait une semaine que je porte les mêmes habits. Je pue, Jim. Je le sais. Je sens la maladie, les vieux cheveux et la déshydratation. Je perds la boule, Jim. Où es-tu ???????
Mille milliers de baisers

Mercredi 6 avril 2011

Je ne peux pas rester ici, je déteste cette maison maintenant que j'ai laissé Rhys y revenir. Je suis fatiguée, j'ai froid, je suis sale et je viens te voir. Je trouverai ma route jusqu'à Gateshead, d'une manière ou d'une autre. S'il te plaît, sois là pour moi. J'ai perdu mon chemin. Je suis à moitié partie. Je te vois dans quelques heures. N'essaie pas de m'arrêter.
Mille baisers

Chapitre 17

Avril 2011

La vague de chaleur s'acheva enfin le vendredi saint, et, alors que le week-end férié débutait, les gens commencèrent à affluer à la maison. Pandora, de Corfou, récemment divorcée et terriblement brunie. Sophie et Maddy, Lorna et son nouveau mari, et même Ben. La maison était emplie de monde, le trottoir entièrement bordé de voitures. On mit en place un système de rotation, pour emporter des choses à la déchetterie, en déposer d'autres dans les magasins caritatifs. Le mari de Lorna, antiquaire, se rendait utile en repérant les objets de valeur. Pandora et Megan dirigeaient l'équipe de ménage constituée de Molly, Maddy, Sophie et Rory. Bethan restait calmement assise à trier les cartons d'affaires de moindre taille à la recherche de celles qui valaient la peine d'être conservées. Ben écrasaient les cartons pour les mettre au recyclage. Ils s'asseyaient chaque soir, dans leurs vêtements sales, et dînaient autour de l'immense table de la cuisine, mangeant du pain et des fromages chers de l'épicerie fine du village. Ben jouait de la guitare, Molly avait redirigé son attention de Rory vers Ben. Ils parlaient, ils comméraient, ils riaient, ils pleuraient. Ce fut l'un des meilleurs week-ends de Pâques aussi loin que remonte la mémoire de Megan.

Et puis il prit fin. Ben, Maddy, Lorna et son mari reprirent le travail, Sophie retourna à la fac, Pandora avait des courses à faire à Londres. Le lundi soir, ils n'étaient de nouveau plus que cinq.

Et, le lundi soir, l'entrée avait été dégagée, l'escalier avait été dégagé, le salon avait été dégagé, et les chambres qui, autrefois, avaient constitué la moitié de maison de Colin, avaient été dégagées. Les moquettes avaient été arrachées, roulées et emportées, révélant un parquet en marqueterie intact. Tous les vieux abat-jour avaient été décrochés, remplacés par des boules de papier blanc de l'hypermarché Asda. Les rideaux avaient été enlevés et brûlés, les fenêtres frottées et vinaigrées, les peintures passées à la javel pour retrouver leur blancheur. Les deux canapés décrépits du salon étaient cachés sous des plaids blancs, deux jolies pièces d'ébénisterie en noyer avaient été rendues à la vie par un astiquage en règle, et tout le reste était parti à la décharge.

Megan marchait à présent à travers la maison, Molly à sa suite. Elle n'avait plus rien à voir avec la demeure dans laquelle elle avait grandi. Elle était neutre et vide. Si calme et élégante. Les volumes semblaient immenses sans les sempiternels sacs de bazar et cartons d'objets hétéroclites, les étagères surchargées de bibelots et de papiers, d'horloges cassées et d'invitations à des fêtes passées, les tapis à motifs et le bric-à-brac ethnique. Les murs paraissaient si grands et dépourvus d'âme sans les dispositions désordonnées de tableaux de brocante, de photos encadrées et de posters arrachés dans des magazines, tous collés n'importe où avec de la Patafix. L'escalier était tellement large, la lumière qui entrait par les fenêtres si vive. En marchant, Megan prit conscience que, même avant les horribles événements de Pâques 1991, cette maison avait été le dépôt de tous les problèmes les plus enfouis de Lorelei, de ses tourments émotionnels. Elle avait voulu, comme elle l'avait confié à Jim de Gateshead, donner à ses enfants l'enfance qu'elle n'avait pas eue. Une enfance sans secrets. Sans ressentiment. Mais, même avant que Rhys pervertisse la relation mère-fils et mette son monde à l'envers, elle avançait déjà vers ça. Morceau par morceau. Minute par minute. Si ça n'avait pas été Rhys le déclencheur, ç'aurait été autre chose. Parce que les dégâts avaient été causés bien avant ce jour. Bien avant qu'aucun d'entre eux soit né.

Et ainsi, pour finir, ce n'était la faute de personne. La faute de personne du tout. Ce n'était pas la faute des parents de Lorelei, ni la faute de l'homme qui avait violé sa mère, ni de Dieu pour avoir pris leur petite fille avant qu'elle respire pour la première fois. Ce n'était pas la faute de Rory, ce n'était pas la faute de Bethan, ce n'était pas la faute de Colin. Ce n'était certainement pas la faute de Lorelei. (*« Pauvre maman, toutes ces années à porter ce fardeau toute seule… »*) C'était la vie. L'un de ces aléas. Quelque part, à un moment, une graine avait été plantée dans le petit cœur de Rhys, peut-être même dans l'utérus, et cette graine avait poussé en quelque chose qui n'avait de rapport avec aucun d'entre eux.

Pendant des années, ils avaient laissé la culpabilité les ronger, eux et leur famille. Mais à présent elle n'était plus là. Coupée et jetée, comme une tumeur au bloc opératoire. À présent, ils étaient libres d'aller de l'avant, d'être normaux, d'aimer. À présent, ils pouvaient redevenir une famille.

À cette pensée, Rory apparut en haut de l'escalier, ses cheveux blond sale hérissés, son torse, nu, si maigre qu'on voyait ses côtes, glabre et tatoué.

— Là ! dit-il en étendant les bras. Je suis là ! Debout en haut des marches ! Et tu es là ! Debout en bas ! Et regarde tout cet espace qui s'étire entre nous. Tout cet espace propre, sain, magnifique. N'est-ce pas merveilleux ?

Megan contempla son frère en battant des cils. Il avait l'air heureux. Heureux comme autrefois. Comme s'il était de nouveau le garçon le plus populaire du collège.

— Oui, répondit-elle. C'est merveilleux.

De : JimLipton@yahoo.co.uk
À : MeganRoseLiddingtonBird@yahoo.co.uk ;
RoryBird2@hotmail.com ;
Bethanbird@hotmail.co.uk

Samedi 30 avril 2011

Chère Megan (et vous tous, autant que vous êtes !),

Je voulais juste vous écrire pour vous dire à quel point j'ai apprécié de vous rencontrer tous hier. J'étais terrifié à l'idée de venir, comme vous pouvez l'imaginer, surtout si vite après être sorti de prison. Ç'a un peu été un tourbillon, être libéré, rentrer à la maison, recevoir ton e-mail, comprendre ce qui était arrivé à Lorrie, l'enterrement, et j'avais l'impression que mes pieds avaient à peine touché terre.

La cérémonie était magnifique. Ta mère aurait adoré. Je n'ai jamais rencontré Lorelei, mais j'avais l'impression de si bien la connaître à travers nos e-mails quasi quotidiens. Elle a toujours été honnête avec moi, elle ne m'a jamais rien caché. Je culpabilise donc énormément de lui avoir dissimulé que j'étais convoqué au tribunal. Je ne sais pas ce qui m'a empêché de le lui avouer. Je crois que j'avais peur de la perdre. Ce qui est fou, sachant combien elle s'est toujours montrée tolérante envers moi et mes nombreux travers. Bref, je crois que j'étais dans le déni au sujet de cette audience au tribunal. Lorelei n'était même pas encore entrée dans ma vie quand j'ai reçu la convocation, et ça me semblait tellement loin. Et mon avocat m'avait assuré que j'avais un dossier très solide. Nous nous attendions à une amende, peut-être des travaux d'intérêt général. Je pensais être de retour chez moi au bout d'une heure. Je veux dire, ébriété sur la voie publique ! Ce n'est pas si grave, si ? Pas de délit. Pas d'agression. Pas de conduite en état d'ivresse. Juste un affreux poivrot trop bruyant, au mauvais endroit au mauvais moment. Une sanction si lourde ! Et, à cause de ça, je n'ai pas été là pour votre maman bénie lorsqu'elle a eu besoin de moi. Je ne pardonnerai jamais ni à moi, ni au magistrat. Mais surtout à moi.

Et c'est pour cela que je tiens à te dire combien je suis reconnaissant envers toi et envers toute ta famille pour l'accueil chaleureux que vous m'avez témoigné hier. Je n'ai pas l'impression de le mériter, pas le moins du monde. Je sais que vous avez lu les e-mails entre votre mère et moi, alors vous savez ce qu'elle ressentait pour vous tous, combien elle vous aimait tous, combien elle était fière de vous tous, et le mal qu'elle avait à accepter les dégâts qu'elle vous avait infligés au fil des années. Elle s'en reprochait la plupart, mais je crois avoir réussi à l'aider un peu à voir que ce n'était pas sa faute.

Merci, aussi, de m'avoir invité à visiter la maison de ta mère. J'ai toujours eu une curiosité si brûlante à son égard. J'ai regardé toutes ces émissions sur l'accumulation compulsive, tu sais, pour essayer de mieux comprendre le syndrome de Lorrie. J'ai même lu des livres. Je voulais tellement l'aider. Je pensais qu'on avait tout le temps. J'y allais lentement. « Un pas à la fois », comme disait ta mère. Mais nous n'avions *pas* le temps ! Pour finir, nous n'avons eu que cinq mois. Et bien sûr, quand j'ai vu sa maison, vous l'aviez débarrassée, mais je te remercie de m'avoir montré les photos. C'est un témoignage fascinant d'un processus extraordinaire.

Bref, j'ai radoté plus longtemps que je n'en avais l'intention. J'espère que vous ne m'en voudrez pas de garder contact. Je ne vous bombarderai pas d'e-mails. C'est juste que Lorelei était une part si importante de ma vie, et maintenant qu'elle est partie ça fait un grand vide, et je sais qu'elle voudrait que je garde un œil bienveillant sur vous tous. Bon, disons que je pense que c'est ce qu'elle voudrait. Elle était à mi-chemin de le faire elle-même, vous savez, quand elle est tombée malade. C'est ça, la vraie tragédie. Elle était à mi-chemin de se souvenir de comment être une maman.

Prenez soin de vous, tous. J'espère que vous m'écrirez pour me dire quand le bébé de Beth arrivera. En fait, j'espère que vous m'écrirez, tout court.

Avec mes meilleures salutations, et, si vous m'y autorisez, sentiments.

Jim Lipton

Épilogue

Juin 2011

Le monospace était plein. Megan et Bill à l'avant. Molly et les trois garçons derrière. C'était l'une de ces tristes journées de juin qui ne ressemblait en rien à l'image qu'on se fait du début de l'été pendant les mois d'hiver. Ils écoutaient Radio One, *Moves Like Jagger* de Maroon 5. Et, comme dans un rêve de publicitaire peuplé d'une famille moderne et détendue, ils chantaient tous ensemble, surtout les moments où ça fait « Moooooove ». Ils descendirent pêle-mêle de la voiture quelques minutes plus tard sur le trottoir devant la maison Bird, riant à demi, pleins d'énergie refoulée et de joie de vivre. Les garçons commencèrent aussitôt à échanger des coups et se courir après sur l'étroit trottoir. Megan leur cria d'être prudents. Que les voitures traversaient le village bien trop vite. Bill et elle sortirent du coffre trois sacs assortis et beaucoup de cadeaux dans des paquets roses. Ils étaient, comme d'habitude, un cirque ambulant, apportant du chahut et du bruit où qu'ils passent.

— Pourquoi est-ce que ma famille est tellement *bruyante* ? se lamenta Megan, en refermant le coffre après avoir vérifié qu'aucun doigt ni aucune tête ne risquait d'être coincé.

— Parce que c'est toi qui nous as fait, répondit Stanley avec un haussement d'épaules.

— OK, bon, écoutez : quand on va entrer, il va y avoir un tout, tout petit bébé tout minuscule et une maman très nerveuse qui croit que les gros bruits peuvent tuer les bébés, alors je veux que vous *tous*, et ça t'inclut toi aussi, Stanley, vous vous comportiez de façon raisonnable et sage. D'accord ?

— D'accord ! acquiescèrent-ils tous en chœur, pas tant par obéissance que mus par la conscience que feindre la sagesse dissuaderait leur mère d'être sur leur dos pendant une minute.

Megan observa la maison. Ça la prenait encore par surprise, même maintenant, alors que c'était leur troisième visite depuis Pâques. Une si jolie maison. Bethan avait acheté des jardinières dans de belles teintes typiques des Cotswolds, vert d'eau et sauge, et les appuis de fenêtre étaient désormais ornés de lavande et de thym. (Dans sa rue de Londres, elle se les ferait voler en moins d'une heure, songeait-elle.) Rory avait réparé la grille et l'avait peinte en blanc. (Il aurait dû choisir un vert sauge, estimait Megan en son for intérieur, ou un gris perle doux. Mais elle laissa fermement cette pensée là où elle devait rester, dans sa tête.)

Elle prit la main de Bill, et ensemble, avec leur cirque ambulant, ils remontèrent l'allée du jardin. Rory vint ouvrir la porte. Il s'était laissé repousser les cheveux, et ça lui allait bien.

— Entrez, entrez. Bienvenue dans la maison des couches pleines de caca. Excusez mon langage, dit-il aux garçons qui haussèrent les épaules, pas choqués pour deux sous.

Rory habitait dans l'ancienne partie de maison de Colin. Il avait remis en place une cloison lui-même. Megan n'avait aucune idée de quand ni comment son frère avait acquis tous ces savoir-faire virils. Elle supposait que c'était pendant le temps qu'il avait passé dans la communauté en

Espagne. Et Bethan vivait du côté de Lorelei, avec quatre chambres pour elle. Et son bébé.

—Où est-elle ? Où est-elle ? demanda-t-elle, dans un élan presque douloureux pour rencontrer ce nouveau membre de la famille.

—Elle est au lit. *Elles sont* au lit. Elle est en lune d'enfant.

—En quoi ?

—C'était mon idée. Bon, en vérité, c'était une des femmes de la communauté. Elle essayait de persuader Kayleigh de faire ça pour Tia. Mais Kayleigh n'était absolument pas partante. « Quoi, traîner au lit sur mon petit cul toute la journée avec un bébé, je deviendrais folle ! » Mais j'ai toujours pensé que ça semblait une excellente idée. Alors j'ai convaincu Beth de le faire.

Il tendit les mains pour prendre des sacs et emmena tout le monde à travers la maison. La cuisine était tellement douillette : le soleil entrait par les fenêtres à croisillons de plomb et faisait apparaître des arcs-en-ciel partout, il y avait un journal à moitié lu sur la table, des mugs dans l'évier, du beurre bien jaune ouvert sur le comptoir, des grenouillères qui séchaient sur le fourneau, et les dalles frottées étaient tièdes sous les pieds. Beth avait mis des rideaux en vichy rose aux fenêtres, et la pièce sentait les toasts et le café.

Les garçons montèrent dans leur chambre en courant. (C'était l'ancienne chambre de Rhys, enfin exorcisée, enfin redevenue une simple pièce. Megan avait acheté deux paires de lits superposés et fait repeindre les murs avec une coûteuse peinture bleu grisé.) Bill resta en bas pour aider Rory à préparer le thé pour tout le monde, et Molly et Megan se désinfectèrent les mains au gel antibactérien et montèrent sur la pointe des pieds jusqu'à la chambre qui avait été celle de Lorelei et Colin, puis celle de Lorelei et

Vicky, et enfin de Lorelei toute seule. Bethan avait fait des folies dans cette pièce, une fois qu'elle avait enfin été vidée. Elle l'avait tapissée d'un papier peint orné de boutons de rose pastel, et avait choisi des rideaux de soie crème. Elle avait acheté un lit en cuivre dans une vente aux enchères non loin et l'avait drapé d'édredons en dentelle ancienne et en satin. Elle avait repeint toutes les armoires de sa mère ainsi que sa coiffeuse en crème, et habillé le parquet de peaux de moutons et de tapis hirsutes. Mais elle avait conservé certaines des affaires de Lorelei aussi : le trio de camées de chérubins dodus dans des cadres de porcelaine, quelques peintures à l'huile de courant non identifié dans des cadres dorés, une paire de lampes chichiteuses avec une frange en perles de rocaille. Megan n'aurait pas supporté ça. Elle aurait voulu se débarrasser, jusqu'à la moindre trace du trou à rats que cette pièce avait été. Mais ce n'était pas sa chambre. C'était celle de Bethan. Et elle était charmante.

Sa sœur en était si fière.

— Ma première vraie chambre, avait-elle dit lors de la dernière visite de Megan.

— Et ta chambre à Sydney ?

Bethan avait soupiré, touchant de la main une petite vitrine en plastique transparent sur le rebord de fenêtre, qui abritait un petit galet rose et le mot manuscrit de Vicky.

— Ce n'était pas une chambre. C'était un décor. Une maison de poupée. C'était l'endroit où je vivais quand je faisais semblant d'être une personne.

À présent, Megan frappait doucement à la porte.

— Entrez !

Elle échangea un petit sourire avec Molly, et elles avancèrent.

Et elle était là.

La plus jeune des Bird.

Elle était minuscule – moins de trois kilos –, bien plus petite que ce qu'elle paraissait sur les photos que Beth lui avait envoyées par texto, et avait de beaux cheveux bruns. Beth était assise en tailleur sur le lit dans un corsage crème brodé que Megan reconnut comme ayant appartenu à Lorelei, déterré pendant le grand tri, et un legging gris. Le bébé était allongé dans le nid créé par ses jambes, dans une grenouillère gris pâle à pois roses. Elle était bien réveillée, et toutes les deux se dévoraient des yeux.

Bethan leva la tête vers Megan et Molly, et sourit.

— Regardez. Regardez-la. N'est-ce pas qu'elle est merveilleuse ?

Elles s'approchèrent, presque sans bruit. Le tableau complet était si parfait, au point d'en devenir hypnotique, presque douloureux, que Megan ne supportait pas l'idée de l'entacher d'une façon ou d'une autre.

— Oh, mon Dieu, souffla-t-elle en posant sa paume désinfectée sur la tête du nouveau-né. Oh, Beth. Elle est tellement jolie !

Molly contemplait le bébé, frappée d'admiration.

— Oh, Seigneur ! Elle est tellement *petite* ! Elle est tellement *adorable* !

— C'est vrai, répondit Beth, c'est vrai.

Megan ressentit la douleur familière dans le bas de son ventre, ce désir, cet appel de certaines parts d'elle-même qu'elle ne contrôlait pas. Mais non, pensa-t-elle. Non. Plus de bébés. Ils étaient là maintenant. Ils étaient au complet.

Beth était environnée de toutes les choses dont elle avait besoin pendant sa lune d'enfant : des bouteilles d'eau, des langes, des couches, des lingettes, des crèmes, des cartes, des fleurs, des vêtements, des livres, un ordinateur et un téléphone. Elle avait cette aura d'épuisement glorieux de mère d'un premier enfant, la mère qui n'a besoin de s'occuper de personne d'autre que de son bébé et elle. Elle était belle.

— Tu es superbe, dit Meg en berçant le bébé dans ses bras, perchée sur le bord du lit. Est-ce que tu arrives à grappiller un peu de sommeil ?

— Plein. Je la nourris en dormant. J'ai juste besoin de me tourner sur le côté quand elle couine. *Bam.* Mon téton dans la bouche.

Molly eut un petit frisson qu'elle tenta de masquer par un sourire.

— Oh, tu fais du cododo ? demanda Megan.

— Oui. Je veux dire, où est-ce qu'elle pourrait dormir, sinon ?

Et Megan ne répondit pas, car aucun de ses bébés n'avait jamais dormi dans son lit. Elle estimait que c'était le début de tous les maux. Elle se contenta donc de sourire.

— Est-ce que tu lui as trouvé un prénom ?

Le bébé s'appelait « le bébé » depuis trois jours, et Megan commençait à devenir impatiente.

— Oui ! Ça y est !

Molly et Megan la regardèrent, pleines d'attente.

— Elsa Athena Rose. Qu'est-ce que vous en pensez ?

— Athena comme la sœur de maman ?

Beth acquiesça.

— J'adore.

On frappa à la porte, et Rory et Bill entrèrent avec des plateaux de thé et les biscuits que Megan et Molly avaient faits ensemble le matin même à Tufnell Park. Rory s'assit sur l'autre côté du lit et caressa les cheveux d'Elsa. Bill resta à côté de Megan et lui sourit.

— Bravo, Beth, la félicita-t-il. Elle est absolument superbe. Vraiment.

Puis les trois garçons entrèrent. Bill soupçonnait que quelqu'un les avait prévenus d'être très discrets. Ils avancèrent sur la pointe des pieds, l'un après l'autre, et la pièce fut emplie d'eux. Sa famille. Elle entendit une voiture se garer, et rendit le bébé à Beth pour aller jeter un coup d'œil par la fenêtre. C'était un taxi, et alors qu'elle le regardait, elle vit son père en sortir et tendre un billet de dix livres au chauffeur. De l'autre côté du véhicule, elle vit les jambes fines et pâles de Kayleigh et celles encore plus fines de Tia, le bas d'une valise et les poignées d'une pochette cadeau rose. Elle ouvrit la fenêtre et se pencha.

— Papa ! Kayleigh ! Montez dans la chambre de maman. Venez vite ! On est tous là.

Remerciements

Merci, Selina Walker. C'était notre première collaboration autrice/éditrice, et j'ai apprécié chaque instant de ce travail avec toi. Chaque auteur devrait connaître cette chance.

Merci, Najma Finlay, pour la publicité. Jen Doyle pour le marketing et Richard Ogle pour avoir supporté que je te bombarde d'idées de couvertures pendant que tu essayais juste de faire ton travail tranquillement.

Merci à tous les autres membres de Random House : à Susan Sandon, Georgina Hawtrey-Woore, à l'équipe des ventes et à tous ceux qui ont travaillé dur pour moi.

Merci à mon merveilleux agent, Johnny Geller, et son incroyable assistante, Lisa Babalis.

Merci au staff à l'Apostrophe, mon « bureau » ! Merci pour le café, et Maya : bonne chance pour ton rôle dans un film !

Merci à Mary Chamberlain, ma correctrice, pour son attention minutieuse aux détails. Je mets quiconque au défi de trouver une date mal calculée ici.

Merci à mes amis en chair et en os du Board. Quatorze ans que ça dure. Je serais perdue sans vous. Et merci aussi à tous mes amis virtuels sur Twitter et Facebook. Vous êtes tous tellement merveilleux, un réel soutien ! Je serais perdue sans vous aussi.

Et pour finir, comme toujours, merci à mes proches : à Jascha, Amelie et Evie, à mes sœurs, mon père, mes beaux-parents, mes nièces, mes neveux et mes fantastiques amis. Je suis vraiment bénie.

Le nom de Stella Richards m'a été communiqué par Sarah Richards qui a gagné un nom de personnage dans une enchère de levée de fonds au profit de Camille's Appeal. Camille's Appeal est une association d'aide aux enfants atteints de tumeur au cerveau. En partenariat avec d'autres associations et les services de santé, ils financent des services de rééducation pour permettre aux enfants d'accéder au suivi et aux soins dont ils ont besoin pour atteindre leur potentiel plein et entier. Vous pouvez en apprendre davantage sur Camille's Appeal ici : http://www.camillesappeal.co.uk/ C'est une excellente cause, et j'espère que la fille de Sarah, Stella, dont j'ai utilisé le prénom, appréciera sa transformation fictive en coroner dans les Cotswolds !

Achevé d'imprimer en avril 2024
Par CPI Brodard & Taupin à La Flèche
N° d'impression : 3056805
Dépôt légal : mai 2024
Imprimé en France
38122887-1